TOD AN DER SCHLEI

Arnd Rüskamp ist am südlichen Rand des Ruhrgebietes am Baldeneysee geboren. Er hat Publizistik studiert, war Reporter und Moderator, Soldat und Biker, Autor und Verleger. Heute verdient er sein Geld noch immer in den Medien, hat aber erkannt, dass sein berufliches Glück zwischen zwei Buchdeckeln liegt. Er lebt im Ruhrgebiet und in seiner Wahlheimat zwischen Schlei und Ostsee.

ARND RÜSKAMP

TOD AN DER SCHLEI

Küsten Krimi

emons:

© Emons Verlag GmbH
Cäcilienstraße 48, 50667 Köln
info@emons-verlag.de
Alle Rechte vorbehalten
Umschlagmotiv: shutterstock.com/embeki
Umschlaggestaltung: Nina Schäfer, nach einem Konzept
von Leonardo Magrelli und Nina Schäfer
Umsetzung: Tobias Doetsch
Gestaltung Innenteil: DÜDE Satz und Grafik, Odenthal
Lektorat: Hilla Czinczoll
Druck und Bindung: sourc-e GmbH, Köln
Printed in Europe 2025
Erstausgabe 2022
ISBN 978-3-7408-1581-3
Küsten Krimi
Originalausgabe
2. Auflage

Unser Newsletter informiert Sie
regelmäßig über Neues von emons:
Kostenlos bestellen unter
www.emons-verlag.de

Für C+A+K

Wer sich müht, Wörter zu bändigen,
wird sich im Dschungel der Buchstaben verlieren.
Lasst Gedanken sein wie wilde Tiere
und Sätze wie Schatten und Licht.

Arnd Rüskamp

Gedankenkarussell

Marie blätterte um. Noch einmal las sie, was Novalis vor über zweihundert Jahren geschrieben hatte: »Die Welt romantisieren heißt, sie als Kontinuum wahrzunehmen, in dem alles mit allem zusammenhängt.« Sie klappte das Buch zu und legte es neben sich auf die blau-weiß gestreifte Sitzfläche des Strandkorbes.

Novalis hatte diesen Gedanken gedacht, als er ein sehr junger Mann gewesen war. Ob er damit gemeint hatte, dass ein liebevoller Blick die Welt in ihrem Innersten zusammenhalten kann? Eine Biene näherte sich summend dem leuchtend gelben Blütenkorb einer Margerite und ließ sich nieder. Hatte Novalis um die Bedeutung der Bestäuber gewusst? Die Biene tat, was man ihr nachsagt – sie war fleißig.

Marie trank den letzten Schluck Kaffee aus dem Becher mit dem Logo des VfL Bochum und stand auf. Sie griff nach dem Buch. »Fragmente und Studien«, las sie in schwarzen Buchstaben auf gelbem Grund. Fragmentiert fühlte sich auch ihr Kopf an. Zu viele Informationen. Stau im Kopf. So ging das nicht. Ein befreundeter Psychologe hatte ihr Größenwahn attestiert. Er hatte nicht gelacht. Seitdem versuchte sie, die Grenzen ihrer Wirksamkeit zu erkennen. Weltrettung war, Reste zu verbrauchen, Karl über den Kopf zu wuscheln.

Alles hängt mit allem zusammen, dachte Marie, betrat das Wohnzimmer und zog die Balkontür hinter sich zu. Heute hatte sie einen freien Tag. Ein guter Tag für einen freien Kopf. Einen vollen Topf. Marie grinste ihr Spiegelbild an. Gutes kaufen, gut kochen, sich was Gutes tun. Drei Programmpunkte für diesen Montag. Das sollte reichen.

Das Buch hatte sie gestern am späten Nachmittag zu lesen begonnen. Gewöhnungsbedürftig, der alte Text. Doch rasch hatte sie sich eingefunden. So wie Hauke es vorhergesagt hatte.

Hauke, der die Buchhandlung in Friedrichsort gemeinsam mit Sonja belebte. Leidenschaftlich. Das sagte er nicht nur. Das war so. Sie hatte ihn vor dem Landtag an der Kiellinie erwischt.

»He, Sie, hier wird nichts abgelegt«, hatte sie ihn von hinten lautstark angefahren, als er »Fragmente und Studien« auf den Stufen zwischen Landtag und Förde platzierte, so wie er ab und an seine Leseschätze als Geschenk irgendwo in Kiel hinterließ. Er war zusammengezuckt, hatte ihre Stimme nicht gleich erkannt.

»Oh, die Polizei – und ich bewaffnet mit lauter Gedankendiebesgut.« Er hatte Marie das gelbe Büchlein entgegengehalten. »Georg Philipp Friedrich von Hardenberg.«

»Kenn ich nicht.«

»Novalis.«

»Ach, die Band. Die haben auch Gedichte von ihm gesungen.«

Hauke schüttelte den Kopf. »Nicht meine Musik.«

»›Wer Schmetterlinge lachen hört‹, hieß eine Nummer. Ich hatte mal einen älteren Freund ...«

»Ich glaube, das möchte ich nicht wissen.«

Marie hatte Hauke das Buch aus der Hand genommen. »Ich drück dann noch mal ein Auge zu.« Sie hatte auf den gläsernen Plenarsaal gezeigt. »Die Ministerpräsidentin sieht ja auch ganz entspannt aus.«

Zurück in Schleswig hatte sie sich mit dem Text auf die Schaukel gesetzt. Andreas war in seiner Praxis in Eckernförde, ihr Sohn beim Fußball. Karl hatte Marie gebeten, nicht mehr zum Training zu kommen. »Lass ihn, er muss sich freischwimmen«, hatte Andreas geraten. »Freikicken«, hatte Marie geantwortet. Es fiel ihr schwer. So oder so. Loslassen zählte definitiv nicht zu ihren Stärken.

Novalis war so jung gewesen, und es war so lange her, dass er geschrieben hatte – Marie hatte er gekriegt. Sie hatte bis zum Abendbrot gelesen, zwanzig Seiten in der Nacht und den Rest am Morgen, nachdem Andreas und Karl das Haus verlassen hatten. Wenn Novalis schrieb, man müsse die Welt romantisieren, sprach er Marie aus der Seele. Die belebte und die unbelebte Welt wahrzunehmen und sich vorzustellen, dass die Menschheit nur einen Bruchteil der Geheimnisse gelüftet hatte, die das Universum bereithielt, war ein Faszinosum, das Marie eine kleine Gänsehaut machen konnte.

Am Sideboard rechts vor der Haustür gebot sie dem Gedankenfluss Einhalt. Programmpunkt eins, dachte sie, Gutes kaufen. Schade nur, dass das Gute nicht so richtig nah lag. Ihr Ziel war der Hofladen Rönneby zwischen Kappeln und Olpenitz direkt an der Schlei.

Malte von Rönneby war der gefeierte Star der Ökoszene und wurde nicht nur in der Bunt-Partei als möglicher Landwirtschaftsminister gehandelt. Marie hatte ihn vor einem Jahr kennengelernt, als sie Karl bei einer Fridays-for-Future-Demo begleitet hatte. Er hatte sie angesprochen. Unangenehm war das gewesen, weil er sich, wie einige andere zuvor, an den spektakulären Fall in Sehestedt erinnert hatte. Marie hatte damals ermittelt, weil man den Bundeswirtschaftsminister tot auf der Gondel eines Windrades gefunden hatte. Das Medieninteresse war erdrückend, sie im Fernsehen gewesen. Malte von Rönneby hatte allerdings gespürt, dass sie nicht darüber sprechen wollte. Er war einfühlsam gewesen, ohne schmierig zu wirken.

Ob es rund um Schleswig keine Biohöfe gäbe, hatte Andreas gefragt, als Marie die regelmäßigen Einkaufstouren aufgenommen hatte. Sie hatte argumentiert, dass sie die Besuche nutze, um bei den Schwiegereltern in Maasholm vorbeizuschauen. Andreas hatte gegrinst. Wenn sie sich mit einem Menschen blind verstand, dann mit ihm.

Marie öffnete die Tür und wäre beinahe über eine flache Holzkiste gestolpert. Sie bückte sich nach ihr und las auf dem hölzernen Rahmen »Eckernförder Sprotten«. Sie öffnete die Kiste und entnahm ihr einen Briefumschlag, auf dem »Einladung« stand. Eingeladen wurde zu einem Abend mit Essen und Musik. Der Verein des Museums Alte Fischräucherei wollte sich bei seinen Mitgliedern, vor allem aber bei all den freiwilligen Helfern bedanken, die engagiert anpackten, wenn es etwas zu tun gab. Und es gab immer etwas zu tun. Maries Vater, der Anfang des Jahres aus dem Ruhrgebiet zurück nach Eckernförde gezogen war, gehörte zu den jüngsten Mitgliedern und Anpackern. Er durfte sich eine Begleitung für den Abend wählen und hatte sich für Marie entschieden. Marie war gerührt, atmete tief und freute sich auf Elkes Matjessalat, der eine gewisse Berühmtheit genoss.

Angler (1)

Drei Angeln hatte Karsten Keller so aufgestellt, dass er sie aus seinem Angelsessel gut im Blick hatte. Heute wollte er die neuen Bissanzeiger ausprobieren. Mit denen aus dem Internet war er nicht zufrieden gewesen. Er hatte sie seinem Nachbarn geschenkt, der letzte Woche in Rente gegangen war und sich nun auch als Petrijünger versuchen wollte. Sollte er mal seine ersten Sporen verdienen. Karsten Keller lächelte ein wissendes Lächeln.

Der Tee war heiß, die Sonne stand flach über der Schlei, und wenn er die Hafenkante rechts hinunterschaute, konnte er beobachten, wie sich die Gastronomen auf den Ansturm der Urlauber vorbereiteten. Der Schleswiger Stadthafen hatte sich gemausert die letzten Jahre. In ein oder zwei Stunden ginge der Betrieb hier richtig los. Wenn es ihm zu bunt würde, konnte er seinen Kram jederzeit zusammenpacken und verlegen. Gute Angelplätze gab es an der Schlei in Hülle und Fülle.

Am frühen Morgen war er mit dem Boot zwischen Maasholm und Olpenitz unterwegs gewesen. Aber der Wind hatte ungünstig gestanden, nur ein Biss, da war er nach Schleswig abgerückt. Vor zwei Jahren war er in Pension gegangen, hatte den Streifenwagen gegen einen gebrauchten California getauscht. Jetzt wusste er seine Flexibilität sehr zu schätzen. Sobald seine Frau auch in Rente ging, würde sie ihn ab und zu begleiten. Das war jedenfalls der Plan. Bis dahin gingen ihm sicher noch ein paar dicke Fische an den Haken.

Karsten Keller zog die Kladde aus der Seitentasche des Angelsessels und machte Notizen für sein Buch. Die gängigen Angelführer hatten ihm nicht zugesagt. Er hatte eine feine Beobachtungsgabe und war überzeugt, dass er es besser konnte. Einen Verlag hatte er noch nicht gefunden. Aber er hatte ja Zeit. Über dem ersten Eintrag notierte er den

Tagesspruch. Er hatte eine Schwäche für Aphorismen und konnte sich gut vorstellen, dass andere Angler auch Freude daran haben würden. Die hatten ja auch Zeit. Zum Angeln und zum Nachdenken. Er schrieb: »Worte sind Beute des Sturms. (Friedrich von Matthisson, 1761–1831)«.

* * *

Aus dem Augenwinkel sah Marie die hochgewachsene Frau im Gegenlicht stehen. Sie trug einen geblümten Wickelrock, der ihr bekannt vorkam. Die Glocke der weiß getünchten Kirche schlug. Als sei es ihr Signal gewesen, machte die Frau einen Schritt auf die Straße. Kurz schaute sie nach rechts, und Marie erkannte, dass es Ele war. Laut rief sie ihren Namen, doch Ele ging weiter. Marie kurbelte das Seitenfenster herunter, rief erneut. Unbeirrt setzte Ele einen Fuß vor den anderen. Sie trug ein Kind auf dem linken Arm. Dann sah Marie den Abgrund. Nur wenige Meter vor Ele fiel der schmale Streifen Grasland steil ab. Der Gurt im EMO ließ sich nicht lösen. Ele drehte noch einmal den Kopf in Maries Richtung. Ihr Blick war voller Liebe. Dann verschwanden Ele und das Kind.

Jemand klopfte an das Seitenfenster ihres »Ermittlungsmobils«. Hatte sie es nicht gerade heruntergekurbelt? »Grüner wird's nicht«, rief ein Mann, dem die Aggressivität das Gesicht verzerrte.

Marie schaute nach vorn. Die Ampel an der Brücke in Lindaunis zeigte tatsächlich Grün. Marie startete den Motor, legte den ersten Gang ein, gab Gas und rollte über die Brücke, die schon bald Geschichte sein würde, wie auch Ele Geschichte war. War sie das tatsächlich? Die Rechtsmedizinerin, die Marie so nah gekommen war wie wenige Menschen, lebte jetzt in Uruguay, soweit Marie wusste. Ele hatte ihr im letzten Sommer eine Postkarte geschickt. Danach hatte es kein Lebenszeichen mehr gegeben.

Auf der Höhe des Obsthofes Stubbe schaltete Marie in

den vierten Gang und schlug sich mit der linken Hand auf die Wange. Sie hätte in der Nacht schlafen und nicht lesen sollen. Sie erinnerte sich an die drei Aufgaben des Tages: Gutes kaufen, gut kochen, sich was Gutes tun.

Encro… *what?*

Gregor Sachse hatte den Zeigefinger auf die Überschrift der Tagesordnung gelegt und sich zu Bernd Stender hinübergebeugt. Bernd scrollte durch die Facebook-Gruppe der Holstein-Kiel-Fans. Er wirkte angespannt.

»Bernd.« Bernd reagierte nicht. Gregor stupste ihn an. »Herr Stender.«

»Moment.«

Gregor beugte sich nach links und hielt Elmar Brockmann den Ausdruck hin.

»Weiß ich auch nicht, Gregor. Darum sitzen wir doch hier.«

An der Schmalseite des Besprechungsraumes erhob sich Astrid Moeller von ihrem Platz. Die Gespräche verstummten. »Moin, ich habe die ratlosen Gesichter gesehen. Ein Beleg dafür, dass Anette Holtmann den Titel unserer Fortbildung sehr gut gewählt hat. ›Encro… *what?*‹« Astrid nieste, entschuldigte sich, lächelte die junge Frau mit den Piercings an Lippe und Nase freundlich an.

»Nun, EncroChat, so viel habe ich inzwischen verstanden, ist gewissermaßen das WhatsApp der Verbrecher, und dank der Bemühungen französischer Sicherheitsbehörden konnte das Programm geknackt werden. Die Ergebnisse betreffen auch uns.«

»Als ob unsere Bauern in Dithmarschen jemals was von diesem Anchorchat gehört hätten«, flüsterte Elmar.

»EncroChat.« Gregor hielt ihm noch mal die Einladung hin. »Mit Ankern hat das nichts zu tun.«

»Meine Herren, bitte, wir wollen Frau Holtmann, die sich eigens vom BKA in Wiesbaden zu uns auf den Weg gemacht hat, doch zeigen, dass wir in Schleswig-Holstein nicht nur beim Handball internationale Klasse haben.«

»Astrid ist nervös«, bemerkte Gregor. »Die Arme.«

Bernd stieß ihm in die Rippen.

»Frau Holtmann hat einen Chat exemplarisch herausgezogen aus all den Daten. Das sind ja mehrere Terabyte, wenn nicht sogar Gigabyte«, fuhr Astrid fort.

Anette Holtmann lachte kurz auf.

»Andersrum? Wie auch immer. Es geht um Sascha Weber.«

»Der Drecksack«, entfuhr es Gregor.

»Sascha Weber, der eine wichtige Rolle in jenem Fall um den Rocker-Zahnarzt aus Borgstedt spielte«, erläuterte Astrid.

»Ist der nicht in Russland untergetaucht?«, mischte sich Bernd ein.

»Meine Herren. Ich verstehe, dass Sie interessiert sind. Auf viele, nicht auf alle Fragen gibt es jetzt Antworten, denn Sascha Weber hat einen angeregten Austausch mit seinen Spießgesellen hier in Schleswig-Holstein gepflegt.«

»Warum siezt Astrid uns?«, fragte Elmar.

»Still jetzt.« Gregor legte den rechten Zeigefinger auf die Lippen.«

»Ich übergebe jetzt an die Kollegin Holtmann.«

Astrid setzte sich, Anette Holtmann nickte kurz in die Runde, tippte auf das Touchpad ihres Laptops, und hinter ihr tauchte auf der Leinwand das Logo von EncroChat auf.

»EncroChat war ein Telekommunikationsdienstleister mit Sitz in Europa. Seine Leistung bestand darin, den Kunden ein Krypto-Handy als Abo anzubieten. Das Abo kostete knapp viertausend Euro im Jahr. Dafür verfügten die Kunden über ein modifiziertes Android-Gerät, das mit einer abhörsicheren Kommunikationssoftware ausgestattet war. Zudem erlaubte eine sogenannte Wipe-Funktion, nach Eingabe einer PIN alle Inhalte zu löschen. Französischen und niederländischen Behörden ist es gelungen, das System mit Malware zu infiltrieren. Aus gutem Grund geht die französische Polizei davon aus, dass über neunzig Prozent der Nutzer in kriminelle Handlungen verwickelt waren. Wir beim BKA prüfen mehrere hunderttausend Chatverläufe, es wurden über tausend Personen festgenommen. In den Niederlanden wurden neunzehn Drogenlabore ausgehoben, und es konnten Auftragsmorde verhindert werden. Die niederländischen Kollegen haben acht Tonnen Kokain und eins Komma zwei Tonnen Crystal Meth sowie Schusswaffen und etwa zwanzig Millionen Euro Bargeld sichergestellt.« Während sie sprach, klickte Anette Holtmann im Schnelldurchlauf verschiedene Slides ihrer Präsentation an.

»Der Haken: Wir haben nicht genügend Ressourcen, um alle Chatverläufe zeitnah auszuwerten, und die Organisierte Kriminalität bedient sich bereits eines Nachfolgers von EncroChat. Ein Unternehmen mit dem aufschlussreichen Namen Omerta Digital Technologies hat den ehemaligen EncroChat-Kunden zum Start einen Rabatt von zehn Prozent angeboten. Erfolglos bleiben erfreulicherweise die Bemühungen einiger Anwälte, darunter ein Herr aus Kiel, die Verwertung der Chats in deutschen Strafverfahren zu verhindern. Aber jetzt, wie von Frau Moeller angekündigt, zu Sascha Weber. Wir konnten seinen Aufenthaltsort ermitteln und Beweise sammeln, die zunächst ein Strafverfahren wegen Hehlerei ermöglichen, sobald wir ihn haben. Ich zeige Ihnen mal auf der Karte hier, welchen Ort wir Europol für den Zugriff vorschlagen werden.«

Am Ende der Fortbildung spürte Gregor, dass er rote Ohren hatte. Vor einigen Wochen hatte er auf dem Flur mit dem Leiter der Abteilung Cybercrime im LKA über das Darknet gesprochen. Seitdem prüfte er eingehende E-Mails penibel. Die digitale Welt bot Verbrechern ungeahnte Möglichkeiten, und Gregor hoffte, dass die Sicherheitsbehörden der freien Länder mithalten konnten.

Jetzt sah er, wie Astrid auf den Fahrstuhl zuging, und beschleunigte seinen Schritt. Er erreichte die Tür gleichzeitig mit seiner Chefin. Astrid drückte den Knopf fürs Erdgeschoss. »Ich muss noch in die KTU.«

Er griff nach ihrer Hand. »Heute Abend läuft der neue Bond im Metro.«

Sie nickte. »Ich freu mich.«

»Letzte Reihe?«

»Letzte Reihe.«

Unten öffnete sich die Fahrstuhltür. Astrid ging nach rechts, bog vor der gläsernen Pförtnerloge ab und verschwand im Gang zur KTU. Gregor grüßte den Wachhabenden und verließ das Gebäude durch den Haupteingang. Er wollte noch rasch zum Friseur. Astrid mochte es nicht, wenn sich seine Haare über den Ohren kringelten.

Der Misthaufen

Marie drückte auf den Knopf des CD-Players, den sie ohne Wissen ihres Dienstherrn selbst ins EMO eingebaut hatte, nachdem ihr das LKA den VW-Bus vor einer gefühlten Ewigkeit als Dienstwagen zur Verfügung gestellt hatte. Damals war Karl klein gewesen, und ihr inzwischen verstorbener Chef, Dr. Holm, hatte sehr schmale Dienstwege beschritten, um Marie die Vereinbarung von Nachforschungen und Kinderbetreuung zu ermöglichen. Zu einer Art Car-Office war der VW-Bus geworden, den sie »Ermittlungsmobil« getauft hatte.

Einmal hatte sie Karl zur Befragung einer Landwirtin nahe Husum mitgenommen. Karl hatte gerade laufen können und von seiner neuen Fähigkeit Gebrauch gemacht. Die Landwirtin und Marie hatten ihn im ganzen Haus gesucht, bis sie ihn bei den Minischweinen gefunden hatten. Karl hatte seine Vorliebe fürs Landleben sehr früh entdeckt. Inzwischen war er zu einem engagierten Kämpfer für Arten- und Klimaschutz geworden. Im Gegensatz zu Marie hatte er eine gewisse Vorliebe für Mathematik, und Andreas hatte mit ihm stundenlang über Modellierungen des Eisrückgangs in der Arktis gesessen.

»Komisches Hobby«, hatte Marie einmal eingeworfen.

Karl hatte nicht aufgeschaut. »Marie, du hast mir beigebracht, dass man nur mit Indizien nicht weit kommt. Beweise seien entscheidend.«

Andreas hatte Karl auf die Schulter geklopft, Marie war stolz gewesen. War sie noch immer. Bisschen altklug, das Kind. Aber allemal besser als blöd. Andreas und Karl, sie hatte so ein Glück.

Was Andreas aber in den CD-Player geschmuggelt hatte, ging gar nicht. Im Dienst hörte Marie klassische Musik, privat gern Jazz und Rockmusik der Siebziger. Dass Andreas ihr den

Shanty-Chor seines Vaters untergejubelt hatte, war eine Unverschämtheit. »Besanschot an«, sang die Altherrentruppe und war vermutlich schon angesäuselt gewesen, bevor sie dieses Trinkerlied angestimmt hatte.

Andreas hatte die Vorliebe für maritime Lieder von seinem Vater übernommen, der im Shanty-Chor Albatros in Schwentinental sang. Die Proben waren Uwe heilig. Dafür fuhr er beinahe jeden Montag eine Stunde über Land.

Marie schreckte zusammen und bremste. Aus der Senke der Kriesebyau kam ihr ein Erntefahrzeug biblischen Ausmaßes entgegen, als sie gerade ein Wohnwagengespann überholen wollte. Das war einigermaßen knapp gewesen. Sie würde gleich auf dem Hof einen starken Kaffee trinken, so müde und unkonzentriert, wie sie war. Novalis war schuld.

Als sie hinter Winnemark die Abkürzung nahm, hatten sich die Albatrosse zu »Rum aus Jamaika« vorgearbeitet, und Marie ertappte sich dabei, wie sie »... am liebsten Rumfallera« mitsang. Das durfte Andreas niemals erfahren.

Kurz vor der Jugendherberge Kappeln, in der sie mit dreizehn zum ersten Mal an einer Zigarette gezogen hatte, bog sie rechts auf die Ostseestraße Richtung Ellenberg ab. Ein Stadtteil von Kappeln, der über vier Jahrzehnte von der Marinewaffenschule geprägt worden war. Inzwischen hatte ein Investor damit begonnen, das Areal in direkter Schleilage mit Wohnhäusern zu bebauen. Weiter in Richtung Nordosten hatte es nahe Olpenitz Deutschlands größten Marinehafen gegeben. Beinahe viertausend Soldaten und Zivilisten hatten dort und im Umfeld der Waffenschule Arbeit gefunden – über viele Jahre ein wichtiger Wirtschaftsfaktor für die Region, die nun verstärkt auf die Kraft des Tourismus setzte.

Von den Urlaubern, das hatte Malte von Rönneby erzählt, profitierte auch sein Biohof, dessen Zufahrt Marie jetzt zwischen den Feldern sehen konnte. Sie bremste, wartete einige Radfahrer ab, die auf ihren Pedelecs aus Richtung Port Olpenitz unterwegs waren, und bog links ab. Nach wenigen Metern wurde aus dem asphaltierten ein unbefestigter Weg.

Malte versuchte, so wenige Flächen wie nur möglich zu versiegeln. Tiefere Schlaglöcher umkurvte Marie und sah, wie aus der Wiese eine Rohrweihe aufflog. Ein eleganter Vogel mit schmalen Flügeln, der nach rechts hinten aus Maries Gesichtsfeld verschwand.

Marie schaute wieder nach vorn und nahm den Fuß vom Gas. Vom Hof kommend näherte sich ein Auto mit hoher Geschwindigkeit. Die Straße war ein Weg. Schmal. Das Auto näherte sich rasch. Viel zu schnell für den Weg. Marie bremste. Sie bremste stärker. Ein weißer Kastenwagen. Sie würden zusammenstoßen. Das rechte Vorderrad blockierte auf dem sandigen Untergrund. EMO zog nach rechts, der Graben bedrohlich nahe. Marie löste die Bremse. Unmittelbar vor ihr der Kastenwagen. Jetzt war er auf gleicher Höhe. Ein Schlag. Es fühlte sich an, als führe er durch Marie hindurch. Dann ein kratzendes, ein schabendes Geräusch. Blech an Blech. *Cheek to cheek*, dachte Marie, lachte kurz auf. Das EMO kam zum Stillstand. Marie schaute in den Rückspiegel. Das Kennzeichen des Kastenwagens begann mit »RD«. Dann verschwand das Auto hinter den Büschen des Knicks. Die Albatrosse sangen »Finster war die Nacht«.

»Geht's noch?«, brüllte Marie. »Von wegen finster. Es ist hell, wie es heller nicht sein könnte, du Vollidiot.«

Sie öffnete die Tür, stieg aus, bedeckte die Augen mit der linken Hand. Die Sonne stand noch nicht sehr hoch. Außer einer Staubfahne war nichts mehr vom Unfallverursacher zu sehen. Marie trat einen Schritt zurück. An der linken Fahrzeugseite zog sich ein tiefer Kratzer mit weißen ausgefransten Rändern bis kurz vor das Heck. Marie tippte auf den Türgriff als Verursacher. Am Kotflügel des alten VW-Busses eine Beule mit schwarzen Streifen. Wohl vom Seitenspiegel.

»Wie blöd muss man sein? Nein, wie dreist muss man sein? Ich bin so sauer. Boah, bin ich wütend.« Marie trat nach einem Stein und spürte sofort, dass sich im linken unteren Rücken irgendwas eingeklemmt hatte. Sie entspannte die Rückenmuskulatur, kreiste mit dem Becken und hatte den Eindruck, dass es gerade noch mal gut gegangen war. Heute Abend hatte sie Training, und das Knie funktionierte seit Monaten ziemlich gut. Sie stieg wieder ein und zog ihr gutes altes Nokia 6310i aus der Jeansjacke. Sie rief das Polizeirevier in Kappeln an, schilderte den Vorgang, beschrieb das Fahrzeug.

»Ein weißer Kastenwagen mit Rendsburger Kennzeichen, den haben wir schnell«, feixte der Kollege.

»Ich bin überhaupt nicht zu Späßen aufgelegt«, erwiderte Marie. »Die Karre hat frische Unfallspuren auf der Fahrerseite, und der Außenspiegel dürfte auch ziemlich mitgenommen aussehen. Ich tippe auf einen Opel Combo.« Sie beendete das Telefonat und dachte an den Papierkram, der jetzt auf sie zukam.

»Wie kann man nur so dreist sein? Aber das fragte ich mich ja schon.« Jetzt führte sie wieder Selbstgespräche.

Sie schaltete den CD-Player aus, der auch ohne Zündung lief, und fuhr die letzten Meter zum Hof. Auf dem Parkplatz nur ein weiteres Auto, mit Münchener Kennzeichen. Sah nach einem Mietwagen aus. Wenig los, so früh war es doch gar nicht. Beim Aussteigen fiel Marie dann siedend heiß ein, dass Malte vor zwei Wochen etwas von einem freien Wochenende rund ums alljährliche »Aalutsetten« erzählt hatte. Nicht, dass das ausgerechnet heute war.

Sie parkte vor der mächtigen Giebelseite der Scheune. Wenn sie den Kopf in den Nacken legte, konnte sie den Schriftzug »Biohof Rönneby« lesen, der im Frühjahr einen neuen Look erhalten hatte. Malte hatte Schulkinder eingeladen und zwei Hubwagen bereitgestellt. Jede Schülergruppe durfte einen Buchstaben gestalten, wie es ihr gefiel. Das »M« hatten Grundschüler der Gorch-Fock-Schule aus dem Buchstabenlostopf gezogen, und an zwei Vormittagen waren schneebedeckte Berggipfel mit Kühen auf den Almen entstanden. Marie hatte den Beitrag im Fernsehen gesehen. Andreas hatte die Nase gerümpft: »Ein abgefuckter Werbefuzzi ist das.« Marie hatte den Kindern den Spaß angesehen und abgewinkt.

Als sie um die Ecke der Scheune bog, in der heute die

Käserei, der Hofladen und das Hofcafé untergebracht waren, verstärkte sich ihr Gefühl, dass der Laden tatsächlich geschlossen war. Die Sonnenschirme an den Picknickbänken waren noch nicht aufgespannt, die Tür stand nicht offen wie sonst. Hinter der Scheibe klebte ein handgeschriebener Zettel: »Weil wir heute Jungaale in die Schlei setzen, bleiben Hofcafé und Hofladen geschlossen. Wir sehen uns morgen. Malte und Team«.

Marie zog die Stirn kraus. Aber gut, führe sie in den Naturmarkt in Schleswig. Umsonst war die Fahrt hierher zum Glück nicht gewesen, denn sie hatte den Staubsauger dabei, dem ihr Schwiegervater hoffentlich wieder Leben einhauchen würde. »Sind bestimmt nur die Kohlen«, hatte Uwe am Telefon gesagt. Marie machte auf dem Absatz kehrt. Im Zuge der Linksdrehung geriet der Misthaufen in ihr Blickfeld, und ihr schwante, dass der Staubsauger würde warten müssen.

Sie fixierte den Misthaufen, um ihren ersten Eindruck zu überprüfen. Eine Art Tagtraum hatte sie heute ja schon in Lindaunis gehabt. Aber auch nachdem sie die Augen geschlossen und wieder geöffnet hatte, änderte sich nicht, was sie als geradezu ikonisches Bild empfand. Sie verstand, dass sie nicht vergessen würde, was sie gerade sah.

Im Misthaufen steckte eine Mistgabel, deren Stiel einen langen Schatten auf den Hof warf. Die Anordnung wirkte beinahe wie eine Installation und war einer Sonnenuhr nicht unähnlich. Ein Symbol für die vergehende Zeit? Die Lebenszeit? In der Achse lag in bester Symmetrie der Körper eines Mannes. Die Arme gestreckt, leicht vom Rumpf abgewinkelt, die Beine ebenfalls gestreckt, die Schuhspitzen gen Himmel gerichtet. Marie spürte, dass der Mann tot war. Aber sie konnte sich täuschen.

Sie löste sich aus der Starre und ging schnell hinüber zum Misthaufen, näherte sich von der Herzseite des Mannes. Dieser trug einen sandfarbenen Pulli, der hochgerutscht war und einen schmalen Streifen Bauch oberhalb des ledernen Gürtels freigab. Marie konnte den Mann nicht erreichen, ohne einen, eher zwei Schritte in den Misthaufen hineinmachen zu müssen. Auf einem Mauerabsatz hinter dem Mist entdeckte sie eine gut zwei Meter lange Bohle. Marie griff nach dem Brett, das schwerer war als gedacht. Das Holz hatte sich mit Wasser vollgesaugt. Sie zog das Brett von der Mauer herunter und richtete es vor sich auf.

Es gelang ihr nicht, die Bohle sanft abzulegen. Sie hatte das vordere Ende an den Fuß des Misthaufens gestellt, dann glitt ihr das Brett aus den Händen und fiel auf den Misthaufen. Es gab ein klatschendes, schmatzendes Geräusch. Dunkle Spritzer beschmutzten den Pulli des Mannes, auch sein Gesicht und seine flammend roten Haare. Malte von Rönnebys Haare.

Marie balancierte auf der Bohle, die auf dem weichen Untergrund nachgab und nach links und rechts kippelte. Ein bisschen fühlte es sich an, als stünde sie auf einem Surfbrett. Sie ging auf die Knie, stützte sich mit der linken Hand ab, reckte sich und führte die rechte Hand an Maltes Hals. Die Haut fühlte sich wärmer an, als sie erwartet hatte, aber sie spürte keinen Puls. Der Brustkorb war unbewegt. Keine Atmung. Marie zog das linke Augenlid nach oben. Die Pupille war weit und lichtstarr. Sie fasste Malte ans Kinn und drehte den Kopf zu sich. Die Totenstarre war noch nicht voll ausgeprägt. Erst jetzt sah sie, dass an der rechten Schläfe ein kreisrundes Loch klaffte, aus dem ein Rinnsal Blut übers und ins Ohr gelaufen war.

Marie richtete sich auf, ging aber sogleich wieder in die Knie. Ihr war schwindelig. Auf allen vieren schob sie sich rückwärts von der Bohle herunter. Sie überquerte den Hof, holte Handy und Handschuhe aus dem EMO. Als sie sich erneut dem Misthaufen zuwandte, öffnete sich an der Stirnseite des Hofes die Haustür, und eine Frau mit langen dunklen Haaren und einer Reisetasche trat über die Schwelle ins Licht. Sie und Marie trennten gut zwanzig Meter.

Die Frau hatte Marie noch nicht gesehen. Sie zog die Tür hinter sich zu und schloss ab. Einige Stufen führten von der doppelflügeligen Tür hinunter zum Kopfsteinpflaster. Die Frau bewegte sich sicher, so als sei ihr die Umgebung vertraut. Am Fuß der Treppe hob sie den Blick, den Gesichtsausdruck konnte Marie nicht erkennen. Ein kurzes Zögern vielleicht, ein winziger Moment des Innehaltens, als sie Marie entdeckte, so als hätte sie nicht damit gerechnet, einem Menschen zu begegnen. Drei Schritte mit gesenktem Kopf, dann schaute sie zum Misthaufen, blieb stehen, ließ die Tasche fallen und rannte auf den Misthaufen zu.

Marie beeilte sich, vor der Frau dort zu sein. Sie trafen gleichzeitig ein.

»Das ist Malte!«, schrie die Frau. »Mein Geliebter. *Socorro!* Warum hilft denn niemand? *O Dios mío!*« Ihre Stimme klang wie die dieser Staatsanwältin aus dem Münsteraner »Tatort«.

»Stehen bleiben! Ich bin Polizistin. Sie dürfen nicht näher ran.«

Die Frau fiel auf die Knie. Sogleich begann das rechte Knie zu bluten. Marie griff der Frau unter die Achseln und führte sie unter deren Wehgeschrei zu einem der Tische vor dem Hofladen. Auf dem Tisch standen Serviettenspender.

»Hier, pressen Sie sich das mal auf Ihr Knie.« Marie hielt der Frau einige der Papiertücher hin, die sie schluchzend entgegennahm. »Ich hole Verbandszeug aus dem Auto. Sie bleiben hier sitzen.«

Marie entfernte sich und ließ das Handy Astrids Nummer wählen.

»Marie, du hast doch frei. Habe ich Gregor vorhin noch gesagt, nach der Fortbildung. Das war übrigens sehr interessant. Du erinnerst dich doch noch an Sascha Weber?«

»Stopp, Astrid, Leichenfund.«

Marie nannte die Adresse und beendete das Gespräch. Als sie mit dem Verbandskasten wieder zurück bei der Frau mit der tiefen Stimme und dem spanischen Akzent war, hatte diese das Bein bereits hochgelegt. Sie hatte Pech gehabt. Die Wunde blutete stark. Marie vermutete, dass sie einen Glassplitter erwischt hatte. Sie streifte neue Handschuhe über, reinigte die

Wunde, desinfizierte mit Kodan, klebte drei Strips über den Cut und legte einen Kompressionsverband an.

»Sie kennen sich aber aus. Danke.«

Marie setzte sich ihr gegenüber und zog das Schleibook für ihre Notizen aus der Jeansjacke, die sie aus dem EMO mitgebracht hatte. »Nun mal ganz in Ruhe. Ich bin Hauptkommissarin Marie Geisler. Wie heißen Sie?«

»Julia Sosa-Ridel. Ich bin Maltes Geliebte.«

»Sie sind Spanierin?«

»Argentinierin.«

»Ihren Ausweis hätte ich gern gesehen.«

Julia Sosa-Ridel griff in die Umhängetasche und legte Marie einen blauen Reisepass hin, auf dem »Mercosur República Argentina« stand.

»Mercosur?«, fragte Marie.

»Eine Abkürzung für den gemeinsamen Markt Südamerikas, ähnlich der Europäischen Union.«

Marie notierte die Personalien. »Sie leben in Buenos Aires?«

»Ja, und in Hamburg. Mein Mann ist Professor an der Uni. Ich habe dort studiert.«

»Ihr Mann.«

»Einen Mann zu haben schließt nicht aus, dass es einen Geliebten gibt.« Sie klang, als erkläre sie einem Kind, dass die Erde rund ist. »Jemand muss sich um die Tiere kümmern.« Sie deutete auf den Stall, der jenseits des Misthaufens lag.

»Malte hat Mitarbeiter.«

»Sie kennen Malte?«

»Ja, ich bin hier Stammkundin.«

»Die Mitarbeiter haben frei. Ich rufe Jens Hinrichs an. Der hat einen Hof in Brodersby. Die beiden helfen sich gegenseitig aus.«

Marie nickte. Die Frau mit der sehr besonderen Stimme nahm ihr Smartphone zur Hand.

Eine Fahrradklingel. Marie drehte den Kopf zur Hofeinfahrt. Von dort rollte eine fünfköpfige Familie heran. Marie stand auf, ging den Radlern entgegen und breitete die Arme aus. »Sie können heute nicht auf den Hof. Bitte drehen Sie wieder um.« Die beiden Kinder im Grundschulalter stoppten direkt vor Marie.

»Warum denn nicht? Mama hat versprochen, dass wir heute wieder Ziegeneis essen«, protestierte das Mädchen.

Die Mutter schob ihr Rad vor. »Hallo, darf ich fragen, warum Sie sich hier so aufspielen?« Der Ton schnippisch, der Blick überheblich.

Marie holte den Dienstausweis hervor. »Sie drehen jetzt einfach um und machen sich einen schönen Urlaubstag. Auch und gerade im Sinne Ihrer Kinder fahren Sie jetzt keinesfalls auf den Hof. Danke.« Kurz öffnete sich der Mund der Frau, Marie zeigte in Richtung der Straße.

»Kinder, wir sind nicht erwünscht. Im nächsten Jahr fahren wir wieder ins Allgäu.«

Die Familie trollte sich. Julia Sosa-Ridel hatte den Tisch verlassen. Sie telefonierte noch immer, stand aber nun in der Nähe des Misthaufens. Nachdem sie zunächst hysterisch reagiert hatte, wirkte sie nun beherrscht, beinahe souverän, als Marie sich näherte. Die Körperhaltung, der Klang der Stimme. Die Frau sprach spanisch, beendete das Gespräch, kurz bevor Marie sie erreichte.

»Geschäftlich«, erklärte sie. »Ich muss übermorgen wieder in Argentinien sein.«

»Ich fürchte, daraus wird nichts werden«, prognostizierte Marie. »Ein Kapitalverbrechen ist geschehen, Sie sind eng mit dem Toten verbunden, Sie sind eine wichtige Zeugin und bleiben zunächst in der Stadt.«

»Das können Sie anordnen? Dass Deutschland ein Polizeistaat ist, wäre mir neu.«

»Seien Sie unbesorgt. Im Zweifel werden Sie zu einer richterlichen Vernehmung vorgeladen. Das geht dann alles seinen geregelten Gang. Zugegeben, manchmal zieht es sich ein bisschen. Übrigens läuft Blut auf Ihre schönen Schuhe.«

Julia Sosa-Ridel sah an sich herunter, presste »*Mierda!*« hervor und ging zurück zur Picknickbank. Marie folgte.

»Das sind zwei oder drei Stiche, dann ist Ihr Knie wieder wie neu«, versuchte sie, den Gesprächsfaden wieder aufzunehmen. »Es gibt in Kappeln einen sehr erfahrenen Chirurgen.«

»In Kappeln, soso. Ich fliege ja auch nicht mit einem Doppeldecker über den Atlantik.«

»Auch wieder wahr, Frau Sosa-Ridel. Malte und Sie, seit wann sind Sie ein Paar?«

»*Waren* Sie ein Paar, wäre korrekt. Seit dem vierten Semester. Wir haben beide Chemie in Hamburg studiert. 2001 war das.«

»Und Ihr Mann?«

»Professor Norbert Ridel, ich darf sagen, einer der herausragenden Forscher auf dem Gebiet der Lebensmittelchemie.«

»Auch Ihr Arbeitsgebiet?«

Julia Sosa-Ridel lachte kehlig. »›Con Canto‹, schon mal gehört?«

»Der Chemiekonzern?«

»1901 von meinem Großvater als Musikinstrumentenmanufaktur gegründet. Von meinem Onkel zum Chemieunternehmen von Weltrang umgebaut. Inzwischen leite ich Con Canto seit zehn Jahren. Sechsundzwanzigtausend Mitarbeiter. Was wäre die Landwirtschaft ohne uns?«

»Gesünder?«

»Sie verstehen etwas von Agrarchemie, Frau …?«

»Geisler, Hauptkommissarin Geisler. Nun, ich weiß, dass von Ihnen hergestellte Produkte mit dafür verantwortlich sind, dass Insekten sterben. Schlecht für Obst und Gemüse. Das lernt man ja schon im achten Schuljahr.« Es lief schlecht. Marie hatte sich von dieser gut aussehenden, selbstsicheren Frau provozieren lassen. »Ich habe Durst, Sie auch?«

Julia Sosa-Ridels Blick signalisierte Zustimmung.

»Sie haben einen Schlüssel, nicht wahr?«

»Generalschlüssel«, sagte Julia Sosa-Ridel.

Wenig später war Marie mit einer Karaffe Wasser und zwei Gläsern zurück.

Die Frauen tranken einander gegenübersitzend. Marie betrachtete die Kette um den Hals der anderen Frau, an der eine Pfeilspitze hing.

»Hat mir in Chile ein Angehöriger der Mapuche geschenkt. Ein indigenes Volk. Ich hatte ihn und sein Auto aus einem Graben gezogen. Ich habe gespürt, wie wichtig ihm die Pfeilspitze war. Warum auch immer. Ich halte sie in Ehren.«

Marie zeigte den Ring an ihrem linken kleinen Finger. »Gehörte einer Freundin, die mit zwölf gestorben ist. Den Ring hat mir deren Mutter gegeben. Was hat Sie mit Malte verbunden?«

»Die Kunst. Die Kunst, neu zu denken, zu irritieren, anzuregen. Unseren stummen Bund haben wir in einer Galerie geschlossen. Wir standen vor einem Bild von Fernando Fader. Ein Franzose, der in Argentinien gelebt hat, in München ausgebildet wurde. Romantisierende Bilder vom Landleben hat er gemalt. Unter anderem. Malte und ich haben das geliebt. Eine idealisierte Vorstellung, an der wir uns orientiert haben. Trotz allem.«

»Trotz allem?«

»Das gehört nicht hierher.«

»Ich habe gestern Novalis gelesen. Er schrieb vor langer Zeit sinngemäß, dass wir die Welt als Einheit begreifen, wenn wir sie liebevoll betrachten. Wie bringen Sie das zusammen, die emotionale Beziehung zur Natur und den Zwang, gute Quartalszahlen in Sachen Chemie vorzulegen?«

»Selbstverleugnung.«

Julia Sosa-Ridels Gesichtsausdruck machte es Marie nicht möglich, die Wahrhaftigkeit der Aussage einzuschätzen. Pokerface. Diese Frau, die ihr Geld mit Pestiziden verdiente, und Malte, der sich mit großer Überzeugung für den Schutz der Schöpfung eingesetzt hatte. Wie hatte das nur funktionieren können?

Marie hörte ein Poltern, ein Motorgeräusch, dann tauchte der Transporter der KTU vor der Hofeinfahrt auf. Am Steuer eine Frau, die Marie nicht kannte.

Auf dem Beifahrersitz entdeckte sie Elmar Brockmann, den Haudegen der Kriminaltechnik. Er griff gerade ins Lenkrad und dirigierte den Transporter vom Misthaufen weg. Spuren zu vernichten war eine von Elmars größten Sorgen. So kam das Fahrzeug links vor der Giebelseite der Stallungen zum Stehen.

Elmar stieg aus, bereits im obligatorischen Schutzoverall und mit dem für ihn typischen Scannerblick, den Kopf leicht nach vorn geschoben, als könne ihm so weniger entgehen. Ein kurzer, kontrollierender Blick zu Marie herüber, die nickte, dann erteilte er Anweisungen für Absperrmaßnahmen. Dabei wurde deutlich, dass er sofort nach einem möglichen Verbringungsweg für die Leiche schaute. Der Ort war zu exponiert, als dass man nicht davon ausgehen musste, dass Tat- und Fundort auseinanderliegen könnten.

Abgestürzt

Auf den linken Unterarm hatte sich Guido Schlick 1998 den Sägefisch aus dem Tätigkeitsabzeichen der Kampfschwimmer tätowieren lassen. Das hatte ihn mehr Überwindung gekostet als der erste Fallschirmsprung. Aber er hatte sich das Motto der Einheit zu eigen gemacht: Lerne leiden, ohne zu klagen. Daran hatte er sich damals in Eckernförde gehalten, und auch in der Zeit nach der Bundeswehr hatte er nie lamentiert, wenn es das Schicksal mal wieder nicht gut mit ihm gemeint hatte. Ein Ex-Soldat mit Fachabi. Gerissen hatte man sich auf dem Arbeitsmarkt nicht um ihn. Den Hof der Familie hatte sein älterer Bruder übernommen. Aber Guido Schlick hatte die Zeit bei der Security-Firma in Flensburg genutzt und sich durch ein Fernstudium der Informatik zukunftsfit gemacht. Leicht war das nicht gewesen. Durchgehalten hatte er dennoch.

Auch die drei Jahre Knast wegen schwerer Körperverletzung waren inzwischen vergessen. Jetzt aber schrie er vor Schmerz. Ein Ast hatte den rechten Oberschenkel durchbohrt, der Unterschenkel stand in einem grotesken Winkel zum Knie. Es war noch sehr früh, er war allein unterwegs, wie er immer allein unterwegs war. Niemand würde sein Rufen hören.

Nachdem ihm das Standbein weggerutscht war, hatte er mit den Händen keinen Halt gefunden und war schätzungsweise zwanzig Meter vom Klettersteig nach unten in das Geröllfeld gestürzt. Hätte er keinen Helm getragen, wäre er tot. Vielleicht wäre das besser gewesen, als zu verbluten. Guido Schlick zog ein Springmesser aus der Westentasche, ließ mit einer geübten Handbewegung die Klinge hervorschnellen, durchstach mit der Spitze das Gewebe seiner Hose und schob das Messer von der Eintritts- bis zur Austrittsstelle des Astes an der Innenseite des Oberschenkels durch den Stoff. Das Blut sickerte links wie rechts über die Hose auf den grauen, felsigen Untergrund. Gut war, dass der Ast der Krüppelkiefer keine Arterie verletzt hatte. Das Blut war dunkel, und es spritzte nicht aus den Wunden.

Er war mit dem Kopf nach unten zu liegen gekommen, sodass sein Bein bereits hochgelagert war. Vorsichtig richtete er sich auf, um seine Trinkflasche zu erreichen, die neben seinem linken Fuß lag. Der Schmerz war infernalisch. Guido Schlick schrie erneut laut auf. In der Ferne lag der Alpsee und reflektierte die ersten Sonnenstrahlen. Das Allgäu erwachte, und Guido Schlick fühlte, dass er trotz der Schmerzen schläfrig wurde.

Das Halstuch

Noch während die neue Kollegin das Flatterband quer über den Hof spannte, hatte Elmar bereits eine Mehrzweckleiter mit Plattform über dem Misthaufen in Stellung gebracht. Marie zweifelte nicht, dass die KTU über professionelles Gerät verfügte, aber unter Elmars Gewicht kam die Leiter nun doch leicht ins Wanken, als er sich an den Aufstieg machte. Die Leiter überspannte eine Strecke von sicher fünf Metern.

»Fall bloß nicht in die Scheiße!«, rief die Marie noch unbekannte Kollegin Elmar zu.

Marie wandte sich an Julia Sosa-Ridel. »Ich möchte Ihnen einen Vorschlag machen. Da wir noch ausführlich mit Ihnen sprechen müssen, ist Ihre Verfügbarkeit unabdingbar. Ihre Unterstützung wird bei der Aufklärung dessen, was hier geschehen ist, wichtig sein. Selbstverständlich werden wir Sie nicht länger einschränken, als unbedingt nötig ist. Versprochen. Ganz in der Nähe kann ich Ihnen eine Unterkunft empfehlen, die sicher auch Ihren Ansprüchen gerecht wird. Sehr angenehme Ferienwohnungen direkt an der Schleibrücke. Falls Sie mögen, kann ich anrufen und für Sie fragen.«

Julia Sosa-Ridel legte ihr Tablet nicht zur Seite. »Drei Tage.« Mehr sagte sie nicht.

Marie nahm ihr Telefon zur Hand und wählte die private Handynummer der Besitzerin. Mit Corinna war sie in Kontakt, seit sie vor einigen Jahren gemeinsam das Plein-Air-Festival organisiert hatten.

Wenige Minuten später war die Eignerlodge für die Zeugin reserviert.

»Frau Sosa-Ridel, ich habe trotz Hochsaison noch eine Wohnung für Sie reservieren können. Wenn Sie gleich auf der Hauptstraße nach rechts Richtung Kappeln abbiegen –«

»Ich weiß, wo die Schleibrücke ist. Danke.« Julia Sosa-Ridel verstaute ihr Tablet.

»Ich benötige noch Ihre Handynummer.« Marie schlug ihr Schleibook auf.

»Sie notieren das analog?«

»Ich fühle gern den Stift über das leichte, raue Papier gleiten.«

Die Mimik der Frau mit den beinahe blauschwarzen Haaren entspannte sich. Für einen Moment war ein Lächeln zu erahnen. Dann diktierte sie die Telefonnummer, sagte »Moin« und ging.

»Moin?«, murmelte Marie. In ihren Ohren klang es komisch, wenn Menschen aus dem Süden, also alle, die südlich von Bremen lebten, den norddeutschen Gruß auf diese selbstverständliche Art entrichteten. Für gewöhnlich war es mindestens »Moin, Moin«, was Urlauber über die Lippen brachten. Manchmal hörte man auch »Guten Moin«. Da musste man sich schon sehr zusammenreißen.

Marie schaute der Argentinierin nach, die gerade einen geliebten Menschen verloren hatte. Ihr Gang war selbstsicher. Sie ging zu dem weißen Auto mit Münchener Kennzeichen. Warum fuhr sie einen Mietwagen, wenn sie mit ihrem Mann doch auch in Hamburg lebte? Marie lief ihr nach.

»Verzeihen Sie, ich frage wegen des Autos. Ein Mietwagen wohl? Wo waren Sie, bevor Sie hierher zu Malte kamen?«

»In Spanien. Wichtiger Markt für uns.«

»Geflogen?«

»Was sonst?«

»Wann sind Sie hier angekommen?«

»Gestern Mittag. Sieben Uhr zwanzig ab Madrid mit der guten deutschen Lufthansa. Eine Stunde Aufenthalt in München. Ich hatte eine Besprechung dort. Zwölf Uhr dreißig in Hamburg, ab Flughafen weiter mit dem Mietwagen. Die A 7 war frei. Halb drei war ich hier. Da lebte Malte noch, so viel kann ich sagen.« Sie schlug mit der flachen Hand auf das Autodach. »Kann ich jetzt fahren, Frau Kommissarin? Kann ich jetzt endlich weg von diesem beschissenen Misthaufen?«

Sie hatte so gebrüllt, dass Elmar rüberschaute. Marie trat

einen Schritt zurück. Julia Sosa-Ridel stieg ins Auto und fuhr ungefähr so schnell davon, wie Marie vor einer Dreiviertelstunde der Kastenwagen entgegengekommen war. Sie lehnte sich mit dem Rücken an das kühle Blech des EMOs. So also sah ihr freier Tag aus, an dem sie Gutes kaufen, gut kochen und sich was Gutes tun wollte. Sie sollte jetzt einfach vom Hof fahren.

Sie drückte sich vom EMO weg, federte den Bewegungsimpuls ab, ohne einen Ausfallschritt zu machen, und erneut spürte sie einen bekannten Schmerz im unteren linken Rücken. Selbstverständlich bliebe sie hier. Das war jetzt ihr Fall. Der Drei-Punkte-Plan war ja lediglich verschoben, und konzentrierte Arbeit lenkte auch prima von körperlichen Gebrechen ab. Was hatte Julia Sosa-Ridel gesagt? Selbstverleugnung. Die richtige Balance zwischen eigenen und den Bedürfnissen anderer zu finden war einer der Schlüssel zum Glück. Eine Suche im Heuhaufen. Aber jetzt war der Misthaufen dran.

Marie holte sich einen Overall aus dem Transporter der KTU und zog ihn an. Zu weit, viel zu weit. Sie ignorierte die Passform und machte sich in einem lockeren Hopserlauf in Richtung Leichenfundort auf den Weg. Die neue Kollegin schaute irritiert. Marie stoppte vor der Frau, die jung war. Wann hatte sie eigentlich zum ersten Mal gefühlt, gesehen, zweifelsfrei festgestellt, dass sie nicht mehr zu den Jungen gehörte?

»Marie Geisler, herzlich willkommen im schönen Norden.« Marie hielt der Frau ihre Hand hin und stieß auf einen Ellenbogen.

»Ronja Baderle. Das mit dem Norden, woher wissen Sie ...?«

»*Du*, wir sagen Du. Durch deinen Overall scheint das T-Shirt durch. ›Universität Tübingen‹. Das wird einen Grund haben.«

»In der Tat. Ich habe da Biologie studiert.«

»Du bist keine Polizistin. Das ist deine erste Stelle. Du fragst dich, ob du ein Leben ohne Berge aushalten kannst.«

»Berge?«

»Du trägst Kletterschuhe.«

Im Hintergrund klapperte es. »Marie, lässt du Ronja jetzt bitte mal ihre Arbeit machen?« Elmar lag auf der Plattform direkt über Malte und hantierte mit einem Fotoapparat und einem anderen Gerät, dem Marie keine Funktion zuordnen konnte.

»Ich habe mich mit deiner Nachfolgerin bekannt gemacht.«

»Ronja, du kannst jetzt bitte die 3D-Laserkamera und das Dreibein aus dem Auto holen. Und du, Marie, kommst mal zu mir.«

»Ja, Chef.« Marie umrundete den Misthaufen, sodass sie an Maltes rechter Körperseite stand und Elmar ins Gesicht schauen konnte.

»Wo bleibt die Rechtsmedizin?«

»Das weiß ich nicht, Elmar. Ich habe Astrid verständigt, und sie wird sich kümmern.«

»Die Temperaturen. Das ist wichtig. Die Leiche, der Misthaufen. Könntest du mal aushelfen? Wir sind nur zu zweit. An der Mauer lehnt diese Teleskopstange mit einem Thermometer am Ende. Schiebst du das mal in den Misthaufen für eine erste Messung direkt unter dem Körper, bitte?«

Marie holte die Stange und ging hinüber zur anderen Seite, dorthin, wo sie die Bohle auf den Haufen gelegt hatte. Sie hielt die Stange waagerecht, das Thermometer neben Maltes Brustkorb, und machte mit einem Bleistift eine Markierung auf der Teleskopstange möglichst genau an der Stelle, bis zu der sie die Stange in den Mist schieben müsste, um unter Maltes Oberkörper messen zu können.

Elmar hatte sich gesetzt und beobachtete sie. »Nicht schlecht vorausgedacht. Du könntest bei uns anfangen.«

»Wie aktiviere ich das Thermometer?«

»Einmal auf die mittlere Taste drücken. Es piept, wenn sich die Temperatur nicht mehr ändert.«

»Und das hören wir durch den Mist hindurch?«

»Weiß ich nicht. Mach halt mal.«

Marie schaltete das Thermometer ein, kniete sich auf die

Bohle und schob die Stange bis zur Markierung in den Misthaufen. Das ging schwerer als gedacht. Das Material war doch einigermaßen kompakt. Sie musste sehr darauf achten, nicht aus dem Gleichgewicht zu geraten.

»Halt dich bloß nicht an meiner Leiter fest.« Elmar beobachtete interessiert, was Marie tat.

»Psst, leise, Elmar.«

Für ungefähr zwanzig Sekunden herrschte Stille, und sofort spürte Marie, wie Nähe zu Malte entstand. Er war nur eine Woche älter als sie gewesen. Nachdem sie ihn und seine Arbeit kennengelernt hatte, war er für sie zu einem Vorbild geworden. Er hatte seine Ziele gekannt, und vor allem hatte er sie konsequent verfolgt. Es war ihm gelungen, bäuerliche Traditionen und Erkenntnisse aktueller Forschung unter einen Hut zu bringen. Er war Schützenkönig gewesen und hatte in einer von Hipstern geprägten Ökoszene Karriere als Politiker gemacht. Er war als einer der Ersten mit einem E-Auto unterwegs gewesen und hatte im Eckernförder Hafen den Traditionssegler »Suse« am Start, auf dem er junge Leute aus ganz Europa die Besonderheiten der Ostsee erleben ließ. Der Schutz der Meere und der sorgsame Umgang mit dem Land hatten ihm am Herzen gelegen. Und das Schönste: Er hatte seine Überzeugungen und sein Engagement nie wie eine Monstranz vor sich hergetragen.

Das Thermometer piepte. Marie zog an der Teleskopstange. Es gab einen Ruck, Marie geriet aus dem Gleichgewicht, konnte sich aber fangen.

»Das war knapp«, kommentierte Elmar zutreffend.

»Vierundfünfzig Komma sechs Grad«, las Marie ab. »Ein Rechenexempel. Die Rechtsmedizin wird wissen, was zu tun ist. Ich denke, er ist nicht länger als acht Stunden tot«, legte sie sich fest.

»Wegen der Leichenstarre?«

Marie nickte.

»Vielleicht kommt Michel über den Mageninhalt näher ran. Immerhin nähert er sich seinem Einsatzort.«

Marie schaute über die Schulter und sah zwei Autos auf den Hof fahren. Das vordere Fahrzeug steuerte Michel. Der Rechtsmediziner hatte sich eine Glatze rasiert, weil ihn die Haare unter dem Motorradhelm störten. Jetzt trug er immer Mützen in schrillen Farben und Designs. Selbst durch die Windschutzscheibe konnte Marie sehen, dass er sich heute für Neongelb entschieden hatte.

Die beiden Autos parkten vor der Giebelseite des Hofladens neben dem EMO. Marie schob das Thermometer nun in einem steilen Winkel nach unten in den Haufen. So könnte man später Rückschlüsse über den Temperaturverlauf ziehen. Sie las achtunddreißig Grad ab, als Michel, Astrid und Bernd eintrafen.

»Moin.«

»Mooiin.«

»Jo.«

»Der einzige Mist, auf dem nichts wächst, ist der Pessimist.«

Alle Augen auf Bernd.

»Hat Theodor Heuss gesagt.«

»Sag mal, Bernd, alles frisch bei dir? Da liegt ein toter Mensch auf dem Misthaufen, und du kommst mit diesem Aphorismuszeug. Jetzt reiß dich aber mal zusammen.« Marie war laut geworden, Bernd kleinlaut.

»Sorry, war blöd.«

»Kann man wohl sagen.«

Alle machten sich schweigend an die Arbeit. Michel zog Gummistiefel an und maß Maltes Körpertemperatur.

»Ich habe die Temperatur im Misthaufen an zwei Stellen gemessen.« Marie riss eine Seite aus dem Schleibook und schob sie in Michels Mappe, die aus einem seiner Koffer herausragte.

Astrid und Bernd verharrten in teilnehmender Beobachtung, Marie kletterte auf die Plattform, nachdem Elmar sie verlassen hatte.

»Ich bin noch nicht fertig«, merkte er an.

»Keine Sorge, ich verschwinde auf ein beliebiges Zeichen deinerseits.«

Sie legte sich auf das Aluminiumblech, das noch warm von Elmar war. Der Geruch hier war ein anderer als anderthalb Meter seitlich des Misthaufens. Marie blähte die Nasenflügel, sog die Luft ein, nahm den intensiven Gestank von Schwefelwasserstoff wahr. Aber da war noch was. Dann erinnerte sie sich daran, dass Malte sein Deo selbst herstellte und stets Orangenöl beimischte. So viel Orangenöl beimischte, dass es in seiner Nähe oft wie in einem Orangenhain geduftet hatte. Vielleicht, weil er viel Zeit in Ställen verbracht hatte. Vielleicht, weil sein Geruchssinn unterentwickelt gewesen war. Marie würde es nicht mehr herausfinden können.

Malte sah nicht aus, als sei alles Leben aus ihm gewichen. Er war eine frische Leiche. Jetzt bewegte sich sein rechter Arm. Marie zuckte zusammen, kurz stockte ihr der Atem. Dann sah sie, dass sich Michel am Körper des Toten zu schaffen machte.

»Stopp!«, rief Marie. »Da stimmt was nicht.«

»Was stimmt nicht?« Astrid näherte sich über die Holzbohle.

»Guck doch mal, das Ehrentuch der ›Suse‹, das er um den Hals trägt. Mal davon abgesehen, dass ich ihn noch nie mit einem Halstuch gesehen habe, ist es falsch gebunden.«

»Wie bitte?« Astrid legte den Kopf schräg.

»Guck doch. Die Schlaufe kommt von rechts. Wenn sich Rechtshänder ein Tuch auf diese Art binden, kommt die Schlaufe von links. Malte war Rechtshänder.«

»Ehrentuch?« Bernd machte mit.

»Malte hat diese Tücher in einer Blaudruckerei herstellen lassen und zu Weihnachten treuen Unterstützern seines Traditionsseglers höchstpersönlich um den Hals gebunden. Eine Ehre. Darum Ehrentücher.«

»Albern.«

»Marketing, Bernd, das ist clever. Kundenbindung.« Astrid fotografierte das Tuch. »Marie, das hätte ich niemals gesehen. Du bist so eine gute Beobachterin.«

»Danke. Ronja, kannst du mir bitte einen Spurenbeutel reichen?«

Marie streckte sich, Ronja streckte sich. »Wir könnten auch Staffellauf«, stellte Ronja fest.

Marie fand Gefallen an der jungen Frau. Sie kontrollierte den Sitz von Maske und Schutzbrille, legte sich nun quer auf die Plattform, sodass Arme und Oberkörper fast senkrecht über Malte hingen. Sie griff nach dem Halstuch. Die Situation fühlte sich intim an. Sie war Malte in einer Position nahe, die ihm keinen Schutz mehr bot. Ob sie das so empfand, weil sie einander kannten, gekannt hatten? Kann man jemanden kennen, der tot ist? Ist das Präsens hier angebracht?

Marie atmete in den Bauch, so gut das kopfüber hängend ging, und stoppte ihren inneren Dialog. Sie löste den Knoten, zog das linke Ende unter Maltes Nacken hinweg und schob es danach wieder in die Schlaufe, sodass das Tuch ungefähr in der Ausgangslage war, als sie es vorsichtig in den Beutel schob. Feine Härchen, die man nicht gleich sah, Hautschuppen. Elmar hatte schon recht, wenn er immer wieder darum bat, Spuren ernst zu nehmen.

»Tschüs, Malte«, flüsterte sie, wand sich ächzend auf die Plattform zurück und richtete sich auf. Ein paar Übungen mit dem Medizinball wären nicht schlecht. Ihre Rumpfmuskulatur war schon mal kräftiger gewesen.

Am Abend nach dem Training würde sie auf die Hantelbank gehen, die Andreas ihr geschenkt hatte. »Günstig geschossen im Netz«, hatte er gesagt, und in der Folge hatte sich ein Gespräch über Sparsamkeit und Geiz entsponnen, an dessen Ende sie übereingekommen waren, dass Sparsamkeit ende, wenn Ausbeutung auch nur zu erahnen sei.

Marie kletterte von der Leiter, machte Platz für Elmar. Michel fragte, wann er den Toten haben könne, Elmar legte sich nicht fest. Nachdem Marie die Maske vom Gesicht gezogen hatte, ging sie hinüber zu Astrid, die in diesem Moment ein Telefonat beendete.

»Das mit dem Kastenwagen wird schwierig. Wäre es ein Rolls Royce Silver Shadow, Baujahr 1964, dann wäre es leicht.«

»Gibt's nicht«, konterte Marie.

»Was gibt's nicht?«

»Die Frage muss lauten: *Wen* gibt's nicht? Einen Silver Shadow, Baujahr 1964. Er wurde erst ab 1965 gebaut.«

»Du veralberst mich.«

»Nein, ich bin anglophil.«

»Wohl eher autogeil. Woher weißt du das?«

»Quellenschutz.«

Astrid machte Grimassen, schüttelte sich kurz und sagte: »Große Runde morgen, nachdem Michel den Toten obduziert hat und die KTU was sagen kann?«

Marie nickte. »Wir haben den Kastenwagen, wir haben Julia Sosa-Ridel …«

»Marie, du glaubst doch nicht, dass die Mörderin die Leiche nach der Tat hübsch drapiert, sich ins Bett legt, am Morgen in Ruhe ihre Tasche packt und nur darauf wartet, dass jemand den Toten findet.«

»Lass uns mal abwarten, wie viel Zeit zwischen Tod und meinem Eintreffen tatsächlich vergangen ist. Die Leichenstarre war nicht voll ausgeprägt, länger als acht Stunden liegt es nicht zurück, dass Malte gestorben ist. Vielleicht auch nur eine Stunde, und die Geliebte hatte keine Chance, früher zu verschwinden.«

»Du gehst davon aus, dass Tatort und Fundort nicht übereinstimmen, richtig?«

»Genau. Für mich sieht es aus, als habe der Täter respektive die Täterin eine Botschaft mit der Art der Ablage verbunden.«

Astrid setzte sich auf die Picknickbank und griff versonnen nach einem der Gläser, die dort noch standen.

»Keine Angst vor Lippenherpes? Aber du hast Glück gehabt, mein Glas ist das andere. Man weiß ja nie.«

»Danke, ich war in Gedanken. Nehmen wir an, die Geliebte tötet Malte in den frühen Morgenstunden. Es waren große Emotionen im Spiel, sie will nachträglich deutlich machen, was sie von ihm hält, und legt ihn als Abfall auf dem Misthaufen ab? Immer auf die Gefahr hin, entdeckt zu werden? So blöd wird sie nicht sein.«

Marie hockte sich Astrid gegenüber. »Hat sie die Nacht mit ihrem Geliebten verbracht oder nicht? Sie hatten Streit, er schlief auf der Couch, ging in der Dunkelheit noch mal raus und traf dort auf seinen Mörder.«

»Zufällig, mitten in der Nacht? Nö.«

»Ein Nachbar, mit dem er in Streit war, der ihm die Reifen zerstechen wollte. Eine Auseinandersetzung eskaliert.« Marie drückte den Rücken durch. »Auch wenn es furchtbar ist. Darum liebe ich diese Arbeit.« Sie wussten nicht, wie es war, was kommen würde, wie sie dafür sorgen konnten, dass zumindest nachträglich so etwas wie Gerechtigkeit hergestellt würde.

»Vorschlag: Ich fahre nach Eckernförde und forsche wegen des Halstuchs nach. Was sich damit verbinden lässt.« Marie kicherte. »Also nicht mit dem Tuch, sondern mit dem Umstand, dass es meines Erachtens nicht das Tuch von Malte ist. Nur so ein Gefühl.«

»Mach das.« Astrid hielt Michel mit einer Handbewegung auf, als er vorübergehen wollte. »Michel, können wir morgen früh erste Ergebnisse diskutieren?«

»Können wir.«

»Gut, acht Uhr im Besprechungsraum.«

Michel ging weiter, Astrid schaute ihm nach. »Die schönen Haare.«

»Wachsen auch wieder. Ich fahr jetzt und melde mich.«

»Und was ist mit Abräumen?«

»Du hast zuletzt getrunken. Außerdem kann Elmar noch Fingerabdrücke von Julia Sosa-Ridel nehmen.« Marie stand auf, ging um die Picknickbank herum, legte Astrid für einen Moment die linke Hand auf die Schulter und ging zum EMO. Den ersten Angriff, die sehr sorgfältige Betrachtung des Leichenfundortes und die Dokumentation von Situation und Spuren in analoger und digitaler Form wusste sie in erfahrenen Händen. Spätere Ermittlungsfehler ließen sich manchmal korrigieren, übersehene oder zerstörte Spuren waren unwiederbringlich verloren.

An der T-Kreuzung zur Ostseestraße angekommen, entschied sich Marie, nein, entschied sich Maries Unterbewusstsein, links abzubiegen und nicht den kürzeren Weg über die Bundesstraße nach Eckernförde zu wählen. Kurz schwebte ihr Finger über dem Knopf des CD-Players, dann erinnerte sie sich an die Musik des Hinwegs. Shantys wären nun unpassend, fand sie. Klassische Musik, die sie für gewöhnlich während der Arbeit hörte, wollte auch nicht passen. Marie fühlte Wehmut und Trauer. Ob es daran lag, dass sie mit Malte einen entfernten Freund verloren hatte, oder ob sie den Chancen nachtrauerte, die eine von ihm geprägte Politik gehabt hätte, wusste sie nicht.

Von drückenden Gefühlen getrieben, fand sich Marie fünf Minuten später am Weidefelder Strand wieder. Es war noch immer früh, und der Strand war nicht sehr belebt. Sie ging vor zum Wassersaum, setzte sich auf einen Stein und schaute hinaus, weit hinaus zum Horizont. Die Sonne hatte sich auf den Weg gemacht und stand von Marie aus gesehen leicht rechts ungefähr drei Daumenbreit über dem Horizont. Marie drehte sich in ihre Richtung, schloss die Augen und suchte nach der sanften Berührung durch den Frieden, den ihr das Meer immer dann schenkte, wenn sie einer Umarmung besonders bedurfte.

Wie lange sie auf dem Stein gesessen hatte, wusste Marie nicht, als ein kleines Mädchen sie anstupste und fragte: »Hast du meine Mama gesehen?«

Marie fand heraus, wie die Mama hieß, rief nach Jenny, fand Jenny, bedankte sich für den Lolli, den Jenny ihr schenkte, und war zurück im Leben, das sich im Sommer zwischen Schlei und Ostsee meist von seiner Sonnenseite zeigte.

❊ ❊ ❊

Kent Holzer war in seinem ersten Leben Spediteur gewesen, den Laden hatte er wegen wiederholter Verstöße gegen das Betäubungsmittelgesetz an die Wand gefahren. Er war zweiundfünfzig Jahre alt, geschieden, wohnhaft in Glücksburg und als geschäftsführender Inhaber der Aufwind Segeltouren GmbH und Eigentümer der Traditionssegler »Windsbraut« und »Piteraq« ins Handelsregister eingetragen. Das herauszufinden hatte Maries Kollegin Sonja Horstmann nur wenige Minuten gekostet. Auf Kent Holzer war Marie getroffen, als sie an Bord der »Suse« gehen wollte, dem Dreimaster, der in Eckernförde vertäut war und Malte von Rönneby gehört hatte.

»Junge Frau«, hatte er sie von der Seite angequatscht. »Sie sehen aus, als hätten sie durchaus begründete Ansprüche ans Leben. Wenn Sie auf der Suche nach einem richtigen Abenteuer sind, darf ich Ihnen als Kapitän die ›Windsbraut‹ ans Herz legen.« Er hatte auf das Schiff gezeigt, das direkt neben Maltes »Suse« lag.

»Wie kommen Sie darauf, dass ich ein Abenteuer suche?«, hatte Marie wissen wollen.

»Ich kenne die Frauen.« Sein Lachen war so schmierig gewesen, dass Marie ein Schauer über den Rücken gelaufen war. Sie hatte ihn stehen lassen, kurz mit Sonja telefoniert und war über die Gangway an Bord der »Suse« gegangen. Dort stand auf einen Schrubber gestützt ein schmächtiger Mann Mitte sechzig und schaute sie freundlich an. »Moin, da bist du dem Holzer ja gerade noch mal von der Schippe gesprungen.«

»Holzer?«

»Kent Holzer, der Zuhälter unter den Reedern.«

Der Mann stellte sich als Fritz Wiczolleck vor und erklärte, er sei die rechte Hand von Malte, dem die »Suse« gehöre. Er habe Holzer durchschaut, als er ihn zum ersten Mal gesprochen hätte. Ein missgünstiger Neider, bei dem üble Nachrede noch zu den harmlosen Ausdrucksformen seines Wutpotenzials gehöre. Er habe Maltes Konzepte nachzuahmen versucht, er habe Adresslisten geklaut, falsche Bewertungen im Internet abgegeben und versucht, die »Suse« in Brand zu stecken.

»Und Malte?«

»Malte hat ihm immer wieder verziehen, der dumme Junge, ihm Hilfe angeboten, zuletzt sogar Geld geliehen. Wenn der Junge nicht zu Verstand kommt, wird Holzer die ›Suse‹ eines Tages versenken.«

Ohne dass Marie es darauf angelegt hätte, hatte Fritz Wiczolleck ihr binnen weniger Minuten einen Verdächtigen aus dem Hut gezaubert. Als Fritz seine Tirade beendet hatte, atmete er tief durch und sagte: »Auf der ›Suse‹ bist du in Sicherheit. Der Klabautermann und ich sind alte Kumpels.«

Gesprächig, wie Fritz war, verzichtete Marie darauf, sich als Polizistin vorzustellen. »Du hast so ein schönes Halstuch«, lieferte sie ihm das nächste Stichwort, und Fritz ließ sich nicht lange bitten.

»Das Ehrentuch«, hob er an und warf sich in die schmale Hühnerbrust. »Ich lege mein Ehrentuch auch des Nachts nicht ab. Ich wasche es an Tagen mit D vorsichtig mit grüner Seife aus, trockne es in der sanften Brise des frühen Abends und trage es stolz wie Fritz. Das Ehrentuch verleiht Malte Menschen, die sich um die ›Suse‹ und ihren Auftrag verdient gemacht haben. Möchtest du einen Tee?«

Marie nahm das Angebot an und setze sich mit Fritz auf die Reling an Backbord, sodass sie über den Hafen hinüber nach Borby sehen konnten. Ein Blick, der zu Maries zehn Lieblingsblicken gehörte. Das sich kräuselnde Wasser der Eckernförder Bucht, das das Licht in jeder Minute anders reflektierte, die Segelschiffe im Bojenfeld, der Petersberg, der Borby eine kraftvolle Aura verlieh, und der Turm der Kirche, der Sicherheit und Halt signalisierte.

Der Tee war stark und süß, Fritz ein Füllhorn, wenn es um Seemannsgarn ging. Wahr aber schien zu sein, dass in den letzten fünf Jahren, so lange war Malte Eigner der »Suse«, weniger als sechzig Menschen das Ehrentuch von Malte um den Hals gelegt bekommen hatten.

Worin denn genau der Auftrag des Seglers bestehe, fragte Marie und erhielt zur Antwort, dass »Suse«, Mannschaft und Malte im Auftrag von Poseidon unterwegs seien. Sie seien angetreten, jungen Menschen die Kraft und die Verletzlichkeit der Ostsee näherzubringen. Sie gelte es zu schützen, sie sei der maritime Augapfel, den er, Fritz Wiczolleck, hüten werde, solange er lebe. Bisschen schwülstig war all das, aber

Marie glaubte ihm jedes Wort. Inbrunst hatte einen neuen Namen.

Als Marie nach einer Namensliste der Ehrentuchträger fragte, wurde Fritz endlich misstrauisch. Ihr Dienstausweis nötigte ihm ein »Leck mich am Arsch, ein Bulle« ab, das klanglich aus zutiefst überraschtem Herzen kam.

»Es gibt eine Liste, weil Malte den Ehrentuchträgern zum Geburtstag gratuliert, aber diese Liste ist auf seinem Handy, soweit ich weiß. Er macht alles mit dem Ding. Da musst du ihn selbst fragen. Kann ich jetzt überhaupt noch Du sagen?«

Marie lächelte. »Du bist der Ältere.«

»Na dann. Warum fragst du nach der Liste?«

Marie schaute sich um. Am Niedergang mittschiffs standen zwei Frauen, die sich angeregt unterhielten. Ansonsten waren sie allein. »Es tut mir sehr leid. Malte ist tot. Ich habe ihn heute Morgen auf seinem Hof gefunden.«

»Zeig mir noch mal deinen Ausweis.«

Fritz Wiczolleck nahm Marie den Ausweis aus der Hand, las, drehte ihn um. »Das ist alles echt, oder?«

Marie drehte sich nach rechts, sodass Fritz das Logo des Polizeisportvereins auf ihrem T-Shirt sehen konnte.

Er schüttelte den Kopf, gab den Ausweis zurück und starrte auf seine Hände. Dann sprang er plötzlich auf.

»Was hast du vor?«

»Die Flagge«, rief Fritz.

Marie stand auf und folgte ihm zum Heck. Fritz blieb vor dem Flaggstock stehen, der in etwa zwei Metern Höhe die deutsche Nationalflagge führte. Die Flagge bewegte sich leicht im aufbrisenden Ostwind.

»Halbmast, das ist Tradition. In Seeschlachten wurde die Flagge des besiegten Schiffes niedergeholt. Heute hat das eine andere Bedeutung. Wir verneigen uns vor einem bedeutenden Menschen, der …« Weiter kam Fritz Wiczolleck nicht. Die Stimme versagte, die Tränen liefen über sein zerfurchtes Gesicht.

Inzwischen waren die beiden Frauen aufmerksam geworden

und kamen zum Heck. Als sie sahen, dass Fritz Wiczolleck weinte, nahm ihn eine der beiden in den Arm. Die andere schaute Marie fragend an.

»Malte von Rönneby ist tot.«

Die Frau schlug eine Hand vor den Mund. Weite Augen. Echtes Entsetzen. Malte war beliebt gewesen.

Von der Hafenmauer aus hatte Kent Holzer die Szene beobachtet. Ihm war nicht entgangen, dass Fritz die Nationalflagge auf der »Suse« niedergeholt hatte. Marie hätte gewettet, dass er lächelte. Als sie ihn direkt anschaute, drehte er sich weg und ging Richtung Hafenspitze.

Fritz Wiczolleck löste sich vorsichtig von der Frau, senkte den Kopf, hob beide Hände, stumm um Verständnis bittend, dass er allein sein wollte. Marie ließ ihn gehen und folgte ihm mit den Augen und der brennenden Frage nach dem, was zwischen Malte und Kent Holzer tatsächlich vorgefallen war. Fritz hatte erwähnt, dass Malte ihm Geld geliehen habe, seinem wohl ärgsten Konkurrenten.

Sie entfernte sich von den Frauen und rief Sonja an, die die Ermittlungen wie stets aus ihrem Büro beim Landeskriminalamt in Kiel heraus koordinierte und die Beteiligten gezielt mit frischen Informationen versorgte. Sonja würde alle analogen und digitalen Quellen anzapfen, um Hinweise auf die Beziehung zwischen den beiden Reedern zu finden. Zudem hatte Marie darum gebeten, Maltes Handy, das die KTU sicher alsbald finden würde, auf eine Liste der Ehrenmitglieder zu überprüfen.

Marie beendete das Gespräch, nickte den Frauen zu und ging zum Bug.

»Fritz, ich gehe. Wir sprechen sicher noch mal miteinander. Sagst du mir, wie ich dich erreiche?«

»Hier, ich bin eigentlich immer hier, wenn wir nicht auf dem Wasser sind. Aber ich habe auch eine kleine Wohnung.« Er nannte eine Adresse in Fleckeby und diktierte Marie seine Mobilfunknummer.

»Hast du auch eine Nummer von Kent Holzer?«

»Nein, aber vor dem Schiff steht ein Aufsteller mit Flyern, da sind auch Telefonnummern drauf. Das Aas wohnt in Glücksburg.«

Marie wandte sich zum Gehen.

»Können wir Malte noch mal sehen?«

Stehen bleiben, denken, sich umdrehen und sagen: »Ich weiß nicht. Wir melden uns.« Sie sah die traurigen Augen von Fritz Wiczolleck, die andere Seite der Medaille, auf der »Liebe« stand.

Wer konnte entscheiden, ob Maltes Leichnam öffentlich zur Schau gestellt würde? Sein Vater war tot, das wusste Marie. Malte hatte ihn kaum gekannt. Ein schwedischer Adliger, der bei der Jagd vom Pferd gestürzt und seinen Verletzungen erlegen war, noch bevor Malte in die Schule ging. Seine Mutter, eine Deutsche, war mit Malte zurück nach Deutschland gegangen, auf den Hof von Maltes Großeltern, die ebenfalls nicht mehr lebten. Von Geschwistern hatte er nie erzählt, die Mutter nur am Rande erwähnt. Womöglich hatte Marie daher noch nicht darüber nachgedacht, wer von Maltes Tod unterrichtet werden musste. Unangenehme Unterlassung. Sie setzte sich auf einen der Poller und rief Sonja an.

»Dafür habt ihr mich ja«, lachte Sonja ins Telefon. »Maltes Mutter hat wieder ihren Mädchennamen angenommen. Sie heißt Theresa Sönichsen, ist zweiundsiebzig und lebt in Köln.«

»In Köln?«

»Ja, das ist diese Stadt am Rhein. Dom, Karneval, FC.« Sonja war gut gelaunt.

»Stammt sie aus Köln?«

»Nein, Lübeck.«

»Sonja, lass dir nicht alles aus der Nase ziehen.«

»Sie war Sprecherin beim Radio, beim WDR.«

»Adresse?«

»Schon in der Dienstcloud abgelegt.«

»Danke.«

Marie suchte nach der Adresse. Ein Pflegeheim nicht weit vom Dom. Sie rief Astrid an. »Meinst du, ich kann eine Dienstreise nach Köln machen? Gleich morgen Vormittag? Du wärest dann in der Rechtsmedizin ohne mich.«

»Ja, du hast den Toten gekannt. Finde ich gut, wenn du mit seiner Mutter sprichst, zumal wir nicht ausschließen können, dass sie etwas über Ärger weiß, den er hatte. So was wissen Mütter doch, oder?«

»Väter wissen das auch, Astrid.«

»Nicht alle Väter, Marie. Meiner wusste, dass ich Schulsprecherin geworden war, das Stipendium bekommen hatte. Ach, lassen wir das. Willst du dich bei ihr anmelden?«

»Eher nicht. Ich rufe die Heimleitung an und finde heraus, ob ich sie morgen antreffen kann. Zweiundsiebzig, bisschen jung für ein Heim, oder?«

»Ich könnte gleich morgen einziehen. Ich sehe immer schlechter.«

»Verstehe, bei mir ist es der Rücken.«

»Sonst ist es doch immer das Knie.«

Befreites Lachen.

Marie informierte Astrid über ihr Gespräch mit Fritz Wiczolleck, sprach die Liste der Ehrentuchträger an, fragte, ob es neue Erkenntnisse auf dem Hof gebe, und spürte einen Hungertsunami, der sich unmittelbar vor ihr auftürmte und nicht so wirkte, als ließe er mit sich verhandeln. Eine Präferenz für deftig oder süß, für Fisch, Fleisch oder vegan kommunizierte der Tsunami auch nicht. Es war noch nicht mal zwölf Uhr. Auch diesbezüglich kein Verhandlungsspielraum. Gleich gegenüber lockte »Mehrfisch« mit dem, was der Name versprach. Marie wusste, dass das Restaurant um Punkt zwölf öffnen würde. Sie wäre der erste Gast.

Sie war der erste Gast. Die Duftmelange aus Fisch und Fett machte, dass Marie das Wasser im Mund zusammenlief. Das Gespräch mit Karl am gestrigen Abend ließ sie kurz innehalten. War Hering okay? Sofern er aus dem Atlantik kam, war er okay, erinnerte sie sich an Karls Liste vom WWF. Er hatte ihr eine App empfohlen. Aber auf Maries altem Nokia konnte man keine Apps installieren. Ein Segen, dachte sie und schämte sich für ihren Alltagszynismus, der Gedanken und Taten erlaubte, die nicht politisch korrekt waren.

Ach, früher war alles so schön einfach gewesen. Als ihr Vater als Fußballtrainer beim VfL Bochum anfing, hatte es an Spieltagen eine Stadionwurst mit ordentlich Senf gegeben, und kein Mensch fragte, wo die Wurst herkam. Von Dönninghaus, woher auch sonst? Die Hymne von Grönemeyer, danach heimlich ein Pils. War gar nicht so lange her.

Marie setzte sich mit Fischbrötchen und Alsterwasser auf eine der Bänke direkt am Stadthafen, biss in das knusprige Brötchen, schmecke den köstlichen Cherry-Hering, hörte das Knacken der Zwiebelringe, krümelte auf die Hose, öffnete die Bügelflasche, dass es ploppte, und dachte: Heute ist es manchmal auch ganz einfach, glücklich zu sein. Bootsparade an den Stegen, Kinder, die rannten, Eltern, die ermahnten. Die Sonne kitzelte Maries rechtes Ohr. Den dritten Tagesordnungspunkt »sich was Gutes tun« konnte sie schon abhaken.

Schade eigentlich. Mit einer Wundertüte aus dem Eiscafé Venezia an den Strand laufen wäre auch nicht übel. Menschen waren unersättlich. Marie wischte sich den Mund ab und entsorgte die Serviette im Mülleimer. Sie brachte das Leergut zurück und hielt auf die »Windsbraut« zu.

Wie Fritz Wiczolleck gesagt hatte, stand an der Gangway ein Aufsteller mit Flyern. Marie entnahm der Box aus Plexiglas einen der bunten Prospekte und las: »Laues Lüftchen? Nicht bei uns. Wir pusten dir den Kopf frei. Abenteuer-Check-in: hier und jetzt!«

Weiter kam sie nicht. Ein schnieker Jüngling im blau-weiß geringelten Shirt, das über der gut trainierten Brustmuskulatur spannte, näherte sich und zeigte makellos weiße Zähne. »Moin, ich bin Rob«, sagte der Mann mit amerikanischem Akzent.

»Oh, hi«, hörte Marie sich sagen und grinste innerlich über ihre Kleinmädchen-Artikulation. Aber Robs Lächeln zeigte, dass er sie an der Angel wähnte. »Ich bin Marie.«

»Alright, Mary«, sprach er ihren Namen englisch aus. »Adventure's right ahead. Welcome on board.«

Er drehte seinen trainierten Körper zur Seite und machte mit seinem rasierten Arm eine einladende Bewegung. Auf die Innenseite seines Bizeps' hatte er sich »The force is with me« tätowieren lassen.

Zwischen dem Handlauf und Rob blieb gerade so viel Platz, dass Marie ohne Körperkontakt an Rob vorbeikonnte. Er bewegte sich keinen Millimeter. Marie betrat das Deck und schaute langsam am Mast entlang bis ganz nach oben. »Wow, ist das hoch. Traust du dich da rauf, Rob?«

»If you'll join me.«

Marie stellte sich vor, wie sie ihn von der Großbaumrah stieß.

»Kannst du mich rumführen? Mit der ›Windsbraut‹ und dir in See zu stechen, das kann ich mir schon gut vorstellen. Wo schlafen wir denn?«

»I'll show you ...« Rob ging vor. Marie folgte. Der Niedergang erhielt in ihrer Wahrnehmung eine ganz neue Bedeutung.

Dass die Befriedigung niedrigster Instinkte auch im touristischen Segelbusiness ein Erfolgsfaktor war, überraschte sie. Bisher hatte sie das Konzept Seemannschaft für das ebenso nützliche wie edle Miteinander der Crew gehalten. Wie es auf der »Windsbraut« lief, wollte sie eigentlich nicht so genau wissen, erkannte unter Deck aber gleich ihre Chance. Sie sah ein Hinweisschild mit der Aufschrift »Eigner-Kabine«, hörte Robs Smartphone klingeln und sich sagen: »Rob, ich müsste mal ...«

Rob lächelte – was auch sonst? –, zeigte Richtung Heck, nahm das Gespräch an, flötete: »Windsbraut, hello, this is Rob«, und erklomm mit geschmeidigen Bewegungen die Stufen hinauf aufs Deck.

So flink und wendig, wie es in Maries Erinnerung einst Gerd Müller gewesen war, flog sie förmlich durch die Reihen von Hängematten, umrundete geschickt einen Tisch, bog mit kleinen, schnellen Schritten in den Kabinengang ein und hatte ihr Picking-Besteck zur Hand, als sich die Tür zur Eigner-Kabine quietschend öffnete, kaum dass sie die Klinke nach unten gedrückt hatte. Die rechtswidrige Öffnung blieb ihr erspart. Neben Köpfchen und überragender Physis musste man eben manchmal auch ein bisschen Glück haben.

Geübt bewegte sich Marie durch die Kabine, die der von Sir Francis Drake nicht unähnlich war. Fehlte nur der Säbel auf dem mit Seidenlaken bezogenen Doppelbett. Maries Interesse galt dem Schreibtisch von Kent Holzer, auf dem ein Notebook stand, dessen Display hell leuchtete. Zumindest hätte der Kapitän den Energiesparmodus aktivieren können, dachte sie und tippte behandschuht auf den Posteingang des E-Mail-Programms. Rechnungen, so weit der Finger scrollte.

Schritte auf dem Deck. Das musste nicht, aber konnte Rob sein. Marie sah sich um, ärgerte sich, dass sie keinen Fotoapparat dabeihatte. Als sie aufstand, löste sich ein Post-it von der Kante des historischen Schreibtisches und segelte anmutig zu Boden. Bücken, aufheben, noch in der Bewegung lesen, dass Kent Holzer Lizzy Bendixen zurückrufen sollte. Kurz ballte Marie die Faust. Lizzy Bendixen war die Gebietsleiterin der Sparkasse und spielte als Torfrau mit Marie seit sechs Jahren in derselben Mannschaft. Unter ihrem Namen hatte Kent Holzer »Kreditlinien« notiert. Ja, er hatte den Plural gewählt. Der Mann, der unter Maltes Konkurrenz litt, hatte womöglich tatsächlich Geldsorgen.

Marie würde das, Bankgeheimnis hin oder her, spätestens unter der Dusche verifizieren können. Morgen Abend war Training, da wäre sie längst aus Köln zurück. Vor dem Duschen trank Lizzy Bendixen stets ein Bier, das ihr unter dem Strahl warmen Wassers erfahrungsgemäß rasch zu Kopf stieg. Marie war zuversichtlich.

Sicher gäbe es in der Kabine weitere Entdeckungen zu machen, aber ihre Rolle als potenzielle Mitseglerin wollte Marie noch nicht gefährden. Sie stand auf, ging zur Tür, linste durch den Spalt und sah Rob rückwärts den Niedergang herunterkommen. Perfekter konnte Timing nicht sein.

»Rob, endlich«, rief Marie, und Rob blieb an einer der Hängematten stehen. »Es ist wundervoll hier auf der ›Windsbraut‹.
Ich komme ganz bald mit meiner Freundin wieder, dann können wir vielleicht die Hochzeitsreise auf dem Wasser starten.«

»*Girlfriend?*«

Marie wackelte auf Rob zu und nickte. »*Kind of.*« Sie
stupste Rob auf die Nase. Seinen Blick hätte sie sich zu gern
gerahmt. »*See you.*«

Zurück am Tageslicht rief sich Marie zur Ordnung. Nicht
zum ersten Mal stellte sie an sich fest, dass sie auf emotional
bedrückende Erfahrungen mit albernen Einlagen reagierte. Wo
hatte sie doch gleich das EMO geparkt? Sie schaute sich um.
Jedenfalls nicht auf dem Jungfernstieg. Auf dem Parkplatz am
Rundsilo. Da war sie sich sicher, ziemlich sicher.

Marie ging zügig an der Hafenkante entlang in Richtung der
Klappbrücke. Zwischen dem Bug der »Suse« und jenem der
Ketch »Tu solo Tu«, deren Kapitän Tagesfahrten und Törns bis
in die dänische Südsee anbot, konnte Marie auf das Hafenbecken schauen. Eine Gruppe von Teenagern war auf XXL-SUPs
unterwegs. Auf einem der Boards zählte sie acht Personen. Da
war Koordination gefragt. Dass die Paddler Spaß hatten, war
sicht- und hörbar.

Hörbar war auch der markante Bass von Martin, dem Pfar-
rer der St.-Nicolai-Kirche. »Marie, wir hätten noch einen Platz
frei!«, rief er übers Wasser, und jetzt sah Marie ihn auch auf
einem Soloboard.

»Lass mal, ist mir zu kalt heute. Was treibt ihr da?«

Mit ein paar geübten Schlägen hielt Martin zielsicher auf
Marie zu. »Unsere Konfis. Coole Truppe. Die halten toll zu-
sammen und haben einen Blick für die Welt. Sie verbinden das
Angenehme mit dem Nützlichen und sammeln Müll aus dem
Hafenbecken. Dass sich der Mensch die Erde untertan machen

soll, versteht diese Generation nicht mehr. Okay, verstehen viele dieser Generation nicht mehr. Gibt ja immer Ausnahmen. Wann ist Karl eigentlich dran mit der Konfirmation?«

»Heikles Thema. Er fragte jüngst, wer eigentlich entschieden habe, dass er getauft wurde.«

Martin zog die Brauen hoch. »Ein kritischer Geist. Der Apfel fällt nicht weit vom Stamm. Vielleicht hat er ja Interesse, die Kinder- und Jugendarbeit bei uns kennenzulernen.«

»Martin, wir wohnen in Schleswig. Ziemliches Gegurke, oder? Der Bus fährt eine Dreiviertelstunde. Aber ich frage ihn mal. Er ist bei Fridays for Future aktiv.«

Martin grinste. »Wir auch.« Er winkte. »Grüße an den Gatten, in der nächsten Woche komme ich zum Check-up.«

Marie hob abwehrend die Hände. »Nicht meine Baustelle.«

Die Konfis hatten Martin mittlerweile abgehängt und sich zwischen den Booten im Yachthafen verteilt. Der Müll, den sie aus dem Hafenbecken sammelten, bestand zum Großteil aus Plastikflaschen. Warum man die ins Wasser warf, würde Marie wohl nie verstehen.

Direkt vor der Terrasse des La Taverna Al Porto sah sie das EMO. Beruhigend, dass sie sich nicht geirrt hatte. Sie stieg ein, öffnete den kleinen Tresor, entnahm das Notebook und loggte sich in den Server ein, den Sonja mit relevanten Infos bestückt hatte. Marie nutzte oft die komfortable Suchfunktion, die auch bei Verknüpfungen gute Ergebnisse zutage förderte. »Holzer+Anschrift« führte zu einer Adresse zwischen Meierwik und Solitüde. Teure Gegend. So schlecht schien es Kent Holzer dann doch nicht zu gehen.

Sie nahm zur Kenntnis, dass Malte von Rönneby auf dem Weg in die Rechtsmedizin nach Kiel war, und spürte erneut ein Gefühl von Verlust und Trauer. Sie war froh, dass ihr der Termin an Michels Edelstahltisch erspart bleiben würde.

Andere Gedanken wären gut.

Sie wählte die Nummer des Pflegeheims in Köln und erklärte ihr Anliegen der Heimleiterin, die den Schutz der Daten thematisierte, dass es Marie schmerzte. Aber die hatte ja recht.

Schlussendlich stellte sich heraus, dass Theresa Sönichsen mittwochs ihren allseits beliebten Lesekreis moderierte und sicher anwesend sein würde. Warum Theresa Sönichsen im Pflegeheim lebte, wollte dessen Leiterin nicht preisgeben. Marie suchte einen Zug raus.

Sechs Uhr siebenundzwanzig ab Kiel war sportlich. Sie hätte zwei Stunden für Maltes Mutter und wäre um neunzehn Uhr zweiunddreißig zurück, sodass sie nur ein bisschen verspätet zum Training in Schuby antreten könnte. Marie freute sich. Ein ganzer Tag unterwegs. Kein Termin konnte dazwischenkommen. Erreichbar wäre sie nur telefonisch. Sie nähme sich das Büchlein von Novalis mit, dessen Gedanken ihr gut gefallen hatten. Noch mal reinlesen konnte sicher nicht schaden.

Sie buchte Hin- und Rückfahrt für hundertachtunddreißig Euro achtzig und rief in Köln ihre Cousine Nina an, die irgendwas mit Medien und Kultur machte und gleich orientiert war.

»Die heilige Theresa, klar, die kennt hier jeder, der nicht nach der Tagesschau ins Bett geht.«

Marie erfuhr, dass es sich Maltes Mutter zur Aufgabe gemacht hatte, die Freier rund um eines der größten Bordelle Europas auf den Pfad der Tugend zu führen. Sehr zum Leidwesen der Branche habe sie jahrelang am Bordstein gestanden und wohl manchem Mann den Zahn gezogen, dass die schnelle Nummer ohne Folgen bliebe. Warum sie sich so engagierte, wusste Nina nicht.

Die beiden Frauen brachten sich noch gegenseitig auf den jeweils neuesten Familienstand und versprachen, dass man sich ganz bestimmt bald mal wieder träfe. Die Hoffnung stirbt zuletzt, dachte Marie, legte auf und war trotz des traurigen Anlasses gespannt, was Theresa Sönichsen zu berichten haben würde.

Sie öffnete ihr Schleibook, in das sie bei Leichenfunden bisher immer Skizzen der Auffindesituationen gezeichnet hatte. Bei Malte hatte sie es nicht gekonnt. Sie würde sich auf die Fotos stützen müssen. Sie notierte, dass Kent Holzer Geldsorgen haben könnte, und kritzelte eine Karikatur von Lizzy Bendixen daneben. Lizzy hatte Haare, die gefühlt bis zu den Waden reichten, und Marie hatte ihr zum Geburtstag mal ein Bild geschenkt, auf dem sie Lizzy als Rapunzel gemalt hatte. Daran erinnerte sie sich gerade. Belustigt schlug sie das Schleibook zu und kletterte auf den Fahrersitz.

Just in diesem Moment entließ eine Möwe das Ergebnis ihrer Verdauung. Die Sicht durch die Windschutzscheibe war mindestens getrübt. Aus Erfahrung wusste Marie, dass der Einsatz des Scheibenwischers nicht angeraten war.

Sie fischte ein Küchentuch aus der Ablage zwischen den Sitzen, stieg aus und entfernte die weißgrauen Exkremente von der Scheibe, so gut es ging. Das EMO, dachte sie, könnte überhaupt mal wieder in die Waschstraße. Dort oben im Hörst war Marie Stammkundin. Sie schaute auf die Uhr. Bevor Karl aus der Schule käme, würde sie den Zwischenstopp am Hochdruckreiniger locker schaffen. Andreas hatte gestern vorgekocht.

Apropos Andreas. Die Zehner-Waschkarte hatte er für den R4 als Letzter benutzt. Würde sie wohl noch kurz in der Praxis vorbeischauen müssen.

Marie fuhr nach vorn zur Schranke, öffnete das Seitenfenster und hörte, was sie lange nicht mehr gehört hatte: Ihr Lied, das Lied ihrer Freundin Anne, mit der sie vor Karls Geburt im Ruhrgebiet durch die Clubs gezogen war. In der Einfahrt zum Parkplatz streckte eine Frau mit langen blonden Haaren den Arm nach dem Automaten aus und sang im Duett mit Rihanna: »*Shine bright like a diamond …*« Sofort waren sie da, die Bilder aus einer Zeit, die nicht so unendlich lange zurücklag. Zehn Jahre vielleicht. Höchstens.

Die Frau im kleinen roten Seat sang mit großer Leidenschaft und glänzenden Augen. Die Schranke öffnete sich, Marie ließ die Kupplung kommen und fragte sich, ob Malte hell strahlen würde, da, wo er jetzt war. Die Ampel zur Reeperbahn war grün. Marie bog rechts ab, schaute kurz aufs Hafenbecken, in dem noch immer die Konfis unterwegs waren, und hatte dank Rihanna einen Ohrwurm.

Auf dem im Halbrund angelegten Platz hinter der Landratsvilla war keine Lücke frei. Ein Transporter mit dem überlebensgroßen Porträt einer Frau auf der Fahrerseite blockierte gleich zwei Plätze. Frauke war also hier. Ob Andreas in ihr eine neue Patientin hatte? Marie stellte das EMO auf dem Bürgersteig vor der Praxis ab. Das ging gar nicht, und doch ging es gerade.

Ein Hauch von Rebellion lag in der Luft, als Marie singend die Stufen zum Windfang hochlief. Jetzt fiel ihr ein, woran sie das Porträt auf Fraukes Wagen immer erinnerte. Die Bilder des italienischen Malers Giuseppe Arcimboldo waren in diesem Stil gemalt, oder umgekehrt. Er hatte Porträts gemalt, die sich aus Obst und Gemüse zusammengesetzt zu einem Gesamtbild fügten. Marie hatte einige im Kunsthistorischen Museum in Wien gesehen und sich in diesen Bildern verlieren können. Jetzt erkannte sie eine Verbindung zwischen den Gedanken von Novalis und den Bildern Arcimboldos. Das Kontinuum der Natur. Die Einheit belebter und unbelebter Welt.

»Moin, willst du da festwachsen?«

Gundi, eine von Andreas' Mitarbeiterinnen, hatte die Tür zur Praxis geöffnet und wartete nun darauf, dass Marie eintrat. Den Moment des Innehaltens hatte Marie kaum bemerkt.

»Wurzeln schlagen, dann festwachsen, Gundi. Aber nur, wenn du zum Ernten kommst.«

»Was hast du denn genommen? Hat der Chef den Giftschrank nicht abgeschlossen?«

»Ich habe eigene Quellen. Körpereigene Glückshormone.«

Marie stimmte »*Shine bright like a diamond*« an und ließ Gundi in der Tür stehen. Sie grüßte freundlich ins Wartezimmer und folgte der Stimme des Herrn, der lauter sprach als nötig. Dann sah Marie, dass die Tür zum Sprechzimmer offen stand. Andreas saß hinter seinem Barockschreibtisch, ihm gegenüber Frauke, deren Stimme klang wie die von Julia Sosa-Ridel.

»Frauke, du hier?«

Andreas war aufgestanden. »Ihr kennt euch?«

Frauke lachte. »Ja, von einer Feier beim Polizeisportverein. Niemand hat so viel gegessen wie Marie.«

Marie ging auf Frauke zu, legte einen Arm um deren Schulter, schaute Andreas an und sagte: »Darf ich vorstellen, mein medizinisch geschulter Ernährungsberater.«

»Ihr seid …?« Frauke zeigte auf Marie und Andreas.

»In guten und in schlechten Zeiten«, bestätigte Marie. An Andreas gewandt: »Und ihr, was habt ihr miteinander hinter meinem Rücken zu bereden?«

Andreas setzte sich wieder. Marie musterte Frauke. Einen halben Kopf kleiner als sie, offener Blick aus braunen Augen, die mit dem hellen Haar kontrastierten. Der Hals glatt. Frauke war vielleicht ein bisschen jünger als Marie. So hübsch hatte sie sie nicht in Erinnerung. Auf dem hellblauen T-Shirt stand in weißer Schrift: »Frische Frauke«.

Frauke kam Andreas zuvor. »Andreas hat mich gefragt, ob ich ihm helfen kann, einen mobilen Palliativdienst aufzubauen. Du kannst das nicht wissen, ich bin Ärztin, praktiziere aber nicht.« Sie deutete auf ihr T-Shirt. »Ich versorge Gastronomen in ganz Schleswig-Holstein mit dem Besten, was Mutter Natur so hergibt.«

»Warum der Jobwechsel? Dass du mal Weißkittel warst, wusste ich tatsächlich nicht.«

»Weil ich da Bock drauf hatte und aus der Stadt rauswollte.«

»Ich kenne Frauke durch eine Fortbildung. Sie war die Referentin.« Andreas war erneut aufgestanden, kam um den Schreibtisch herum und küsste Marie auf die Wange.

»Und?«, fragte sie.

»Wichtiges Thema, netter Kerl, dein Mann. Ich bin dabei.«

Andreas schaute Marie ernst an. »Wenn Frauke mitmacht, muss ich weniger Stunden runterreißen. Ich dachte, das sei in deinem Sinne.«

»Danke, dass du Zeit für deine Familie hast.«

»Ach, Marie. Als ob du auf die Uhr schauen würdest, wenn jemand tot in der Ecke rumliegt.«

»Malte.«

»Bitte?«

»Malte ist tot. Ich habe ihn heute Morgen gefunden.«

Marie schaute Frauke an. »Arztgeheimnis, klar?« Sie ging zur Tür und schloss sie. »Ich habe doch heute frei, wollte einkaufen und habe ihn auf seinem eigenen Misthaufen gefunden.«

Frauke war auch aufgestanden. Sie standen zu dritt im Erker mit Blick auf den Eckernförder Bürgerpark. »Malte von Rönneby?«

»Du kennst ihn?«

»Klar, ist einer meiner Lieferanten. War einer meiner Lieferanten. Ein Gewaltverbrechen?«

»Sieht so aus. Du klingst heute übrigens wie Maltes Geliebte. Irre, diese Stimme.«

»Ich habe eine Stimmbandentzündung. Normalerweise ist meine Stimme glockenhell.«

Die Tür öffnete sich, Gundi steckte den Kopf ins Sprechzimmer. »Soll ich die Patienten nach Hause schicken, oder was?«

Frauke griff nach ihrem Handy, das auf dem Schreibtisch lag. *Vi ses.*«

»Du sprichst Dänisch?«

»Ich lerne an der Volkshochschule«, sagte Frauke und verschwand.

Marie ging auf Andreas zu. »Nett.«

Er strahlte. »Ja, oder? Ich bin froh, dass du sie nicht blöd findest.«

»Hast du die Zehner-Waschkarte?«

Andreas fischte die Karte aus seiner Jacke, die an einem Garderobenständer hing, der früher in einer Kneipe in Maasholm gestanden hatte. Andreas mochte alte Sachen, und wenn mit ihnen Erinnerungen verbunden waren, konnte er nicht daran vorbeigehen. Ein Flohmarktopfer, wie Marie immer sagte.

Sie wuschelte Andreas über den Kopf und folgte Frauke.

Im Hinausgehen hörte sie, wie Gundi ins Wartezimmer rief: »Frau Sörensen, ich sehe gerade, der Doktor hat jetzt doch noch Zeit für Sie. Es geschehen noch Zeichen und Wunder.«

Dass Andreas mit der frechen Gundi auskommen würde, hatte Marie anfangs nicht gedacht. Aber die beiden waren ein Herz und eine Seele.

Im Eckernförder Hörst hatte das malerische Seebad sein architektonisches Gegengewicht gefunden. Die schlichte Funktionalität der auf maximale Raumausnutzung ausgerichteten Gewerbehallen signalisierte: Auch hier leben nicht nur bärbeißige Krabbenfischer und Möwenbändiger, sondern auch Menschen mit dem sie über weltanschauliche, demografische und politische Grenzen hinaus verbindenden Bedürfnis nach Konsum.

Auch gesund konnte, musste aber nicht. Marie gönnte sich anlässlich der EMO-Waschungen hier regelmäßig eine Curry-wurst und Pommes mit extra Mayo. Heute käme es nicht zum kalorisch Äußersten, hatte Andreas doch einen Gemüseauflauf in den Backofen geschoben, den Marie bei ihrer Ankunft nur noch würde erhitzen müssen. Früher hatten sie Aufläufe wie diese gern mit drei Handvoll Gouda überbacken. Dem hatte Karl einen Riegel vorgeschoben. Seit einigen Wochen experimentierte Familie Geisler mit einer Mischung aus Öl, Mehl, Senf, Trockenhefe und Gemüsebrühe. Der vegane Käseersatz schmeckte besser, als Marie erwartet hatte, und der Aufwand war überschaubar.

Marie fuhr in die Waschbox, ihr Handy klingelte, und Astrid berichtete Seltsames. Elmar hatte auf Maltes Hof sehr sorgfältig verborgene Kameras gefunden. Kleine, hochauflösende Technikwunder, die ohne Kabel auskamen. Bisher hatten Elmar und Ronja sieben Geräte entdeckt.

»Und wer hat die Bilder der Kameras wie und wo angeschaut?«, wollte Marie wissen.

»Keine Ahnung. Aber es sind wohl nicht nur Bilder. Die Dinger können auch Ton aufzeichnen.«

»Und speichern?«

»Keine Ahnung. Auf einem Server hier irgendwo auf dem Gelände oder in einer Cloud.« Jetzt sprach Astrid leiser. »Ich bin nicht sicher, dass Elmar da der beste Mann ist. Das ist eher was für die IT und Cyberfachleute. Ich habe die schon informiert.«

»Noch wissen wir ja nicht, wo das Opfer getötet wurde und ob dieser Ort ausgerechnet kameraüberwacht ist. Ich verstehe nicht, warum Malte Überwachungstechnik installiert hat. Er hat Obst und Gemüse verkauft, aber doch keine Flugabwehrraketen.«

Astrid antwortete, zu verstehen war sie nicht. Funkloch. Marie verschob die Fahrzeugpflege und verließ die Waschbox unverrichtete Dinge. Überwachungstechnik auf Maltes Bio-Hof. Doch kein Bullerbü?

Das Telefon klingelte. Marie hielt auf einer Bushaltestelle.

»Ich bin's noch mal«, sagte Astrid. »Wegen des Kastenwagens. Wie sicher bist du denn, dass es ein Opel Combo und nicht vielleicht doch ein Rolls Royce war?«

»So sicher, wie man sich sein kann, wenn man mit einem Sohn im Grundschulalter Auto-Quartett gespielt hat.«

»Der Kollege aus Kappeln hat eine ZEVIS-Anfrage beim KBA gestartet. Im Kreis Rendsburg-Eckernförde sind hundertsechsundsiebzigtausend Fahrzeuge zugelassen, davon ungefähr siebentausend dieser Transporter. Wäre gut, wenn es ein Opel Combo wäre. Wir könnten die Zahl der in Frage kommenden Autos dann auf etwa zweihundert drücken. Kannst du das Baujahr eingrenzen oder dich an Teile des Kennzeichens erinnern?«

»Astrid, der hätte mich fast frontal erwischt.«

»Fahrerin oder Fahrer?«

»Okay, wenn du so fragst: Ich glaube, dass der Haaransatz gefärbt war.«

»Ich mache dir einen Termin bei Achim.« Astrid legte auf.

Achim war der Phantombildzeichner im LKA, und Marie mochte ihn sehr. Sie fuhr weiter. Wenn sie Glück hatten, beantwortete sich die Frage nach dem Täter durch die Aufnahmen quasi von allein.

Noch bevor Karl aus der Schule zurück war, saß Marie, wo sie am liebsten saß, wenn sie in Schleswig war: im Strandkorb auf ihrem Balkon. Auf Insichhineinhorch-Posten, auf Beobachtungsposten. Sie sah Wolken. Die Reihen fest geschlossen. In der Ferne in Staffeln. In der Höhe in Schichten. Die Spediteure der Lüfte mit Wasser für Gurken aus konventionellem Anbau und mit Wasser für Gurken aus Bio-Anbau. Das Universum machte keine Unterschiede und ließ es auf alle und alles hinabregnen. Die Polizei aber musste unterscheiden, zwischen Gut und Böse oder besser: zwischen Gesetzestreuen und Gesetzesbrechern. Wer war geeignet, um als Kandidat für die Gruppe der Gesetzesbrecher anzutreten? Kent Holzer gehörte auf Maries Liste der Verdächtigen, außerdem die Person, die Marie am Morgen beinahe in den Graben gedrängt hatte. Und Julia Sosa-Ridel, Maltes Geliebte?

Marie wählte Astrids Nummer. »Jetzt verstehe ich dich besser. Ich rufe wegen Kent Holzer an, diesem Reeder, der womöglich Geldsorgen hat. Weil ich morgen in Köln bin, kann ich mich um den Burschen nicht kümmern. Ob Gregor mal mit ihm spricht? Der liegt ihm, glaube ich.«

Astrid sah das wie Marie.

»Morgen Abend treffe ich übrigens die Frau, die Kent Holzers Finanzen im Blick hat. Lizzy Bendixen, ich spiele mit ihr Fußball und werde zunächst mal informell vorfühlen. Nicht, dass wir am Bankgeheimnis scheitern.«

»Hallo, die Verbindung ist wieder so gruselig. Ich habe gar nicht gehört, was du vorhast.« Astrid simulierte Rauschgeräusche.

»Astrid, du bist ein alter Feigling. Ich melde mich morgen. Tschüs.«

Marie hörte, dass die Haustür geöffnet wurde. Sie stand auf und ging Karl entgegen.

»Marie, du glaubst nicht, was heute passiert ist.«

»Karl, du sollst ›Mama‹ sagen.«

Karl kickte seine Schuhe neben die Garderobe und ließ seinen Rucksack fallen, wo er stand.

»Frau Gerlinger kam vor der großen Pause in die Klasse und hat verkündet, dass wir ein Projekt machen und bis zum Herbst zu jeder Demo von Fridays for Future können und keine Fehlstunden aufgeschrieben werden. Ist das cool, oder ist das cool?«

Karl und Marie klatschten einander ab.

»Was gibt es zu essen?«

»Gemüseauflauf.«

»Kommt Papa?«

»Ja, aber erst nach der Sprechstunde.«

Familienaufstellung

Ein Fensterplatz im Großraumabteil auf der rechten Zugseite. Besser ging es nicht. Marie lauschte auf die vertrauten Geräusche, die der Zug in enger Zusammenarbeit mit Schienen, Weichen und Wind produzierte, fühlte amüsiert, dass sich bereits vor sieben Uhr am Morgen eine angenehme Schläfrigkeit einstellen konnte, und genoss es, folgenlos aus dem Fenster starren zu können.

Geschätzte hundert Meter vor ihr saß ein Mensch, der diesen Hunderte Tonnen schweren Intercity mit locker vierhundert Menschen an Bord von A nach B brachte. In Stellwerken, Leitzentralen und sonst wo saßen Menschen vor Monitoren und versuchten Tag für Tag, ungefähr vierzigtausend Fahrten so zu koordinieren, dass die Passagiere sicher und pünktlich ans Ziel kamen. Marie fand das großartig und vertrat damit im Freundeskreis eine Einzelmeinung. Erst in der letzten Woche hatte es eine heiße Debatte um die Bahn gegeben. Andreas hatte mit dem Tablet am Tisch gesessen und die ganzen Zahlen zusammengetragen. Gemeinsam hatten sie den teils abstrusen Geschichten gelauscht, die Silke und Alex, die Vielfahrer waren, mit einer gewissen Hitze in Betonung und Wortwahl zum Besten gegeben hatten. Marie hatte auch mal auf der Hochbrücke in Rendsburg gestanden. Wegen einer technischen Störung hatte sie dort von einem Zug in den anderen steigen müssen. Ein Abenteuer, und alles im Fahrpreis enthalten.

Elmshorn kam in Sicht. Marie mochte Elmshorn. Hier lebte ihr alter Schulfreund Thorsten, den sie eine Weile aus den Augen verloren, dann aber doch wiedergefunden hatte. Der Zug wurde langsamer. Marie wartete auf den Moment, da sie über die Krückau fahren würden. Mit Thorsten war sie mal bis zum Sperrwerk gepaddelt. Jetzt, ein leises Rattern, ein bisschen hohl klang es und war nach weniger als einer Sekunde vorbei. Die Brücke über die Krückau. Eisenbahnbrücken am Geräusch beim Überfahren erkennen, das wäre mal eine Wette, für die es sich zu üben lohnte.

Zwischen Hamburg und Essen beschäftigte sich Marie mit dem Thema Ökolandbau. Was sie gewusst hatte, war, dass sich Käuferinnen von Bioprodukten nicht etwa selbst etwas besonders Gutes taten. Auch konventionell angebautes Obst und Gemüse war gesund. Aber der auf EU-Ebene geregelte Verzicht auf Pestizide und Kunstdünger bei Bio war ein Segen für die Natur, wenn auch nur ein Tropfen auf den heißen Stein. Die Fläche, auf der in Deutschland nach den Vorgaben der EU-Normen ökologisch gewirtschaftet wurde, lag gerade mal bei ungefähr zehn Prozent. Schleswig-Holstein lag unter dem Durchschnitt, Hessen deutlich darüber. Was Marie nicht gewusst hatte: Ob die Öko-Landwirte im Rahmen der Vorschriften arbeiteten, wurde nicht vom Staat direkt, sondern von privatwirtschaftlich organisierten Kontrollstellen überprüft. Davon gab es neunzehn in Deutschland, eine in Rendsburg.

Kurz hinter Münster blinkte auf dem Notebook eine Nachricht auf. Sonja hatte ein Video online gestellt, das blitzschnell lud. Das WLAN der Bahn war besser als die lahme Leitung zu Hause. Karl hatte schon mehrfach gemeckert und betont, dass das Internet bei Merle viel schneller sei. Zeitgemäß, hatte er gesagt. Manchmal verwendete der Junge Wörter, die nicht zu seinem Alter passten.

Zunächst verstand Marie nicht, was auf den unscharfen und wackeligen Bildern zu sehen war, dann erkannte sie ein menschliches Ohr. Der Zoom sprang unmotiviert auf Weitwinkel, Marie hörte Astrid »Mist, meine Finger sind zu dick« sagen und sah das weiße Gesicht von Malte, seine geschlossenen Augen, die Verletzung, die das Bolzenschussgerät verursacht hatte. Das Display fror ein. Marie wurde kalt.

»Alles in Ordnung bei Ihnen?« Die Zugbegleiterin stand im Gang und schaute besorgt. Mehr als ein Nicken und eine abwehrende Handbewegung brachte Marie nicht zustande. Die Frau lupfte kurz die Augenbrauen und ging weiter.

»Und jetzt kommt's«, hörte Marie Michel, den Rechtsmediziner, sagen. In der Mitte des Bildes tauchte von links eine Pinzette auf. Michel führte die Pinzette zu Maltes Ohr, schob sie einige Zentimeter in die Ohrmuschel hinein. Zeigefinger und Daumen pressten die Schenkel der Pinzette zusammen. »Achtung.«

Michel zog die Pinzette langsam aus Maltes Ohr, und Marie wurde übel. Sie riss ihre Basecap aus der Umhängetasche und erbrach sich. Der Magen krampfte einmal, er krampfte zweimal. Dann war es vorbei. Es saßen nur wenige Menschen in Maries Nähe. Sie stand auf, hielt beide Hände unter den Baumwollstoff der Kappe, spürte die Wärme des Mageninhaltes. Schnelle Schritte zur Toilette. Mit dem Ellbogen öffnete sie die Tür, leerte das halbverdaute Müsli vom Morgen in die silbern glänzende Schüssel der Toilette und spülte. Sie legte die Kappe ins Waschbecken, öffnete den Wasserhahn, drehte sich um. Erneut krampfte ihr Magen, brachte aber lediglich ein bisschen Flüssigkeit hervor. Marie wusch sich die Hände, schloss die Tür der Toilette, reinigte die Kappe, wusch ihr Gesicht, das ebenso bleich war wie das der Leiche auf dem Tisch der Kieler Rechtsmedizin. Was auch immer Michel aus Maltes Ohr gezogen hatte, es lebte.

Minuten vergingen, in denen Maries Wunsch nach Aufklärung mit der Fähigkeit ihres Kreislaufes kämpfte, einen stabilen Zustand herzustellen. Sie hatte im Verlauf ihrer Arbeit menschliche Körper oder Überreste gesehen, deren Erscheinungsbild erschütternder war als jene Szene, die Astrid gefilmt hatte. Es war wohl der Umstand, dass sie völlig unvorbereitet gewesen war, der für die Reaktion ihres vegetativen Nervensystems verantwortlich war. Womöglich eine Form des Schocks.

Marie sammelte sich, dachte daran, dass Notebook, Portemonnaie und all die anderen persönlichen Dinge unbeaufsichtigt auf dem Sitz lagen. Sie beugte sich vor, öffnete den Wasserhahn und trank einige Schlucke, die den Weg in ihren Magen fanden und zu ihrer Erleichterung dort blieben.

Zurück im Abteil startete sie das Video erneut. Was Michel aus Maltes Ohr geborgen hatte, sah auf den ersten Blick aus wie eine kleine Schlange. Marie konnte sich zunächst keinen Reim auf das sich windende Lebewesen machen, bis ihr einfiel, dass Malte Aale hatte aussetzen wollen. Was Marie sah, war ein Glasaal, ein sehr junger Aal also.

»Und der ist bitte wie dahin gekommen?«, fragte Astrid.

»Nicht mein Job, das zu klären. Aber auf Misthaufen leben Aale für gewöhnlich nicht.« Michel legte den Glasaal in eine Petrischale.

»Ach, Michel. Warum lebt das Tier denn noch? Müsste der nicht längst erstickt sein, so als Kiemenatmer?«

»Der lebt nicht mehr.«

»Er hat sich bewegt.«

»Ich habe ihn bewegt, und vielleicht gab es noch so was wie unwillkürliche Bewegungen, Restpotenziale in den Nerven, Impulse aus dem Rückenmark. Bei hirntoten Menschen kann das bis maximal zweiundsiebzig Stunden nach dem Tod beobachtet werden. Manche Bewegungen können auch durch Berührung, zum Beispiel der Handinnenflächen, provoziert werden. Aber mit Leben im eigentlichen Sinne hat das nichts zu tun.«

Marie wusste von einer australischen Studie, die postmortale Bewegungen bei Leichen nachgewiesen hatte, die durch Verwesungsprozesse und Verkürzungen der Bänder ermöglicht wurden. Aber der Glasaal war doch sehr wahrscheinlich nur wenige Stunden in Maltes Gehörgang gewesen. Marie legte das Notebook auf den Oberschenkeln ab. Ihre Hände verkrampften. Sie legte die Fingerkuppen aneinander und dehnte die Muskulatur.

»Soviel ich weiß, haben Aale kleine Kiemenöffnungen«, versuchte Michel eine Erklärung. »Vielleicht war Wasser im Ohr.«

»Wilde Spekulationen«, ging Astrid dazwischen.

»Du hast gefragt.«

Astrid hustete.

»Lässt der Zustand des Aals Rückschlüsse auf den Todeszeitpunkt zu?«

Michel seufzte. »Schön wär's. In diesem Fall ist die genauere Bestimmung wirklich schwierig, weil ich nachträglich nicht sagen kann, wie viel Wärme der Misthaufen abgab, als der Tote dort abgelegt wurde. Wie hoch war die Außentemperatur? Wie viel Wärme verliert der Misthaufen über die Zeit?«

Michel spielte mit dem Aal in der Petrischale. »Vielleicht hilft ja auch eine grobe Schätzung. Er ist nicht deutlich vor zwanzig Uhr und nicht nach drei Uhr am nächsten Morgen gestorben.«

Astrid hatte die Aufnahme während Michels Ausführungen laufen lassen. Das Bild zeigte noch immer Maltes Gesicht, und Marie erkannte die Schönheit in seinen markanten Zügen. Sozialpsychologen hatten vor langer Zeit herausgefunden, dass beruflicher Erfolg von einem attraktiven Äußeren unterstützt wurde. Was, fragte sich Marie, hatte sich hinter Maltes schöner Fassade verborgen? Was hatte seinen Mörder zur Tat veranlasst? War Malte auch das Opfer seiner selbst geworden? Ein schmerzhafter Gedanke, stand Malte für Marie doch noch immer auf einem Podest, das sie ihm insgeheim errichtet hatte.

Zwischen Sonne und Zug wuchs eine Reihe gezähmter Bäume. Ob sie im Jargon der Planer wohl »Gleisbegleitgrün« hießen, fragte sich Marie. Der regelmäßige, rasche Wechsel von Licht und Schatten ließ sie an die Unerbittlichkeit binärer Systeme denken. Nullen und Einsen. So einfach konnte es sein im Kosmos der Mathematik.

Ein Aal im Ohr. Bis zu Karls Geburt war Marie Motorrad gefahren. Sie war meist allein in den Dolomiten unterwegs gewesen, in den Pyrenäen, hatte eine Reise ans Nordkap unternommen und an die Algarve. Dort war ihr durch das geöffnete Visier des Helmes eine Wespe auf die linke Wange geknallt. Von dort aus war die Wespe nach unten unter Maries Halstuch gekrabbelt. Die Begegnung war für beide nicht gut ausgegangen. Für die Wespe schlechter als für Marie.

Tiere und Menschen konnten einander sehr nahe kommen.

In der letzten Woche hatte sich eine Meise durch die geöffnete Balkontür ins Wohnzimmer der Geislers verirrt. Aber wie war ein Glasaal in Maltes Ohr gelangt? Wäre das beim Schwimmen in der Schlei passiert, hätte Malte das gespürt. Überhaupt hätte er es gespürt, wäre er zum Zeitpunkt der Begegnung am Leben gewesen. Maltes Kleidung hatte keinerlei Spuren von einem Bad in der Schlei aufgewiesen.

Marie verließ das Abteil und rief Michel an. »Kannst du am Körper Rückstände finden und nachweisen, dass sie nur im Wasser der Schlei vorkommen? Oder anders gefragt, kannst du Hinweise dafür finden, dass Malte von Rönneby kurz vor seinem Tod in der Schlei war?«

Sie hörte Michel schwer atmen. »Ich habe Flüssigkeit aus seinem Ohr gesichert. Der Salzgehalt in einem Gewässer wie der Schlei ist niedriger als der in der Ostsee. Das wäre ein einfacher erster Ansatz.«

»Kommt darauf an, wo man misst. Höhe Schleimünde oder Maasholm wirst du kaum Unterschiede finden. Egal. Bitte überprüf das mal. Danke.«

»Dein Hintergrund klingt komisch. Rhythmisch irgendwie.«

»Ich bin im Zug.«

»Ah, mal was anderes, am Zug bist du ja sowieso immer.« Michel kicherte.

»Die Witzejury gibt eine gute Drei minus. Immerhin. Tschüs.« Marie schüttelte den Kopf.

Das Aalaussetzen hatte nicht stattgefunden, und der Glasaal in Maltes Ohr war sicher keiner vom letzten Jahr. Michel hatte ihn gemessen. Er war nur knapp über sechs Zentimeter lang. Dass er überhaupt in den Gehörgang gepasst hatte. Marie bemühte das Internet und erfuhr, dass der menschliche Gehörgang etwa vier Zentimeter lang war. Der Aal hatte sich vermutlich geringelt. Aber wie war er ins Ohr gekommen? Malte würde wohl kaum Aale in seiner Badewanne gehalten haben. Wo waren die Glasaale, die hätten ausgesetzt werden sollen? Marie rief Sonja an und bat sie herauszufinden, von wem Malte von Rönneby die Glasaale bezogen hatte und in welcher Art Behältnis sie geliefert worden waren.

Ein altes Paar näherte sich. Die Frau stützte den Mann, die Bewegungen des Zuges brachten beide immer wieder aus dem Gleichgewicht. Unmut konnte Marie in den Gesichtern allerdings nicht erkennen. Vielmehr reagierten sie auf jedes Schlingern mit einem Lächeln.

Als der Mann Maries Blick bemerkte, hielt er in seiner unsicheren Fortbewegung inne und griff haltsuchend nach der Lehne eines Sitzes. »Sie mögen sich wundern, aber uns macht das Spaß. Es ist das Achterbahnfahren derer, die bald Bekanntschaft mit dem Sensenmann machen werden.«

Die Frau nickte bestätigend. »Ich habe eine künstliche Hüfte, aber mein Herz kann noch hüpfen. An manchen Tagen höher als mit sechzehn.«

Nun nickte der alte Mann. »Komm, mein Mädchen, ich habe Hunger.« Das »Mädchen« griff nach seinem Arm, kniff Marie ein Auge zu, und beide wackelten Richtung Bord-Bistro.

Marie hatte eine Idee. Sie suchte nach der Telefonnummer von Stine, die sich in Eckernförde in der Rolle einer Upsteckfruu nicht nur um Touristen kümmerte, sie war auch im Museum »Alte Fischräucherei« aktiv.

Stine ging gleich ran. »Marie, mien Deern, lange nichts gehört von dir.«

Marie fragte, was Stine davon hielte, würde man zur Überraschung der Freiwilligen, ohne die der Museumsbetrieb nicht aufrechterhalten werden konnte, einen Shanty-Chor einladen. Denn schon bald stünde das Helferfest an, zu dem Maries Vater sie als Begleiterin eingeladen hatte.

»Gute Idee, wenn du dich drum kümmerst«, lautete Stines ebenso positive wie knappe Antwort. Marie hätte es ahnen können. Wer einen Schritt vortrat, wurde in der Welt der Ehrenamtlichen sofort verhaftet. Aber gut. Sie würde Uwe um Vermittlung bitten und hoffte, dass die Shantys für die meist älteren Helfer so was wie die Stones vor dem Friedhofstor sein würden.

Kaum hatte Marie aufgelegt, wurde ihre Aufmerksamkeit anderweitig beansprucht. Durch das Fenster sah sie die Essener Hochhäuser, auch den runden ehemaligen RWE-Turm, von dessen Aussichtsplattform in hundertzwanzig Metern Höhe sie vor vielen Jahren Andreas ihre damalige Heimat gezeigt hatte. Wie so viele Besucher hatte auch Andreas gestaunt, wie grün das Ruhrgebiet war. Einheimische konnten das nicht mehr hören. Die Zeit der Schwerindustrie war längst vorbei.

An der Stadtgrenze zwischen Mülheim und Duisburg überquerten sie die Ruhr und die A 40, die Lebensadern der Region. Den Ruhrtalradweg war Marie in den letzten Osterferien mit Karl entlanggeradelt, und sie hatten sich vorgenommen, dass sie das unbedingt noch mal machen würden, weil es so viel zu erleben gab zwischen den ländlichen Abschnitten im Sauerland und dem unübersichtlichen Treiben im größten Binnenhafen der Welt mitten in Duisburg.

Die Einfahrt in den Kölner Hauptbahnhof war eine Freude. Das lag an Vater Rhein, und das lag am Kölner Dom. Man konnte von der Kirche halten, was man wollte, der Dom als Bauwerk war ein beeindruckendes Zeugnis von Genie, Kreativität, Fleiß und Kontinuität über die Jahrhunderte hinweg. Beinahe hätte er seinen Welterbe-Status verloren, als in Köln neue Hochhäuser geplant wurden. Letztlich hatte man eingelenkt, und man ließ den Dom nicht nur in Köln, auch der Blick auf eine der größten gotischen Kathedralen der Welt wurde nicht verschandelt. Auf der Hohenzollernbrücke überquerte der Zug den Strom, und Marie konnte sich dem Charme der Stadt trotz ihrer norddeutschen Seele schon jetzt nicht mehr entziehen.

Für den kurzen Spaziergang zum Pflegeheim wählte Marie das Konrad-Adenauer-Ufer. Zwar rauschte hier der Verkehr vierspurig an ihr vorbei, aber eben auch das Wasser des Rheins der Nordsee entgegen, und Marie stellte sich vor, wie sich die Bugwelle des Binnenschiffes flussabwärts mit jener eines Frachters aus dem Nord-Ostsee-Kanal irgendwo nordwestlich von Helgoland verband. Bis zur Mündung in Rotterdam waren es von Köln aus noch dreihundertfünfzig Kilometer, hatte sie mal gelesen. Bis die Bugwelle die Nordsee erreichte, würde es gut zwei Tage dauern. Und dann noch rüber bis Helgoland. Ob es wohl geeignete Strömungen gab? Ihr kam Novalis in den Kopf. Alles hing mit allem zusammen. Leider auch in ihren wirren Gedanken.

Das Pflegeheim war ein imposanter fünfgeschossiger Bau mit einem reich verzierten Portal und einem von vier Säulen gestützten Balkon, von dem sicher mal eine Prinzessin würdevoll auf ihr Volk herabgeschaut hatte. Oder mindestens Prinz Karneval. Noch ein Blick auf den Rhein, ein tiefer Atemzug, dann überquerte Marie die Straße, die sie bisher vor Nähe geschützt hatte. Sich vorzustellen, wie es sein würde, Maltes Mutter zu begegnen, ihr in die Augen zu schauen, wenn sie vom Tod ihres Sohnes erfuhr, hatte Marie erfolgreich vermieden.

Theresa Sönichsen sollte es ihr leicht machen. Im Restaurant des Hauses, das auf Marie einen noblen Eindruck machte, stand eine schlanke Frau, die aussah, als könne ihr das Alter nichts anhaben, vor einer Gruppe von Menschen, die ebenso gut Besucher einer kulturellen Veranstaltung in einem der umliegenden Theater hätten sein können. Gezielte Gesten unterstrichen den Vortrag von Theresa Sönichsen, deren Bühnenerfahrung greifbar war. Marie setzte sich auf einen der wenigen freien Stühle und lauschte. Wohlklang der Stimme, bedachte Wahl der Worte. Marie gefiel Theresa Sönichsens Beleuchtung eines Romans, den auch sie mochte. »Chuzpe« war der Titel einer Geschichte von Lily Brett, die Marie auch dank ihrer sprühenden Lebendigkeit in bester Erinnerung geblieben war.

»Eine wirklich gute Vorlage also für unsere Theatergruppe, und ich habe auch schon einen Freund der Literatur vor Augen, der Edek verkörpern könnte wie kaum jemand in Hollywood.« Theresa Sönichsen legte eine Wirkungspause ein. Die Menschen schauten sich um, einander an und folgten schließlich dem Blick der magischen Verführerin, die inzwischen vor das Rednerpult getreten war.

»Konrad, würdest du uns die Freude machen?«

Der Gefragte, ein Herr in den späten Siebzigern, erhob sich, schenkte Theresa und seinem Publikum ein gewinnendes Lächeln und sagte: »Von dir erwählt zu werden, liebe Theresa, eine letzte große Rolle angetragen zu bekommen, das hätte ich mir noch vor einem halben Jahr nach der Chemotherapie nicht vorstellen können. Ja, lass mich der Edek in deiner Inszenierung sein und bitte sprich mit der Küche. Ich erwarte polnische Fleischbällchen bis zur Premiere.«

Applaus brandete auf. Theresa Sönichsen trat zurück hinter das Rednerpult. »Ich danke euch. Wir sehen einander in einer Woche, und ich verspreche, dass bis dahin auch die weiblichen Hauptrollen besetzt sein werden.«

Strahlende Gesichter, freundliches Nicken allüberall. Marie fragte sich, ob das Gebaren der Kulturfreundinnen und -freunde spontaner Natur war oder auch einer Reihe von Regieanweisungen folgte. Sie erhob sich vom bequemen Stuhl, schritt die Sitzreihen entlang nach vorn, wo Theresa Sönichsen neben jener jungen Frau stand, bei der Marie sich angemeldet hatte.

Ein offener Blick aus sehr blauen Augen. »Guten Tag, Frau Geisler. Dass Sie den langen Weg von Kiel hierher gemacht haben, wird einen gewichtigen Grund haben. Gehen wir doch in den Garten.«

Sie deutete in Richtung einer Glastür, die in den Innenhof und den sehr gepflegten Garten des Hauses führte. Marie ging voraus, Theresa Sönichsen schloss auf. Eine Bank, an die sich eine andere im rechten Winkel anschloss. »Mein liebster Platz. Setzen wir uns doch.«

Die Frauen setzten sich, Marie nahm ihren Stift und das Schleibook zur Hand. »Darf ich fragen, warum Sie in einem Pflegeheim leben?«

»Weil ich es mir leisten kann. Mögen Sie einen Espresso? Ich liebe es, so einen kleinen Frischmacher vor dem Mittag.« Sie winkte einem Mann in Kellnerkluft zu, der gleich herbeieilte.

»Zwei Espressi, Jürgen. So schwer das Alter wiegt, die Annehmlichkeiten sind nicht von der Hand zu weisen«, wandte sie sich wieder an Marie. »Was führt Sie zu mir?«

»Der Tod Ihres Sohnes Malte«, platzte Marie heraus.

Kurz lupfte Theresa Sönichsen die Augenbrauen, bewegte den Kopf nach links oben, nach links unten, zurück in die Ausgangsposition. »Hat sie es also geschafft, diese Person. Er wollte nicht hören.«

»Diese Person?«

»Seine Mätresse.«

»Verzeihung?«

»Diese Person aus den Anden.«

»Sie meinen Julia Sosa-Ridel.«

»Das Universum ist stets um Ausgleich bemüht. Sein Vater hat mich zugrunde gerichtet. Diese Person hat den Sohn des Fürsten gerichtet.«

»Wie kommen Sie nur darauf?«

»Da war keine Liebe. Nur Krampf und Zwang. Nur Not und Druck. Sie sollte sein, was er nicht haben konnte. Er sollte sein, was sie erträumte.«

Die Espressi kamen. Marie kippte zuerst das Glas Wasser in zwei Schlucken herunter. »Frau Sönichsen, mit Verlaub, ich kann nicht folgen.«

Theresa Sönichsen erzählte die traurige Geschichte ihrer traurigen Ehe mit Maltes Vater, dem schwedischen Fürsten, wie sie ihn nannte, der sie schon in der Hochzeitsnacht betrogen habe, der in einer Stockholmer Penthouse-Wohnung an einem Cocktail aus Kokain und Alkohol verreckt sei und außer einem Berg Schulden nur seinen Titel als Bürde für Malte hinterlassen habe. Sie habe nicht zufällig ihren Mädchennamen wieder angenommen, die Flucht nach Köln angetreten, Malte allein gelassen.

»Maltes Vater. Mein Mann. Bei einer Prostituierten. In mir brach eine Welt zusammen«, sagte Theresa Sönichsen, und Marie sah, dass diese Welt noch immer in Trümmern lag.

Gehofft habe sie, dass ihre Eltern Malte die Familie würden

ersetzen können. Aber dann seien sie eines Abends mit der Jolle raus aufs Wasser und nicht zurückgekommen. Tod in der Schlei. Gewiss gäbe es schlimmere Schicksale.

»Da war Malte gerade mit dem Studium fertig und musste plötzlich den Hof zukunftsfest machen.« Privat habe dann »diese Person aus den Anden« das Ruder übernommen.

Marie trank den lauwarmen Espresso. »Mir ist nicht klar, inwiefern Frau Sosa-Ridel die Schuld am Tod Ihres Sohnes treffen soll.«

»Wenn Sie das nicht wissen. Ich bin nur die Mutter.«

»Verraten Sie mir, wo ich eine Toilette finde?« Marie musste sich sortieren.

Maltes Mutter hasste dessen im Drogenexzess verstorbenen Vater, der, so man Theresa Sönichsen Glauben schenken konnte, ein Hurenbock gewesen war. Dafür zu sorgen, dass ihr Sohn auf den Pfad der Tugend kam, hatte sie an ihre Eltern delegiert, die ihr Leben bei einem Bootsunfall auf der Schlei verloren hatten. Ihren Sohn hatte es daraufhin in die Arme einer Kommilitonin, »dieser Person aus den Anden«, getrieben. Diese Person war in der Welt von Frau Sönichsen für Maltes Tod verantwortlich. Wohl nicht unmittelbar, eher im übertragenen Sinne. Aber immerhin.

Vor dem Spiegel aus Bleiglas beschloss Marie, neu anzusetzen, am besten in der stofflichen Welt des Hier und Jetzt. Die Zeit bis zur Abfahrt des Zuges würde sicher reichen.

Zurück bei den Bänken fragte sie, ob Theresa Sönichsen nicht wissen wolle, wie ihr Sohn ums Leben gekommen sei. Wollte sie nicht. Sie berichtete ungefragt von ihrer, wie sie sagte, erfolgreichen Mission, fehlgeleitete Männer vom Besuch bei Prostituierten abzuhalten, ihren zahlreichen Engagements als Sprecherin auch für Hollywood-Produktionen und dem Umstand, dass der Volksmund nicht selten recht habe. »›Spare in der Zeit, dann hast du in der Not.‹ Habe ich gemacht, und schauen Sie sich um.«

Marie bestellte ein großes Wasser bei Jürgen. Sie hatte einen trockenen Mund, obwohl sie kaum gesprochen hatte. Ein Blick in die rasch hingekritzelten Notizen. »›Sie sollte sein, was er nicht haben konnte‹, was haben Sie damit gemeint, was konnte Malte nicht haben?«

»Was er am meisten begehrte.«

»Eine andere Frau?«

»Eine Mutter weiß, was eine Mutter weiß.«

Marie bekam Sodbrennen, verspürte den Wunsch, die Zügel anzuziehen, und atmete aus. Sie beugte sich zu Theresa Sönichsen vor, klappte das Schleibook zu und fuhr sich mit der Hand über das Gesicht. »Ich verstehe, was Sie meinen. Als Mutter spüre ich auch diese besondere Verbindung. Zu einem Sohn zumal.«

Kunstpause.

»Meiner ist ja noch klein. Ein ziemlicher Dickkopf. Wie war Malte denn, damals auf Gotland?«

Theresa Sönichsen schwieg. Sie senkte leicht den Kopf, führte langsam die Hände im Schoß zueinander, verschränkte die Finger, und dann, ganz plötzlich, lächelte sie und schaute versonnen in die Vergangenheit.

»Malte war fröhlich. Er war ansteckend fröhlich. Schon als Kleinkind konnte er die versteinerten Gesichter derer erhellen, die in knöcherner Tradition an der langen Tafel im Hause von Rönneby auszuharren hatten. Sein Lachen war oft glucksend, so als habe nur er die Komik des Augenblicks verstanden.«

Jetzt schaute Theresa Sönichsen Marie in die Augen. Ein ruhiger Blick, der signalisierte, dass es eine Gewissheit gab, die unzerstörbar war. »Malte hat mich glücklich gemacht. Ich war glücklich trotz seines Vaters. Ich war glücklich, bis er sich von mir abgewandt hat.«

An den Händen erkannte Marie, dass Theresa Sönichsen alt war. Alte Hände, die sie nun vor ihr Gesicht legte.

Marie hörte das Rascheln der Blätter. Ein Windhauch war in den weitläufigen Innenhof gefahren, und Theresa Sönichsen legte die Hände parallel auf ihren Oberschenkeln ab. Sie atmete tief ein. Die Nasenflügel wölbten, der Brustkorb hob sich.

»Es geschah, als er mit der Schule fertig war. Etwas war

passiert. Etwas, wovor er mich schützen wollte. Er sprach nicht mehr mit mir. Ein ganzes Jahr lang. Dann hat er mich gebeten wegzuziehen. ›Zieh bitte weg‹, hat er gesagt. Ich zog nach Köln.«

Theresa Sönichsen erhob sich, drehte sich Marie zu, die ebenfalls aufstand. »Unser Gespräch ist beendet, vielen Dank, dass Sie sich die Mühe gemacht haben, hierher zu reisen. Auf Wiedersehen.«

Marie ging ihr zwei Schritte nach, blieb stehen, sah, wie Theresa Sönichsen das Gebäude betrat und nach wenigen Metern mit dem dunklen Holz der Wandtäfelung verschmolz. Marie setzte sich, legte den Gürtel ihrer Umhängetasche über die linke Schulter und griff nach dem silbernen Tablett, auf dem die beiden Tassen und Gläser standen, aber da war Jürgen schon zur Stelle, in Livree, in Bereitschaft.

»Darf ich Ihnen noch etwas bringen?«

Marie schüttelte den Kopf, schritt am Buchsbaum entlang, durchquerte den hohen Saal, trat hinaus vor das Portal und setzte sich jenseits der Straße auf den Schiffsanleger, der in den Fluss hineinragte. Sie dachte an eine Familienaufstellung, an der sie vor zwei oder drei Jahren im Rahmen einer Ermittlung hatte teilnehmen dürfen. Die Psychologin hatte ihr im Vorfeld das Stellvertreterprinzip erklärt, bei dem der Klient Personen eine Rolle und eine Position im Raum zuweist. Aus Position, Entfernung und Blickwinkel lasse sich gegebenenfalls auf die Beziehungen rückschließen. Wie würde Theresa Sönichsen sich, Maltes Vater und Malte wohl zueinander stellen?

Marie sah Maltes Vater am Rand des Raumes, nah an der Tür, den Blick nach außen gerichtet. Malte und seine Mutter standen eng beieinander, beinahe berührten sie sich, Rücken an Rücken. Was war nur geschehen, das Malte in die von Theresa Sönichsen beschriebene kategorische Abwehrhaltung gebracht hatte? Wer konnte davon wissen, wirklich wissen? Denn Theresa Sönichsen schien nicht viel mehr als eine starke, emotional unterfütterte Ahnung zu haben. Ob Malte Julia Sosa-Ridel eingeweiht hatte? Ob er einen besten Freund hatte, sich ihm hatte anvertrauen können? Etwas in der Vergangenheit hatte Maltes Leben wesentlich verändert. War das Ereignis, das mutmaßlich über zwanzig Jahre zurücklag, der Schlüssel für die Tat in der Gegenwart?

Marie öffnete ihr Schleibook, blätterte, fand die Mobilfunknummer von Julia Sosa-Ridel und rief sie an.

»Guten Tag, Frau Sosa-Ridel, hier spricht Marie Geisler vom LKA. Ich möchte morgen gegen neun Uhr mit Ihnen sprechen. Können wir uns in der ›Schleibrücke‹ treffen?

»Ja. Ich habe eine halbe Stunde Zeit.«

Julia Sosa-Ridel antwortete mit klarer Stimme, klang allerdings gestresst. Maltes Tod, eine Unwucht im Unternehmen? Marie schaute auf die Uhr. Sie hatte noch eine gute Stunde, bis der Zug ging. Sie rief ihre Cousine Nina an, die rechtsrheinisch wohnte.

»Peters Brauhaus. Ich bin in zehn Minuten dort.« Nina legte auf. Eine Frau der Tat.

Marie erinnerte sich gut an ein Treffen in diesem Brauhaus, nicht aber genau, wo es lag. Irgendwo in der Nähe vom Alter Markt. Sie lief los, unterquerte die Hohenzollernbrücke und war froh, als sie auf der anderen Seite wieder Tageslicht sah. Diese Unterführungen rund um Hauptbahnhof und Dom waren ihr schon immer unheimlich gewesen. Einmal Landei, immer Landei.

Als sie den Schriftzug »Kunibert der Fiese« an der Fassade eines Hotels sah, wusste sie, wo es langging. Das Brauhaus erreichte sie beinahe gleichzeitig mit Nina, die mit dem Rad gekommen war. Es war, als hätten sie sich erst gestern gesehen. Tratsch über die Ehemänner, Tratsch über die Kinder. Gekicher, als seien sie pubertierende Mädchen. So saßen sie unter der wunderschönen Mosaikdecke aus Glas und vergaßen die Zeit.

»Mist, Mist, Mist«, entlud sich der Schreck, und Marie sprang auf. Sie rannte zur Theke, knallte dem Köbes einen Fünfzig-Euro-Schein hin, rief: »Mein Zug, sorry«, und folgte Nina.

»Ich fahr dich«, sagte Nina und deutete auf den Gepäckträger ihres Fahrrades.

»Das schaffst du nicht«, warf Marie ein und stieg auf. In wilder Fahrt ging es unter dem Museum Ludwig hindurch. Viele Autos, keine Fußgänger. Nina schoss über den Bürgersteig, dass Marie angst und bange wurde. Sie erreichten den Bahnhofsvorplatz, und Marie kam der Schimmelreiter in den Sinn. Nina bremste, Marie stieg ab, Küsse links und rechts, winken beim Rennen. Die innere Liste: Handy, Portemonnaie, Ticket. Der Zug, der Zugchef in blauer Uniform, die Trillerpfeife schon im Mund.

»Kiel?« Außer Atem. Der Mann nickte. Marie stieg ein. Geschafft.

Angler (2)

Es waren Mücken, die Karsten Keller veranlasst hatten, den Standort zu wechseln. Ärgerlich eigentlich, weil er doch gerade einen Biss gehabt hatte. Aber Mücken gingen gar nicht. Er hatte sich bei der »Burgermeisterin« einen Burger mit Pulled Pork gegönnt und seine Siebensachen gepackt. Wären es doch nur sieben Sachen. Wer sein Herz an Modelleisenbahnen, Oldtimer, Briefmarken oder das Angeln verlor, erwarb Dinge, deren Existenz man zuvor nicht einmal erahnte. Dinge, die man umso mehr begehrte, je tiefer man in das Nacherwerbshobby eintauchte. Dinge, die mit wachsendem Qualitätsanspruch so teuer waren, dass man nur ungern darüber sprach. Dinge, die zahlreich und im Falle des Angelsports nicht selten sperrig waren.

Als Karsten Keller endlich in den Bus stieg, musste er feststellen, dass ihm mindestens zwei Mücken ins Fahrzeuginnere gefolgt waren. Es kam zwangsläufig zu einer Verfolgungsjagd, die blutig endete. Für jeden der Beteiligten. Die Schnittwunde am linken kleinen Finger gedachte Karsten Keller in aller Ruhe zu verarzten, wenn er seinen neuen Ansitz in Karlsminde bezogen haben würde.

Nach der durch den Brückenbau in Lindaunis bedingten ungewohnt langen Wartezeit vor der Fähre spürte er auch nach dem Verpflastern des Fingers und bewusstem Ein- und Ausatmen, dass ihn Angeln noch nicht gegen Ungeduld imprägniert hatte, und so notierte er nach kurzer Recherche für seinen Angelführer: »Man reist nicht billiger und schneller als in Gedanken. (Georg Weerth, 1822–1856)«.

Die Sonne stand bereits im tiefen Südwesten. Zeit für ein Feierabendbier, dachte er, und kaum dass er sich innerlich aufgerafft hatte, um sein Bedürfnis im Strandrestaurant zu befriedigen, setzte sich ein Mann, der zwei Flaschen Bügelbier in der linken Hand trug, auf einen der großen Steine.

Die rechte Hand hob er zum Gruß und sagte: »Moin, auch eins?«

Karsten Keller staunte nicht schlecht. »Gregor Sachse, wie er leibt und lebt. Wir haben uns doch mindestens zehn Jahre nicht mehr gesehen. Hast du abgenommen?«

Karsten und Gregor waren lange Jahre Kollegen in der Polizeiinspektion Schleswig gewesen und hatten einander viel zu erzählen.

»Gregor, ich will nicht unhöflich sein. Aber ich bin ja zum Angeln hier.«

»Sicher, Dienst ist Dienst. Die Pflicht geht vor.« Gregor trank noch einen Schluck.

»Ich häng jetzt mal den Olaf rein.«

»Du gibst deinen Angeln Namen?«

Karsten Keller nickte.

»Wegen Scholz?«

»Jo, hab lange keinen richtig guten Fang mehr gemacht. Olaf ist mein Hoffnungsträger.«

Gregor schaute Karsten aus den Augenwinkeln an. Der alte Mann verzog keine Miene. Er meinte das ernst.

Lizzy kann rechnen

Ihre Cousine Nina rief an. »Ich wollte dir noch ein Foto von den beiden Jungs schicken. Hast du immer noch kein Smartphone?«

Marie bejahte. Nina schickte eine E-Mail, die Marie am Notebook öffnete, obwohl es das dienstliche Notebook war. Groß geworden waren sie, die Jungs, und hatten beide die braunen Augen der Mutter.

Mit dem Sitzplatz war Marie nicht zufrieden. Entgegen der Fahrtrichtung und links. So sah sie immer nur, was schon hinter ihr lag. Das entsprach nicht ihrem Naturell. Die Zukunft zu gestalten bedeutete auch, dass man vorausschaute.

Sie ließ sich durchs Internet treiben und fand dank der Unterstützung des CO_2-Rechners auf quarks.de heraus, dass sie mit dem Auto als Alleinreisende fast zweihundertsiebzig Kilogramm CO_2 verbraucht hätte. Mit dem Zug waren es zweiundvierzig. Immerhin.

Theresa Sönichsen ging ihr dennoch nicht aus dem Sinn. Ließ sie ihr privates Interesse außen vor und ignorierte die kauzige Art der älteren Dame, blieb deren unverhohlenes Misstrauen gegenüber Julia Sosa-Ridel, und es blieb vor allem der Hinweis auf Maltes Vergangenheit. Marie rief Sonja an und bat sie herauszufinden, welche Schule Malte besucht hatte.

»Sekunde.«

Marie hörte, dass Sonja auf dem Bürostuhl quer durch den Raum rollte. Sie hatte irgendwo Leichtlaufrollen besorgt und diese ohne Wissen der Facility-Manager unter ihren Stuhl montiert. Seitdem schoss sie von einem Schreibtisch zum nächsten und ließ niemanden an den Stuhl, den sie »Red Porsche Killer« getauft hatte.

»Klaus-Harms-Schule in Kappeln. Ist ein Gymnasium. Abschlussjahrgang 1994/95. Er war Schülersprecher. Leistungskurse Chemie und Sowi.«

»Sonja, du bist unglaublich. Hast du auch eine Telefonnummer für mich?«

Sonja hatte. Der Zug hielt in Bremen. Marie fand Bremen gut. Wegen Claudio Pizarro, der Bremer Stadtmusikanten, der Disco Aladin und Henning Scherf. Leicht ließe sich die Liste verlängern, dachte sie, aber ihr Telefon klingelte. Sie stand auf und verließ das Abteil. Telefonieren empfand Marie noch immer als eine Form von Kommunikation zwischen zwei Menschen.

»Marie, hier ist Astrid.«

»Ich kenne deine Stimme.«

»Michel hat sich festgelegt. Todesursächlich war nicht der Volltreffer mit dem Bolzenschussgerät.«

»Sondern?«

»Eine Subarachnoidalblutung mit Ventrikeleinbruch.«

»Infolge?«

»Du weißt, was das ist?«

»Eine Arterie reißt, Blut läuft in den Subarachnoidalraum, einen Spalt, in dem Hirnflüssigkeit zirkuliert. Es entsteht Druck mit extremen Kopfschmerzen, Nackensteifigkeit, möglicherweise Bewusstlosigkeit. Wird nicht rasch eingegriffen, geht das schlecht aus. Ungefähr dreißig Prozent der Patienten sterben auf dem Weg ins Krankenhaus. Meist stecken zerebrale Aneurysmen dahinter. Oder Gewalteinwirkung.«

»Marie, du machst mir Angst.«

»Die Schwester meines Vaters ist so gestorben. Andreas hat mir das damals erklärt. Doof, wenn das in der Familie vorkommt, weil es auch erblich ist.«

»Aha. Michel sagt, dass Malte von Rönneby mit dem Hinterkopf hart auf eine Kante aufgeschlagen ist. Wahlweise wurde ihm ein nicht runder, harter Gegenstand quer über den Schädel gezogen. Dagegen spricht, dass die Verletzung am Hinterkopf sehr gleichmäßig ist, also an den Seiten keine abweichenden Vertiefungen aufweist. Schlüge man horizontal zu, wäre die dem Täter zugewandte Eindringstelle tiefer. In der Wunde keine Spuren, die auf ein Tatwerkzeug hindeuten.«

»Spuren auf dem Hof, die Rückschlüsse auf den Tatort zulassen?«

»Keine. Die KTU hat den ganzen Hof abgesucht. Zurück zur Obduktion. Michel musste unterbrechen. Kam was dazwischen. Körperliche Untersuchung einer Frau.« Astrid brach ab. »Lassen wir das. Abschließend will er sich morgen äußern.«

»Ich könnte hin. Am Morgen fahre ich nach Kappeln zu Maltes ehemaliger Schule. Okay für dich, wenn ich einen Termin mit Michel mache? Alles okay bei dir?«

»Ja, alles okay.«

Astrid hustete. Im Hintergrund hustete Bernd, wie Marie erkannte. »Bernd«, rief sie ins Telefon, »gute Besserung!«

Schritte. »Woher weißt du, dass ich der Hustende war?«

»Dein Husten klingt so männlich.«

»Ah.«

»Männern hört man beim Husten an, wie sehr sie leiden.« Jetzt husteten Astrid und Bernd gleichzeitig.

»Ihr seid doch beide Nichtraucher. Was ist denn da los?«

Astrid fing sich. Marie hörte, wie eine Tür geschlossen wurde. Bernd hatte wohl den Raum verlassen.

»Noch was, Marie. Wir haben das Smartphone von Malte gefunden. Es lag auf der Eckbank in der Küche unter einem Sitzkissen. Kein Akku. Elmar hat es mitgenommen.« Wieder hustete sie.

»Jetzt ist aber gut.«

»Bernd ist raus. Er war richtig blass um die Nase. Nicht, dass wir uns was eingefangen haben.«

»In Kappeln? Ja, das kann sein. Ihr Städter seid die gute Landluft nicht gewohnt.«

Der Zug fuhr in einen Tunnel. Die Geräuschkulisse änderte sich, und Marie dachte, Tunnel am Geräusch zu erkennen wäre auch eine lustige Wette.

»Marie, ich muss los. Gute Fahrt. Bis morgen.« Astrid legte auf.

Bis Hamburg hatte Marie sich einen Überblick über die Anbieter kleinerer und größerer Segeltörns verschafft. Die Sehnsucht vieler Menschen nach ursprünglichen Erfahrungen schien groß zu sein. In einer Welt, in der die Evolution nicht mit der Komplexität der Umstände hatte Schritt halten können, war das nicht verwunderlich. Ebenso nachvollziehbar war, dass die Zahl der Anbieter im Outdoor-Reisemarkt wuchs. Von Yoga auf hoher See bis hin zu Wikingerreisen reichte das Angebot. Kent Holzer schielte wohl auf ein Nischenpublikum. Einen Törn mit der »Windsbraut« hatte er auf den Namen »Loveboat« getauft und versprach weitere Informationen im persönlichen Gespräch. Marie kam Rob in den Sinn.

Als sie den Zug in Kiel verließ, knurrte ihr Magen. Vor dem Training zu essen war eine mittelmäßig gute Idee. Sie würde warten und sich zu Hause einen Tomatensalat mit Mozzarella machen. Der Plan ging auf, bis sie den Eingang der Bäckerei von Allwörden passierte. Willenlos führte sie die Gier an die Theke mit all ihren süßen und herzhaften Verlockungen. Der Kaffee duftete auch nicht schlecht. Noch bevor sie das EMO auf dem Parkplatz sah, hatte sie den »Kraftmeier«, ein Vollkornbrötchen mit Ei, verdrückt.

Im EMO nahm sie sich den Blaubeertaler vor. Die Quarkbällchen hatte sie geschafft, noch bevor sie den Nord-Ostsee-Kanal überquert hatte. Sie würde sich auf ihr Knie rausreden und es bei leichtem Lauftraining belassen. Andererseits liefe sie dann Gefahr, beim nächsten Heimspiel gegen Merkur Hademarschen auf die Bank zu müssen.

In Schuby parkte sie direkt neben Lizzy Bendixens Samba-Bus. Eine Augenweide, Baujahr 1961, in perfektem Zustand. Marie hatte vor zwei Jahren mal nachgeschaut, was Lizzys Hobby auf dem Gebrauchtwagenmarkt kostete, und gestaunt. Lizzy war klassische Vertreterin der sehr gut ausgebildeten, sehr gut verdienenden und sehr investitionsfreudigen Generation Y. Die Börse, der Neue Markt, der Boom Ende der Neunziger, da hatte sie aus wenig sehr viel Geld gemacht. Sie war rechtzeitig ausgestiegen aus den spekulativen Telefonaktien und hatte es mit abgebrochenem BWL-Studium auf einen Direktorinnensessel bei der Bank gebracht.

Lizzy war tough. Im Job und auf dem Feld. Sie war nicht schnell, technisch eher durchschnittlich begabt, aber ihr Stellungsspiel war außergewöhnlich gut. Jedenfalls für eine Torfrau, die schon auf allen Positionen gespielt hatte, wenn Not an der Frau gewesen war. Sportreporter würden »Überragend!« brüllen.

Marie langweilte sich beim Laufen und stichelte so lange, bis der Trainer Standards trainieren ließ. Ihre Freistoßflanken kamen genau dahin, wohin sie sollten. Dann flankte sie über das Geländer vor der kleinen Tribüne. Keine gute Idee. Sofort tat der kleine Schmerzteufel im linken unteren Rücken, was er vermutlich schon den ganzen Tag geplant hatte. Lizzy sah Maries schmerzverzerrtes Gesicht.

»Heiße Dusche und Massage?«

Lizzys Lebensabschnittsgefährte war Orthopäde, einer von der alternativen Sorte, die es angeblich nicht gab. Jedenfalls hatte er Lizzy Massagetechniken beigebracht, die schon so manche fußlahme Mitspielerin vor dem Rollstuhl bewahrt hatten.

Unter der Dusche war die Marschroute für das nächste Heimspiel ausgegeben worden. Moni, die seit gefühlten zwanzig Jahren eine Art »festgewachsene Neun« spielte, brüllte: »Hade-marschen-hau'n-wir-weg! Für Marie. Für Marie!«

»Ihr tut ja, als könnte ich nie wieder spielen«, versuchte Marie, das Gejohle zu stoppen. Vergeblich. Die Mädels hatten ihren Spaß, und Marie hörte sie noch auf dem Parkplatz herumalbern, als sie auf der Physioliege lag. Was Lizzy tat, war anders als jene Physiotherapie, die Marie aus Eckernförde kannte. Ob es helfen würde, wusste sie nicht. Aber es tat gut. Jetzt spürte sie, dass der Tag lang gewesen war. Zu Ende war er nicht.

»Lizzy, dieser Kent Holzer ...«

»Du willst aufs Loveboat?« Lizzy kicherte.

»Der ist ja Kunde bei euch.«

»Und?«

»Der ist klamm, oder?«

Lizzy unterbrach die Massage. »Bankgeheimnis, Frau Kommissarin.« Sie massierte weiter.

»Ich habe gestern Morgen Malte von Rönneby tot aufgefunden.« Marie drehte sich auf den Rücken und ging vorsichtig ins Hohlkreuz. »Schon viel besser. Ohne Quatsch. Ich danke dir. – Malte und Kent Holzer waren Konkurrenten. Kent Holzer hat wohl versucht, die ›Suse‹, Maltes Segelschiff, abzufackeln.«

»Fuck.« Lizzy ging zum Waschbecken, wusch sich das Massageöl von den Händen, zog Papierhandtücher aus dem Spender und schloss die Tür. »Unter uns: Kent Holzer steht mit dem Rücken zur Wand. Er hat Schulden bei uns und –«

»Wie viel? Nur so ungefähr.«

»Siebenstellig. Richtig übel ist, dass er sich auch privat Geld geliehen hat.«

»Auch bei Malte von Rönneby, soweit ich weiß.«

Lizzy nickte.

»Ich sag mal, ein ziemliches Risikoinvestment für euch, oder? Dass du das so durchwinkst.«

Lizzy entließ Luft aus der Nase. Stoßweise. »Marie, wofür hältst du mich? Wir haben den Daumen auf seinen Schiffen.«

»Wie wirkt er auf dich?«

»Zu allem bereit. Diese Loveboat-Idee hat er ans Fernsehen zu verkaufen versucht. Angeblich laufen die Gespräche noch.«

»Stand er zuerst bei euch oder bei Malte in der Kreide?«

»Bei uns. Malte von Rönneby hat dafür gesorgt, dass Holzer bis Ende des Monats flüssig ist. Danach gehen die Schiffe an uns. Einen Käufer habe ich schon. Unterm Strich eine schwache Rendite, aber besser als nichts. Ich kann den Ball nicht so lange hochhalten wie du, aber ich kann rechnen.«

»Und warum verkauft Kent Holzer nicht?«

»Unsere Schiffe, mein Käufer, nicht der von Kent Holzer. Geschäftsbeziehungen sind komplex, Marie.«

»Kannst du dir vorstellen, warum Malte ihm Geld geliehen hat?«

»Keine Ahnung. Vielleicht, weil er es kann, weil er Ruhe haben will, weil es Nebenabreden gibt.«

Marie hatte sich inzwischen angezogen. »Du hast kein Bier getrunken unter der Dusche.«

»Habe aufgehört. Seit sieben Jahren rauchfrei, seit zwei Wochen ohne Alkohol.«

»Und was ist jetzt deine Droge?«

»Das Leben. Ich bin gesund, meine Eltern auch, ich liebe meinen Mann, und nächsten Samstag hauen wir Hademarschen weg. Für Marie, für Marie!«

Die Frauen liefen, einander anrempelnd, durch den Flur zum Ausgang.

»Ist echt besser, der Rücken«, sagte Marie, als sie bei den Autos angekommen waren.

»Ja, aber das hält nicht lange vor. Dein Physio wird es dir gesagt haben: Du musst die Rumpfmuskulatur stärken, und je älter wir werden, desto aufwendiger wird das Training.«

Vom Winde verweht

Gregor Sachse war abgeblitzt. Er hatte am Abend Astrids heimliches Lieblingsessen besorgt und kurz vor der Tagesschau bei ihr geklingelt. Die Nachbarin hatte ihn vom Balkon aus beobachtet, gegrinst und ein Auge zugekniffen.

»Gregor«, hatte Astrid gesagt, die ihn dank der Türkamera sehen konnte. »Du bist ein Schatz, aber du wirst Gäng Panäng heute allein essen müssen. Ich bin krank.« Sie hustete.

»Gerade dann musst du essen. Hat meine Mutter auch immer gesagt.«

»Aber ich stecke dich vielleicht an. Bernd hat auch gehustet heute. Wir haben einen Fall. Vielleicht bin ich morgen wieder fit. Sei nicht traurig. Geh zu unserem Platz. Dann kann ich dir winken.«

Gregor hatte einen Schmollmund gezogen, Astrid ein Luftküsschen zugeworfen und sich getrollt. Auf dem Steg zur Seebadeanstalt Holtenau hatte er sich umgedreht und Astrid hinter dem Wohnzimmerfenster stehen sehen. Er hätte ihr doch einen Tee machen können und ein Dampfbad.

In der Nacht hatte er Astrid Nachrichten mit Herzchen geschickt, aber sie hatte nicht geantwortet. Er hatte sich Sorgen gemacht und schlecht geschlafen.

Jetzt parkte er die Harley am frühen Morgen im Eckernförder Hafen und wunderte sich. Die »Windsbraut« lag nicht mehr an ihrem Platz. Gregor ging hinüber zur »Suse«, an deren Heck ein älterer Mann stand.

»Moin, die ›Windsbraut‹?«

»Ausgelaufen.«

»Wann?«

»Irgendwann nach dreiundzwanzig Uhr gestern, also nachdem ich in die Koje geklettert bin.«

»Danke.«

Gregor setzte sich auf eine der Wellenbänke, holte sein

Smartphone raus und rief eine Internetseite auf, auf der man Schiffsbewegungen verfolgen konnte. Er kannte sich aus, hatte sich mit der Seite vertraut gemacht, als sie einmal im Nord-Ostsee-Kanal vor Rendsburg auf ein Schiff aus Russland gewartet hatten. Die Sache mit Sascha Weber, in die dank der geknackten EncroChat-Nachrichten nun neues Leben kommen könnte.

Die Position der »Windsbraut« lokalisierte er wenige Seemeilen südlich der dänischen Insel Møn. Sie machte zehn Knoten. Gregor schaute auf dem Dienstserver nach Kent Holzers Nummer und rief ihn an. Holzer nahm den Anruf entgegen, Gregor stellte sich vor, Holzer legte auf. Gregor versuchte es noch einige Male, dann rief er Marie an.

»Der alte Mann auf der ›Suse‹ heißt Fritz Wiczolleck, und so alt ist der gar nicht, Gregor. Guter Typ, vielleicht hat der gestern an der Pier etwas beobachtet. Wir haben keinen konkreten Verdacht. Aber mit Kent Holzer zu sprechen liegt schon in unserem Interesse.«

Kaum dass sie das Gespräch beendet hatten, wuchs das Interesse an Kent Holzer durch einen Anruf aus der KTU ganz erheblich. Elmar hatte einen Rundruf gestartet und sagte: »Ich spiele das mal ab. Malte von Rönneby hat einen Anruf mitgeschnitten. Achtung, geht los. Der erste Sprecher ist Kent Holzer.«

»Damit ich absaufe, damit ich meine Leute vor die Tür setzen muss, oder was? Warum machst du das?«

»Kent, du bist betrunken. Ich habe dir Geld geliehen, damit du über Wasser bleibst. Aber ich habe es dir nicht geschenkt. Ich habe hier ein Projekt am Start und muss investieren, damit der Hof und die ›Suse‹ auch weiterhin funktionieren. Und darum brauche ich das Geld zurück. Das geht doch nicht gegen dich.«

»Ich hab das scheiß Geld nicht. Jedenfalls noch nicht. Aber ich habe da was in Aussicht. Wenn die Sache läuft, dann zahle ich alles zurück und kauf dir die ›Suse‹ ab.«

»Ach, Kent. Träumereien. Das hatten wir doch schon. Ich will das Geld bis Sonnabend zurück.«

Es gab ein Knacken.

»Malte von Rönneby hat aufgelegt. Danach hat Kent Holzer mehrfach versucht, ihn anzurufen, aber Malte von Rönneby ist nicht rangegangen. Die Aufnahme ist von Montag, neunzehn Uhr siebzehn. Ein paar Stunden später gab es die Leiche auf dem Misthaufen.«

Marie meldete sich. »Gregor, du fährst zu Kent Holzer nach Hause. Ich bin noch in Schleswig, habe einen Termin in Kappeln und komme je nach Entwicklung auch dorthin. Unterdessen versuche ich, jemanden auf der ›Windsbraut‹ zu erreichen. Du schaltest bitte dein Smartphone ein, sobald du auf Kent Holzer triffst. Astrid, okay so?«

Astrid segnete das Vorgehen mit einem knappen »Jo« ab, das nicht gut klang. Marie und Gregor fragten gleichzeitig: »Alles okay bei dir?«

Astrid röchelte: »Arztgeheimnis. Macht ihr mal«, und legte auf.

Bernd hustete und sagte: »Uns hat was erwischt. Ich habe Fieber und wackel zu meinem Doc. Das ist ein denkbar schlechter Zeitpunkt. Aber wenn es Astrid so geht wie mir, schrumpft die Abteilung gerade um zwei Köpfe.« Erneutes Husten.

Marie und Gregor sagten gleichzeitig »Gute Besserung« und lachten.

»Gregor, wollen wir mal eben die Welt retten?«

»Schon unterwegs. Wir sehen uns vielleicht nachher an der Flensburger Förde.«

Als Elmar »Stopp!« rief, hörte ihn nur noch Marie. Der Rest des Teams hatte aufgelegt. »Noch was. Malte von Rönneby hätte den Hof nicht schließen müssen, jedenfalls nicht wegen des traditionellen Aalaussetzens. Er hat um zweiundzwanzig Uhr achtzehn eine SMS vom Pressesprecher der Ministerpräsidentin erhalten, dass diese aus gesundheitlichen Gründen nicht zur Schlei kommen kann. Diese Nachricht hat er aber nicht mehr gelesen.«

»Astrid, Bernd und die Ministerpräsidentin. Schleswig-Holstein verliert seine wichtigsten Kräfte.«

»Ach, Marie, solange Gregor, du und ich an Bord sind, wird der Kahn schon nicht sinken.« Elmar klang für seine Verhältnisse geradezu fröhlich.

Marie hakte nach und erfuhr, dass Elmar eine neue Drohne gekauft hatte und sich auf deren Jungfernflug am Wochenende freute. Er plante einen Fotokalender mit dem Titel »Connected«. Dazu fotografierten er und Gregor Brücken und Fähren aus der Luft. Dass KTU-Urgestein Elmar eine kreative Ader hatte, überraschte Marie.

Sie bedankte sich für die Informationen zum Aalaussetzen und zu dem Telefonat zwischen Kent Holzer und Malte von Rönneby. Dann suchte sie Robs Handynummer und wählte. Rob ging nicht ran. Vielleicht ein Funkloch in der dänischen Südsee. Marie kontrollierte die Tür zum Balkon, dann die zum Garten. Beide blieben bei Familie Geisler ab und zu geöffnet, obwohl niemand im Haus war. Einer von Andreas' Patienten war Versicherungsvertreter und hatte ihm unlängst während einer Sonografie berichtet, wie unerfreulich sich ein Fall entwickelt hatte, bei dem man nachweisen konnte, dass die Einbrecher gar nicht hatten einbrechen müssen. Unerfreulich für die Versicherten, wie Andreas' Patient zu betonen nicht müde geworden war. Marie und Andreas hatten gegenseitig Besserung gelobt.

Kent Holzer also. Malte hatte ihn unter Druck gesetzt. Hatte das gereicht? Dass Holzer Gregor weggedrückt hatte, nachdem der sich als Polizist vorgestellt hatte, hinterließ nicht den besten Eindruck. Marie bestieg das EMO, und schon wieder klingelte ihr Telefon. Es war Gregor.

Bevor Gregor die Harley bestieg, hatte er noch einmal sein Smartphone gezückt und die App aufgerufen, die die Schiffspositionen, auch die der »Windsbraut«, anzeigte. Was er sah, irritierte ihn. Die aktuelle Position des Traditionsseglers lag nun zwischen den dänischen Inseln Seeland und Falster, er hatte also gewendet. Ein einigermaßen unübliches Manöver, soweit Gregor das als Landratte einschätzen konnte.

Er informierte Marie, die ihrerseits Sonja bat, den Kurs der »Windsbraut« zu verfolgen. Immerhin wussten sie so, trotz geringer Verzögerungen bei der Übermittlung, wo man Kent Holzer finden könnte, sofern er nicht zu Hause war. Aber das würde Gregor bald in Erfahrung bringen.

Liebe? Ein großes Wort

Es war einer jener Tage gewesen, an denen alles zusammenkam. Stress bei Andreas in der Praxis, kranke Kollegen im LKA, ein Fall ohne Fäden, schwüle Sommerluft, die Marie Kopfschmerzen machte, und Karl, der sie nicht hatte schlafen lassen. Entgegen seinem Naturell hatte Andreas ein Machtwort gesprochen. Er hatte Karl zu dessen Großeltern gebracht, und ohne mit Marie Rücksprache zu halten, hatte er bei Corinna eine Wohnung übers Wochenende gebucht. Andreas hatte keine Kosten gescheut und sich für das Penthouse entschieden. Ein geschmackvoll, gemütlich und hochwertig eingerichtetes Hideaway über zwei Etagen mit Sauna, großzügigem Balkon und unschlagbarem Blick auf den Heringszaun in der Schlei und Kappeln.

Es waren Tage der Ausschweifungen gewesen, die ihnen Kraft für Monate gegeben hatten. Wie viele Jahre lag das zurück? Fünf oder sechs vielleicht. Seitdem war Marie nicht mehr hier gewesen, hatte Corinna ab und an im Rahmen kultureller Veranstaltungen getroffen und öfter als einmal gedacht, dass es mal wieder Zeit für eine Auszeit wäre. Nun stand sie an der Rezeption der »Schleibrücke« in Kappeln und fragte nach Julia Sosa-Ridel.

Eine freundliche Mitarbeiterin meldete Marie an, die mit dem privaten Aufzug in die Wohnung fuhr und nicht schlecht staunte, als sie die bei ihrem ersten Aufeinandertreffen stolz und vornehm wirkende Frau im Jogginganzug antraf. Sie saß rauchend mit einem Glas Wein in der Hand auf dem Balkon. Die Haare ungekämmt, die Augen rot geädert. Eine halbe Stunde Audienz hatte sie angeboten, nun machte sie den Eindruck, als bedürfte sie der tröstenden Worte einer Seelsorgerin.

»Ich gehe davon aus, dass Sie im Dienst sind.« Sie hielt das Weinglas hoch. »Der Kaffeeautomat ist State of the Art.« Sie zeigte mit dem Daumen der rechten Hand in Richtung der offenen Küche.

Marie nahm das Angebot an, wollte nicht erneut eine Mauer zwischen sich und der traurigen Gestalt errichten. Heute: kein Kräftemessen. Sie entschied sich für einen Latte macchiato, ging hinaus auf den Balkon und schaute hinüber nach Kappeln auf die Silhouette des Hafens, aus deren Zentrum grün die Spitze des Kirchturms in den makellos blauen Himmel herausragte. Rechts, dort wo es in die Ostsee hinausging, begrenzten die drei Schornsteine der Aalräucherei Föh den Bilderbuchausschnitt aus der perfekten Urlaubsidylle. Im Vordergrund der Heringszaun, der Zeugnis einer Fangmethode war, die sich hier im 15. Jahrhundert etabliert hatte. Heute war der Zaun der letzte in Europa.

»Setz dich«, sagte Julia Ridel-Sosa. »Malte und du, ihr habt euch gemocht, *no es así?*

»Ich habe ihn … Ich habe geschätzt, wofür er stand.«

»In der deutschen Sprache gibt es ein schönes Wort für das, was Malte verkörperte: Menschenfischer.«

Marie setzte sich in einen der zierlichen und doch bequemen Sessel. Sie sah die Klappbrücke, die Schwansen und Angeln verband, den Himmel, der Traum und Wirklichkeit verband, und sie sah Julia Sosa-Ridel, die Marie mit einer Version von Malte verband, die sie nicht kannte.

»Malte war ein Zauberer, wenn es galt, Menschen aufmerksam zu machen, sie zu interessieren und sie zu überzeugen.«

»Von der guten Sache.«

»Von seiner Sache. Gut oder schlecht, wer will das entscheiden? Für mich war er ein pragmatischer Romantiker. Man könnte auch sagen, dass er nach dem Prinzip ›Der Zweck heiligt die Mittel‹ gehandelt hat.«

Der Latte macchiato war aromatisch, heiß, gut. Über das Prinzip »Der Zweck heiligt die Mittel« hatte Marie einmal einen ganzen Abend lang mit ihrem verstorbenen Chef Dr. Holm gesprochen. Es war um den »finalen Schuss« gegangen. »Was war seine Sache?«, fragte sie.

Julia Sosa-Ridel leerte das Weinglas, griff nach einer Zigarette, zündete sie an. Der Wind stand günstig und trug den Tabakqualm weg von Marie hinaus auf die Schlei. Er löste sich in Luft auf. Nicht aber in nichts. Im Universum ging nichts verloren. Manchmal war das gut, manchmal nicht. Aber es war, wie es war. In Norddeutschland sagte man: Hilft ja nichts. Der Volksmund, lebensklug wie fast immer.

»Nichts weniger als die Rettung der Welt, das war seine Sache. Größenwahn im Dienste der guten Sache. Das jedenfalls glaubte er, und viele glaubten es mit ihm. Er war nicht nur der logische nächste Landwirtschaftsminister eures kleinen Bundeslandes. Berlin wartete auf ihn.«

Julia Sosa-Ridel stand auf, ging ins Innere. Marie hörte, dass sie eine Tür öffnete, hörte das Geräusch, das ein Korkenzieher macht, wenn er durch den Kork gedreht wird, es ploppte, es gluckerte, dann trat die Frau im Jogginganzug wieder hinaus auf den Balkon.

»Er hätte die Welt retten können, er tat, was er tat, in guter Absicht, auch wenn sein Pragmatismus oft ohne Rücksicht war. Aber zuvorderst hat er sich selbst retten wollen.«

»Wovor?«

»Ich weiß es nicht. Könnte sein, vor den Dämonen der Vergangenheit.«

Pausen, das hatte Marie schon oft erfahren, Pausen konnten Denkprozesse in Gang bringen, Gesprächspartner verunsichern oder aber das Gefühl vermitteln, sich öffnen zu können. In der Pause spielte nonverbale Kommunikation eine noch bedeutendere Rolle als im lebhaften Gespräch. Julia Sosa-Ridel schaute auf die Schlei. Marie spiegelte sie, tat es ihr gleich, atmete bewusst ruhig und hörbar. Aus dem Augenwinkel sah sie, wie ihre Gesprächspartnerin die Schultern sinken ließ.

»Malte wollte es gut machen. Vielleicht wollte er etwas *wiedergutmachen*.« Julia Sosa-Ridel drehte den Kopf nach rechts, weg von Marie, die spürte, dass sie einen neuralgischen Punkt berührt hatte.

»Damals an der Uni. Erinnerst du dich an die erste Begegnung?«

Jetzt lachte sie. Der Wein schwappte, schlug Wellen. »Links eine Blonde, rechts eine Rothaarige, die an seinen Lippen hingen, und nicht nur an seinen Lippen. Er überquerte den Parkplatz, und es war ein Auftritt. Dann sah er mich und verlangsamte seinen Gang, ich schaute weg. Als ich wieder hinschaute, kam er auf mich zu. Allein. Wir wurden ein Paar, an diesem Tag, am ersten Tag des Sommersemesters.«

»Die Liebe.«

»Ach, Liebe ist ein großes Wort.« Julia Sosa-Ridel stand auf und kippte den Rest Wein übers Geländer.

»Die Vergangenheit holte ihn ein?«

»Das bringt ja nichts hier. Malte ist tot. Findet den Mörder. Ich kann nicht helfen.«

Marie ärgerte sich. Sie hätte der Frau mehr Zeit lassen sollen. »Sprechen wir über die letzten Tage. Was war der Anlass für deinen Besuch?«

»Paare verbringen Zeit miteinander.«

»Ihr seid im selben Business. Gab es geschäftliche Beziehungen?«

Wieder ein Lachen, dieses eher amüsiert, beinahe hämisch. »›Im selben Business‹. Dein Ernst? Ich beschäftige über zwanzigtausend Menschen.«

»Du stellst Pestizide her, Malte war Ökobauer. Ein Widerspruch. Aber dasselbe Business.«

»Ohne uns würde die Welt hungern.« Julia Sosa-Ridel machte dicht.

»Dein Mann, der Professor, auch im selben Business.«

Keine Antwort.

»Ihr seid, ihr wart, eng miteinander verbunden. Beruflich und privat. Worüber gab es Streit?«

»Wir sind … Wir waren erwachsene Menschen.«

»Erzählst du mir, wie der letzte Abend, wie die letzte Nacht war, bitte?«

Julia Sosa-Ridel spulte eine Geschichte ab, die wie auswendig gelernt klang. Gemeinsames Kochen, ein Abend vor dem Fernseher, Dinge, die die Polizei nichts angingen, und schließlich der Schock, als sie auf den Hof gekommen sei.

»Du hast dich beim Wachwerden nicht gewundert, dass Malte nicht neben dir lag?«

»Lag er nie. Ich schnarche. Meine Stimme kommt nicht von ungefähr.«

»Warst du Maltes einzige Partnerin?«

»Ja.«

»Und früher?«

»Früher ist früher.«

»Und früher?«

Julia Sosa-Ridel schaute auf die Uhr. »Eine halbe Stunde, wie gesagt. Ich habe gleich eine Videokonferenz zu leiten.«

»So?« Marie musterte den Aufzug der CEO.

»Ich bin schneller frisch, als du hier raus bist. *Adiós.*«

Marie hatte keine Handhabe. »Danke für dein Vertrauen, deine Zeit, den Kaffee. Sicher willst du informiert sein über das, was wir herausfinden. Du bleibst noch ein paar Tage?«

»Vielleicht. Jemand muss Malte beerdigen. Er wollte in den Ruheforst in Glücksburg.«

»Darüber habt ihr gesprochen? Bisschen früh, oder?«

»Wie wir jetzt wissen, ist es nie zu früh, die Dinge zu regeln. Seine Mutter wird sich nicht bemühen. Mein Mann und ich werden das übernehmen. Es gibt ein Testament, das Dinge wie diese regelt.«

»Du erbst?«

»Nichts Materielles. Der Hof, das Schiff, Patente, all das erbt die NASU Nord.«

»Patente?«

»Malte war nicht nur Landwirt und Reeder, er war auch Wissenschaftler. Dr. Nissen, Notar in Hamburg. Er regelt das. Ich muss jetzt.« Eine unmissverständliche Geste.

Marie ging zum Fahrstuhl. Auf dem Weg nach unten fragte sie sich, worin der Erkenntnisgewinn des Gespräches lag, und sie wusste, nein, sie fühlte, dass der Schlüssel zu Malte von

Rönnebys Leben und vielleicht auch zu seinem Sterben in der ferneren Vergangenheit lag. Sie würde mit Menschen sprechen müssen, die ihn schon lange kannten. Die Schule wäre ein guter Anknüpfungspunkt. Hoffentlich.

Der Graf

Auf dem Beifahrersitz des EMOs lag Maries Handy. Das war ihr in der letzten Woche schon einmal passiert. Das Alter? Anderer Kram im Kopf? Die Diagnose war schnell getroffen: anderer Kram. Novalis zum Beispiel und das Helferfest, der Shanty-Chor. Das Handy klingelte.

»Marie, wo zum Henker bist du denn?« Gregor klang ungewöhnlich hektisch. »Mir ist der scheiß Hinterreifen geplatzt. Ich stehe auf dem Parkplatz am Ruheforst in Glücksburg.«

»Wie bitte? Wo stehst du?«

»Ruheforst Glücksburg, der liegt gleich neben dem Yachthafen.«

»Ich weiß, wo das ist.«

»Und warum fragst du dann so?«

»Malte von Rönneby soll dort beerdigt werden.«

»Aha. Holst du mich hier ab, oder wie machen wir das? Ich habe kein Fortbewegungsmittel.«

»Nein, ich habe eine Verabredung in der ehemaligen Schule von Malte. Ich schlage vor, dass du die Kollegen rufst. Tut mir leid. Bist du eigentlich gestürzt?«

»Nein, ich hatte Glück. Der Reifen hat die Luft bei schlappen dreißig und nicht in einer Kurve verloren.«

»Kent Holzer ist wichtig, Gregor. Insofern wäre es super, du würdest dich zeitnah dahinfahren lassen. Um die Harley kann sich vielleicht Uwe kümmern, mein Schwiegervater, der hat einen Nachbarn, und der hat einen Motorradanhänger.«

»Echt?« Gregor war die Erleichterung anzuhören. Sein Herz hing neuerdings an Astrid, aber schon sehr lange an seiner Harley. Da ließ er nicht jeden ran.

»Echt. Gib den Schlüssel doch im Café im Hafen ab, die sind nett. Kannst ja sagen, dass du Polizist bist. Manchmal hilft das. Sollte ich mich nicht melden, holt Uwe deinen Augenstern ab.«

»Marie, du glaubst nicht, wie dankbar ich bin. Vielen Dank.«

»Ist gut. Kümmer dich um Kent Holzer.«

Marie rief Uwe an. Uwe sagte: »Jo.« Fertig.

Dass Astrid und Bernd unpässlich waren, würde die Ermittlungen verzögern. Dass Gregor ausgerechnet jetzt eine Panne hatte, machte es nicht besser, und dass die Klappbrücke in diesem Moment öffnete, wie sie das eigentlich immer tat, wenn Marie sich ihr näherte, nervte. Eine gute Gelegenheit für die Acht-Minuten-Übung, die darin bestand, acht Minuten ein- und wieder auszuatmen. Ganz einfach.

Marie stellte den Motor ab, ging nach hinten, um die gute alte Eieruhr zu stellen, die so aussah, wie es sich für eine Eieruhr gehörte. Sie klemmte in einem Netz aus textilummantelten Gummibändern, das Marie an den Schrank neben dem Gaskocher geschraubt hatte. Klappern ausgeschlossen. Klappern im Auto konnte Marie nicht ausstehen. Sicher hatte sie über die Jahre mehrere Kilometer einseitig klebender Gummibänder überall dort verarbeitet, wo es klapperte, knarzte, quietschte oder auch knisterte. Knistern war ganz schlimm.

Sie stellte den Wecker, setzte sich wieder auf den Fahrersitz und atmete. Das fiel ihr anfangs nicht leicht. Sie dachte an Malte auf dem Misthaufen, an Erbrochenes in ihrer Basecap, sie dachte an die traurigen Augen von Julia Sosa-Ridel, die sie einfach so geduzt hatte, sie dachte an Ele, und dann hupte jemand. Marie öffnete die Augen. Die Fahrbahn hatte sich gesenkt, die Schranken waren geöffnet, der Verkehr auf der rechten Spur floss.

Sie streckte zur Entschuldigung den linken Arm aus dem Fenster, startete den Motor und würgte das EMO ab. Erneutes Hupen. Der schöne Entspannungseffekt der Acht-Minuten-Übung war verflogen, als sich die Eieruhr auf Höhe der Tankstelle lautstark meldete. Fünfhundert Meter weiter setzte Marie den Blinker links. Der ungeduldige Fahrer, der hinter ihr hatte warten müssen, hupte ein drittes Mal, machte ungebührliche Handbewegungen, wie Marie im rechten Außenspiegel sah, und beschleunigte mit aufheulendem Motor. Marie hatte ihn schon vergessen, als sie den Sportplatz passierte, das lang gestreckte Schulgebäude und einen Parkplatz im Schatten hochgewachsener Bäume gefunden hatte.

Schön war es hier, ein bisschen abgelegen, aber schön. Schön im klassischen Sinne von »schön gelegen«. Hier also hatten Malte und auch Andreas Abitur gemacht. Dass er ihr »seine« Schule noch nie hatte zeigen wollen!

Marie betrat das Gebäude durch den Haupteingang. Die zweite Stunde hatte begonnen, die Gänge waren leer. Gleich stellte sich ein Wohlgefühl ein, der Zeitsprung zurück in die eigene Schulzeit war ein erstaunlich kleiner Schritt. Marie war gern zur Schule gegangen. Die Freundinnen, die Jungs, die Feten und Siegbert Brohmsiepe, der Lehrer, den die Schüler liebten. Schlau, integer und ein bedingter Philanthrop. Er mochte die Menschen, ja, aber es gab Grenzen, und er benannte und diskutierte sie.

»Moin, darf ich fragen, wohin die Reise geht?«

Ein Hausmeister, wie man sich einen Hausmeister vorstellte, stand in der Tür seiner Hausmeisterloge.

»Zu Frau Lengwinus, der Schulleiterin«, gab Marie bekannt.

»Treppe rauf, zweite Tür links.« Ein Blick, der misstrauisches Wohlwollen ausdrückte, dann griff der Hausmeister zu seinem Telefon, das einen Anruf mit »Nordisch by Nature« von Fettes Brot signalisierte. Schon ein Oldie, dachte Marie und ging an Pinnwänden und Infotafeln entlang, die so aussahen, als hingen sie dort auch seit Mitte der Neunziger.

Auf einem Foto erkannte sie Siegfried Lenz, blieb stehen und las: »Ich schätze nun einmal die Kunst, herauszufordern, nicht so hoch ein wie die Kunst, einen wirkungsvollen Pakt mit dem Leser herzustellen, um die bestehenden Übel zu verringern.« Das klang wie der Pragmatismus, den Julia Sosa-Ridel ihrem Malte von Rönneby attestiert hatte. Dem Text neben dem Foto entnahm Marie, dass Siegfried Lenz hier an der Klaus-Harms-Schule einen Kurs für hochbegabte Schüler absolviert hatte und später zum Ehrenbürger Schleswig-Holsteins ernannt worden war.

»Treppe rauf, zweite Tür links«, wiederholte der Hausmeister und verschwand graukittelig Richtung Fahrradkeller.

Frau Lengwinus hatte ein Vorzimmer, das von einem Vorzimmermann besetzt war, der hinter einer Vorzimmertheke an einem Schreibtisch saß, dessen Erscheinungsbild Marie überraschte. Keine Ablagekörbe, kein Postein- und -ausgang, keine Papierstapel. Tastatur, Bildschirm, Telefon und ein Becher, aus dem es dampfte.

»Moin … Frau Geisler, wie ich annehme?« Ein kurzer Klick mit der Maus, und Maries Termin war im System des Vorzimmermannes abgehakt. »Frau Lengwinus hat noch Besuch, bitte nehmen Sie doch einen Moment Platz. Mögen Sie einen Kaffee?«

Marie bedankte sich, lehnte ab und schaute sich um. Das Vorzimmer wirkte beinahe antiseptisch. Keine Bilder an den Wänden, keine Jacke über der Stuhllehne.

Der Vorzimmermann bemerkte Maries Blicke. »Ordnung ist die Folge von Ordnung«, erklärte er und schaute Marie an wie jemand, dem Gewissheit natürlich erscheint. Eingehende Nachrichten banden in den nächsten Minuten den Hüter verwaltungstechnischer Abläufe. Marie sammelte sich und konzentrierte sich auf das, was sie in Erfahrung zu bringen hoffte: Namen von Menschen, mit denen Malte von Rönneby ein vertrauensvolles Verhältnis gehabt hatte.

Die Tür zum Schulleiterinnen-Büro öffnete sich, und zwei Oberstufenschülerinnen erschienen im Vorzimmer. Sie reichten einander die Hand und verabschiedeten sich. Der Vorzimmermann wandte sich an die zurückbleibende junge Frau: »Frau Lengwinus, Ihr Besuch ist da, Frau Geisler vom LKA in Kiel. In fünfundvierzig Minuten beginnt die Fachkonferenz Biologie.«

»Moin, Frau Geisler, bitte.« Die Schulleiterin im Körper

einer Schülerin machte eine einladende Geste, der Marie folgte. Sie war wild entschlossen, sich ihre Verwunderung nicht anmerken zu lassen.

»Schön, dass du dir die Zeit nimmst, äh, dass Sie sich die Zeit nehmen. Verzeihung.«

»Kein Ding. Wenn ich mit fünfzig noch so aussehe wie Sie.«

»Ich bin vierundvierzig.«

»Ups. Heutzutage ist sechzig ja das neue dreißig.«

Beide Frauen lachten. Marie unangenehm berührt, Frau Lengwinus, weil sie Spaß hatte. »Worum geht es denn, Frau Geisler?«

Marie empfand Prüfungsdruck. Sie hatte noch nie Prüfungsdruck empfunden, aber die Prüfer waren auch immer älter gewesen als sie.

»Malte von Rönneby.«

»Habe ich schon gehört. Furchtbar. Er war Schüler unserer Schule und hat es ja zu einer gewissen Prominenz gebracht. Nicht vergleichbar mit der des Siegfried Lenz, aber immerhin. In der Schülerschaft, und«, sie schlug die Augen verlegen nieder, »nicht nur in der Schülerschaft, hatte er viele Fans. Oh, *cringe*.«

»Was an ihm brachte ihm die Sympathien ein?«

»Seine Positionen zur Welt – ich vermeide das Wort ›Umwelt‹, weil es suggeriert, unsere Spezies gehörte nicht dazu. Seine Positionen zur Welt und die Art, wie er sie vertrat. Klar und glaubwürdig. Wir haben immer mal wieder Seminare bei ihm auf dem Hof gemacht, mit den Bio- und Sowi-Kursen. Außerdem gehen die zwölften Klassen mit der ›Suse‹ auf Abschlussfahrt durchs Mare Balticum. Ich hoffe, dass Nachfolger/-innen diese Angebote aufrechterhalten werden.« Frau Lengwinus genderte. Karl würde das gefallen. Marie gefiel es offiziell. In Wahrheit war sie genervt.

»Sie beziehen als Schule Stellung im gesellschaftlichen, im politischen Diskurs?«

»Wir sind parteipolitisch neutral, verschließen uns aber nicht wissenschaftlichen Erkenntnissen, und Weltoffenheit ist nicht nur eine Selbstverständlichkeit, sondern gerade hier eine Verpflichtung gegenüber der Vergangenheit.«

»Warum?«

»1932 erhielt die NSDAP bei der Reichstagswahl in Kappeln dreiundfünfzig Komma neun Prozent der Stimmen. Im gesamten Reich waren es dreiunddreißig Komma ein Prozent. Hier in der Schule wurde die Fahne der Hitlerjugend gehisst, und die Schüler/-innen wurden vom Maler, der die Decke des Rathaussaales mit Hakenkreuzen versehen hatte, persönlich geführt. Jenseits der Inhalte hat Malte von Rönneby – soweit ich das beurteilen kann, ich kam ja erst vor drei Jahren aus Rostock hierher – stets demokratische Prinzipien verteidigt. Man kann durchaus sagen, dass er ein Vorbild war. Viele Familien kaufen auf seinem Hof ein, und er war hier im Förderverein.«

»Ich habe gesehen, dass Sie auch einen Ehemaligen-Ball ausrichten. War Malte von Rönneby da auch aktiv?«

»Nein, ich habe ihn sogar mal danach gefragt. Er wich ein bisschen aus und sagte so was wie, er sei eher an der Zukunft interessiert.«

»Er hat 1995 Abi gemacht. Kennen Sie Schüler aus dieser Zeit?«

»Ich fürchte, nein. Zu dieser Zeit lebte ich noch in Rostock. Aber unser Hausmeister, der kennt sie alle und die Großeltern im Zweifel gleich auch. Wollen Sie mal mit ihm sprechen?«

»Tatsächlich interessiert mich, mit wem Malte von Rönneby seine Zeit verbracht hat. Sicher haben Sie Klassenlisten.«

»Haben wir, aber Datenschutz, Sie kennen das ja.« Sie schaute auf den Monitor ihres Computers, tippte. »Moment. Ich wollte schon lange mal die Klassenlisten aktualisieren. Fiel mir gerade ein.«

Sie erhob sich vom roten Gymnastikball. »Sorry, ich muss mal eben zur Toilette. Bin in fünf Minuten zurück.« Sie kniff Marie ein Auge zu und verließ ihr Büro.

Kurz dachte Marie an einen Trick, eine Falle. Aber die Aussicht auf Namen war zu verlockend. Sie entnahm ihrer Umhängetasche den Laptop, schaltete ihn ein und aktivierte die Kamera. Ihr altes Handy hatte keine Knipsfunktion.

Sie umrundete den Schreibtisch, setzte sich auf den Ball und sah, dass Frau Lengwinus eine Excel-Datei geöffnet hatte. Sie enthielt die Namen der Schülerinnen und Schüler, mit denen Malte von Rönneby in der Oberstufe gemeinsame Kurse gehabt hatte. Marie tippte auf das Display, kontrollierte das Ergebnis und ging zurück auf den Besucherstuhl.

Frau Lengwinus ließ noch zwei Minuten auf sich warten, dann war sie zurück, grinste verschwörerisch und sagte: »Als Sie Ihr Kommen ankündigten, habe ich mal ein bisschen gegoogelt. Ihr Mann ist Arzt in Eckernförde, oder?«

»Ist er.«

»Er war ja auch hier auf der Schule. Wussten Sie, dass er beinahe geflogen wäre?«

Marie lachte. Die Geschichte mit den ausgeliehenen Kanus gab Andreas immer wieder zum Besten. Wohl das Verwegenste, was er je getan hatte. Nach einem kleinen Besäufnis mit Klassenkameraden hatten sie den Bootsschuppen aufgebrochen, den die Schule im Hafen unterhielt, und waren grölend durch den Museumshafen gepaddelt. Ein Schüler war gekentert, Andreas hatte ihn gerettet und behauptete, dass dies sein Erweckungserlebnis gewesen sei, dass er darum Arzt hatte werden wollen, um Menschenleben zu retten.

Ehemalige Wegbegleiter belustigte diese Version der Geschichte immer wieder. Tatsächlich war es wohl er selbst gewesen, der sturztrunken über Bord gegangen war. Das Kanu hatte ein Fischer Tage später am Strand vor Rabelsund entdeckt. Disziplinarische Konsequenzen hatte Maries Schwiegervater abwenden können, weil er die Schüler des Ruderkurses mit auf einen Rettungskreuzer genommen hatte.

»Ja, mein Mann ist ein ziemlich wilder Typ.«

»Eine Kollegin ist Patientin und sehr zufrieden. Nun ja. Soll ich Sie mal zum Hausmeister bringen? Ich muss jetzt auch gleich in eine Konferenz. Hanno Kalkowski heißt unser Mann für alle Fälle.«

»Wir haben einander schon bekannt gemacht. Ich finde allein hin. Danke.«

Marie verließ das Büro, der Vorzimmermann telefonierte, hob aber kurz die Hand zum Gruß.

Hanno Kalkowski, der Graukittelige, saß über den Bestellungen für den offiziell von der Schülerfirma, tatsächlich aber von ihm betriebenen Kiosk, wie er Marie unaufgefordert erzählte. »Gut und schön, wenn sich die Kinder um den Planeten kümmern wollen. Gesunde Snacks, nachhaltig und so, selbst gemacht von den Omas. Ja, was glauben die denn, wie man das kalkulieren soll? Ja, was glauben die denn, was die Omas da wirklich reinmachen? Und wenn die nächste Klausur ansteht oder die schöne Marie mit dem Rockzipfel winkt, dann ist alles vergessen.«

»Die schöne Marie?«, fragte Marie und setzte sich auf den von Hanno Kalkowski angebotenen Stapel Europaletten.

»Ja, die schöne Marie, da werden sie alle schwach. Kann man verstehen. Aber glauben die Bengel wirklich, dass Marie sich mit einem Landei aus Stoltebüll abgibt? Die hat längst Verehrer aus Flensburg.«

»Sie wissen Bescheid.«

»Hat sie mir erzählt. Der hat sie wohl getindert oder was weiß ich.« Hanno Kalkowski griff unter die Theke. »Bierchen? Ich darf ja nicht mehr, sagt der Doktor. Gicht.«

»Bin im Dienst, und es ist ja noch früh.«

»Alkoholfrei.«

»Dann.«

Das Bügelbier ploppte. Hoffentlich sah sie niemand.

»Herr Kalkowski …«

»Sag ruhig Hanno. Sagen hier alle.«

»Hanno also. Ich bin Marie.«

Hanno Kalkowski grinste. »Sieht man.«

»Seit wann bist du hier, ich sag mal, Hanno?«

»1979 bin ich zur Marine, 1981 habe ich die Lehre gemacht, ich bin nämlich Tischler, dann habe ich mir den Daumen in der Kreissäge abgeschnitten.« Er zeigte die linke Hand, die in einem Handschuh steckte. »Ganz sauberer Schnitt. Aber ohne Daumen, hat der Meister gesagt, würde er mich nicht übernehmen. 1984 bin ich hier angefangen.«

»Bald vierzig Jahre. Da hast du 'ne Menge Schüler kommen und gehen sehen.«

»Jo, ich hab das mal überschlagen und bin auf über dreitausend gekommen.

»Kann man nicht alle kennen.«

Der graukittelige Hanno Kalkowski schürzte die Lippen, neigte den Kopf zur linken, dann zur rechten Seite. »Eigentlich geht mir keiner durch.«

»Respekt. Abi 1995, Malte von Rönneby?«

»Der Graf? Ja sicher. Denn kennt hier rund um Kappeln aber sowieso jeder. Ist ja eine richtige Berühmtheit. Der kaufte in der Pause immer Mister Tom, diesen Erdnussriegel. Ist auch mein Lieblingsriegel. Der Graf war Schülersprecher und hätte die schöne Marie locker rumgekriegt.«

Marie sah sich um und trank. Bier am Vormittag, das ging ganz gut.

»Der hatte Chemie als Leistungskurs. Dr. Bunsenbrenner, also der hieß nicht wirklich so, der Chemielehrer, der hieß, Moment, ich komm gleich drauf.« Hanno Kalkowski stützte den Kopf auf seiner vollständigen Hand ab. »Nee, is gerade weg. Alle sagten ›Dr. Bunsenbrenner‹. Der hielt jedenfalls große Stücke auf den Grafen und hat ein Stipendium organisiert.«

»Mit wem war Malte von Rönneby denn besonders dicke?«

»Ach, der stand ja immer hier vorn in einer ganzen Traube. Auch Unterstufenschüler. Der hat sich immer um alle gekümmert. Einmal hat er Alex, den Sohn von Bauer Krings, umgehauen, weil der einen kleinen Jungen geärgert hat. Der Alex war ein Baum von einem Kerl. Aber der Graf war eben der Graf.«

»Gab es einen besten Freund?«

»Klar, Guido. Den Namen kann ich so gut behalten, weil

ich immer so gern ›Was bin ich?‹ mit Robert Lembke geguckt habe. Mit diesem Schweizer Ratefuchs Guido Baumann. Das waren Zeiten.«

»Guido, und weiter?«

»Das weiß ich nicht.«

Marie holte ihr Schleibook hervor und notierte: Guido, Excel-Liste. »Hatte er eine Freundin?«

»Verehrerinnen hatte er. An jedem Finger hätte er eine haben können. Ja, er hatte eine Freundin, aber die war nicht hier auf der Schule. Die war ein bisschen älter, hatte schon ein Auto, als der Graf noch Moped fuhr. Sie hat ihn manchmal gebracht oder abgeholt. Aber sie ist nie hier reingefahren, hat ihn immer vorn an der Bundesstraße rausgelassen. Ich weiß nicht, warum. Es gab so Gerüchte, sie sei die Tochter eines Politikers. Die hieß Suse. Nachnamen weiß ich nicht.«

Marie notierte im Schleibook: Suse, Vater Politiker? »Und wie sah sie aus, diese Suse?«

»Ein bisschen wie die schöne Marie. Wie schöne Frauen so aussehen.«

»Haarfarbe?«

»Schwedischblond, fast weiß, würde ich sagen.«

Der Gong, der kein Gong, sondern ein Nebelhorn war, ertönte.

»Große Pause. Ich muss jetzt ran.«

Marie zog ihr Portemonnaie aus der Umhängetasche. »Das Bier.«

»Du bist eingeladen.«

Hanno Kalkowski schob die Scheibe seines Kiosks zur Seite, als sich auch schon die ersten Schüler drängelten.

Marie leerte den Rest aus der Flasche ins Waschbecken an der Rückseite der Hausmeisterloge und schob sich mit den Schülermassen hinaus auf den Schulhof.

Im EMO schaltete sie ihr Handy wieder auf laut, und noch bevor sie das Foto der Excel-Liste aufgerufen hatte, klingelte das Telefon. Michel teilte mit, dass man nun auch ohne weitere Analysen ausschließen könne, dass Malte von Rönneby

Kontakt zu Wasser aus der Schlei gehabt habe. Das Wasser in seinem Ohr entsprach in seiner Zusammensetzung ziemlich exakt dem Trinkwasser, das der Wasserbeschaffungsverband Nordschwansen lieferte. »Wenn man von dem absieht, was der Glasaal hinterlassen hat.«

Michel war in Eile und beendete das Gespräch, ohne Rückfragen zuzulassen. Marie hätte aber auch nicht gewusst, welche Rätsel Michel hätte lösen können. Sicher nicht das Rätsel um den Aal im Ohr. Sie rief Sonja an.

»Sorry, keine Zeit. Astrid und Bernd fehlen. Was willst du?«

»Die Glasaale.«

»Oh, Mist, vergessen. Ich habe herausgefunden, dass die aus Frankreich kommen. Werden vor der Atlantikküste gefangen. Kleine süße Dinger. Ein Aalhändler aus der Nähe von Bremen holt die in Frankreich ab und bringt sie gekühlt hierher. In Plastikschalen. Ich habe ein Foto gesehen. Umstritten das Ganze. Die NASU läuft Sturm. Der Aal ist vom Aussterben bedroht und wird zu Höchstpreisen gehandelt. In Deutschland kostet ein Kilo um die vierhundert Euro, in Asien locker viertausend.«

»Sonja, ich dachte, du hast keine Zeit. Die ökologischen und moralischen Untiefen können wir später mal ausloten. Wer hat die Aale wann an wen geliefert?«

Marie erfuhr, dass Malte von Rönneby der Empfänger war, dass er die Tiere am Vortag seines Ablebens erhalten hatte. Dreißig Kilo. Wie er das mit seinem Engagement für Nachhaltigkeit verbunden hatte, wusste Marie nicht und erinnerte sich an Julia Sosa-Ridel, die Maltes Pragmatismus betont hatte. Mal abgesehen davon, dass die Aale irgendwo sein mussten, blieb die Frage, wie eines der Tiere in Maltes Ohr gelangt war. Ein Mysterium.

Marie rief Elmar an und fragte, ob die KTU auf dem Gelände Aale gefunden habe. Elmar verneinte genervt. »Marie, das hätte ich dir gesagt beziehungsweise in die Cloud gestellt, oder? Wir haben alles durchsucht. Ein Wohnhaus, ein landwirtschaftlicher Betrieb, Gastronomie. Alles unauffällig. Einzig die Stromversorgung gibt uns Rätsel auf. Es gibt Sicherungen, die mit ›Labor‹ beschriftet sind, aber es gibt kein Labor.«

Mehr hatte Elmar nicht mitzuteilen. Marie rülpste. Das Bier. Gut, dass sie allein im EMO war.

Auf der Intensivstation

Guido Schlick hatte Glück gehabt.

»Dem haben Sie Ihr Leben zu verdanken«, hatte der Arzt gesagt, dann war Guido wieder ins Koma gefallen. Der Arzt hatte den Gleitschirmflieger gemeint. Guido hatte sich in kurzen wachen Momenten erinnert. Der Schmerz hatte nachgelassen, als er dort am Berg gelegen hatte. Das Blut war ihm warm bis hinunter auf den Bauch gelaufen. Er hatte geträumt von der Geltinger Birk. Bald erhielte er die Baugenehmigung für ein Haus mit Blick auf die Ostsee. So was gab es eigentlich nicht.

Entscheidend war das Wörtchen »eigentlich«. Als er vor zwanzig Jahren seine Agentur »Aalglatt« gegründet hatte, war ihm bereits klar gewesen, dass Gesetze und Vorschriften nur für jene galten, die ohne Einfluss waren. »Aalglatt – wenn nichts hängen bleiben darf«, das war der Claim gewesen, mit dem er ungeschminkt an seine Kunden herangetreten war. Wirtschaftsbosse und Politiker vornehmlich. Er hatte ihnen die Skandale vom Leib gehalten, und sie ebneten ihm Sonderwege.

Aus den Augenwinkeln hatte er kurz den Gleitschirmflieger gesehen. Beim nächsten Augenaufschlagen hatte er in einer Trage gelegen und war durch die Luft geflogen. Das Knattern des Rotors hatte ihm gefallen. Ein machtvolles Geräusch. Guido Schlick fand nichts erstrebenswerter als Macht.

»Wen sollen wir anrufen?«, hatte der Arzt gefragt. »Es steht nicht so gut um Sie.« Guido war niemand eingefallen, den man hätte anrufen können. Seine Eltern waren tot. Das war gut so. Geschwister hatte er nicht, Freunde auch nicht. Nicht mehr. Seine Gesellschaft kaufte er. Das war ehrlicher als so manche Beziehung, die auf Abhängigkeiten und Schmeicheleien beruhte. Guido wusste, was er von wem bekam und was das kostete.

»Sie haben Blutgruppe B, Rhesus negativ. Wir brauchten neue Konserven. Gar nicht so einfach. Nur zwei Prozent der Menschen in Deutschland ...«

Guido Schlick war erneut weggedämmert. Einen Pizzaofen würde er sich bauen lassen in der Geltinger Birk. Nichts ging über eine Pizza Napoletana, wie er sie in der ältesten Pizzeria der Welt in Neapel gegessen hatte.

Wo ist Kent Holzer?

Gregor Sachse war von einem Streifenwagen aus Flensburg abgeholt worden. Der junge Polizist löcherte ihn mit Fragen zu seiner Harley, bis die Beamtin auf dem Beifahrersitz ihre linke Hand auf seine Schulter legte und sagte: »Is gut jetzt. Der Kollege vom LKA ist ja kein Motorradhändler.«

Sie fuhren an der Kaserne vorbei, das Restaurant von Dirk Luther kam in Sicht, und Gregor nahm sich vor, Astrid alsbald hierher einzuladen. Französische Küche für die Frau, die ihn immer an Catherine Deneuve erinnerte. Für die Flensburger Förde hatte Gregor keinen Blick, der Streifenwagen bog in eine Stichstraße zum Twedterholz ab. »Gute Lage«, kommentierte er.

»Eine sehr gute Lage«, legte die Kollegin nach. »Mit A 13 kommst du hier nicht klar.«

Der Streifenwagen hielt vor einem Haus, das eine gutbürgerliche Ausstrahlung hatte. Nicht protzig. Dezenter Wohlstand. Bewohner ähnlicher Anwesen, so hatte Gregor das in den Jahren auf Streife erfahren, stießen nicht mit Prosecco auf Sylt an. Sie tranken sehr teuren Rotwein hinter schweren Vorhängen. »Hier?«

Der junge Kollege nickte, Gregor stieg aus. Rechts 'ne Mauer, links 'ne Mauer. Vor ihm das übermannshohe Tor, schlichtes Grau. Eine Kamera links, die nach innen ausgerichtet war, eine Kamera in die Anmeldetechnik integriert, die aus einem Druckknopf, einem Briefkastenschlitz, einer Öffnung für das Mikrofon und einer Lautsprecherabdeckung bestand. Auf dem Namensschild las Gregor »Dres. Laubmühl«.

»Hier steht ›Laubmühl‹«, wandte er sich fragend an die Kollegin, die auch ausgestiegen war.

»Das ist das Ehepaar Laubmühl, Anwaltskanzleien in Flensburg und Husum.«

»Und Kent Holzer?«

»Der wohnt auch hier. Jedenfalls ist er hier gemeldet. Ich habe ihn mal befragt.«

»In welcher Angelegenheit?«

»BTM-Verstoß. Aber es war ihm nichts nachzuweisen.«

Gregor drückte den Klingelknopf. Es dauerte nicht lange, und eine sonore Männerstimme sagte: »Die Polizei, herzlich willkommen, aber gerufen habe ich Sie nicht. Spinnt die Alarmanlage?«

»Eine Frage, die ich nicht beantworten kann. Mein Name ist Gregor Sachse, LKA. Ich möchte zu Kent Holzer.«

Ein Summen, und eine Tür neben dem Tor sprang einen Spalt weit auf. »Kommen Sie doch bitte herein.«

Gregor schob die Tür auf. Eine gepflasterte Auffahrt zur Linken, die in eine Tiefgarage führte. Ein Plattenweg, der durch einen dem Strand nachempfundenen Garten führte, Sand, Dünengras. Alles sehr zurückgenommen und harmonisch. Das Haus ein Bungalow im Bauhausstil. Schlicht, weiß. Die Haustür ohne Knauf. Als Gregor sich näherte, sprang auch diese auf.

Er betrat eine weitläufige Diele. Gleich gegenüber dem Eingang öffnete sich eine Glasfläche zu einem lichtdurchfluteten Innenhof. Dort stand ein Mann Anfang sechzig vor einer Staffelei und nickte Gregor zu.

»Verzeihen Sie meine Unhöflichkeit. Aber dieser Strich duldete keinen Aufschub.« Er deutete auf die Leinwand. Helles Blau, horizontal aufgetragen mit breitem Pinsel. Nicht mehr, nicht weniger. Dass »Kunst« grundsätzlich von »Können« kam – Gregor hielt das nicht nur in diesem Fall für eine Schutzbehauptung.

Der Mann legte Pinsel und Staffelei auf einem hohen Tisch ab. Hinter ihm ein wassergefülltes Becken, dessen oberer Rand exakt so hoch wie der Tisch war. Zu dessen Seiten sorgfältig beschnittene Buchsbäumchen. Alles hatte seinen Platz. Der Innenhof strahlte Klarheit aus.

»Sie wollen also zu Kent Holzer. Warum?« Die Stimme klang noch sonorer als an der Sprechanlage.

»Ich möchte Herrn Holzer befragen.«

»Wozu?«

»Das werde ich Herrn Holzer mitteilen. Wohnt er hier? Seinen Namen fand ich nicht auf dem Klingelschild.«

»Kent Holzer ist ein – wie soll ich sagen? – Freund der Familie. Meine Mutter selig hatte ihn einst unter ihre Fittiche genommen.«

Gregors fragender Blick bewegte Dr. Laubmühl zu einer Kopfbewegung in Richtung der Sitzgruppe, die ein Sonnensegel überspannte. Die Männer setzten sich, Dr. Laubmühl drückte einen Knopf, der weiß in weiß mit der Fassade verschwamm.

»Tee, Herr Sachse? Weiß, grün, schwarz? Kaffee gibt es in diesem Haus nicht.«

Gregor nahm durch das raumhohe Glas hindurch einen jungen Mann als changierenden Umriss wahr, bevor der den Innenhof betrat.

»Simon, einen weißen Tee für mich«, Laubmühl richtete seinen Blick auf Gregor, »und …«

»Einen schwarzen Tee für mich«, vervollständigte Gregor den Satz und fügte »bitte« hinzu. »Das Glas?« Er deutete auf die Glasflächen, die den Hof von der Diele trennten.

Dr. Laubmühl lächelte. »Irritierend, nicht wahr? Das Werk eines befreundeten Glaskünstlers aus dem Thüringer Wald. Dort stellt man übrigens auch Glasaugen her. Kryolithglas. 1868 haben das kreative Köpfe erfunden. Lauscha, Geburtsort meines Vaters. Glas, ein faszinierendes Material, finden Sie nicht?«

»Doch, doch. Kent Holzer wohnt also hier?«

»Ja, meine Mutter konnte nicht von ihm lassen. Gutes zu tun war ihr ein Anliegen. Dass sie und mein Vater den Häschern der Stasi entkommen konnten, war einem Fluchthelfer hier aus Glücksburg zu verdanken. Dass sie all ihre Fürsorge ausgerechnet Kent angedeihen lassen musste, nun ja. Er hat hier Wohnrecht auf Lebenszeit. Meine Mutter nannte das ›Obdach‹. Er lebte damals als Waisenkind in einer Einrichtung, die inzwischen geschlossen wurde. Meine Mutter wurde zur

Pflegemutter, und die Dinge entwickelten sich. Er wohnt hinten im Gartenhaus. Ich kann Ihnen das zeigen. Aber vorher genießen wir unseren Tee.«

Simon brachte, worum man ihn gebeten hatte. Das Porzellan, sicher edel. Der schwarze Tee, nicht zu heiß und aromatisch.

»Warum, frage ich als sein Anwalt, wollen Sie Kent sprechen?«

»Uns interessiert seine Beziehung zu Malte von Rönneby.«

»Konkurrenten, die beiden sind Konkurrenten, haben ja beide Traditionssegler in Eckernförde liegen.«

»Hatten. Malte von Rönneby ist tot.«

Dr. Laubmühl spitzte die Lippen, stellte die Tasse auf das Beistelltischchen. »Ein gewaltsamer Tod?«

Gregor nickte.

»Genießen Sie Ihren Tee, Herr Sachse. Im Anschluss muss ich Sie bitten zu gehen.«

»Wissen Sie, wo sich Ihr Halbbruder aufhält?«

»›Halbbruder‹, ich bitte Sie. Eine Provokation wie diese steht dem LKA nicht gut zu Gesicht. Ich weiß nicht, wo sich Herr Holzer aufhält.«

»Wann haben Sie ihn zuletzt gesehen?«

»Unlängst.«

»Geht es genauer?«

»Nein, leider. Er hat einen eigenen Eingang, den alten Lieferanteneingang.«

Gregor trank. Gut, der Tee. Dann stellte auch er die Tasse aus dünnwandigem Porzellan sachte ab. »Eine Handynummer, haben Sie eine Handynummer, unter der ich Herrn Holzer erreichen kann?«

Dr. Laubmühl zog ein Smartphone aus der Jeans und diktierte eine Ziffernfolge, die Gregor bekannt vorkam.

»Danke, Herr Dr. Laubmühl, für den Tee und die Auskünfte.«

»Gern. Sie behalten bitte im Hinterkopf, dass ich Herrn Holzer anwaltlich vertrete, sollte das vonnöten sein. Auf Wiedersehen.«

Simon wartete an der Haustür, öffnete und schloss sie, neigte kurz den Kopf. Gregor trat in den Garten und folgte dem Weg, der links um das Haus herumführte. An der Hausecke angekommen, sah er hinter niedrigen Kiefern verborgen ein Gartenhaus, das ein weit über den Baukörper hinausragendes Pagodendach trug. Neben dem Haus erkannte er einen Teich, der von einer Brücke überspannt wurde.

»Herr Sachse, verzeihen Sie, der Ausgang befindet sich dort, gegenüber dem Eingang.« Simon war aus einer Seitentür des Haupthauses getreten. Gregor hob beschwichtigend die Hand, ging hinüber zu Tor und Tür. Letztere öffnete sich wie bei der Ankunft einen Spaltbreit. Auf der Einfahrt standen die Flensburger Kollegen und rauchten.

»Wisst ihr, in welchen Verhältnissen man jenseits dieser Mauer lebt?«

»Andeutungsweise. Man redet in der Nachbarschaft. Nein, ich sollte besser sagen, man redete. Früher, als Holzer hier quasi adoptiert wurde. Aber das weiß ich auch nur vom Hörensagen. Meine Oma hat mal gegenüber gearbeitet.« Die Kollegin deutete hinüber zum Hotel Alter Meierhof. »Holzers Vater war wohl Holländer. Ein Seemann mit üblen Manieren. Er und seine Frau sind bei einem Autounfall ums Leben gekommen. Mehr weiß ich auch nicht. Also …« Sie fuhr sich durch die Haare. »*Gossip*. Der Holländer soll krumme Geschäfte gemacht haben. Gras. Aber wie gesagt – was man so redet. Können wir weitere Fahrdienste anbieten?«

»Zu einem Autovermieter vielleicht«, überlegte Gregor. Auf welchem Wege man an Kent Holzer herankäme, sollte er sich wie vermutet auf der »Windsbraut« befinden, wusste er nicht. Amtshilfe womöglich, das konnte dauern, obwohl die Zusammenarbeit mit den Dänen traditionell gut und unbürokratisch war.

»Es wäre das Beste, ich führe mal mit euch zurück in die Direktion. Dann sehe ich weiter.« Gregor stieg ein. Ein kaum sichtbares rotes Licht am Rande der Klingelanlage erlosch.

Zu Lande, zu Wasser und in der Luft

Gregor war als junger Polizist ein- oder zweimal zu Gast in der Flensburger Polizeidirektion gewesen, und schon damals hatten ihn das Gebäude und die Lage an der Hafenspitze begeistert. Erst später hatte er erfahren, dass der Hinterhof im Mai 1945 zu einem besonderen Ort der Geschichte geworden war. Dort waren die NS-Größen Dönitz, Speer und Jodl nach ihrer Verhaftung der Presse präsentiert worden. Aus dem Nebengebäude heraus wurde zuvor die bedingungslose Kapitulation der Wehrmacht über den Reichssender Flensburg verkündet.

Dass dort heute die Polizei im Rahmen einer rechtsstaatlichen Ordnung für Freiheit und Sicherheit einstand, empfand Gregor als eine der wichtigsten Errungenschaften der Nachkriegszeit. Im Hotel gleich neben der Polizeidirektion hatte er mal ein Wochenende mit Mareike verbracht. Dass er jetzt an seine Ex-Geliebte dachte, beschämte ihn. Er hatte Astrid noch nichts von Mareike erzählt. Sobald sie wieder gesund war, würde er das nachholen.

Als Marie ans Telefon ging, klang es, als stünde sie auf einem Schulhof.

»Ich stehe hier gleich neben dem Schulhof«, sagte sie und hatte eine Idee, wie sie an Kent Holzer herankommen würden. Der Umstand, dass er in Geldnöten war, mutmaßlich nicht davor zurückgeschreckt war, einen Brand zu legen, und man wegen eines BTM-Verstoßes ermittelt hatte, veranlasste Marie, an einen alten Bekannten zu denken. »Das kriegen wir hin. Ganz ohne Behörden-Hickhack. Pass auf, ich rufe jetzt Rainer an.«

Nachdem Marie erklärt hatte, wie sie rasch ans Ziel kämen, war Gregor ein bisschen unwohl. Aber Marie war die Chefin.

Zwanzig Minuten später hatte er seine Waffe in der Polizeidirektion verschlossen und fuhr mit einem Streifenwagen zum

Flensburger Flugplatz. Dort, so war die Absprache, würde Rainer ihn bereits erwarten. Das Ziel war Roskilde auf der dänischen Insel Sjælland.

Er brauchte gerade mal zehn Minuten, bis er von der Lecker Chaussee auf den Parkplatz des Flughafens abbog. Ein Mann Ende sechzig kam aus einem der Gebäude auf ihn zu, eine Mappe unterm Arm, eine Pilotenbrille auf der Nase und ein Lächeln im Gesicht.

»Du musst Gregor sein. Jedenfalls dem Auto nach zu urteilen. Moin, ich bin Rainer und sehr dankbar, dass ich dich fliegen darf. Marie hat mich gerettet. Um halb zwölf hätte ich einen Termin bei meinem Hausarzt gehabt.«

Gregor reichte Rainer die Hand und verdrängte naheliegende Gedanken rund um Vorsorgeuntersuchungen. »Danke, dass du dir die Zeit nimmst. Wie ist das finanziell geregelt, muss ich Vorkasse leisten?«

»Nein, unsere Passagiere zahlen erst, wenn sie wohlbehalten zurück sind. Aber du zahlst gar nichts. Das geht sozusagen auf Marie. Ohne Marie wäre ich nicht hier. Sie hat mich vor über zehn Jahren in der Nähe von Rieseby aus meinem Auto rausgezogen und wiederbelebt. Seitdem lade ich sie an meinem zweiten Geburtstag immer zu einem Rundflug ein. In der nächsten Woche wäre es so weit gewesen.«

Rainer umrundete das flache Gebäude, und schon waren sie auf dem Flugfeld. Gregor war überrascht, dass vor einem Hangar ein Learjet parkte. »Oh, das ist ja richtig große Welt. Wer kommt denn hier mit einem Düsenjet an?«

»Flensburg wird unterschätzt.« Mehr sagte Rainer nicht.

Neben dem Learjet parkte ein Wasserflugzeug. »Wie in Kanada. Darf man denn hier auch damit landen?«

»Klar. Auf der Flensburger Förde, in der dänischen Südsee. Du kannst hier sogar eine Wasserflugausbildung machen. Wie gesagt: unterschätzte Stadt.«

Rainer hielt auf ein einmotoriges Sportflugzeug zu. »Eine Cessna 172. Meistgebautes Flugzeug der Welt. Gutmütig.«

»So eine Art Käfer der Lüfte.«

»Kann man sagen.« Rainer ging um das Leitwerk herum zur linken Seite der Maschine. »Du rechts, ist wie beim Auto.«

Gregor öffnete die Tür, die sich leicht anfühlte, und erklomm das Cockpit. Das Ruder, die Instrumententafel, die Pedalerie, alles wirkte tatsächlich so, als stamme es aus der guten alten Analog-Zeit.

»Ein Oldtimer?«

»Baujahr 1997. Fast neu.« Rainer klang ein bisschen beleidigt.

Gregor schnallte sich an und setzte das Headset auf.

»Alter Hase?«, fragte Rainer.

»Ich bin ein paarmal mit einem Polizeihubschrauber geflogen.«

Rainer startete den Motor, holte sich die Freigabe, rollte zum Anfang der Start- und Landebahn, gab Vollgas. Es war laut, es war ruppig. Das hier war kein Airbus. Gregor spürte den Moment, in dem sie abhoben. Im Steigflug ging es über die Flensburger Altstadt hinweg. Rechts unten hätte Gregor das Polizeipräsidium sehen können, aber er hatte nur Augen für die Instrumente, den Höhenmesser, den künstlichen Horizont. Ob er sich einen Flugschein leisten könnte?

»Mürwik«, sagte Rainer. Dann sah Gregor die Küstenlinie. Sie überflogen den Golfplatz südlich der Halbinsel Holnis.

»Schon sehr schön bei uns«, sagte er.

»In Dänemark aber auch«, antwortete Rainer. »Gleich überfliegen wir Sonderburg. Meine Schwester lebt dort.«

»Einen Dänen geheiratet?«

»Eine Dänin.«

»Wie lange brauchen wir?«

»Hundertachtzig Kilometer, knappe Stunde. Mit dem Auto wären es dreihundert Kilometer, und wir bräuchten locker drei Stunden.«

»Ist das Ærø?« Gregor schaute nach rechts aus dem Fenster.

»Ja.«

»Meine Freundin Kerstin wohnt in Søby. Wir sind schon

ziemlich eng mit unserem nördlichen Nachbarn. Meinetwegen können wir fusionieren.«

Rainer hatte den Autopiloten aktiviert und schaute Gregor skeptisch an. »Ich weiß nicht. So ist Dänemark ein bisschen wie eine Geliebte. Für mich fühlt sich das gut an.«

»Wie bist du zum Fliegen gekommen?«

»Flugangst. Ein befreundeter Psychologe hat mir die Konfrontationstherapie erklärt. Hat funktioniert. Ich musste früher beruflich fliegen. Nachdem ich den Flugschein hatte, habe ich gekündigt und mich selbstständig gemacht. Seitdem fliege ich nur noch, weil es mir Spaß macht.«

Die Maschine sackte durch.

»Luftloch, kein Grund zur Sorge. Thermik. Ich melde uns mal an. *Roskilde Tower hello, D-EABC, departure from Flensburg EDXF, now overhead KOR in three thousand feet. Request to enter CTR Roskilde via Borup for landing.*«

Es knackte, rauschte, dann antwortete Roskilde: »*D-EABC, roger, cleared to enter CTR via Borup. Descend to one thousand feet.*«

Rainer drosselte den Motor, stellte die Klappen anders ein. Das Flugzeug verlor an Höhe.

»Sind wir schon da?« Gregor kam es vor, als seien sie gerade erst gestartet.

»Zehn Minuten etwa.« Rainer wirkte konzentriert, und Gregor verzichtete auf weitere Fragen, bis die Räder der Cessna die Piste in Roskilde berührten.

»Klatscht man jetzt?«

»Ein Bier heute Abend tut es auch. Marie sagte am Telefon, ich könne auf dich warten. Das Schiff liegt wohl nicht weit draußen. Ist das richtig so?«

»Ich weiß nicht, was jetzt auf mich zukommt, um ehrlich zu sein. Wie lange wartest du denn?

»Zwanzig Uhr, zwei Stunden vor Sonnenuntergang.«

»Gut, das merke ich mir.«

Rainer parkte die Cessna auf dem ihm zugewiesenen Platz und stellte den Motor ab. Die Männer tauschten Handynummern, Gregor stieg aus. Sehr unkompliziert und komfortabel, die Privatfliegerei.

Im Flughafengebäude Roskilde angekommen, stellte Gregor fest, dass Sonja in der kurzen Zeit organisiert hatte, was zu organisieren gewesen war. Auf Gregor wartete ein Mietwagen. Sonja schickte ihm die Routenbeschreibung zum Hafen in Mosede aufs Handy. In achtzehn Minuten wäre er dort und könnte mit einem von ihr auf seinen Namen gecharterten Motorboot zur »Windsbraut« fahren, die Sonja in nur sechs Seemeilen Entfernung ausgemacht hatte. Sie bewegte sich nicht, lag wahrscheinlich vor Anker.

※※※

Marie hatte auf die Tankanzeige des EMOs geschaut und festgestellt, dass sie schon wieder vergessen hatte zu tanken. Sie entschied sich für die Tankstelle an der B 199. Nach sechsundvierzig Litern klickte es an der Zapfpistole. Gleichzeitig klingelte Maries Handy. Sie schob die Zapfpistole in die Aussparung der Säule und nahm den Anruf entgegen.

»Marie, moin, Uwe hier, der beste Schwiegervater zwischen Maasholm und Maasholm Bad.«

Marie versuchte ein Lachen. Uwe war ein Pfundskerl, ein Teufelskerl, ein toller Opa, aber als Spaßmacher würde er elend verhungern.

»Die Harley habe ich auf dem Hänger. Besteht dein Kollege Gregor darauf, dass ein Harleyhändler Hand anlegt, oder ist ein gewöhnlicher Reifenfritze auch okay?«

»Wer viel fragt, kriegt viele Antworten.«

»Habe ich verstanden und melde mich. Ahoi.«

Uwe hatte aufgelegt. Auf ihn war Verlass. Auf seinen Sohn auch.

Lächelnd betrat Marie das Innere der Tankstelle und wurde Opfer ihrer selektiven Wahrnehmung, einem Überbleibsel aus der Steinzeit, das bei ihr stark ausgeprägt war. Auf dem Verkaufstresen stand einer jener Würstchenerhitzer, die diesen unverwechselbaren Böklunder-Duft emittierten. Dieses Raucharoma, dem sich Maries Urinstinkte nicht widersetzen konnten. Sie zahlte mit Karte.

»Und noch 'ne Wurst, bar. Mit Senf.«

Sie nullte den Kilometerzähler, fuhr das EMO ein Stück vor in eine Haltebucht vor den Luftdruckmessgeräten und rief noch kauend Gregor an.

»Marie, nur kurz vorweg: Das war großartig. Also, das Fliegen mit Rainer. Danke. Vielleicht mache ich einen Flugschein.«

»Kannst ja die Harley verkaufen. Uwe kümmert sich um einen neuen Hinterradschlappen und meldet sich bei dir. Ich gehe davon aus, dass dein Motorrad irgendwo rund um Kappeln zum Stehen kommt. Musst du sehen, wie du heute Abend oder morgen dahin kommst.« Marie merkte, wie blöd ihre Ansage gewesen war, und sagte: »Sorry, das war doof. Melde dich, sobald du weißt, wann ihr in Flensburg landet. Ich hole dich da ab.«

Dass sie Gregor auf Kent Holzers Fährte gesetzt hatte, war gewiss kein Fehler. Gregor war erfahren, lebensklug und entscheidungsfreudig. Er würde die richtigen Fragen stellen und Kent Holzer, gegen den nichts vorlag, zu einem Gespräch im LKA bewegen können. Sanft, rechtskonform und dennoch so, dass der Eigner der »Windsbraut« in Kiel vorstellig werden würde. Trotzdem kribbelte es in Marie. Gregor war in Dänemark unterwegs, die Lage war unklar, die Aktion war mit niemandem, nicht einmal mit Astrid abgesprochen.

Sie pulte Reste des Wurstdarms zwischen den Schneidezähnen hervor, griff nach dem Notebook und schaute sich die Liste der Schülerinnen und Schüler an, mit denen Malte von Rönneby die Klaus-Harms-Schule besucht hatte. Hanno Kalkowski, der Hausmeister, hatte sich auf die Frage nach dem besten Freund an Guido erinnert. Marie fuhr die Spalte der Vornamen mit dem Zeigefinger ab. Der Finger hinterließ eine streifige Spur aus Fett. Das war eklig.

Es gab nur einen Guido, und der hieß Schlick mit Nachnamen. Bestimmt von der Westküste oder aus Ostfriesland, dachte Marie und erinnerte sich an die Wattolümpiade in Brunsbüttel, an der sie 2016 teilgenommen hatte. Ihr damaliger Konditionstrainer hatte das vorgeschlagen, und es war eine unfassbare Sauerei gewesen, aber schön.

Guido Schlick also. Marie suchte im Internet und erhielt einen Treffer im Handelsregister. Unter Schlicks Namen war eine Firma mit dem Namen »Aalglatt GmbH« eingetragen. Eine Internetseite fand sie nicht. Marie rief Sonja an und erfuhr, dass Guido Schlick eine Kommunikationsagentur betrieb. Sie notierte die Adresse in Kiel-Holtenau und stellte fest, dass Guido Schlick in Astrids unmittelbarer Nachbarschaft wohnte.

Marie rief sie an. Astrid klang furchtbar.

»Es hört sich an, als hättest du nächtelang gesoffen. Ein bisschen wie Julia Sosa-Ridel. Aber in Kombination mit dem Husten ist auch eine Spur Frank Zander rauszuhören. Dir geht's schlecht, oder?«

»Kopfweh, Fieber und schlapp. Was willst du?«

»Sagt dir der Name Guido Schlick etwas?«

»Ja, der wohnt hier. Hat mich und die anderen Leute aus dem Haus letzten Sommer zu einem Nachbarschaftsfest eingeladen. Ein Großmaul, aber ganz nett. Warum?«

»Er war während der Schulzeit der beste Freund von Malte von Rönneby, und ich glaube, dass Maltes Tod mit einem Ereignis zu tun hat, das in der Vergangenheit liegt. Kannst du mal nachsehen, ob er zu Hause ist?«

»Nein, ich liege richtig flach. Tut mir leid. Wirklich.« Astrid hustete, Marie wünschte gute Besserung und war besorgt. Astrid hatte noch nie richtig krankgefeiert. Und wenn, dann hatte sie von zu Hause aus gearbeitet. Wie es Bernd wohl ging?

Marie legte das Handy weg, klappte das Notebook zu, schnallte sich an und roch, dass ihre rechte Hand furchtbar nach Wurst stank. Sie schnallte sich ab, stieg aus und besorgte sich den Schlüssel zur Kundentoilette. Dann fuhr sie nach Kiel.

***

Der Hafen von Mosede auf der dänischen Insel Sjælland lag traumhaft auf einer kleinen Halbinsel. Von der Straße aus konnte Gregor links und rechts Wasser sehen. Er parkte vor der Schranke rechts und ging vor zum Hafenbecken. Gegenüber einer rostigen Slipanlage fand er das Havnekontor in einem grünen Holzhaus. Vor dem Eingang im Anbau eine Schiffsschraube und ein mit Lavendel bepflanzter Korb. Am Wochenende würde Gregor endlich mal die dringend notwendigen Arbeiten im Schrebergarten erledigen. Er hatte gehofft, dass Astrid dabei sein würde. Ein gemütlicher Grillabend am Windebyer Noor. Nun, aufgeschoben war nicht aufgehoben.

Er klopfte und betrat das Reich der Hafenmeisterin, die zu seiner großen Freude gut Deutsch sprach. Sein Dänisch reichte gerade so aus, um im Supermarkt nicht unterzugehen.

Freundlich und verbindlich der Ton, die sorgfältige Kontrolle des Sportbootführerscheins und der Ausweispapiere. Das Boot hatte Sonja privat gechartert. Dass Gregor Polizist war, konnte die Hafenmeisterin, die nach eigener Auskunft den erkrankten Bootsvermieter vertrat, nicht wissen.

»Du kommst zum Angeln?«

»Gewissermaßen, ja, einen großen Fisch womöglich. Nennen wir es Rendezvous.«

»Eine Frau?«

»Ja, die ›Windsbraut‹. Aber ohne Übernachtung. Ich werde spätestens um fünfzehn Uhr zurück sein.«

Die Hafenmeisterin bat um seine Mobilfunknummer, dann schob sie die Papiere über die Holztheke. »Karten sind an Bord. Du kennst dich aus mit Außenbordern?«

Klang nach rhetorischer Frage. Gregor bemühte seinen kompetenten Gesichtsausdruck und war froh, dass das gecharterte Boot nicht im Sichtbereich der Hafenmeisterin lag. Er überflog die Bedienungsanleitung des Außenborders, der zweihundert PS leistete, da wäre ein ruhiges Händchen gefragt. Das offene Boot war länger als sechs, eher sieben Meter mit Steuerstand. Zuletzt war Gregor mit einem elektrischen Motörchen auf der Schlei unterwegs gewesen.

Er rief die Position der »Windsbraut« auf, die noch immer knappe sechs Seemeilen östlich von Mosede lag. Eine kurze Fahrt. Beinahe hätte er vergessen, die Rettungsweste anzulegen. Dass man auch auf scheinbar friedlichen Gewässern in Not geraten kann, hatte Gregor erlebt, als er mit Anfang zwanzig den schwedischen See Vänern mit einem Kanadier befahren und nicht nur um seine neue Spiegelreflexkamera gebangt hatte.

Er drückte den Starterknopf, und das Kraftpaket am Heck meldete laut und deutlich Bereitschaft. Er steuerte das Boot aus dem Hafen hinaus auf die Ostsee. Sofort spürte er den Wind, der aus östlicher Richtung gegen seine Steuerbordseite drückte. Er korrigierte, verglich die Position der »Windsbraut« mit seinem Kurs, und dann gab er Gas. Der Bug kam aus dem Wasser, der Rumpf schlug auf die kabbeligen, kurzen Wellen, der Fahrtwind pfiff über die Windschutzscheibe hinweg.

Gregor hatte sich gesetzt, glich die Bewegungen des Bootes instinktiv aus. Ein ganz und gar körperliches Erlebnis, so ganz anders als Motorradfahren und doch vergleichbar. Ein so potentes Boot wie dieses war er noch nicht gefahren. Einmal hatte er an einer Übung der Küstenwache teilgenommen. Mitten auf der Kieler Förde war ihm speiübel geworden. Jetzt war das anders, er hatte Einfluss, war weniger ausgeliefert als damals. Der Schiffsverkehr war überschaubar.

In Sichtweite ein Fischkutter und am Horizont eine Fähre, die in nördliche Richtung lief. Gregor schaute auf die Instrumente. Er hatte sich der »Windsbraut« bis auf zwei Seemeilen genähert, müsste sie schon sehen können. Ihr leuchtend roter Rumpf war sicher dreißig Meter lang. Gregor suchte den Sektor ab, in dem der Windjammer lag, nahm das Fernglas zur Hand. Nichts. Er drosselte den Motor und schaute auf die App. Kein Zweifel, der Großsegler sollte direkt vor ihm auftauchen. Was er sah, war ein Sportboot.

Gregor hielt Kurs. Keine »Windsbraut« weit und breit. Unerklärlich. Er hielt auf das Sportboot zu. Im Heck saß ein junger, sportlich wirkender Mann in einem Muskelshirt. Er schaute auf, Gregor winkte ihm zu. Ein kurzes Nicken, dann konzentrierte sich der Mann wieder auf etwas, das ein Laptop sein konnte. So genau konnte Gregor das nicht sehen.

»*Hej sømand,* sprichst du Deutsch *or English*?«

Jetzt drehte sich der Mann nach links und richtete sich auf, sodass Gregor die Aufschrift auf dem Shirt lesen konnte. Er las »Windsbraut« und war sprachlos.

***

Marie war auf der B 203 in Richtung Eckernförde unterwegs, als ihr auffiel, was fehlte. Vielleicht hatte es an der von Andreas hinterhältig ins EMO geschmuggelten Shanty-CD gelegen, dass sie von ihrer Gewohnheit abgewichen war. Seit Jahren hörte sie auf ihren Dienstfahrten durch Schleswig-Holstein Streichquartette. Zuletzt hatte sie wieder einmal in eine ältere Aufnahme des Danish String Quartetts hineingehört und gleich die aktuelle CD »PRISM III« gekauft. Beethoven, Bartók, Bach. Ein Genuss. Marie hielt an der Tankstelle in Vogelsang-Grünholz und wühlte im Handschuhfach. Sie war sich sicher, dass sie die CD ins EMO gelegt hatte.

Was sich hier alles angesammelt hatte. Sie fasste in einen klebrigen Lolli und erinnerte sich, dass sie vor ein paar Wochen eine Anhalterin mitgenommen hatte. Die hatte einen dieser Lollis gelutscht. Zuerst das Fett der Wurst, jetzt der Zucker des Lollis. Marie hasste es, wenn ihre Hände schmutzig waren. Sie schnallte sich ab, ging nach hinten und wusch sich die Hände über dem kleinen Spülbecken. Sollte sie einst in den Ruhestand gehen, bräuchte sie wieder ein Auto mit Spülbecken, Kühlschrank und Liegefläche. Anders würde es nicht gehen.

Zurück zwischen den Vordersitzen, fasste sie den Lolli mit spitzen Fingern am Stiel, verließ das EMO und entsorgte das klebrige Etwas im Mülleimer. Die CD lag wie erwartet im Handschuhfach. Marie startete den CD-Player, legte den Gurt an, schaute nach links und sah, wie ein weißer Kastenwagen auf der Gegenseite in Richtung Kappeln vorbeifuhr. Auf dem

Fahrersitz eine Frau, und Marie hatte das unbedingte Gefühl, dass es diese Frau gewesen war, die ihr auf dem schmalen Weg zu Maltes Hof entgegengekommen war. Dabei hatte sie nur darauf geachtet, nicht von der Fahrbahn abzukommen und ihr EMO nicht in den Graben zu setzen. Sie hatte sicher nicht gesehen, wer den Kastenwagen gesteuert hatte.

Marie schüttelte sich, schüttelte das Bild der Fahrerin ab. Auf der Fahrertür dieses Wagens hier hatte es einen Aufdruck gegeben. Blau. Mehrere Großbuchstaben. Auch daran konnte sie sich im Zusammenhang mit dem Blechkontakt nicht erinnern. Woher ihr Gehirn solchen wirren Kram wie diesen nur holte? Alles Quatsch. Oder war es das Unterbewusstsein, das stets die Wahrheit sprach? Sollte sie etwa wenden und dem Kastenwagen folgen? Der Verkehr war dicht. Bis sie gewendet hatte, konnte das Auto schon halb in Kappeln oder irgendwo abgebogen sein. Zeitverschwendung.

Sie hörte Beethovens Opus 131 »Adagio ma non troppo e molto espressivo« und steuerte das EMO von der Tankstelle. Als sie in Kiel-Holtenau von der Kanal- in die Strandstraße abbog und die Neubauten in Sicht kamen, hatte sie die Sichtung des Kastenwagens verdrängt.

Bevor sie ausstieg, noch ein Blick in die Dienst-Cloud. Sonja hatte eine digitalisierte Version von Maltes Testament eingestellt. Es verhielt sich, wie Julia Sosa-Ridel gesagt hatte. Für Marie nicht unmittelbar nachvollziehbar war, dass Malte von Rönneby vier Patente angemeldet hatte. Er war Landwirt, er war Reeder. Wann und wo hatte er sich nebenher weiter mit Chemie beschäftigen können? Die Anmeldedaten lagen jedenfalls alle deutlich nach seinem Studium. Was solche Patente wohl wert waren? Hätte man das Patent aufs Rad, vermutlich eine ganze Menge. Ob er Einnahmen aus den Patenten erzielte, ging aus dem Testament nicht hervor. Einen Termin mit dem Erben NASU Nord würde Marie später machen. Das hatte Zeit. Vereine ermordeten erfahrungsgemäß niemanden.

Guido Schlick wohnte gleich neben Astrid, nur ein Haus weiter, vor der Einfahrt zum Wasserstraßen- und Schifffahrtsamt Ostsee. Dort hatte Astrid sich auf dem Tonnenhof mal ein erfolgloses Verfolgungsrennen mit einem mutmaßlichen Dealer geliefert. Sie fragte sich bis heute, wie der Typ ihr hatte entwischen können. Astrids Vorhänge im Wohnzimmer waren zugezogen.

Marie klingelte bei Guido Schlick. Einmal, zweimal. Keine Reaktion. Sie schaute durch die Glastür und sah eine Frau, die aus dem Keller kam. Sie klopfte, die Frau öffnete schwer atmend.

»Das Alter«, sagte sie und stellte eine Kiste Mineralwasser ab.

»Ich habe ja einen Sprudler zu Hause. Wir nehmen einfach das Wasser aus dem Hahn.«

»Ach, gehen Sie mir weg. Das Kieler Leitungswasser schmeckt mir nicht.«

»Na dann.« Marie zuckte mit den Schultern. »Ich möchte zu Guido Schlick. Wissen Sie, ob er zu Hause ist?«

Die Frau winkte ab. »Ach, das ist ein unzuverlässiger Kantonist. Immer freundlich lächelnd. Aber wenn es drauf ankommt, schneller weg, als man gucken kann. Ein windiger Typ, wenn Sie mich fragen. Da halten Sie sich besser fern, junge Frau.«

»Wann haben Sie den windigen Typen denn zuletzt gesehen?«

»Letzte Woche irgendwann. Da ist er mit seinem Bergsteigergedöns abgezogen.«

»Er klettert?«

»Ach, was weiß denn ich? So Schuhe und Hakenzeugs. Also, ich komme ja ursprünglich aus Büsum. Klettern …« Sie zog die buschigen Augenbrauen nach oben. »Sonst noch was?«

»Sie sagen, dass Sie ihn in der letzten Woche zuletzt gesehen haben. Wann genau?«

»Donnerstag oder Freitag. Die Müllabfuhr kam. Warum wollen Sie das eigentlich so genau wissen? Sind Sie so eine Vertreterin, oder was?«

»Nein, ich bin Polizistin.« Marie zeigte ihren Dienstausweis.

»Kann ich nicht lesen, Kind. Der rast ja auch immer so mit diesem hässlichen Sportwagen. Ein Raser ist das. Den können Sie ruhig mal an die Hammelbeine kriegen. So, ich muss. Meine Serie.«

Die Frau griff nach ihrer Wasserkiste und stieg keuchend die Stufen zu ihrer Wohnung in der Beletage hinauf. Marie wartete, bis die Dame die Tür geschlossen hatte, und ging dann hinauf zur Wohnungstür von Guido Schlick, die zu einem Penthouse führte, wie Marie von einer Besichtigung der Häuser mit Astrid wusste. Nichts Auffälliges auf den ersten Blick. Auf dem Klingelschild las Marie »G. Schlick«. Mehr nicht. Keine Scheibe, durch die sie hätte spähen können. Vielleicht hatte der Mann ja einen Kellerraum.

Sie stieg hinab in den Keller, der nicht wirkte wie ein Keller. Nicht schummrig, kein moderiger Geruch, alles sauber und modern. Marie fand das beinahe langweilig. Sie ging den gut beleuchteten Gang entlang, an dessen Ende eine Tür geradeaus und eine weitere auf der linken Seite die gleichen Namensschilder trugen wie Guido Schlicks Wohnungstür. Zwei Kellerräume also. Vielleicht wegen seines Kletterhobbys.

Die Türen hatten keine Klinken, nur Knäufe. Marie fasste an beide, zog, drückte. Die Türen waren verschlossen. Als sie sich gerade abwenden wollte, erregte ein Geräusch ihre Aufmerksamkeit, das aus dem Raum gleich links neben ihr kam. Ein bisschen erinnerte es sie an das Summen und Brummen, das sie im Leitstand eines Kraftwerkes so gestört hatte. Ein Kraftwerk, das sie vor ein paar Jahren mit ihrem Vater besucht hatte. Der war schon immer ein Fan großtechnischer Anlagen gewesen. Sie hatten einen Tag der offenen Tür genutzt. Schade, dass die Türen hier verschlossen waren.

Marie tastete nach ihrem Picking-Besteck, sah dann aber eine Überwachungskamera oder zumindest eine leicht gewölbte Abdeckung aus Glas, unter der sich eine Kamera verbergen konnte. Ungewöhnlich klein war diese Abdeckung, gerade mal so groß wie die Kuppe ihres kleinen Fingers und so in die Zarge der Tür integriert, dass man sie für einen der Schraubenköpfe halten konnte. Ähnliches hatte sie mal bei den Kollegen in der KTU gesehen. Jetzt fühlte sie sich beobachtet. Ein unangenehmes Gefühl.

Sie wandte sich zum Gehen und gleich wieder zurück. Wer war denn hier die Polizistin? Sie fasste an die Tür, lauschte und spürte ein kaum wahrnehmbares Vibrieren. Hochfrequent. Eine Tiefkühltruhe, eine Pumpe vielleicht. Marie hatte keine Ahnung, streckte der vermeintlichen Kamera die Zunge raus und ging. Eine Übersprungshandlung. Albern. Na und?

Hellwach

Guido Schlick öffnete die Augen. Er war klar, spürte sein Herz schlagen. Er lebte, erinnerte sich an den Sturz. Er orientierte sich. Angesichts all der Gerätschaften um ihn herum und der Geräusche, die diese erzeugten, lag er auf einer Intensivstation. Bis auf einen Zugang auf dem linken Handrücken, ein Messgerät für die Sauerstoffsättigung am Zeigefinger und einen Katheter, der seinen Urin in einen Beutel leitete, stellte er keine medizinischen Maßnahmen fest, die ihn beängstigen könnten.

Mit der rechten Hand tastete er nach seinem Bein. Bei Berührung der mit einem Verband versorgten Wunde spürte er einen dumpfen Schmerz, der aber erträglich war. Er wurde nicht kreislaufüberwacht, keine Blutdruckmanschette am Arm, auf seiner Brust keine EKG-Elektroden, die beim Abziehen stets für den Verlust von Brusthaar sorgten. Er war wohl über den Berg. Guido Schlick konnte ein lautes *»Yes!«* nicht unterdrücken. Nur Sekunden später stand ein Krankenpfleger neben ihm.

»Ja mei, da isser ja wieder. Wie fühlen wir uns? Nein, stopp, man sagt Moin bei euch da oben am Nordpol, oder?«

»Moin passt. Wir fühlen uns gut, sind a bisserl müd, gepinkelt habe ich unfreiwillig. Jetzt hätte ich Hunger und Durst, und mein Handy hätte ich gern. Und: Danke, was immer ihr mit mir gemacht habt, Pfleger Alexander. Das Namensschild ist aber nix für Brillenträger.« Guido Schlick gähnte.

»Ich schau mal, ob ich eine Brotzeit auftreiben kann. Das Handy liegt im Kasterl gleich rechts.« Der Pfleger verschwand, Guido Schlick öffnete die in alle Richtungen hakelnde Schublade, griff nach seinem Handy und war zwei Minuten später hellwach. Im sicheren Ordner seines Handys waren achtundsechzig Alarme der von ihm installierten Überwachungskameras gespeichert. Er schaute drei der Videoaufzeichnungen an und wusste, dass es nun galt, den GAU zu verhindern.

Auf Maltes Hof waren Dinge geschehen, die nicht hätten

geschehen dürfen. Es war nötig, dass er sofort alle Spuren verwischte. Guido wusste, wie das ging. Er hatte schon viele Spuren verwischt und jenen Zeitgenossen den Kopf aus der Schlinge gezogen, die an ihre Unverletzlichkeit geglaubt hatten. Jetzt musste er den eigenen Hintern retten. Dazu musste er allerdings hier raus. Sofort.

»Alexaaander!« Er zog den Namen, solange er Luft hatte.

Alexander kam im Laufschritt. Er balancierte das Tablett aus, so gut es ging. Dennoch schwappte Kaffee aus der Tasse bis auf die weiße Bettdecke. »Was ist denn los?«

»Alexander, mein Zustand scheint stabil zu sein. Ist das richtig?«

Alexander nickte.

»Ich entlasse mich jetzt auf eigenen Wunsch und auf eigene Verantwortung. Ich überweise dir fünfhundert Euro via PayPal, wenn du mich jetzt sofort von diesem Kram hier befreist, mir meine Klamotten holst und ein Taxi bestellst. Keine Fragen. Fünfhundert Euro.«

Alexander stellte das Tablett ab, holte sein Handy hervor, fand überraschend schnell die Nummer des Kemptener Taxirufes. Ein Glück, dass er in Kempten war. Vom Klinikum zum Flugplatz waren es maximal zwanzig Minuten, schätzte Guido.

Alexander zog die Bettdecke zur Seite und grinste. »Für fünfhundert Euro ziehe ich den Katheter auch ganz langsam. Entspann dich.«

Guido Schlick suchte in seinem Handy nach der Nummer von Ulli, der ihn regelmäßig von Kiel nach Kempten und wieder zurück flog. Die Leidenschaft für die Berge hatte Guido vor fünfzehn Jahren bei einer Alpenüberquerung gepackt. Seitdem hatte er etliche Alpengipfel bestiegen.

»Ulli, Guido hier. Ich muss nach Kiel. So schnell wie möglich.«

Guido hatte Glück. In einer guten Stunde würden sie starten können.

»Ich sage, dass du randaliert hast, sonst bin ich meinen Job los.«

»Sag, was du willst.«

Alexander entfernte den Zugang auf Guidos Handrücken. »An deiner Stelle würde ich bei dir zu Hause einen Chirurgen aufsuchen, der die Wunde versorgt. Es waren Gefäße durchtrennt. Rennen kann ich nicht empfehlen. Wenn da wieder was reißt, bist du im Flugzeug geliefert.«

Alexander hielt Guido ein Poloshirt hin. »Ist von mir. Deine Klamotten sind alle entsorgt. War alles voller Blut. Als Hose kann ich dir nur so was anbieten.«

Er reichte ihm eine blaue Hose, wie sie die Pfleger in Krankenhäusern üblicherweise trugen. »Ist schön weit, insofern genau richtig. Der Rucksack, den du dabeihattest.« Er legte den Rucksack aufs Bett.

»Danke, Alexander. Jetzt noch die Kohle. Sag mal deine E-Mail-Adresse.«

Guido meldete sich bei PayPal an und überwies fünfhundert Euro. Alexander hielt ihm ein Formular hin. »Entlassung auf eigene Gefahr. Hier unterschreiben.«

Guido unterschrieb, Alexander brachte ihn zum Fahrstuhl. »Unten gleich rechts durch die Halle ist der Ausgang. Das Taxi steht direkt vor der Tür. Du bist ein Irrer, oder? Oder ein Schwerverbrecher.«

»Sowohl als auch. Mach's gut.«

Unter falscher Flagge

»Deutsch ist schon okay«, antwortete der Mann im Muskelshirt. »Bist du in Not?«

Gregor ging längsseits, angelte nach dem Bootshaken, der auf dem Boden lag. Als er sich wieder aufrichtete, sah er, dass der Mann im anderen Boot eine Decke über ein Gerät warf, das aussah wie ein Verstärker oder ein Receiver. Den Bootshaken schob Gregor geschickt unter einer Klampe durch, sodass er die Entfernung zwischen den beiden Booten kontrollieren konnte. Der Wind blies noch immer mit vielleicht vier Beaufort aus Ost. Gregors Backbordseite lag nun an der Backbordseite des etwas kleineren Bootes.

»Nein, alles in Ordnung. Bist du Däne?«

»Nein, Deutscher, *but from California*. Kann ich irgendwie helfen?«

»Da bin ich sicher. Ich suche die ›Windsbraut‹.« Gregor deutete auf das Muskelshirt.

Der Gesichtsausdruck des Mannes wechselte zu ratlos. »*Well*, keine Ahnung.«

»Aber du trägst dieses Shirt. Gehörst du zur Crew?«

»Ja.«

Gregor spürte, dass dem Mann die Antwort rausgerutscht war. Unsteter Blick, hektische Kopfbewegungen. Der Mann schaute auf den Bootshaken. Dann machte er einen Schritt nach vorn. Gregor löste den Haken, stieß sich vom anderen Boot, das durch die Bewegung nach Backbord krängte. Der Mann verlor das Gleichgewicht, stieß mit den Schienbeinen an die eigene Bordwand und fiel bäuchlings ins Wasser. Er drehte sich von Gregor weg und griff nach einem Fender, bekam eine Leine zu fassen und hangelte sich zum Heck des Bootes. Über die Badeleiter gelangte er zurück an Bord.

»Ich empfehle eine Rettungsweste«, sagte Gregor. »So was kann ins Auge gehen.«

»*What the fuck?*« Der Mann riss ein Handtuch vom Sitz seines Bootes. »Was willst du von mir, Opa?«

»Du sagst mir, wo die ›Windsbraut‹ ist, und ich gebe dir den Zündschlüssel, den du verloren hast.«

Während der Mann aus dem Wasser geklettert war, hatte Gregor den Schlüssel entdeckt, der an einem schwimmfähigen Anhänger befestigt war. Der Schlüssel war gerade so in Reichweite des Keschers gewesen, und sein Besitz brachte Gregor nun in eine komfortable Verhandlungsposition.

Der Mann fasste in die Tasche seiner Shorts und fluchte. Ein englischer Begriff, den Gregor noch nicht gekannt hatte.

»*Come on*, das ist mein Schlüssel, her damit.«

»Die ›Windsbraut‹?«

Zwischen den beiden Booten lagen etwa drei Meter. Zu weit für einen Sprung des muskelbepackten Jünglings.

»Ich heiße Gregor, und du?«

»*I'm Rob*, und wenn du mir den Schlüssel nicht zurückgibst ...«

Gregor lächelte. Sein Handy klingelte. »Kleinen Moment, Rob, ich bin gleich wieder für dich da.«

»Moin, Gregor, Sonja hier. Habe dich und die ›Windsbraut‹ auf dem Schirm. Du bist an Bord?«

Gregor erklärte die Situation und gab das Schiffskennzeichen durch. »Aussteller ist das Wasser- und Schifffahrtsamt Lübeck. Die Kennung habe ich mal auswendig gelernt. Ich vermute, ein Beiboot der ›Windsbraut‹. Der Typ hat ein Gerät vor mir versteckt, das wie der Receiver meiner alten Stereoanlage aussah. Ich vermute, dass es sich um ein ausgebautes AIS-System handelt.«

»Gregor, ich kann dir nicht folgen.«

»Automatic Identification System. Darum siehst du die Position der ›Windsbraut‹ auf dem Schiffsradar. In der Berufsschifffahrt sind Transceiver verpflichtend. Sie übermitteln die eigene Position und empfangen die Position anderer entsprechend ausgerüsteter Schiffe. So sollen Kollisionen verhindert werden. Kent Holzer hat uns an der Nase herumgeführt. An der Position der ›Windsbraut‹ bin ich auf ein Sportboot und einen Typen namens Rob gestoßen.«

Rob warf eine Leine in Gregors Richtung, in die er eine Schlaufe geknotet hatte. Knoten konnte er also. Tatsächlich verfehlte die Schlaufe nur knapp einen Poller.

»Sonja, ich muss Schluss machen. Der Typ sieht aus wie Popeye. Vielleicht versuchst du herauszufinden, wo dieses Segelschiff ist. Mal Häfen abtelefonieren. Tschüs.«

Das Handy verstaute Gregor in einer Seitentasche seiner Cargohose, über die sich Astrid schon lustig gemacht hatte. »Immerhin ist sie nicht beige«, hatte sie gelästert. In derselben Tasche trug Gregor seinen Dienstausweis mit sich, den er jetzt herausholte und in Robs Richtung hielt.

»Jetzt pass mal auf, mein Freund. Wenn du dich beruhigt hast, kannst du dein Fernglas nehmen und lesen, was auf dieser Karte hier steht. Ich bin vom Landeskriminalamt und werde dafür sorgen, dass dein Anwalt reich wird, wenn du nicht kooperierst. Und zwar – jetzt. *Got it?*«

Zu Gregors Überraschung fingerte Rob ein zierliches Fernglas aus der Schublade unter dem Steuer hervor und führte es an seine Augen.

»*Damn, a cop.* Dass die jetzt auch alte Säcke wie dich einstellen. Du kannst mir gar nichts. Ich mache einen Ausflug. *So what?*«

Schon wieder klingelte Gregors Handy. Eine dänische Nummer. Es war die Hafenmeisterin, die ein bisschen aufgeregt klang. Sie informierte Gregor darüber, dass sie mit dem Hafenmeister in Køge gesprochen hatte. »Nur zwanzig Minuten in Richtung Süden.«

Gregor liebte es, wie Dänen das »S« von Süden aussprachen.

»Er hat gerade kassiert. Auf einem großen deutschen Segelschiff. Ich habe nach dem Namen gefragt. Es ist die ›Windsbraut‹. Na, ich dachte, du suchst vielleicht an der falschen Stelle.«

»*Tusind tak.* Wir sehen uns nachher.«

Gregor ballte die Faust, schob das Handy in die Tasche und

schaute Rob an. »Jetzt habe ich ein Problem. Ich kann dich ja nicht hier ohne Schlüssel zurücklassen. Wie viel PS hat dein Motor?«

»Fünfzig.«

Gregor griff sich den Kescher. »Da legst du jetzt dein Handy rein. Im Tausch bekommst du von mir den Schlüssel.«

»Du kannst mich mal.«

Gregor zeigte in westliche Richtung. »Du willst doch nicht, dass du einer dieser Fähren ohne eigenen Antrieb vor den Bug gerätst.«

»Wir haben Ostwind.«

»Du vergisst die Strömung.« Dass ihm das eingefallen war. Vermutlich war das Quatsch, aber Robs Gesichtsausdruck verdüsterte sich.

»*Alright.*« Rob war der typische »Lieber-den-Spatz-in-der-Hand-Typ«. Ein kindlicher Charakter mit dicken Armen.

Der Deal ging reibungslos über die Bühne. Allerdings hatte Rob seinen Motor schneller gestartet, gab Gas, zog eine enge Kurve um Gregor, zeigte ihm den Mittelfinger und fuhr davon. Gregors Boot schaukelte in der Heckwelle. Er startete den Motor und fuhr los.

Schon nach zwanzig Metern war klar, dass er aufholen würde. Zunächst langsam, dann immer schneller schmolz der Vorsprung. Schließlich zog er an Rob vorbei. Mit dem Zwei-hundert-PS-Biest würde Gregor mindestens dreißig Knoten, also etwa sechzig Kilometer pro Stunde schaffen. Er schätzte, dass er bis Køge eine knappe Viertelstunde brauchen würde. Er öffnete die Tasche seiner Hose und zog vorsichtig das Handy hervor. Der Bootsrumpf knallte auf die Wellen. Er musste das Handy gut festhalten.

»Gregor!«, brüllte Sonja. »Ich verstehe kein Wort bei diesem Höllenlärm.«

»Die ›Windsbraut‹ liegt in Køge!«, brüllte Gregor. »Ich fahre da jetzt hin. Ankunft etwa in zehn Minuten.«

Harte Landung

Guido Schlick rief ein Taxi. Zwar stand sein Auto am Kieler Flughafen, mit dem rechten Bein würde er die Bremse allerdings nicht sicher bedienen können. Luftlinie war er knappe anderthalb Kilometer von seiner Wohnung entfernt, aber mit dem Auto musste er quer durch Holtenau fahren. Das wäre auch zu gefährlich. Gut, dass der bayerische Pfleger Alexander ihm Schmerzmittel eingepackt hatte. Das Sitzen im Flieger war nicht angenehm gewesen.

Der Taxifahrer hieß Knut, hatte ihn schon öfter gefahren und kalauerte: »Moin, wohl ins Rutschen gekommen, der Herr Schlick. Rund laufen Sie ja nicht. Zu viele Dirndl?«

»Beim nächsten Ausflug in die Berge nehme ich dich mit und stoße dich in die erstbeste Schlucht, du Knecht.«

Die Männer, so unterschiedlich ihre Leben waren, teilten eine Form von Humor, die weiter verbreitet war, als selbst pessimistische Soziologinnen annahmen. Knut kassierte ein sattes Trinkgeld und trug seinem Gönner den Rucksack bis vor die Tür.

»Das sieht wirklich nicht gut aus, wie Sie laufen, Herr Schlick. Hatten Sie einen Unfall?«

»Wer hoch hinaus will, muss mit Abstürzen leben, Knut.« Die Haustür schloss sich, und beide Männer tauchten wieder in ihre jeweils eigene Welt ein.

Guido Schlick öffnete den Tresor, den er in mühevoller Kleinarbeit in den Deckel der Tiefkühltruhe eingebaut hatte. Er entnahm die Pistole, eine P8 von Heckler & Koch, sowie die programmierbare Fernbedienung, mit der er die Kellertüren entriegeln konnte. Dann setzte er sich an den Küchentisch, las den Beipackzettel der Schmerzmittel und tropfte die empfohlene Höchstdosis in ein Glas Wasser.

Der Weg nach unten war eine Qual. Den Ast, der seinen

Oberschenkel durchbohrt hatte, würde er so schnell nicht vergessen. Auf dem letzten Treppenabsatz vor dem Abgang in den Keller stieß er auf die unerträgliche Nachbarin, die auf den passenden Namen Stieselmann hörte.

»Ach, Herr Schlick, bevor ich es vergesse, es war Besuch für Sie da, eine gut aussehende Dame.«

Guido Schlick lächelte falsch und ging weiter.

»Sie wollen nicht wissen, wer es war? Ach, dann behalte ich für mich, dass die Dame von der Polizei war.« Frau Stieselmann schloss ihre Wohnungstür auf und verschwand ohne ein weiteres Wort.

Guido Schlick ahnte, dass sie hinter dem Spion stand, und setzte den Weg in den Keller fort.

Wie im Rausch

Gregor blickte über die Schulter und beobachtete, dass Rob die Verfolgung aufgegeben hatte. Dessen Boot änderte den Kurs, hielt auf die dänische Küste zu. Vielleicht versuchte er, Kent Holzer zu warnen. Gregor hatte nicht bedacht, dass Rob am Strand einen Passanten bitten könnte, dessen Handy benutzen zu dürfen. Allerdings sah der Strand nicht sehr belebt aus.

Er konzentrierte sich darauf, die Heckwelle eines Kutters nicht seitlich zu nehmen, und fuhr eine leichte Kurve. Dann sah er auch schon die Hafeneinfahrt von Køge voraus. Er drosselte den Motor, der Bug tauchte ins Wasser ein, und mit langsamer Fahrt näherte er sich der sichelförmigen Mole. Als er den aus großen Steinen aufgeschütteten Damm passierte, erschien der leuchtend rote Rumpf der »Windsbraut« auf Gregors Backbordseite. Das Schiff war sehr wahrscheinlich zu lang, um im inneren Hafenbecken festzumachen, so lag es im vorderen, nüchternen Areal der Køge Marina. Gleich hinter der »Windsbraut« ein Kutter, der neben der Flagge des Gastlandes auch die schwedische Flagge führte. Soweit Gregor wusste, war das nicht gern gesehen.

An Deck der »Windsbraut« herrschte munteres Treiben. Es wirkte, als bereite sich die Crew auf das Auslaufen vor. Gregor machte direkt vor dem Bug fest und rief Marie an, die den Anruf gleich entgegennahm.

»Damit du Bescheid weißt: Ich bin im Hafen von Køge angekommen und werde darum bitten, an Bord der ›Windsbraut‹ gehen zu dürfen. Ich möchte keine Zeit verschwenden, weil Rob, dessen Handy ich eingesammelt habe, an Land gegangen sein könnte, um Kent Holzer zu kontaktieren. Nicht, dass die aufwendigste Anreise meiner Laufbahn im Sande verläuft.« Er versprach, Marie engmaschig zu informieren.

Zu einem Besuch auf der »Windsbraut« kam es nicht. Als

Gregor deren Backbordseite entlangschritt, meinte er, Kent Holzer zu sehen, wie er über eine kurze Gangway an Bord des schwedischen Fischkutters ging. Gregor beeilte sich, um den Mann nicht aus den Augen zu verlieren. Die Sonne blendete, und es war nur der Umriss eines Menschen, den Gregor im Steuerhaus des Kutters verschwinden sah.

Auf Höhe der Gangway angekommen, öffnete sich die Tür zum Steuerhaus, und ein junger Mann in blauer Hose und weißem T-Shirt betrat das Deck. Er trug eine Plastikbox, wie Gregor sie manchmal zum Einkaufen benutzte. In der Box ohne Deckel erkannte er etwa zwanzig mal zehn Zentimeter große Blöcke, wie er sie erst in der letzten Woche bei den Kollegen der Kriminaltechnik gesehen hatte, als er auf der Suche nach einem Asservat gewesen war. Dunkelgrün, eingewickelt in Zellophan. Gregor war sofort sicher, dass der Mann Haschisch trug.

Kent Holzer folgte ihm auf dem Fuße. Auch er trug eine Plastikbox. Randvoll mit Päckchen für Schweden oder Norwegen, wie Gregor annahm. Dort war Haschisch richtig teuer. Zumindest in Oslo, das wusste er von Gesprächen mit Kollegen vom Zoll, die stets ein Auge auf die Fähren hatten, die zwischen der norwegischen Hauptstadt und Kiel verkehrten. Kent Holzer schien einen neuen Weg gefunden zu haben, mit der Sucht Geld zu verdienen.

Holzer hatte den Kopf in Gregors Richtung gedreht und war zusammengezuckt. Er kannte Gregor nicht und fühlte sich dennoch erwischt.

Gregor nickte, lächelte und sagte: »*God dag.*«

Holzer antwortete nicht, der Mann im weißen T-Shirt sagte: »*Hej.*«

Gregor ging hinüber zum Steinwall, der das Hafenbecken von der Ostsee trennte, und zog sein Handy aus der Hosentasche. Er drehte den Männern den Rücken zu und tat, als würde er Selfies vor dem Hafen machen. Die Männer hielten inne, tuschelten. Die Boxen trugen sie aufs Vorderdeck und schoben sie dort in einen niedrigen Aufbau. Dann passierte, was Gregor befürchtet hatte: Kent Holzers Handy klingelte. Er schaute aufs Display, schien unschlüssig, nahm den Anruf aber entgegen.

Zwischen Holzer und Gregor lagen etwa fünfzehn Meter, und Gregor hörte, wie Kent Holzer fragte: »Rob, wo bist du?« Dessen Antwort veranlasste Holzer, Gregor anzustarren. Gregor ging nun auf den Kutter zu.

Kent Holzer zog den anderen Mann an der Schulter zu sich herum und zeigte auf Gregor. »Wir müssen hier weg. Sofort.«

Er rannte ins Steuerhaus und tauchte mit einer Signalpistole wieder auf. An Gregor gewandt rief er: »Hau ab, oder es gibt ein Unglück. Hau ab!«

Gregor hob die Arme und ging ein paar Schritte zurück. Kent Holzer machte die beiden Leinen los, holte die Gangway an Bord. In der Zwischenzeit hatte der andere Mann den Motor gestartet und leitete mit rückwärts laufendem Motor das Ablegemanöver ein. Gregor fragte sich, welchen Zweck diese Aktion haben sollte. Er hatte das schnellere Boot und ein Telefon. Für die dänische Polizei würde der Kutter leicht aufzubringen sein.

Kent Holzer verschwand im Steuerhaus, Gregor rannte zu seinem Boot, das er nur mit einer Leine am Bug festgemacht hatte. Er warf die Leine los, sprang ins Boot und knickte mit dem rechten Fuß um. Der Schmerz schoss ihm ins Bein. Bänderdehnung, wenn er Glück hatte. Es fühlte sich an wie vor zwanzig Jahren, als er noch Fußball gespielt hatte und im Verlaufe eines legendären Fights gegen die Jungs aus Fleckeby in ein Loch getreten war. Er saß auf dem Boden, rieb sich den Fuß, fragte sich, wo er jetzt Eis herbekäme, und hörte, wie der Motor des Kutters hochdrehte.

Gregor schob das Hosenbein hoch und den Socken runter und betastete das Sprunggelenk. Er erahnte den Erguss und die Schwellung. Ausgerechnet jetzt. Er rappelte sich auf und setzte sich auf den Stuhl vor dem Steuerstand. Der Motor sprang sofort an, und Gregor fuhr eine Rechtskurve, hinaus aus dem Hafenbecken.

Den Kutter konnte er zunächst nicht sehen. Es dauerte zwei Minuten, bis das Heck des blauen Schiffes vor ihm auftauchte. Gregor nahm Gas weg und rief Marie an. Er erklärte, was er beobachtet hatte, und betonte, er sei sicher, dass die beiden Männer Haschisch umgeladen hatten. Warum auch sonst hätte Kent Holzer ihn bedrohen sollen?

Gregor ärgerte sich, dass Marie insistierte. Vielleicht lag das auch am Knöchel, der ziemlich wehtat. Sie vereinbarten, dass er dem Kutter mit gebotenem Sicherheitsabstand folgen sollte. Marie würde die dänischen Behörden informieren, die Gregors Position über das aktivierte GPS-Modul seines Handys orten konnten. Kent Holzer und der schwedische Schmuggler hatten keine Chance.

Gregor zog den Gashebel noch weiter zurück. Der Kutter machte knappe achtzehn Knoten, wie er auf dem Tacho ablas. Er hatte Durst und schaute sich um. Unter der Instrumententafel gab es eine Klappe. Er öffnete sie und stellte erfreut fest, dass sich dahinter ein kleiner Kühlschrank verbarg, in dem mehrere Dosen lagen. Er entnahm eine davon. Tuborg. Angenehm kalt.

Er bückte sich und schob sie in seinen rechten Socken. Sie kühlte, war aber zu schwer und wollte nicht dort bleiben, wo sie hinsollte. Gregor zog den Gürtel aus seiner Hose und befestigte die Dose so, dass sie mit etwas Glück die Schwellung in Schach halten würde. Als er sich wieder aufrichtete, sah er, dass der Kutter eine Rauchfahne hinter sich herzog. Wohl einer jener Gesellen, die keinen Schiffsdiesel, sondern das billige Schweröl verbrannten. Auch das würden die dänischen Behörden feststellen und ahnden können. Was versprach sich Kent Holzer nur von dieser Flucht, die keine war?

Der Kutter lief einen nordöstlichen Kurs. Hier in der dänischen Inselwelt konnte das alles Mögliche bedeuten. Ein kleiner Hafen im Nichts, Kopenhagen oder Malmö, eine Wende hinaus in die offene Ostsee. Rückschlüsse unmöglich. Nach einer knappen halben Stunde erkannte Gregor, der abwechselnd Bierdosen fixierte und durchs Fernglas schaute, den Dannebrog an einem Patrouillenboot. In wenigen Minuten würden die Handschellen klicken.

Auf Gregors Handy meldete sich ein dänischer Polizist, der so gut Deutsch sprach, dass Gregor die triefende Ironie nicht verborgen blieb. Von einer »wirklich durchdachten Operation eines verdeckten Ermittlers mit herausragenden Kenntnissen der Zuständigkeiten in dänischen Gewässern« bis hin zum vergifteten Lob der »nautischen Fähigkeiten und der typisch deutschen Teamfähigkeit« reichte die Liste der im höflichen Ton vorgetragenen Beschimpfungen.

An deren Ende sagte der dänische Kollege: »Ich heiße Anders und bin an Bord des Schiffes, das du siehst. Wir gehen bei dem schwedischen Kutter jetzt längsseits. Wenn du dazukommst, hast du zehn Minuten mit eurem Verdächtigen. Aber das bleibt unter uns.«

Gregor entledigte sich der Bierdose, fädelte den Gürtel in die Hose, beeilte sich, das Angebot wahrzunehmen, und stand fünf Minuten später auf dem Holzdeck des Kutters. Dort erwarteten ihn zwei Überraschungen: Kent Holzer war nicht an Bord, und von Haschisch weit und breit keine Spur, wenn man vom intensiven Geruch absah. Der Schwede leugnete, Haschisch an Bord gehabt zu haben, und einen Mann namens Kent Holzer leugnete er zu kennen.

Gregor stand an der Reling, rieb sich das Kinn und sagte an Anders gewandt: »Der Typ hat das Zeug verbrannt. Ich sah eine Rauchfahne und dachte, er würde Schweröl verbrennen. Da vorn stehen noch die Plastikboxen. Er muss irgendwo ein Ölfass haben oder etwas in der Art. Das waren locker zwanzig Kilo. Dreihunderttausend Euro auf der Straße, würde ich schätzen.«

Anders nickte und widmete sich dem schwedischen Schiffsführer. Gregor fragte sich, wo Kent Holzer abgeblieben war. Er hatte ihn genarrt. Aber wie war es ihm gelungen, von Bord zu kommen? Es gab nur eine Möglichkeit: Während Gregor das Boot losgemacht hatte, war Holzer ins Wasser gesprungen und an Land geschwommen. Er teilte seine Gedanken mit dem dänischen Kollegen, der lächelnd zuhörte.

»Warum sollten wir einen deutschen Staatsbürger suchen? Bei uns liegt nichts gegen ihn vor. Bei euch denn?«

Die Macht der Daten (1)

Guido Schlick schloss die Sicherheitstür im Keller hinter sich. Das vertraute Brummen und Summen der Server sorgte unmittelbar für ein Wohlgefühl, das sich aus der Macht über die Daten speiste. Das physikalische Hin und Her von Bits und Bytes erzeugte eine angenehme Wärme in der Schaltzentrale von »Aalglatt«. Von hier aus überwachte Guido Schlick Gebäude, Parkplätze, umfriedete Areale, Tiefgaragen und einen kleinen Hafen. Er las mit, wenn Menschen einander schrieben, er hörte mit, wenn sie miteinander sprachen. Er fing E-Mails ab, kaperte Computer und streute Falschinformationen.

Die meisten seiner Mitbürger ahnten nicht ansatzweise, wie verwundbar sie waren. Jüngst hatten ihn Anfragen erreicht, die klangen, als stünden die Interessenten in Diensten eines sehr großen Landes. Das Internet der Dinge hatte neue Möglichkeiten eröffnet. Guido Schlick genoss, was er tat. Er wurde im Auftrag zahlungskräftiger Klienten tätig, aber auch selbst initiativ, wenn sich voraussichtlich lohnende Gelegenheiten boten. Lohnend war es nicht nur, wenn sich unmittelbar Geld verdienen ließ. Lohnend war es auch, informiert zu sein, bevor es andere waren.

Seine Jugend war freudlos gewesen. Weder hatte er gut ausgesehen, noch konnten seine sportlichen Leistungen das andere Geschlecht beeindrucken. Er war als nur mittelmäßiger Schüler niemandem aufgefallen. Ein Zufall hatte ihn zu dem zufriedenen Menschen gemacht, der er heute war: Er hatte in der elften Klasse Malte von Rönneby kennengelernt, den Grafen, wie ihn damals viele nannten. Wegen seiner außergewöhnlichen Haarfarbe hatte sich auch »Roter Baron« lange als Spitzname gehalten. Damals hatte Guido Schlick alles darangesetzt, Maltes Freundschaft zu gewinnen. Lange waren alle Bemühungen ohne Erfolg geblieben. Aber dann hatte er ihn mit Suse bekannt gemacht. Die beiden hatten sich ineinander verliebt, und Guido, der Suse seit dem Kindergarten kannte, war als drittes Rad am Wagen immer dabei gewesen. So hatten sich Türen geöffnet, von denen er nicht gewusst hatte, dass es sie überhaupt gab.

Guido Schlick setzte sich vorsichtig auf den Bürostuhl, stand aber gleich wieder auf. Dessen ergonomisch geformte Sitzfläche sorgte dafür, dass sein Bein in eine ungünstige Stellung geriet.

Unter dem mit Spiegelfolie beklebten Fenster stand ein kleines Sofa, das schon in seiner ersten Wohnung gestanden hatte. Er hing daran, weil er dort neben Karin gesessen hatte. Karin war fröhlich, nicht hässlich, und sie fand ihn gut. Sie war die Erste, die ihn gut gefunden hatte. Nach kurzem Werben war sie seine Freundin geworden, und er hatte sich eine Zukunft mit ihr ausgemalt. Karins Eltern hatten einen kleinen Handwerksbetrieb in Sörup geführt. Reparaturen aller Art eigentlich, vor allem aber Elektroinstallationen. Guido hatte sich reingefuchst und war sicher gewesen, dass Karin und er den Laden übernehmen würden. Dann waren Karins Eltern verunglückt.

Ihre Mutter war sofort tot gewesen. Den Vater hatte Karin gepflegt. Vier Jahre lang hatte sie nichts anderes getan. Füttern, waschen, vorlesen, Windeln wechseln. Von morgens bis abends. Dann hatten sich Karin und Guido getrennt. Von heute auf morgen. Geblieben war das Interesse an Elektronik, die Sehnsucht nach Karin, und geblieben war das Sofa, von dem Guido jetzt ein dickes Kissen angelte und auf den Bürostuhl legte. Er beugte die Knie, das tat weh, setzte sich vorsichtig, das brachte Erleichterung, und schaute auf vier Monitore, die im Halbkreis vor ihm angeordnet waren. Als er die Maus berührte, erwachten die Monitore zum Leben. Zahlenkolonnen, Kurven, die sich in Echtzeit veränderten, eine Europakarte, auf der verschiedenfarbige Symbole blinkten oder dauerhaft leuchteten, kleine Vorschaumonitore, auf denen Büros, Autos und auch der kleine Hafen zu sehen waren, und es gab die Liste der Alarmmeldungen. Seit seiner Abreise aus Bayern waren zwölf Meldungen dazugekommen.

Eines hatten die Meldungen gemein: ihren Ursprung. Es waren Bewegungsmeldungen, solche, die Tonaufzeichnungen signalisierten, und es waren Meldungen, die den Zugriff auf das Handy von Malte von Rönneby anzeigten. Guido klickte auf den ersten Vorschaumonitor, der die Zufahrt zum Bauernhof zeigte. Er klickte erneut, nichts passierte. Auch die zweite Videovorschau, die den Steg zeigte, von dem aus Malte mit seinem kleinen Boot auf die Schlei fuhr, blieb eingefroren.

Guido Schlick versuchte verschiedene Tastenkombinationen, öffnete ein Kontextmenü, um die Einstellungen zu überprüfen. Alles schien in Ordnung. Er klickte auf eine der E-Mails, um sie zu öffnen. Vergeblich. Alles, was er sah, waren Vorschauen. Auf die Daten konnte er nicht zugreifen. Nicht auf die lokal gespeicherten und nicht auf die in der Cloud gesicherten.

Er startete ein Analysetool. Nach zehn Minuten, die Guido Schlick damit verbrachte, bewusst ein- und auszuatmen, um das Sodbrennen besser zu ertragen, das wohl die Medikamente ausgelöst hatten, gewann er Klarheit: Er, der das Darknet kannte wie seine Westentasche, der vierfache Sicherungen verwendete, der hinter Firewalls agierte, die so hoch waren, dass sie in die Wolken ragten, er war gehackt worden.

✳✳✳

Keine sechs Kilometer Luftlinie entfernt hockte Elmar im lichtarmen Erdgeschoss eines LKA-Gebäudes auf einer Tischkante. Die Bürostühle waren von Jungschern besetzt. Zwei waren tätowiert, einer trug einen Ring in der Nase. Dass man sich so verunstalten musste, konnte Elmar nicht verstehen. Hätte er Kinder gehabt, hätte es so was nicht gegeben. Hätte, hätte.

Was die drei taten, konnte Elmar nicht nachvollziehen. Allein der Dezernatsleiter Cybercrime schien nicht nur mitzukommen, er gab sogar Anweisungen, mit denen Elmar nichts anfangen konnte. Eines jedoch war klar: Ohne ihn und seine Truppe wäre es nicht so weit gekommen, wie es gekommen war.

Elmar höchstpersönlich hatte einen USB-Stick gefunden. Er hatte ihn gefunden, weil er Erfahrung hatte, ein Näschen und weil Sorgfalt für ihn selbstverständlich war. Darum war er den schmalen, an manchen Stellen beinahe zugewachsenen Weg zwischen dem Wohnhaus von Malte von Rönneby und dem Steg am Ufer der Schlei gestern in aller Ruhe abgegangen. Nicht etwa, dass er dabei nach Schema F verfahren war. Nein, Elmar hatte sich überlegt, in welchen Situationen Menschen Dinge verloren, und so war er auf den Steg gekommen. Dort zog man womöglich ein Hemd aus, um sich in die Sonne zu legen oder ins Wasser zu springen. Man hängte die Jeans über das Geländer und zog eine Badehose an. Besonders sensibel war Elmar der Rückweg erschienen, wenn man entspannt war, ein Kleidungsstück lässig über die Schulter warf. Da mochten manche Kollegen lachen, wenn er so seine Gedanken ausbreitete, aber der Erfolg hatte ihm nicht nur gestern recht gegeben.

Im Gras, direkt neben dem Sandweg, der sich an den Steg anschloss, von einem Blatt der umstehenden Apfelbäume verdeckt, hatte er den USB-Stick entdeckt. Keinen jener leicht rundlichen aus den Anfangstagen dieses Speichermediums, sondern einen in Form, Farbe und Haptik einer Schlangengurke mit dem Aufdruck »Biohof von Rönneby«. Der Besitzer hatte die USB-Sticks vor ein paar Jahren als Werbegeschenke abgegeben. Das hatte Sonja gewusst, weil Marie es ihr erzählt hatte. Alles hing ja mit allem zusammen.

Was nun genau auf dem Stick zu finden gewesen war, wusste Elmar nicht. Aber es hatte die Nerds im Team des Cybercrime-Chefs auf die Spur von Guido Schlick und seinem beeindruckenden Überwachungspark gebracht. Sie waren dabei herauszufinden, wen und was Guido Schlick überwachte, hatten aber noch keinen vollständigen Überblick. Extrem ärgerlich war, dass sie zwar auf die Server hatten zugreifen können, aber alle Daten waren so verschlüsselt, dass sie Dateinamen lesen, nicht aber den Inhalt der Dateien anschauen konnten. Immerhin war es ihnen gelungen, den Zugriff auch für Guido Schlick zu sperren.

»Alter!«, rief jetzt der mit dem Nasenpiercing. »Alter, der Typ hat über siebenhundert Terabyte an Videomaterial in die Cloud geschaufelt.«

Elmar stand auf, die harte Tischkante hatte sich in seinen linken, dann in seinen rechten Oberschenkel gebohrt. Er verließ das stickige Büro und rollerte sich einen Stuhl aus dem Nachbarraum heran. Auch wenn er nicht genau verstand, was vorging, so war ihm doch klar, dass sie durch Videos, Bilder und andere Tondokumente auf die Spur des Mörders von Malte von Rönneby kommen konnten.

Im Büro war kein Platz mehr für den Stuhl. Sonja war gekommen und hatte sich neben einen der Jungscher gestellt.

»Noch zwei Kollegen, und wir müssen anbauen«, kommentierte Elmar.

»Schön, dass du auch dabei bist«, antwortete Sonja, »immer ein freundliches Wort auf den Lippen. Ist der Stuhl für mich?«

Elmar schob Sonja den Stuhl hin und stützte sich auf deren Schultern ab, nachdem sie sich gesetzt hatte. »Egal was in diesen ganzen Daten zu finden ist: Wir müssen rausfinden, warum dieser Spanner die Technik auf dem Hof installiert hat, und noch wichtiger: Warum hat Malte von Rönneby das zugelassen? Das muss mit seinem Wissen passiert sein. Die ganzen Kameras haben sich ja nicht von allein an die Wände gehängt.«

Sonja drehte den Kopf. »Elmar. Das ist der springende Punkt. Ich sage, Schlick hatte etwas gegen den Adligen in der Hand.«

Jetzt schaltete sich der Leiter der Abteilung Cybercrime ein. »Sobald wir die Verschlüsselung geknackt haben, liegen alle Daten offen.«

»Kommt Guido Schlick dann auch da ran und kann das Zeug löschen?«

»Nein, es sei denn, er hat Einfluss auf die Betreiber der Cloud. Aber das können wir eigentlich ausschließen. Es sei denn, er ist selbst der Betreiber.«

»›Eigentlich‹. Eigentlich hätte der Ball nicht reingehen dürfen. Ich stehe bei den Störchen seit zwanzig Jahren in der Kurve. Nichts habe ich öfter gehört als ›eigentlich‹. Ich gehe mal wieder an die Arbeit.« Elmar drehte sich um und schlurfte den Gang entlang. Sein linkes Bein war eingeschlafen.

Geständnis im Hangar

Gregor spürte den Frust. Er war ganz nah dran gewesen an Kent Holzer. Er hatte gesehen, dass Holzer Rauschgift transportierte, und dann hatte er sich durch einen billigen Trick abschütteln lassen. Der dänische Kollege hatte mit den Schultern gezuckt. Ohne dienstliche Anweisung würde die dänische Polizei nicht nach Kent Holzer suchen. Gregor verabschiedete sich, nicht ohne nochmals auf den Geruch von verbranntem Haschisch hingewiesen zu haben. Für die Kriminaltechniker wäre es sicher kein Problem, Rückstände nachzuweisen, aber Rückschlüsse auf die Menge würden kaum möglich sein.

Der Frust saß so tief, dass Gregor seinen Fuß vergaß, als er vom Fischkutter auf das gecharterte Boot hinüberstieg. Der Schmerz war stechend. Gregor startete den Außenborder und fuhr zurück in den kleinen Hafen von Mosede. Auf dem Weg rief er Marie an und schilderte den unerfreulichen Hergang.

»Das kann jedem passieren, Gregor, und du weißt das. Darum ist es so wichtig, zu zweit zu sein. Einer hätte an Land bleiben können. Aber ob man sich in der Lage so entschieden hätte? Eher nicht. Lassen wir das. Du hast eine große Menge Haschisch gesehen, wir kennen den Dealer. Ich spreche mit den Kollegen, und dann machen wir Kent Holzer Feuer unterm Hintern. Ich bin jetzt noch in Kiel, fahre aber los, sobald die Fahndung in Gang kommt. Wir treffen uns dann in Flensburg auf dem Flughafen. Bis nachher.«

Marie legte auf und verließ ihr Büro, nachdem sie ein Strafverfahren gegen Kent Holzer eingeleitet und die Staatsanwaltschaft gebeten hatte, ihn zur Aufenthaltsermittlung auszuschreiben. Dass Marie einen ebenso guten wie kurzen Draht zur Staatsanwältin hatte, würde der Angelegenheit dienlich sein.

Noch war nicht abschließend geklärt, ob und wann ein europäischer Haftbefehl durch einen Richter ausgestellt würde. Möglicherweise waren Gregors Beobachtungen dafür nicht ausreichend. Er hatte Marie erzählt, dass der dänische Ermittler einigermaßen zurückhaltend reagiert hatte. Allerdings ging Marie davon aus, dass die Kriminaltechniker Spuren von Haschisch finden würden. Auf dem schwedischen Fischkutter und sehr wahrscheinlich auch auf Kent Holzers »Windsbraut«.

Sie ging zu Sonja und informierte sie über den Stand der Dinge. »Was von Bernd gehört?«, fragte sie.

Sonja verneinte und fragte, wie die beiden Fälle zusammenhängen könnten.

»Dass Kent Holzer mit Drogen handelt, ist doch ein klares Indiz für die finanzielle Notlage, in der er sich befindet. Ich glaube nicht, dass er ein abgebrühter Gewohnheitsverbrecher ist. Er steht vielmehr mit dem Rücken zur Wand und agiert aus dem Affekt heraus.«

Sonja verzog den Mund. »Dagegen spricht die Ablage der Leiche. Das wirkt doch sehr so, als habe der Mörder eine Botschaft.«

»Ja, da bin ich ganz bei dir. Aber wir können nicht ausschließen, dass der Täter die Leiche so abgelegt hat, um von sich abzulenken.«

»Gerade hast du gesagt, dass Kent Holzer ohne Plan unterwegs ist.«

»Punkt für dich, Sonja. Was, wenn es einen weiteren Beteiligten gibt?«

»Müsste ich wetten, käme auf Kent Holzer von mir nur eine sehr kleine Summe. Da war ein anderes Motiv im Spiel als Geld. Die Welt sollte sehen, dass Malte von Rönneby auf den Mist gehörte.«

Marie streckte sich. Der Rücken zwickte. »Gut, dass ich zu dir gekommen bin, Sonja. Vielleicht verrenne ich mich gerade. Die beeindruckende Flucht, so wie Gregor sie geschildert hat, hat mich abgelenkt. Wir sollten einen alternativen Ermittlungsansatz, der Maltes Vergangenheit beleuchtet, nicht vernachlässigen. Wie weit sind die Cyberjungs eigentlich mit der Entschlüsselung der Cloud von Guido Schlick?«

»Nichts Neues. Das kann jetzt in diesem Augenblick gelingen oder noch eine Woche dauern. Sobald wir von oben grünes Licht haben, können wir Schlicks Bude auf links drehen. Die Serverfarm in Holtenau haben die Jungs jedenfalls abgeklemmt. So hat mir das einer dieser Freaks heute in der Kantine gesagt. Weißt du, was der gegessen hat?«

»Ich war nicht dabei.«

»Drei Sorten Nachtisch und drei Tassen Kaffee. Als Mittagessen. Das Internet macht was mit den Menschen, sag ich dir.«

Hunger hatte Marie auch schon wieder. Sie bedankte sich noch mal bei Sonja für deren Überlegungen und verließ den Raum, in dem es rund ums Jahr nach Maiglöckchen roch. Marie wusste, dass es der Duft von Jil Sander Sun war, den ihr ein Verehrer zu ihrem sechzehnten Geburtstag geschenkt hatte. Der Verehrer war später beim LKA in Düsseldorf gelandet. Dort war er jetzt Pressesprecher. Kurz spürte Marie, dass sie keine dreißig mehr war, auch keine fünfunddreißig.

Der nächste Weg führte sie in ein Büro auf derselben Etage. Der Name des Sachgebietes passte kaum aufs Türschild: »Dezernat 12, SG 121, Internationale polizeiliche Zusammenarbeit, Fahndung«. Marie klopfte.

Dass Julia Dienst hatte, die bis vor Kurzem Dienst im Gemeinsamen Zentrum der dänischen und deutschen Polizei in Padborg getan hatte, freute Marie besonders. In dem Zentrum arbeiteten Kolleginnen aus beiden Ländern seit zwanzig Jahren Hand in Hand, um die Sicherheit auf beiden Seiten der Grenze zu gewährleisten.

Nachdem Gregor das Telefonat mit Marie beendet hatte, rief er Rainer, den Piloten, an und kündigte sein Eintreffen auf dem Flugplatz Roskilde für fünfzehn Uhr dreißig an. In Mosede angekommen, vertäute er das Boot und war ganz sicher, dass Motorbootfahren nicht das Richtige für ihn war. Er würde sich auch in Zukunft ab und an den Kanadier von seinem Nachbarn auf dem Campingplatz in Karlsminde leihen und ganz gemächlich über das Wasser der Eckernförder Bucht paddeln.

❊❊❊

Am Flughafen wählte Marie Uwes Nummer und erfuhr, dass Gregors Harley hier in Flensburg bei »Route 45« ein Stück den Ochsenweg Richtung Dänemark entlang auf Abholung wartete. Da hätte Gregor sein Motorrad auch zu Fuß abholen können. Marie ärgerte sich, weil sie umsonst durch die Gegend gefahren war.

Dann hörte sie ein Motorgeräusch, schaute in den Himmel und sah, wie sich ein einmotoriges Sportflugzeug der Landebahn näherte. Stabil sah das nicht aus. Aber was wusste sie schon von der Fliegerei? Nichts. Womöglich würde sie auch in Zukunft nicht viel dazulernen, denn Fliegen stand auf Karls tiefroter Umweltsündenliste. Er tolerierte es bei ausgewählten Anlässen. Dazu zählten Rettungsflüge, Flüge aus wissenschaftlichen Gründen und ein Interkontinentalflug pro Menschenleben. Als Marie gefragt hatte, wie man denn zurückkäme aus Australien, wenn man nur einen Flug frei hätte, hatte Karl ein Radieschen nach ihr geworfen, das er gerade erst geerntet hatte.

Die Cessna setzte auf, rollte in Parkposition, und Marie freute sich, Gregor unversehrt aus der Maschine steigen zu sehen. Bei näherem Hinsehen kamen ihr dann aber doch Zweifel. »Gregor, rund läufst du nicht.«

Gregor erzählte von seinem Missgeschick. Marie bremste sich mühsam, von fünf oder sechs selbst erlittenen oder beobachteten Außenbandverletzungen zu berichten, und sagte stattdessen: »In zwei Wochen ist das vergessen. Ich habe übrigens Rücken. Also, Rücken im Anflug. Wenn das so weitergeht, können wir die Abteilung dichtmachen.«

Dass die Fahrt nicht umsonst gewesen war, wurde klar, als Gregor ihr erneut berichtete, wie ärgerlich es sei, dass Kent

Holzer ihm entwischt war. Marie legte ihren Zeigefinger auf Gregors Lippen. »Nimm es als Motivation, Gregor.«

Gregor nickte. »Wir kriegen ihn. Drogenhandel macht mich richtig sauer.«

In Holland hatte Gregor gesehen, was Drogen aus Menschen machten. Er dachte kurz an Mareike und schämte sich. Wie konnte er an seine alte Liebe denken, an Mareike aus Friesland? »Astrid, entschuldige bitte«, flüsterte er.

»Was sagst du?« Marie reckte den Kopf in Gregors Richtung. Inzwischen waren sie schlendernd vor den hohen Toren des Hangars angekommen.

»Ach, ich habe an Mareike gedacht. Du weißt schon, die Frau, die mir gezeigt hat, dass es ein Leben jenseits von Bundesliga und Motorradtreffen gibt. Und wenn ich an sie denke, gibt das immer noch so einen kleinen Stich.«

Marie zuckte mit den Schultern.

»Wegen Astrid.« Gregor seufzte und lachte. Er errötete und wischte sich mit der Hand über die Augen. »Das geht doch jetzt schon ein Jahr. Also, nicht im Dienst, aber ... Hat sie dir denn nichts erzählt?«

»Doch, doch. Andeutungen.«

Pilot Rainer schloss die Tür der Cessna und kam mit einer Mappe unterm Arm auf sie zu. »So, ich hoffe, dass es dir gefallen hat.«

»Es war fast so gut wie Harleyfahren. Nein, im Ernst: Ein besonderes Erlebnis, und ich kann mir vorstellen, den Pilotenschein zu machen.«

Marie schaute ungläubig.

»Wirklich! Oder bin ich zu alt dafür?«

»Das Alter ist irrelevant. Du musst gesund sein, ein einwandfreies Führungszeugnis haben, wovon ich ausgehe, und du musst dich darauf einstellen, dass es viel zu lernen gibt.«

»Und was kostet der Spaß?«

»Im Verein deutlich unter zehntausend Euro. Überleg's dir. Ruf mich an. Für einen Freund von Marie gibt es Sonderkonditionen.« Rainer boxte Marie freundschaftlich auf den

Oberarm. »Nein, ohne Quatsch. Wir Fluglehrer hier im Verein unterrichten ehrenamtlich. Das spart Kosten.«

Er wandte sich wieder an Marie. »Und jetzt zu dir. Lust auf einen gemeinsamen Grillabend am 28. dieses Monats? Meine Liebste hat Geburtstag.«

»Lust ja, Gelegenheit nein. Mein Vater hat mich zum Helfertreffen im Museum Alte Fischräucherei in Eckernförde eingeladen. Er ist Mitglied im Verein geworden, und ich freue mich, dass er nach all den Jahren im Ruhrgebiet hier oben wieder Fuß gefasst hat.«

»Wir finden einen Ausweichtermin. Lass uns telefonieren.« Rainer hob die Hand zum Gruß und ging zum Tower.

Gregor atmete tief aus. »Höhenflüge in meinem Alter. Die letzten Jahre waren echt turbulent, wenn ich das mit der Zeit auf der Wache in Busdorf vergleiche. Das fing ja alles mit Bauer Böse in Fleckeby an, als ich an der Ecke auf dich gewartet habe. Und jetzt das mit Astrid.« Gregor bewegte den Oberkörper vor und zurück. »Okay. Ich sag's. Ich werde ihr einen Heiratsantrag machen. Was meinst du?«

Marie spürte einen Kloß im Hals. Sie hatte in den letzten Monaten, in denen sich die beiden umkreist hatten, gedacht, dass das nicht gut gehen würde. Der Altersunterschied, die Hierarchie im Job, das Gefälle in Sachen Bildung. Der Kloß wuchs. Dass sie so voller Vorurteile war, beschämte Marie.

»Du denkst, dass ich zu alt, zu doof und zu fett bin.«

Gregor und Marie standen inmitten des Hangars zwischen den Flugzeugen.

»Wenn nicht jetzt … Ich weiß, dass Astrid schlauer ist und schöner und überhaupt. Aber das mit dem Schrebergarten. Da fühlt sie sich sauwohl. Und vor zwei Wochen haben wir sogar das Wochenende zusammen auf dem Campingplatz verbracht. Im Wohnwagen. Das hätte ich nie gedacht. Aber Astrid fand das gut. Und dann waren wir zusammen auf der Nordart und auf Konzerten beim Schleswig-Holstein-Musikfestival. Wir kommen beide aus unseren Ecken raus. Verstehst du, was ich meine?«

Marie machte einen Schritt nach vorn und umarmte Gregor. »Mach das mit dem Antrag. Ihr bereichert eure Leben. Mehr kann man echt nicht erwarten.«

Gregor strahlte. »Und wenn sie Nein sagt, werde ich Gemüsebauer in Andalusien. Man muss doch auch was wagen.«

»Muss man, Gregor, muss man. Dass wir haarscharf an den Regeln vorbei Kent Holzer unter Druck gesetzt haben, ist auch ein Wagnis. Kann sein, dass ich da noch Ärger kriege. Aber ohne deine Beobachtung hätten wir nicht erfahren, dass der Kerl im Drogengeschäft ist. Ob er nun was mit dem Mord an Malte von Rönneby zu tun hat oder nicht, ist das auf jeden Fall ein Ermittlungserfolg, und über kurz oder lang geht er uns ins Netz. Ich habe auf dem Weg hierher von den dänischen Kollegen erfahren, dass sie sich die ›Windsbraut‹ vornehmen. Ich bin sicher, dass die Hunde was finden. Und nun bringe ich dich zu deinem Motorrad.«

»Wo hat dein Schwiegervater sie denn hingebracht?«

»›Route 45‹.«

Gregor schlug sich an die Stirn. »Nein, das ist ja gleich ums Eck. Da hätte ich auch laufen können.«

»Das ist wahr. Aber ich hätte nicht erfahren, dass du auf Freiersfüßen bist. Fährst du heute noch zu Astrid? Ich glaube, sie ist richtig krank, und von Bernd habe ich gar nichts gehört. Habe versucht, ihn auf dem Handy zu erreichen. Aber er geht nicht ran.«

Gregor setzte sein »Onkelgesicht« auf, wie er es nannte, wenn er durch bloße Mimik Zuversicht auszustrahlen versuchte. »Wir machen es so: Du fährst zu deiner Familie, und ich schaue bei Astrid und Bernd vorbei. Und, fast vergessen: Ich habe diesem Schönling von der ›Windsbraut‹, der uns mit dem Transceiver getäuscht hat, das Handy abgeluchst. Ich gebe es auf dem Weg bei Sonja ab. Kann er sich ja da abholen. Ich denke nicht, dass wir das kriminaltechnisch untersuchen dürfen, oder?«

»Nein, dürfen wir nicht«, bestätigte Marie.

Zehn Minuten später war Gregor um dreihundertfünfzig Euro ärmer. Harleyfahren war nichts für Sparfüchse, und eine Beförderung stand nicht in Aussicht. Das mit dem Pilotenschein würde er sich noch mal in aller Ruhe überlegen. Andererseits, er hatte keine Kinder. Er dachte an Astrid und fuhr los.

Auf der Höhe von Tarp hatte er einen Deal mit sich selbst gemacht. Würde Astrid Ja sagen, wäre die Spinnerei mit dem Fliegen vom Tisch, und er begänne stattdessen zu malen. Astrid hatte ihm vom Plein-Air-Malen vorgeschwärmt. Sagte sie Nein, riefe er Rainer an. So oder so, die Aussichten waren glänzend.

Angler (3)

Als Karsten Keller Kommissaranwärter gewesen war, hatte ihm ein Ausbilder den Job des DJs aufs Auge gedrückt. Wann immer es echte oder aus purer Feierwut herbeigeführte Anlässe gab, hatte er in der Turnhalle Platten aufgelegt und dabei rasch erkannt, dass eine kleine Rampensau in ihm steckte. Eine damals schwer angesagte Diskothek in Lübeck hatte ihn gebucht, ein privater Radiosender war auf ihn aufmerksam geworden, und drei Jahre lang hatte er dort »Karstens Plattenkiste« moderiert. Das hatte Spaß gemacht, er hatte sich ins Radio verliebt und war dem Kino im Kopf stets treu geblieben.

Das Radio weckte ihn mit Musik und aktuellen Nachrichten, und mit einem Feature im Ohr legte er sich des Nachts zur Ruhe. Das war oft unterhaltsam, und noch öfter war es lehrreich, erhielt er doch immer neue Denkanstöße. So hatte er gestern zugehört, als sich der Moderator und dessen Gast über Innen- und Außenwelten von Menschen, aber auch von Tieren unterhielten. Karsten hatte verstanden, dass sich eigenes Handeln verändert, wenn wir die belebte Welt als ein zusammenhängendes Ganzes betrachten. Den in diesem Zusammenhang gemachten Erörterungen über die Bedeutung der Quantenphysik, über Atomismus und die Verschränkung von Feldern hatte Karsten ziemlich rasch nicht mehr folgen können. Aber dass die Kühe seines Nachbarn dieselbe Luft atmeten wie er, dass sich alle Teilchen im Bach, im Fluss, im Ozean irgendwann vermengten, das war ihm unmittelbar einsichtig gewesen. Mitwelt statt Umwelt. Er, als Mensch, war ja genauso mittendrin wie der Fisch, den er aus dem Wasser der Eckernförder Bucht holte.

Immerhin hatte der im Gegensatz zu den Kühen des Nachbarn ein freies Leben geführt. Bisher jedenfalls. Karsten nahm den Fischtöter zur Hand und umfasste die Meerforelle mit links. Er visierte die gedachte Linie zwischen den Augen an, er schaute auf die Linie zwischen den Kiemendeckeln und fixierte nun den Punkt, unter dem das Gehirn des Fisches lag. Diesen Punkt galt es mit möglichst großer Energie sehr genau zu treffen. Nur so war gewährleistet, dass die Forelle im Anschluss an die Betäubung waidgerecht getötet werden konnte.

Karsten schlug zu. Er sah und fühlte, wie die Bewegungen der Forelle schwächer wurden. Er kontrollierte die Reflexe. Die Augen drehten sich nicht mehr. Auch der Atemreflex war erloschen. Die Kiemendeckel bewegten sich nicht. Den Fischtöter legte Karsten zur Seite und holte das Messer hervor. Mit einem beidseitigen Kiemenrundschnitt durchtrennte er die großen Arterien. Um den Blutverlust zu beschleunigen, nahm er den Fisch aus und vergaß auch das Herz nicht, das noch immer schlug.

Als Polizist hatte Karsten knapp vierzig Jahre lang Menschen verfolgt, die anderen das Leben genommen hatten. Nun war er es, der einem Mitwesen das Leben nahm. Karstens Opa hatte Hühner gehabt, und er hatte schon als Kind zugesehen, wenn sein Opa den Hühnern auf dem Hackklotz den Kopf mit dem Beil vom Rumpf getrennt hatte. Das hatte dazugehört, wenn man eine Suppe haben wollte.

Später hatten Karsten und seine Frau für kurze Zeit im Supermarkt eingekauft, weil sie mitten in Hamburg gewohnt hatten. Seitdem sie wieder auf dem Land lebten, fuhren sie alle zwei Wochen zum Hofladen. Eine Nachbarin hatte gesagt, das würde ja nichts daran ändern, dass Tiere getötet würden, nur weil er Fleisch essen wollte, und das stimmte. Trotzdem fand Karsten, dass jedes Geschöpf eine Rolle, eine Funktion hatte. Irgendwann würde er vielleicht an einem Krankenhauskeim sterben. So war das eben.

Tief im Innern wusste er, dass er dem Thema immer wieder auswich. Aber Meerforelle auf dem Grill, da ging nichts drüber. In der Familie hatten sie sich darauf geeinigt, dass es einmal die Woche Fleisch gab. »Das ist doch wirklich maßvoll. Das ist unser Angebot an die Tierwelt«, hatte Karsten gesagt.

»Ein Angebot, das die Tiere nicht ablehnen können«, hatte die Nachbarin geantwortet.

Karsten wusch das Blut von den Händen und notierte ein Zitat für seinen Angelführer, das ihm passend erschien: »Ihr könnt euch darauf verlassen, die Bescheidenheit der Leute hat immer ihre guten Gründe. (Heinrich Heine, 1797–1856)«.

Das Smartphone des Pensionärs meldete sich sanft brummend.

»Moin Karsten, Gregor hier. Ich wollte fragen, ob du heute Abend Lust auf ein Bier am Strand hast.«

»Das ist ja ein Zufall. Ich bin heute tatsächlich schon wieder in Karlsminde und habe gerade eine sehr schöne Meerforelle aus dem Teich gezogen. Die könnten wir doch bei dir auf den Grill werfen. Meine Frau besucht eine Freundin in Husum. Da passt ja alles zusammen.«

»Abgemacht. Ich stehe gerade in Busdorf an der Tanke und muss noch nach Kiel. Ich fahre auf dem Rückweg an meiner Parzelle in Eckernförde vorbei und bringe Salat mit.«

»In Busdorf. Da hast du doch früher den Dorfsheriff gegeben.«

»Jo, gute Zeit. Aber jetzt ist eine neue Zeit. Ohne Veränderung ändert sich ja nix. Bis nachher.«

Karsten nahm noch mal den Stift zur Hand und notierte für seinen Angelführer: »Ohne Veränderung ändert sich ja nix. (Gregor Sachse)«.

Überraschungsbesuch

Marie war auf direktem Weg nach Schleswig gefahren. Keine Ermittlungen, keine Krankenbesuche, keine Einkäufe. Sie wollte einfach nur irgendwas essen, auf dem Balkon sitzen, bis die Sonne hinter dem inzwischen nicht mehr eingerüsteten Turm des St.-Petri-Domes, hinter Helgoland, Cambridge und Barbados verschwinden würde. Lag alles ungefähr auf einer Linie. Ob die Leute in Barbados den Schleswiger Dom kannten?

Marie fuhr den Hesterberg hinauf, packte in der Bellmannstraße Karl ein, der dort, mit Merle an einem Projekt arbeitete, dessen Zweck Marie vergessen hatte. Sie fragte heimlich Merles Mutter, die wie stets gut informiert war und später an der Haustür ihrerseits fragte: »Ob die beiden wohl mal heiraten?«

Marie lachte und stieg ins EMO. In gewisser Weise der zweite Heiratsantrag binnen weniger Stunden.

»Karl, ich habe keine Lust zu kochen. Mach mal einen Vorschlag.«

»Wir halten im Naturmarkt, essen die Tagessuppe und nehmen uns Obst für einen Obstsalat als Nachtisch mit. Den mache ich dann.«

Marie bog auf die Schleistraße ab.

»Hallo, sprichst du nicht mehr mit mir?«

»Ich bin sprachlos. Du bist doch noch ein Kind. Selten so einen vernünftigen Vorschlag von dir gehört. Liegt das an diesem Debatten-Projekt?«

»Nö, ich habe einfach Hunger.«

Die Suppe war eine Kürbissuppe und schmeckte vorzüglich. Das Obst war regional, obwohl Marie so gern Mango im Obstsalat gehabt hätte. Nachdem sie das EMO ins Carport gelenkt hatte, fiel ihr Blick auf den Parkstreifen links neben dem Haus. Sie hatte glatt den Campingbus ihrer Schwiegereltern übersehen.

Als sie ausstieg, öffneten sich die Türen, und wenig später

hatte sich Rita bei Marie eingehängt und berichtete auf dem Weg zur Haustür von ihrer Idee, ein Sommerfest mit der ganzen Familie zu feiern. Marie wurde ein wenig blümerant. Zur »ganzen Familie« gehörten Menschen, die Marie am liebsten aus der Ferne sah.

»Weißt du, früher, da wohnten ja die meisten in Maasholm oder höchstens mal in Kappeln. Aber Sabines Tochter, die ist ja nun schon seit zwei Jahren in Australien. Glaubt man das? Na ja, jetzt ist sie jedenfalls für drei Monate hier, und vielleicht bleibt sie sogar. Wenn das keine Gelegenheit ist. Karl, sag mal, kennst du Sandra überhaupt?«

Marie machte sich los, öffnete die Haustür, überließ Karl seiner Oma und rettete sich ins Gäste-WC. Sie setzte sich, tat, wonach die Blase verlangte, wusch sich achtsam die Hände, trocknete sie sorgfältig und war noch immer nicht im Frieden angekommen. An manchen Tagen fiel es ihr schwer, die brutale Fratze der Verbrechen hinter sich zu lassen.

Durch die Tür hörte sie, dass Karl und Uwe entgegen ihrer Anweisung schon wieder einen Tischtennisball gegen die große Seekarte im Wohnzimmer spielten. Beim letzten Match war ein Pokal aus Glas zu Bruch gegangen, der ihr als beste Nachwuchsspielerin im zarten Alter von vierzehn Jahren von einem Bundesligaprofi aus Duisburg überreicht worden war. Beim Spiel von Karl und Uwe ging es nicht nur darum, den Ball nicht öfter als einmal auf den Boden prallen zu lassen, es ging auch darum, Inseln oder sogar Städte zu treffen, die der Gegner ansagte. Marie atmete, versuchte ein Lächeln und betrat das Wohnzimmer. Ihr Erscheinen veranlasste Karl dazu, sie als »Spielverderberin« zu verunglimpfen. Rasch entschied sich Marie, den Kampf gegen die Übermacht erst gar nicht aufzunehmen. Sollten sie doch das Wohnzimmer zerlegen.

In der Küche stand Rita vor dem sperrangelweit geöffneten Kühlschrank und spürte Marie im Nacken. »Ihr habt ja nichts im Haus. Uwe und ich waren unterwegs, wir haben nach einem guten Ort für das Familienfest gesucht und seit Stunden kaum was gegessen.« Sie schloss den Kühlschrank und enterte die Vorratskammer. Wenig später erschien sie mit Spaghetti, Tomatenmark, Olivenöl, Zwiebeln und Knoblauch. »Lass mal«, winkte sie ab. »Ich mach das schon. Du hattest ja sicher einen harten Tag.«

Marie nickte, aber Rita hatte ihr den Rücken zugewandt und war bereits mit dem Schälen der Zwiebel beschäftigt.

»Ach, du kannst schon mal das Wasser aufsetzen, Marie. Das dauert ja doch immer einen Moment. Wir haben noch nicht entschieden. Es gibt sehr schöne Locations – hoppla, jetzt sage ich auch diese englischen Wörter. Ich meinte, Gasthöfe. Aber billig ist das ja alles nicht. Uwe meinte, wir könnten auch bei euch im Garten feiern. Platz genug habt ihr ja. Bei uns ist der Rasen weg. Uwe hat neuen eingesät. Da können wir also noch nicht rauf. Was denkst du? Ob Andreas das auch gut finden würde? Der ist ja nicht so fürs Feiern zu haben.«

Ich auch nicht, dachte Marie und setzte sich auf die Eckbank. Sie griff nach dem Telefon und rief Andreas auf dem Handy an. Er ging nicht ran. Sie wählte die Praxisnummer. Gundi, Andreas' Besen, nahm ab.

»Nee, das kannst du knicken. Das Wartezimmer ist immer noch voll. Echt crazy, Husten, Schnupfen, Fieber. Richtig krank, die Leute. Aus dem Nichts. Das dauert locker noch 'ne Stunde, bevor dein Göttergatte hier rauskommt. Tschüs.« Sie hatte aufgelegt.

»Jetzt sag doch mal. Ob unser Junge das auch gut finden würde?«

»Rita, ganz ehrlich: Frag ihn am besten selbst.«

Karl stürmte die Küche. »Ich mache jetzt Obstsalat, Oma, du wirst staunen. Alles bio, alles regional.«

Marie stand auf und ging rauf in ihr Arbeitszimmer. Sie holte das Schleibook hervor und ging ihre Notizen durch. Kent Holzers Vater war Holländer. Marie fragte sich, ob es eine Art Social Profiling war, wenn sie ganz automatisch Haschisch und Holland miteinander verband, obwohl etwa siebzig Prozent des in Europa verfügbaren Stoffs aus Marokko kamen. Gregor hatte geschätzt, dass die Männer ungefähr zwanzig Kilo verladen hatten.

Sie legte ihr Schleibook zur Seite und fuhr den Computer hoch. Wie Karl es vor ein paar Wochen empfohlen hatte, startete sie eine alternative Suchmaschine. Die Wörter »Windsbraut, Holzer, Ziele, Routen, Segeln« förderten als erstes Ergebnis in der Kategorie Bilder den in die Kamera lachenden Kent Holzer auf dem Vorderdeck der »Windsbraut« zutage. Im Hintergrund erkannte Marie das markante Dach des Amsterdamer Hauptbahnhofes. Den Link zum Foto schickte sie Sonja.

Ihr Tun war unstrukturiert. Das war nicht gut. Noch schlechter war, dass sie keine Idee hatte, wie sie aus dem Stochern zielgerichtete Ermittlungsarbeit machen sollte. Astrid, mit der sie sich die Abteilungsleitung teilte, fehlte.

Marie dachte an Malte, wie er so dagelegen hatte. Ein junger, relativ junger Mann, ein erfolgreicher Unternehmer, ein Vorbild in Sachen soziales Engagement, ein Hoffnungsträger seiner Partei. Ob er tatsächlich Dreck am Stecken hatte, so viel Dreck, dass es der Täter nicht ausgehalten hatte, ihn am Leben zu sehen? Für Marie als Bekannte des Opfers war das nur schwer vorstellbar. Als Polizistin jedoch musste sie diese Variante ebenso ins Kalkül ziehen wie eine Art Unfall, bei dem die besondere Leichenablage ablenken sollte.

Ein Blick auf die Uhr zeigte, dass sie Elmar oder einen der Cyber-Spezialisten nicht mehr erreichen würde. Marie lauschte ins Haus. Geräusche aus der Küche. Klappern von Geschirr und Gesprächsfetzen. Sie zog ihre Geheimschublade auf, entnahm die vorletzte Tafel Marabou Apelsin-Krokant und summte beim Kauen den unsterblichen Sommerhit von Grooveminister. »Das ham wa uns verdient, düdüp düpdüp, das haaam wa uns verdient, düdelüd düpdüp.«

Als Marie wieder in die Küche kam, saßen Rita und Uwe am Tisch, eingeklemmt dazwischen Andreas, der Marie einen Blick voller Verzweiflung schickte.

»Na, Herr Doktor, die Welt gerettet?« Marie ging zum Küchentresen und löffelte sich Obstsalat in den Mund. »Karl, der ist super. Kannst du den auch für das Familienfest machen?«

Karl, der seinen Großeltern und seinem Vater gegenübersaß, als sei er das wahre Familienoberhaupt, drehte sich zu Marie um. »Klar, aber Spielverderber kriegen nichts ab.«

»Und Spielverderberinnen? Lass Merle nicht hören, dass du so genderfaul bist.«

»Unlustig.« Mehr sagte Karl nicht, zog Marie die Schüssel weg und stellte sie in den Kühlschrank. »Damit wir morgen wenigstens ein bisschen was zu essen haben.«

Uwe nickte anerkennend. »Auf den Mund gefallen ist euer Sohn ja nicht.«

»Ganz die Oma«, kommentierte Andreas und handelte sich einen Ellbogencheck in die Rippen ein.

Später – Marie fand: zu spät – waren Rita und Uwe verschwunden und Karl im Bett. Andreas stand neben ihr auf dem Balkon und gähnte.

»Also, du Sohn. Was machen wir jetzt? Familienfest in unserem Garten?«

»Wir sitzen das aus. Vielleicht sind bis dahin ja alle krank. Was ich da heute in der Praxis gesehen habe, lässt mich hoffen.«

»Und wir, wenn wir krank werden?«

»Wir sind eine Arztfamilie. Wir werden nicht krank.«

»Wir sind eine Polizistenfamilie. Wir werden erschossen.«

»Hauptsache, kein Familienfest. Komm, wir gehen schlafen.«

Gregor dreht 'ne Runde

Auf der B 76 zwischen Gettorf und Kiel geriet Gregor eigentlich immer in den Strudel eines Entscheidungsprozesses, dem zu entkommen ihm noch nie gelungen war. Sofern das Ziel Kiel-Holtenau hieß, hatte er die Wahl der Brücken- oder der Überland-Route. Erstere führte über die Levensauer und später über die Holtenauer Hochbrücke. Zunächst in südliche, dann in nördliche Richtung, und er genoss jedes Mal die Fahrt mit der grandiosen Aussicht und der Chance auf Schiffegucken, zumindest aus dem Augenwinkel. Allerdings lag zwischen den Brücken das schleifenförmige Straßenbauwerk zwischen Uni und Holstein-Stadion, das er nicht gern befuhr, seit er dort Ersthelfer bei einem schweren Verkehrsunfall gewesen war. Lange her, aber die Bilder wurde er nicht so richtig los.

Gregor hatte sich für die Überlandstrecke entschieden, die auch einige hundert Meter kürzer war. Vorbei am Schleusen-Garten und Gut Knoop unterquerte er die Holtenauer Hochbrücke und fuhr entlang des Nord-Ostsee-Kanals an der Schleuse vorbei, in der er ein Containerschiff in Richtung Kieler Förde sah. Gregor tippte auf hundertvierzig Meter. Manchmal saß er mit Elmar am Tiessenkai, und sie wetteten auf die Schiffslänge. Wer verlor, bezahlte das nächste Getränk. Die Zeit nach dem Berufsleben schreckte Gregor nicht. Er würde sich zu beschäftigen wissen. Vielleicht ja sogar mit Astrid.

Er schaltete in den zweiten Gang runter und bog auf den kleinen Parkplatz an der Strandstraße ab. Den Helm hängte er wider besseres Wissen über den Spiegel. Er wusste, dass das Innenleben des Helmes darunter litt, aber Gewohnheit war Gewohnheit. Der Motor knisterte. Ein Lieblingsgeräusch.

Nachdem er die Straße überquert hatte, hielt er sich links. Astrids Balkon lag zum Wasser raus. Vielleicht saß sie ja draußen in ihrem Lesesessel. Durch die Bäume hindurch sah

Gregor, dass in der Seebadeanstalt reges Treiben herrschte. Das öffentliche Bad mit langer Tradition verdankte seine Existenz dem Einsatz eines engagierten Teams von Freiwilligen, das erst kürzlich mit dem Deutschen Nachbarschaftspreis ausgezeichnet worden war. Darauf waren die Aktiven zu Recht stolz. Astrid hoffte, im nächsten Jahr bei der Verlosung der hundert Schlüssel zur Seebadeanstalt Glück zu haben. Schlüsselbesitzer konnten nämlich auch außerhalb der bewachten Badezeit schwimmen.

Auf dem Balkon saß die Frau, die aussah wie Catherine Deneuve, nicht. Kein gutes Zeichen. Die Balkontür war geschlossen, die Vorhänge zugezogen.

Gregor ging weiter die Holtenauer Reede entlang, direkt auf das Gelände des Wasserstraßen- und Schifffahrtsamtes zu. Dort lag das Kranschiff »Griep to II«, das Gregor so gern bei Arbeiten am Nord-Ostsee-Kanal beobachtete. Der gelbe Arm des Krans verlieh dem Schiff etwas Einzigartiges, das Gregor gut gefiel.

Er umrundete das letzte Haus und klingelte bei Astrid. Einen Schlüssel hatte sie ihm bisher nicht gegeben. »Ich laufe nämlich gern mal nackt durch die Wohnung«, hatte sie gesagt und Gregor ein Auge zugekniffen. Tatsächlich lag ihr an einem Rückzugsraum, den sie nicht aufgeben würde. Eine gemeinsame Wohnung kam nicht in Frage. So viel hatten sie immerhin schon geklärt. Auf Gregors Klingeln gab es keine Reaktion. Er rief sie an.

»Ja?«

»Astrid, ich bin's, dein Prinz, und ich stehe vor deiner Tür.«

»Da bleibst du auch besser, wenn dir dein Leben lieb ist.«

»Wie bitte?«

Das Küchenfenster im Hochparterre öffnete sich und Astrids erschütternd bleiches Gesicht erschien. Gregor machte ein paar Schritte über den sehr gepflegten Rasen und schob sein Handy in die Innentasche seiner Kutte.

»Ich leide. Fieber, Husten, Kopfweh. Vielleicht ist das ja diese Männergrippe. Du weißt schon.«

Immerhin sprach sie ganze Sätze und scherzte. »Astrid, Liebste mein, du siehst aus, als bräuchtest du Pflege.«

»Gut beobachtet. Meine Hausärztin war schon hier. Ich hatte nicht erwartet, dass ich in meinem Alter einen Hausbesuch benötigen würde. Sie hat auch Blut abgenommen. Wir werden sehen. Gregor, sei nicht böse. Ich bin schlapp und lege mich wieder hin.« Sie warf ihm einen Handkuss zu und schloss das Fenster.

Besorgt ging Gregor zurück auf den Weg. So blass hatte er Astrid noch nicht gesehen. Irritierend war, dass sie mit keinem Wort nach dem Fall gefragt hatte. Vielleicht würde er von Bernd mehr erfahren, wobei der nicht einmal ans Telefon ging.

Der Fall. Zum Fall gehörte auch Guido Schlick, der gleich nebenan ein Penthouse bewohnte. Marie hatte ihn nicht angetroffen. Vielleicht hatte er mehr Glück. Einen Durchsuchungsbeschluss hatten sie immer noch nicht.

Der Garten des Hauses grenzte an die Zufahrt zu Astrids Haus, aber Gregor musste wieder außen rum. Vor der Haustür angekommen, sah Gregor Licht hinter einem der Fenster, die zu Schlicks Wohnung gehören mussten. Er trat einen Schritt zurück und erkannte die linke obere Ecke eines großen Flachbildschirms, der eingeschaltet war. Guido Schlick war also zu Hause. Gregor dachte an Kent Holzer. Hier und jetzt könnte er seinen Schnitzer wiedergutmachen. Er griff unter die linke Achsel nach seiner Waffe. Man konnte nie wissen. Er drückte den Klingelknopf.

In einem Wagen auf dem Parkplatz, gleich neben Gregors Harley, saß ein Mann auf dem Fahrersitz. Sein Gesicht war schmerzverzerrt. Er legte den Gurt an und fluchte kurz, weil er seine Gedanken nicht zusammengehalten hatte. Aus dem Aktenkoffer, den er auf den Beifahrersitz gelegt hatte, entnahm er ein Tablet, öffnete das Menü der Smarthome-Software, berührte den »Away«-Button und legte das Tablet zurück. Er atmete schnell, ein Hitzeschub löste den nächsten ab. Vielleicht diese Grippe, die sich schon einige eingefangen hatten, wie er im Radio gehört hatte. Dann legte er den Vorwärtsgang ein und fuhr nahezu geräuschlos davon. Sein Zweitwagen war seit Kurzem ein elektrisch angetriebener Porsche. Ein Traum, wäre der Rest seines Lebens nicht gerade ein einziger Alptraum.

Gregor klingelte noch mal, nachdem sich nichts gerührt hatte. Dann trat er einen Schritt zurück. Der Fernseher war aus, und an zwei Fenstern senkten sich die Jalousien.

»Genau wie bei Astrid«, murmelte Gregor, bei der sich das Licht zufällig ein- und ausschaltete und die Jalousien automatisch schlossen, wenn ein Lichtsensor einen bestimmten Wert maß. Gregor fand das mindestens albern. Er griff nach seinem Holster und verriegelte die Sicherheitsschlaufe.

Auf dem Weg zum Parkplatz sah er die Bremsleuchten eines schwarzen Sportwagens aufleuchten. Der Fahrer ließ zwei Mädchen im Badeanzug über die Straße gehen.

Gregor hockte sich auf die Sitzbank der Harley und wählte Bernds Telefonnummer. Außer einem Freizeichen war nichts zu hören. Bernd hatte auch die Ansage ausgeschaltet. Führe er eben einmal um die Hörn, die Hafenspitze der Kieler Förde. Bernd war umgezogen und wohnte jetzt oberhalb der alten Schwentinebrücke in Dietrichsdorf mit Blick auf den Fluss, wie Gregor auf Fotos gesehen hatte.

Guido Schlick hatte im Rückspiegel den kompakten Mann mit Kutte gesehen. Wie er ihm nachschaute, war unangenehm gewesen. Nicht auszuschließen, dass die Rocker neue Geschäftsmodelle sondierten. Die Zeiten, in denen sie hier in Schleswig-Holstein den Daumen auf Drogen und Prostitution gehabt hatten, waren vorbei, und der Glanz von Betongold blendete irgendwann jeden, der aus Geld mehr Geld machen wollte. Guido Schlick hatte genug Geld, aber gegen die Schmerzen und die Nebenwirkungen der Medikamente half das nicht. Auch nicht gegen Hacker, die ihm übel mitgespielt hatten. Er musste unbedingt verhindern, dass sie auf seinen Server zugriffen. Sollten sie das Passwort knacken können, wäre seine wirtschaftliche Existenz zwar einstweilen nicht gefährdet. Sein Geld hatte er vor dem Zugriff des Staates und seiner Klienten geschützt. Sicher waren jedoch die Strafverfolgung durch die Behörden und – schlimmer noch – die Racheakte jener, die durch Veröffentlichung der Daten desavouiert würden. Von Vorteilsnahme über Erpressung bis hin zu Glücksspiel und Stimmenkauf gab es kaum einen Fehltritt prominenter und weniger prominenter Zeitgenossen, die durch seine Daten nicht gerichtsfest nachgewiesen werden könnten. Er musste im übertragenen Sinne den Stecker des Servers ziehen. Ansonsten bliebe ihm nur, auf schnellstem Wege das Land zu verlassen.

Mit Richtgeschwindigkeit näherte er sich der Ausfahrt Schleswig/Jagel. Nichts käme jetzt ungelegener als eine Verkehrskontrolle. Er ging sicher davon aus, dass die Polizei inzwischen wusste, nach wem sie zu suchen hatte.

**

Der Verkehr auf dem Theodor-Heuss-Ring war dicht. Die Luft war schlecht, und Gregor ärgerte sich, dass er nicht durch die Stadt gefahren war. Auch so eine Zwickmühle. Früher war es außen rum meistens schneller gewesen. Aber seitdem die Baustellen auf dem Ring eingerichtet worden waren, wälzte sich die Blechlawine insbesondere zu den Hauptverkehrszeiten quälend langsam durch die Landeshauptstadt.

Als Gregor endlich die Schwentine überquerte und zur Mühle abbog, atmete er durch. Kiel war keine Stadt wie Hamburg oder Berlin. Aber ihn nervte das Verkehrschaos auch hier. Er dachte an Karsten, der jetzt gemütlich in seinem Anglerstuhl saß und auf die Eckernförder Bucht guckte. Gregor war sich ganz sicher, dass er mit seinem Ruhestand sehr gut klarkommen würde.

Vor dem Haus, in dem Bernd eine kleine Wohnung gekauft hatte, stand dessen Rennrad, das er wie seinen Augapfel hütete. Im LKA nahm er es sogar mit ins Büro, und hier stand es einfach so neben den Mülltonnen. Ein gutes Zeichen war das sicher nicht.

Gregor klingelte und wartete. Er wartete und klingelte. Dann rief er Bernd auf dem Handy an. Die gleiche Prozedur wie bei Astrid.

»Moin Gregor, ich bin krankgeschrieben.«

»Moin Bernd, ich würde dir gern dein Rennrad ins Haus stellen.«

Es dauerte, bis Bernd begriffen hatte. Der Öffnungsmechanismus der Haustür summte. Gregor schulterte das Rad, das quasi nichts wog, und betrat das Treppenhaus.

»Zweiter Stock«, rief Bernd, dessen Stimme angegriffen klang.

»Woraus stellen die diese Fahrräder bloß her?«, murmelte Gregor. Er setzte seinen lädierten Fuß so auf, dass keine Beugung oder Drehung im Gelenk stattfand. Einigermaßen schmerzfrei erreichte er den oberen Treppenabsatz. Bernds Wohnungstür stand offen. Gregor klopfte.

»Bin auf dem Balkon.«

Das federleichte Rennrad lehnte Gregor an der Garderobe an, durchschritt einen kurzen Flur, dann eine große, lichtdurchflutete Wohnküche und sah schließlich seinen Kollegen auf dem Balkon sitzen.

»Nicht zu nahe«, warnte Bernd. »Das ist die Seuche. Das willst du nicht haben. Ich komme kaum aus dem Bett hoch.«

»Was sagt der Arzt?«

»Irgendein Virus. Irgendwas aus der Familie der Grippeviren.«

»Ich war eben bei Astrid. Der geht es auch richtig schlecht. Leute, schont euch bloß. Kann ich was tun? Einkaufen oder so?«

Endlich ging ein Lächeln über Bernds eingefallene Wangen. »Nee, tut nicht not. Ich verstehe mich ganz gut mit der Nachbarin aus dem Erdgeschoss.« Das Lächeln wurde breiter.

Gregor lehnte sich an die Balkonbrüstung, schaute Bernd ermutigend an.

»Ach, man weiß es nicht. Sie ist Kollegin. Ich habe sie zufällig kennengelernt. Wir waren beide vor Ort, als im letzten Jahr dieser Typ mit der Maschinenpistole für richtig Alarm gesorgt hat.« Bernd hustete. »Polizeistation Eckernförde. Sie wollte nicht da wohnen, wo man sie beim Einkaufen als Polizistin erkennt.«

»Ganz schöne Gurkerei.«

»Sie ist Triathletin und fährt meist mit dem Rad. Etwa dreißig Kilometer eine Strecke.«

»Gut, dass ich die Harley habe. Wann stellst du sie mir vor?«

»Gregor, das ist ganz frisch. Und ganz ehrlich, du bist ja wohl derjenige, der mal Butter bei die Fische tun könnte. Ist ja nicht mehr ganz so frisch, das mit Astrid.«

Gregor drehte sich nach links. »Schöner Blick.«

»Ja, ich fühle mich hier sauwohl. Genau meine Lage. Ich habe alles, was ich brauche, die Schwentine rauf ist es richtig schön, und trotzdem bin ich mit dem Schiff ruckzuck drüben in der Stadt. Setz dich doch, aber mit Abstand bitte.«

Gregor winkte ab. »Ich bin noch verabredet. Bist du eigentlich drin im Fall mit Malte von Rönneby?«

»Ich habe mit Sonja telefoniert und fast alles gelesen, was sie hochgeladen hat. Bin aber noch nicht durch. Voll der Saubermann, dieser Ökobauer. Ich habe den mal im Fernsehen gesehen. Kam sympathisch rüber. Jemand, den viele Menschen mögen und den manche hassen, weil er so erfolgreich ist. Neider oder ehemalige Weggefährten, die es nicht geschafft haben. Ich finde ja den Leichenfundort und die Art der Ablage wichtig. Sicher habt ihr das schon besprochen. Den hat man ja nicht ohne Absicht auf den Mist geworfen. Habt ihr eigentlich die Liste dieser Ehrentuchträger abgearbeitet? Die hat sich doch auf dem Handy des Opfers befunden.«

»Sonja telefoniert die Liste ab. Mühsames Geschäft. Die KTU hat jedenfalls Fremd-DNA am Tuch festgestellt. Blieb aber ohne Treffer, die Person ist nicht polizeibekannt.«

Gregor war an den Tisch getreten, an dem Bernd saß, und griff nach einer Flasche Wasser. »Darf ich?«

»Klar. Gläser stehen auf dem Küchentresen.«

Gregor holte ein Glas und schenkte sich ein. Dabei sah er Bernd nun gegen das Licht. »Bernd, ich bin ja nicht dein Arzt. Aber dir steht der Schweiß auf der Stirn.« Gregor deutete auf das Außenthermometer an der Fassade. »Nur dreiundzwanzig Grad. Und du sitzt.«

»Ja, das geht schon seit gestern so. Und der Puls ist erhöht. Ätzend. Aber was soll ich machen? Der Arzt hat gesagt, dass da jetzt was rumgeht. Wenn es übermorgen nicht besser ist, fahre ich noch mal hin.«

»Lass dich fahren.« Gregor zeigte nach unten.

»Nee, ich will Ayla nicht anstecken.«

»Ayla?«

»Ihre Eltern sind aus Ankara hierhergekommen. Sie ist in Kiel geboren. Schon verrückt. Hätte ich ›Lina‹ gesagt, hättest du nicht nachgefragt.«

Gregor stellte das Glas ab und hob beide Hände.

»Nein, ich weiß, dass du nicht so einer bist. Aber neulich waren wir in Molfsee im Freilichtmuseum. Ayla hat ein Faible für Regionalgeschichte. Ich finde das extrem langweilig. Egal. Wir standen vor einer Schautafel, und eine ältere Dame fragte Ayla: ›Sie kommen bestimmt aus Anatolien. Da haben wir mal eine Busreise gemacht. Das mit der Landwirtschaft liegt euch ja im Blut, oder?‹«

»Ich will das nicht vergleichen. Aber wenn ich mit Kutte ein Café betrete, werde ich auch immer schief angeguckt. Wir orientieren uns einfach viel zu sehr an dem, was wir sehen. So, ich habe jetzt jedenfalls genug gesehen. Du lebst, aber ich finde, du solltest nicht erst übermorgen zum Arzt. Danke fürs Wasser.«

»Danke fürs Fahrrad.«

Auf dem Weg nach Eckernförde fragte sich Gregor, wie sie mit der reduzierten Mannschaft diesen komplizierten Fall lösen sollten. Eigentlich waren ja nur noch Marie, Sonja und er selbst an Bord. Marie hatte Rücken und er Sprunggelenk. Eine echte

Gurkentruppe. Dann dachte er an die DNA am Ehrentuch. Sie sollten die Liste der Ehrentuchträger mit vereinten Kräften abarbeiten. Vielleicht war einer von denen beleidigt und tief enttäuscht. Etwas Persönliches.

Wie bei jeder Fahrt freute sich Gregor, als er den Begräbniswald an der Eckernförder Bucht hinter sich gelassen hatte und auf das Wasser der Ostsee gucken konnte. Ein Leben ohne Meer war für ihn unvorstellbar. Ein Leben ohne Garten auch. Er pflückte ein paar Tomaten, zupfte Basilikumblätter, goss, was nach Wasser verlangte, und verließ seine Parzelle am Windebyer Noor nur widerwillig. Wäre er nicht mit Karsten verabredet, würde er noch ein bisschen bleiben. Zu tun gab es immer was, und es lenkte ihn so wunderbar ab. Zur Sicherheit kaufte er bei Adronaco, dem italienischen Supermarkt im Schulweg, Büffel-Mozzarella, weil er nicht genau wusste, ob er noch einen im Kühlschrank hatte.

Als er auf seinen Wohnwagen zufuhr, saß Karsten schon neben dem Vorzelt. Stolz präsentierte er die Meerforelle, die er bereits ausgenommen hatte. Er zeigte auf Gregors Gasgrill. »Darf ich?«

Gregor nickte. Es wurde ein Festmahl.

Die Macht der Daten (2)

Guido Schlick lag im Gästebett von Roland Hartmann, dem Inhaber einer internistischen und chirurgischen Gemeinschaftspraxis in Schleswig. Roland Hartmann war ein Klient von »Aalglatt« und hatte gute Gründe, Guido Schlick unbürokratisch zu helfen.

»Das ist eine Sepsis«, hatte er am Abend gesagt, als Schlick ihn konsultiert hatte.

Bis in die Wohnung, in der die Server standen, hatte er es nicht mehr geschafft. Der Arzt hatte ihm Blut abgenommen, Antibiotika auf Verdacht verabreicht und sein Blut in den Brutschrank gebracht.

»Wir müssen rausfinden, welche Keime das sind. Mit einer Blutvergiftung ist nicht zu spaßen. In Deutschland erkranken jedes Jahr dreihunderttausend Menschen. Davon sterben fünfundsiebzigtausend. Wenn ich das in den Griff kriege, will ich alle Daten. Sie legen sich jetzt hier hin. Ich komme wieder, um nach Ihnen zu sehen. Nicht aufstehen. Sie sind lebensgefährlich erkrankt. Es kann passieren, dass Organe versagen, dass Extremitäten absterben.«

Guido Schlick hatte Angst gefühlt. Todesangst. Schlimmer als am Berg nach dem Unfall.

Nach einer gefühlten Ewigkeit war der Arzt zurückgekommen und hatte ihm eine Vereinbarung vorgelegt, die der Bruder des Arztes, ein Rechtsanwalt, aufgesetzt hatte. Er hatte sofort unterschrieben. Er würde alle Daten im Ordner »Hartmann_Pädo« löschen.

»Wir hatten Glück«, sagte der Arzt. »Ich konnte den Keim im Labor bestimmen. Ein neues optisches Verfahren. Ich kooperiere mit Forschern aus Jena. Ist noch nicht zugelassen. Aber wir haben keine Wahl. Ich verabreiche jetzt ein spezifisches Antibiotikum. Das sollte wirken.«

In der Nacht war Guido Schlick von Hitzeschüben, Verwirrtheit und Alpträumen gequält worden. Er hatte geträumt, jemand habe ihn in seinen Server gesperrt.

✳✳✳

Die Cyber-Crew im Büro des Landeskriminalamtes hatte wenig geschlafen. Man sah das, und Marie roch es, als sie den Raum betrat.

»Jungs, ich spiele Fußball und bin einiges gewohnt. Aber gegen die Luft hier ist die Luft in unserer Umkleide wie eine frische Meeresbrise. Fenster kann man auch öffnen.« Sie stieg über leere Burgerverpackungen, einen halb umgekippten Aschenbecher und ein Paar ausgelatschte Sneaker, die sie auf die Fensterbank stellte. »Ich dachte, die Zeit der Bilderbuch-Nerds sei vorbei.«

»Das ist wie eine Uniform«, sagte einer der stinkenden Pumas. »Privat sind wir Hipster.«

»Noch schlimmer.«

»Schnauze«, sagte jetzt der Puma, der in der Mitte vor den Monitoren saß. »Wir haben's gleich.«

Marie trat hinter den Mann, schaute über dessen Schultern auf den zentralen Bildschirm, auf den linken, auf den rechten. Folgen von Zahlen- und Buchstabenkolonnen, von Slashes und Backslashes, von Doppelpunkten, Unterstrichen und anderen inhaltsarmen Zeichen unterbrochen, erschienen und verschwanden. Wie sich Menschen für diese Art von Arbeit entscheiden konnten, war Marie ein Rätsel. Aber nur kurz.

Der Cyber-Chef reckte den rechten Arm in die Luft, rief: »Bam!«, und auf dem Bildschirm sah Marie, was ihr bekannt vorkam: ein Verzeichnis, wie sie es von ihrem Explorer kannte. Die Ordner schienen einer simplen Ordnung zu folgen, dem Alphabet.

»R«, sagte Marie, »oder V, von Rönneby. Los.«

Der Cyber-Chef scrollte, Marie fiel der Name eines bekannten Fußballers auf, dann waren sie bei »R« angelangt. Kein Eintrag.

»Weiter, los, weiter.« Marie fühlte, wie ihr Herz pumpte, sich ihre Gesichtshaut erwärmte. Dann: »von_Rönneby_Malte«.

»*Yes*. Klicken. Mach! Ich dreh durch.«

Auf der nächstniedrigeren Ordnerebene sah die wie Kinder unterm Weihnachtsbaum hin und her rutschende kleine Gruppe von Menschen mit großen Erwartungen Unterordner, die mit »Standort 1-14« beschriftet waren.

»Unfuckingfassbar«, befand der Cyber-Chef. »Hoffentlich gibt es keine Kamera auf dem Klo. Das muss der Typ doch gemerkt haben.«

»›Der Typ‹ heißt Malte von Rönneby und ist tot. Mach hinne. Standort eins bitte und dann der Reihe nach.« Marie streckte sich nach dem Telefon, das die Jungs auf einen Aktenschrank gestellt hatten, um Platz für ihr Equipment zu haben.

Einer der Jungs, die in Wahrheit schon Männer waren, stand auf. »Warte, ich helfe dir.« Der Mann war locker zwei Meter groß und angelte das Telefon, ohne sich wirklich recken zu müssen.

Marie rief Sonja an. Sie sagte lediglich: »Komm in die Cyber-Zentrale. Sofort.«

Keine zwanzig Sekunden später hörte Marie, wie jemand den Gang entlangrannte. Die Tür wurde geöffnet, Sonja trat ein und sagte: »Hier stinkt's wie im Pumakäfig. Ich hole mal was.« Sie rannte wieder weg. Marie wusste, wonach es gleich riechen würde.

»Kann ich jetzt?«, wollte der Cyber-Chef wissen.

»Mach einfach.«

Standort eins. Rechtsklick mit der Maustaste. Zweihundertsechsundfünfzig Dateien. Nach Datum geordnet. Beginnend am 13. Juni vor vier Jahren. Sonja kam zurück. Maiglöckchenduft breitete sich aus und mischte sich mit dem Mief der Cyber-Jungs. Der mit dem Dutt kommentierte: »Nicht dein Ernst, Alter.«

Im Ordner von Standort eins zeigte die Datei vom 13. Juni das Teehaus hinter dem Haupthaus. Auf dem Video liefen zwei

Rehe von links nach rechts und knabberten zwischendurch an Rosenknospen. Das Video war siebenundvierzig Sekunden lang. Die Rehe drehten die Köpfe zum Haus. Man hörte, wie sich eine Tür öffnete, die Rehe gaben Fersengeld, und Malte von Rönneby trat auf die Terrasse hinaus. Er telefonierte. »… vergiss es. Guido, ich habe dir gesagt, dass das nicht geht. Öfter als einmal habe ich das gesagt.« Er verstummte, hörte wohl zu. »Du bist so ein Arschloch.« Pause. »Ja, drei Paletten. Ich weiß Bescheid.« Er nahm das Telefon vom Ohr, setzte sich auf die Begrenzungsmauer und rieb sich das Gesicht. Das Video endete.

Im Büro sprach niemand. Dann meldete sich der Cyber-Chef. »Wie groß ist denn eure Abteilung? Vierzehn Standorte mal zweihundertsechsundfünfzig Videos, das sind mehr als dreitausend Videos.«

»Dreitausendachthundertachtundvierzig«, sagte der mit dem Dutt. Kopfrechnen schien er zu beherrschen. Wenn es denn stimmte. »Klick doch mal auf einen anderen Standort. Vielleicht sind da ja nur zwei Videos drin.«

Der Cyber-Chef klickte. Keine Videos, aber hundertsieben-undneunzig Audios.

Marie rieb sich kurz die Nase, dann entschied sie: »Okay, wir schauen zunächst mal, welche Standorte es gibt. Eine der Kameras, die die KTU gefunden hat, ist ungefähr auf den Mist-haufen ausgerichtet. Und wenn wir richtig Schwein haben, ist auf einer der letzten Aufnahmen zu sehen, wer Malte von Rönneby dort abgelegt hat.«

Jetzt fluchte der Cyber-Chef.

»Was ist passiert?«

»Ich kann die Daten nicht nach Stichwörtern durchsuchen, und es gibt einen Kopierschutz.«

»Wir können all das also nur lokal auf diesem Server an-schauen, und wenn der Server, was weiß ich, abgeschaltet wird, gucken wir in die Röhre?«

»So sieht's aus. Aber der Kopierschutz ist auch nur ein Kopierschutz.«

Sonja mischte sich ein. »Kannst du versuchen, den Kopierschutz zu knacken, und wir schauen zeitgleich die Dateien durch?«

»Ja, das geht.«

»Kannst du mir einen Link schicken, sodass ich in meinem Büro Zugriff habe?«

»Ja, das geht auch.«

Sonja schrieb ihre E-Mail-Adresse auf einen Zettel. »Marie, kommst du mit? Wir können ja dann von zwei Rechnern aus zugreifen.«

Marie nickte und war beeindruckt, wie schnell und sachlich Sonja das weitere Vorgehen strukturiert hatte.

Auf dem Gang kam ihnen Gregor entgegen. Er, Sonja und Marie begannen gleichzeitig zu sprechen und zu lachen.

»Wir haben einander was zu sagen, das ist nicht in jeder Beziehung so.« Marie legte den Arm auf Gregors Schulter. »Du zuerst. Sitzecke?« Sie deutete auf eine der von Pflanzkübeln begrenzten Stuhlinseln, die im LKA zum kollegialen Austausch fern des Schreibtisches einluden. Zustimmung signalisierende Blicke.

Auf dem Weg lag die Teeküche, die die drei ansteuerten, als seien sie verabredet. Dort, bei Darjeeling für Sonja, Earl Grey für Marie und einem Kaffee für Gregor, blieben sie hängen. Gregor berichtete kurz von seinen Krankenbesuchen, verschwieg, dass zwischen Bernd und dessen Nachbarin was lief, und endete: »Mich hat, als ich gerade auf dem Parkplatz angekommen war, eine dänische Kollegin aus Padborg angerufen. Sie wollte eigentlich mit dir sprechen, Sonja, aber du warst wohl kurz nicht zu erreichen. Sie hat darum gebeten, dass wir ins Gemeinsame Zentrum kommen, um dann auf die ›Windsbraut‹ zu fahren, die noch im Hafen von Køge liegt. Die Dänen regen an, dass wir das Schiff gemeinsam unter die Lupe nehmen. Ablegen können sie sowieso nicht, weil die Liegegebühren nicht bezahlt wurden und auf dem Schiff niemand ein Patent hat.«

Marie stellte den Teebecher ab, nahm ihn wieder zur Hand,

spülte ihn aus, trocknete ihn sorgfältig ab und stellte ihn zurück in den Schrank. Sonja und Gregor tauschten Blicke, Marie dachte. Da sollte man sie möglichst nicht stören.

Mit dem Schließen des Schrankes hatte die zurzeit alleinige Leiterin der Abteilung eine Entscheidung getroffen. »Gregor, du fährst bitte mit Elmar nach Padborg und Køge. Das sind grob geschätzt siebenhundert Kilometer hin und zurück. Ihr seid am Mittag dort und in der Nacht zurück. Nicht schön, aber eine Übernachtung können wir uns nicht leisten, solange Astrid und Bernd ausfallen. Gute Fahrt. Sonja, wir schauen uns die Videos an.«

Kurz schloss Marie die Augen. Ein untrüglicher Hinweis auf einen taufrischen Gedanken. »Ach ja, das weißt du ja noch nicht, Gregor: Wir haben Zugriff auf den Server und sichten jetzt die Videos und Audios der Kameras, die auf dem Hof von Malte von Rönneby installiert wurden. Es sind viele. Du wirst uns den ganzen Tag hier im Büro erreichen können. Alle einverstanden?«

Gregor hob die Hand zum Gruß, ging, vollzog jedoch, sich einer Unterlassung bewusst werdend, eine ebenso rasche wie elegante Drehung, schob sich zwischen Marie und Sonja in die kleine Teeküche, stellte seinen Becher in die Spülmaschine und ging erneut. »Spülmaschine ist umweltfreundlicher als Handwäsche, Marie. Euer Sohn wird das auch wissen. Bis später.«

»Gregor, das mit dem Sprunggelenk, das hast du doch erfunden, so geschmeidig, wie du hier unterwegs bist.«

»Marie, du irrst, auch wenn das sonst nicht deine Art ist. Dass ich wie ein junges Fohlen wirke, ist der Pharmakologie und einer Sprunggelenksorthese zu verdanken.«

»Wann warst du denn beim Arzt?«

»Das dürfen Vorgesetzte gar nicht fragen. Aber gut: Dein Orthopäde aus Schleswig ist auch mein Orthopäde, und er hat einen Wohnwagen in Karlsminde.«

»Nein!«

»Doch.«

»McSondermann hat einen Wohnwagen? Ich lach mich schlapp. Eigentlich wollte ich mit dem Rücken nicht zu ihm. Aber das wäre ein sehr ergiebiges Thema. Er, der sich bei jeder Gelegenheit über die Spießer auf den Campingplätzen lustig macht. Ausgerechnet.«

»Die Liebe. Seine Freundin kommt aus Düsseldorf und ist Dauercamperin in Karlsminde.«

»Aus Düsseldorf. Das wird ja immer besser. McSondermann hasst Karneval.«

Sonja reckte Arm, Hand und Finger in die Luft. »Darf ich daran erinnern, dass wir mit einer Rumpfmannschaft einen Mord aufzuklären versuchen?«

Gespielt schuldbewusste Mienen. »Gregor, da sprechen wir noch mal drüber.«

Gregor verließ die Teeküche.

»Warum heißt der Mann McSondermann?«, fragte Sonja.

»Weil er mit Vornamen Adolf heißt, seine Praxis beim Burgerbrater gegenüber und er als Fast-Food-Junkie bekannt ist. Aber nun ist gut, Sonja. Wir haben ja wirklich was Besseres zu tun, als die Abteilung in einen *Gossip*-Laden zu verwandeln. Gut, dass Astrid uns nicht hört.«

***

Guido Schlick schaute Roland Hartmann lange in die Augen. Er hatte Schmerzen, ihm war übel, und er hatte Angst, dass ihn die Blutvergiftung hinwegraffen könnte. Noch größer war jedoch die Angst vor Enthüllung. Er musste um jeden Preis verhindern, dass die Polizei erfuhr, was er über wen wusste. Käme an die Öffentlichkeit, wer sich welcher Fehltritte schuldig gemacht hatte, wäre er sowieso ein toter Mann. Und das wäre die bessere der denkbaren Varianten.

»Herr Hartmann, Sie tun jetzt, was mich in den Stand versetzt, die nächsten zwei Stunden zu laufen und zu denken. Ob die nötigen Maßnahmen ethisch vertretbar oder mit dem Standesrecht vereinbar sind, interessiert mich einen Dreck.

Ich empfehle, dass Sie jetzt handeln. Anderenfalls haben Sie als Arzt, Unternehmer und Mensch keine Zukunft.«

Dr. Roland Hartmann atmete tief ein, erhob sich und öffnete die Tür des weißen Schrankes. Er entnahm Instrumente aus Medizinalstahl, zog zwei Spritzen auf und sagte: »Legen Sie sich bitte auf die rechte Seite.«

Eine halbe Stunde später fühlte sich Guido Schlick noch immer schlecht. Aber er betrat, hinter einem Rollator gehend, die Fußgängerbrücke, die direkt zum Haupteingang des Wikingturms in Schleswig führte. Er öffnete mit seinem Schlüssel die Tür zum Treppenhaus, in dem zwei Fahrstühle zu den Apartments führten. Auch für die Bedienung des Fahrstuhls benötigte er einen Schlüssel. Ein dritter Fahrstuhl fuhr ohne Zwischenhalt zum Restaurant im sechsundzwanzigsten Stock und war öffentlich zugänglich. Guido Schlick würde ein Stockwerk darunter, siebzig Meter über dem Wasser der Schlei, aussteigen. Dort hatte er bereits Anfang der neunziger Jahre die Apartments der kompletten Etage über einen Strohmann erworben.

Er nahm die rechte Hand vom Griff des Rollators, um den Schlüssel für den Fahrstuhl aus der Hosentasche zu ziehen, und spürte, dass er den Halt, den der Rollator bot, dringend benötigte. Dass er das Gleichgewicht verlor, verunsicherte ihn. Guido Schlick schaute sich um. Das Foyer war großzügig verglast, aber niemand hatte ihn gesehen und seine Schwäche beobachtet.

Ungeduldig wartete er darauf, dass sich sein Kreislauf wieder stabilisierte. Der Rollator bot eine Sitzfläche. Um sich zu setzen, würde er sich aber umdrehen müssen, die Griffe loszulassen zog er jedoch nicht in Erwägung.

Bis zum Unfall in den Bergen war er ein extrem wohlhabender und unabhängiger Mann gewesen. Die Bilanz seines Lebens indes war, wenn er die moralischen Maßstäbe seiner Mutter anlegte, verheerend. Weder hatte er einen geachteten Beruf erlernt noch eine Familie gegründet. Freunde hatte er auch nicht, dafür allerdings zahlreichen Klienten erfolgreich dabei geholfen, ihre gute Reputation nicht zu verlieren. Er war der Garant dafür, dass Karrieren von Politikern nicht ruiniert worden waren, dass Unternehmer nicht das Vertrauen ihrer Geschäftspartner und Kunden verloren hatten, dass Roland Hartmann nicht im Knast gelandet war, sondern Krankheiten behandelte. So gesehen war er für hundertachtundvierzig Klienten, er kannte die Zahl sehr genau, der wichtigste Mensch im Leben. War das nicht auch die Folge einer Liebesbeziehung?

Die Schwäche war ein Gefühl, das er nicht gekannt hatte. Die Schwäche, gegen die er nicht ankam, die er nicht beherrschen konnte. Sein Körper, seine sterbliche Hülle, setzte seinem Tun enge Grenzen. Verblüffung, Wut und Angst kämpften um die Vormachtstellung in ihm. Siegerin war die Hilflosigkeit. Ließe er die Griffe des Rollators los, fiele er schlicht auf den harten Boden der Eingangshalle und würde sich voraussichtlich nicht wieder aufrichten können.

Hartmann könnte er hierher befehlen, auch eine Galeristin, die ganz in der Nähe wohnte, wäre geeignet. Aber wie sollte er sein Smartphone aus der Jackentasche holen, in diesem Zustand?

Hinter ihm signalisierte ein schabendes Geräusch, dass jemand die Tür öffnete. Schritte näherten sich. Zügig, dann langsamer. Jemand stand dicht hinter ihm. Den Kopf zu drehen wagte Guido Schlick nicht.

»Kann helfen?« Eine weibliche Stimme.

Aus dem Augenwinkel sah er, wie eine kleine Person von rechts in sein Blickfeld trat. Eine asiatisch anmutende Frau mit schwarzen Haaren, fragendem Blick. Sie trug einen grauen Overall und schob einen Wagen, in dem Guido Schlick Putzutensilien erkannte.

»Kann helfen?«, wiederholte die Frau.

Wie konnte er sie dazu bringen, den Fahrstuhlschlüssel aus seiner rechten Hosentasche zu fischen?

»*English?*«, fragte sie jetzt.

Er nickte. »*I feel dizzy.*«

»*Shall I call the ambulance?*«

»*No, no. I just need a key. It's in my right pocket. The key for the elevator.*«

Die Frau schaute ungläubig. Sie traute ihm nicht, sie glaubte ihm nicht. Um seine Ziele zu erreichen, hatten Guido Schlick bisher Erpressung oder Geld gereicht. Wie man Vertrauen gewinnt, konnte er erklären, wie er das Vertrauen der Frau gewinnen sollte, wusste er nicht. Er sah keine Möglichkeit.

Die Frau ließ ihren Wagen los, machte einen Schritt auf ihn zu, lächelte, zuckte mit den Schultern und griff beherzt in seine rechte Hosentasche. Den Schlüssel hielt sie ihm hin und fragte gleichzeitig: »*Shall I open the door for you?*«

»*Yes, please. Thank you.*« Guido Schlick spürte Dankbarkeit. Ein Gefühl, das ihm fremd war. Das fühlte sich gut an.

»*You're welcome*«, antwortete die Frau. »*You should see a doctor.*«

Die Fahrstuhltür öffnete sich. Guido Schlick schob den Rollator, hätte gern etwas gesagt, der Frau aufrichtig gedankt. Aber er wusste nicht, wie er das anstellen sollte. Im Spiegel, der an der Rückseite der Kabine montiert war, sah er, dass die Frau ihn beobachtete. Körperhaltung und Blick strahlten Besorgnis aus. Vielleicht sogar die Bereitschaft, erneut zu helfen. Der Schwindel hatte nachgelassen. Vielleicht musste er sich bewegen, damit der Kreislauf in Schwung kam.

Er lehnte sich an die kühle Seitenwand, atmete ein, spannte die Muskeln der Beine und des Rumpfes an, löste die rechte Hand vom Rollatorgriff und drückte die Taste mit der Zahl fünfundzwanzig. Die Frau sah ihm noch immer nach. Jetzt schloss sich die Schiebetür, ein leichter Ruck nur, und die Kabine des Fahrstuhls setzte sich in Bewegung.

Eine Blutvergiftung, dachte Guido Schlick. Keime, kleinste Lebewesen, und er wäre ohne ein Antibiotikum chancenlos. Der Körper wehrt sich mit einer Entzündung, hatte Roland Hartmann erklärt. Die weißen Blutkörperchen produzieren Gifte, die die Gefäße durchlöchern. Dann dringt Flüssigkeit ins Gewebe ein, es bilden sich Blutgerinnsel, und am Ende ist es zu Ende.

Der Fahrstuhl bremste ab, stoppte, die Tür öffnete sich, und Guido Schlick schaute direkt in die Sonne, die über der Schlei aufgegangen war. Er war geblendet. Seine Pupillen reagierten nur langsam, langsamer als gewohnt jedenfalls. Isometrische Übungen kamen ihm in den Sinn, er erinnerte sich an das Basketballtraining in Kappeln. Malte war immer besser gewesen. Er war fast zwanzig Zentimeter größer. Kunststück. Muskeln kontrahieren, das förderte den Blutrückfluss zum Herzen. Der Schwindel durfte nicht zurückkehren. Guido Schlick spannte nacheinander Waden, die Bauchmuskulatur, die Muskeln der Arme an und ächzte. Das klang, als ächzte ein alter Mann.

»Jetzt reiß dich mal zusammen!«, rief er in den großen Raum, der entstanden war, als er zwei Trennwände hatte entfernen lassen. Damals, als er vom ersten Geld diese Etage gekauft hatte. Vom Geld, das ein bundesweit agierender Systemgastronom gezahlt hatte. Er hatte sich bewusst für diese Wohnungen entschieden. Er wollte sich seines Erfolges bewusst sein. Er hatte es ganz nach oben geschafft. »Jetzt reiß dich mal zusammen!« Sein Vater hatte das immer gebrüllt. Jetzt war er tot. Gott sei Dank.

Guido Schlick, noch immer auf den Rollator gestützt, ging hinüber zur Küche. Von der Cücheninsel aus konnte man die Dächer von Schleswig überblicken, das Wasser der Großen Breite, bis weit nach Osten raus. Bis Kappeln waren es dreißig Kilometer Luftlinie. Er war die Schlei mal mit einem Kajak entlanggepaddelt. Von Schleimünde bis hierher nach Schleswig. Das würde er gern noch einmal tun. Er nahm es sich für den Herbst vor. »Ihr kleinen Dreckskeime, ihr kriegt mich nicht!« Er erschreckte sich, so laut hatte er gebrüllt.

Ein Glas Wasser wäre jetzt gut. Er trank in hastigen Zügen, verschluckte sich und musste husten. Ein beschissener Tag war das. Mit beiden Händen stützte er sich auf dem schwarzen Granit der Arbeitsplatte ab und starrte aus dem bodentiefen Fenster ins Licht. Warum war er nur so müde? Um einen doppelten Espresso zu machen, fehlte ihm schlicht die Kraft. Er schob den Rollator zum Sofa, setzte sich, legte die schmerzenden Beine hoch und schlief ein.

✳✳✳

Marie schämte sich und sagte das auch. »Ich fühle mich wie ein Stalker.«

»Stalkerin«, intervenierte Sonja. »Außerdem würde Spannerin besser passen. Eine Stalkerin stellt jemandem nach. Du bist eine heimliche Beobachterin.«

»Und du solltest nicht so viele Kreuzworträtsel lösen.«

»Heimliche Beobachterin mit acht Buchstaben?«

Marie zählte an den Fingern. »›Spannerin‹ hat neun Buchstaben, du Schlaubergerin.«

»Voyeurin.«

»Selber.«

»Ich mache das beruflich.«

Marie klickte die nächste Datei an. Zwei Personen kamen von rechts, von dort, wo die Gewächshäuser auf dem Rönneby-Hof standen, um die Giebelseite des Hauses herum. Die beiden näherten sich dem Misthaufen. Zwischen Misthaufen und der Terrasse der Gastronomie blieben sie stehen. Marie sah beide nur von hinten. Ein Mann, eine Frau. Die Kamera zeigte das Areal in der Totale, und vom Misthaufen bis zur Gastro waren es schon locker dreißig Meter. Details konnte Marie nicht erkennen. Inzwischen standen sich die beiden Personen gegenüber. Die kleinere der beiden gestikulierte. Die andere Person, mutmaßlich der Mann, wich einen Schritt zurück, die kleinere Person folgte.

»Sonja, ich glaube, wir haben was.«

Sonja rollte auf ihrem Turbostuhl heran.

Die kleinere Person stieß der größeren mit beiden Armen gegen den Brustkorb. Zweimal, dreimal. Dann griff sie sich an den Hals und warf etwas auf den Boden. Im Hintergrund sah man, wie sich die Haustür des großen Wohnhauses öffnete. Die kleinere Person wandte sich kurz in diese Richtung. Erneut stieß sie mit beiden Armen. Dann sah es so aus, als spucke sie vor der Person aus.

»Wenn das Malte von Rönneby ist«, sagte Marie, »hatte er am vorletzten Tag seines Lebens einen ziemlich fetten Streit. Zu wissen, wer sich da so echauffiert hat, wäre ziemlich hilfreich. Ob die KTU da was rausholen kann? Ich rufe Elmar an. Schaust du mal nach, ob einer der anderen Kamerastandorte diese Szene aus anderer Perspektive und vor allem aus der Nähe zeigt?«

»Mach ich. Vorher filmen wir mal den Bildschirm. Wir sehen das Material ja jetzt durch Zugriff auf ein entferntes Speichermedium. Wenn die Pumas den Kopierschutz nicht knacken können, könnte das Video nämlich ganz plötzlich weg sein.«

Gut, dass Sonja sich mit Smartphones auskannte. Marie wählte Elmars Nummer. Elmar ging nicht ran. Sie wählte die Nummer der neuen Kollegin, deren Namen sie schnell im Schleibook nachgeschaut hatte.

»Ronja Baderle?«

»Moin Ronja, hier ist Marie. Ist Elmar schon los nach Dänemark?«

»Er ist noch in der Werkstatt. Wir müssen Spuren an einem Auto sichern, mit dem der Fahrer gestern irgendein wertvolles Pferd angefahren hat. Riesentheater. Das Pferd hat nur ein paar Schrammen.«

»Wie heißt das Pferd denn?«

»Wie bitte?«

»Ein gekörter Hengst vielleicht, ein Holsteiner? Die sind wertvoll. Allein die Decktaxe kann zwanzigtausend Euro betragen.«

»Die Decktaxe? Ist es das, was ich glaube, dass es sein könnte?«

»Jo.«

»Menschen, okay, manche Menschen«, sagte Ronja, »werden mir immer suspekter. Kann ich was tun?«

Marie schilderte den Fall, Ronja war zehn Minuten später da, und sie konnte was tun.

∗∗∗

Es war ein Rauchen und Fauchen, es war ein Wummern und Donnern, das Guido Schlick weckte, und er wähnte sich im Inferno der Daten, das er selbst entfacht hatte. Sein Bewusstsein hätte es dabei belassen können, bot jedoch eine weitere Möglichkeit. Über ihm, der um seine Anwesenheit hoch im Schleswiger Wikingturm wusste, war ein Tornado des Taktischen Luftwaffengeschwaders 51 »Immelmann« im Anflug auf den Fliegerhorst Schleswig in Jagel. Zwischen dem westlichen Zipfel der Schlei und der Start- und Landebahn lagen keine fünf Kilometer, und die Tornados waren keine Leisetreter.

Dass in seinem Kopf beide Vorstellungen für einige Sekunden parallel existieren konnten, überraschte Guido Schlick nicht. Er hatte vor einigen Jahren LSD versucht, weil es ihn interessierte, wie sich Synästhesie anfühlte. Tatsächlich hatte er in Farben gehört. Jetzt näherte sich der Tornado einem seiner Server und landete in einer USB-Buchse. Guido Schlick richtete sich auf. Aus dem Dreh- war ein Kippschwindel geworden. Wie lange hatte er geschlafen? Konnte er die Verbindung zwischen den Servern seiner Cloud und dem Netz noch trennen, bevor Ermittlungsbehörden darauf zugriffen?

Disziplin war ein scharfes Schwert. Als Kampfschwimmer hatte er gelernt, sich zu beherrschen, den Atemreflex zu kontrollieren. Er rief sich zur Ordnung. Allein der Schwindel war unbeeindruckt.

Die Technik hatte Guido Schlick in einem Raum im Raum untergebracht, den man nur durch das Schlafzimmer erreichen konnte. Die Be- und Entlüftung erfolgte über eine nachträglich eingebaute Klimaanlage. Bis zum Serverraum waren es schätzungsweise zwölf Meter. Auf allen vieren könnte er dorthin gelangen, ohne umzufallen.

Erstmals seit einer Woche empfand Guido Schlick so etwas

wie Belustigung. Zwar beobachteten ihn in diesem Moment zwei der Kameras, die er auch in diesen Räumen installiert hatte, und zwar so, dass es selbst für Profis sehr schwierig wäre, sie zu entdecken, aber die Aufnahmen der Erniedrigung im wahren Wortsinn würde er gleich löschen.

Nicht ohne auf die Zähne zu beißen, rollte er sich vom Sofa auf den Boden. Der Schwindel fühlte sich furchtbar an. Sich in Richtung Schlafzimmer vorzuarbeiten bereitete indes keine größeren Probleme. An der gegenüberliegenden Wand sah er den Schatten seiner selbst, der dem eines Hundes nicht unähnlich war.

Als er um die großzügig dimensionierte Kücheninsel, deren Unterbau er aus historischen Schiffsplanken hatte bauen lassen, auf die Schlafzimmertür zukroch, erstarrte er unvermittelt in der Bewegung. Er stellte das Atmen ein und stierte mit weit aufgerissenen Augen auf die Tür. Er gab ein unwilliges Knurren von sich, das zur Körperhaltung passte. Nicht dass er besonders ausgeprägte Talente hatte. Eine gewisse Affinität zu Zahlen hatte er aber von jeher gehabt, und nun das: Ihm fiel die Kombination des Zahlenschlosses an der Schlafzimmertür nicht ein.

Seit zwei Jahren wollte er die altmodische Sicherung gegen einen Irisscanner austauschen, hatte das aber immer wieder vor sich hergeschoben. Guido Schlick entspannte sich. Irisscanner war das richtige Stichwort. Er ließ sich auf die linke Körperhälfte sinken, zog sein Handy aus der Balgentasche der bequemen Wanderhose und entsperrte das Gerät mit dem Abdruck seines rechten Daumens. Einige der numerischen PIN-Codes hatte er unter dem Mädchennamen seiner Mutter als Telefonnummer in den Kontakten versteckt. Das war unprofessionell und altmodisch, aber jetzt half es ihm aus der Patsche.

Er klickte, wischte, fand, wonach er gesucht hatte, schob das Handy zurück in die Tasche und drehte sich zurück auf Hände und Knie. Sich um gleichmäßiges Atmen bemühend, überbrückte er die letzten Meter, stützte sich mit der linken Hand am Türrahmen ab und tippte mit der rechten Hand die Ziffernfolge ein, die den kleinen Stellmotor im Schloss aktivierte. Insgesamt drei Riegel und die Falle wurden zurück ins Türblatt gezogen, die Tür öffnete sich nahezu geräuschlos wenige Zentimeter weit.

Das Schlafzimmer ähnelte dem aus Guido Schlicks Lieblingsfilm wie ein Ei dem anderen. Den Eispickel, der über dem Kopfteil des Bettes hing, hatte er bei einer Auktion ersteigert. Es war einer der Eispickel, den Sharon Stone in »Basic Instinct« tatsächlich in der Hand gehalten hatte. Seitdem Guido Schlick den Film gesehen hatte, war er von einer Phantasie besessen, die auszuleben er sich bisher noch nicht getraut hatte.

Eine Frau, mit der er beinahe eine Beziehung im klassischen Sinne eingegangen wäre, hatte er einmal hierher in sein heimliches Hauptquartier gebracht. Als Zeichen für sich selbst war der Abend gedacht gewesen. Das Schlafzimmer hatte sie auch gesehen und gesagt, er könnte es unverändert einer der nächsten James-Bond-Produktionen als Drehort zur Verfügung stellen. Die Frau war Geschäftsführerin einer US-amerikanischen Filmfirma gewesen und drei Tage nach dem Treffen mit Guido Schlick auf der Melrose Avenue gegenüber den Paramount Studios erschossen worden. Die Beute hatte hundertfünfzig Dollar betragen. Guido Schlick hasste Kleinkriminelle.

Die Tür, die in den Serverraum führte, hatte beinahe den gleichen Code wie die Schlafzimmertür. Er musste nur eine Eins addieren. Die Tür hatte keinen Griff, keinen Knauf. Wenn man nicht wusste, dass es eine Tür war, erkannte man sie nicht als solche, weil ein Spiegel die schmalen Fugen verdeckte. Nachdem Guido Schlick den Code eingegeben hatte, fuhr die Tür samt Spiegel ihrer Stärke entsprechend in den Raum hinein, um dann nach links zu gleiten. Noch hatte sie sich nicht annähernd vollständig geöffnet, und doch hörte Guido Schlick das vertraute Summen. Mit geweiteten Nasenflügeln atmete er ein. Nichts roch so gut wie die Melange aus erhitzten Metallen und in die Umgebungsluft diffundierenden Weichmachern aus Verbindungsleitungen.

Er schob sich nach vorn. Das fiel nun, da er den dicken

Teppich des Schlafzimmers hinter sich hatte, auf dem spiegelglatten Boden des Serverraums leichter. Die Lichtstimmung hatte Guido Schlick so gewählt, dass Helligkeit und Farbtemperatur in diesem Raum denen des U-Bootes entsprachen, auf dem er als junger Offizier in der Ostsee und im Atlantik gefahren war.

Der Schreibtischstuhl war ein gefederter Steuermannsitz, wie ihn die amerikanische Marine für Schnellboote verwendete. Aber er traute sich nicht aufzustehen. Das Tablet, das er zur Steuerung aller Prozesse benötigte, lag auf der Arbeitskonsole. Er griff danach, setzte sich auf den kühlen Boden und lehnte sich an die Serverschrank-Abdeckung aus stabilem Drahtgeflecht.

Er öffnete das Hauptmenü, kontrollierte die lokalen Einstellungen und stellte erleichtert fest, dass es keine Zugriffe auf die Daten in diesem Raum gegeben hatte. Anders sah es bei den Servern im Keller seiner Wohnung in Kiel-Holtenau aus. Zwei Verzeichnisse waren in den letzten Stunden geöffnet worden, zwei Verzeichnisse, an die er auf direktem Wege nicht herankam. Aber es gab andere Möglichkeiten.

Guido Schlicks Finger flogen über das Display des Tablets. Der Druck sorgte dafür, dass er konzentriert blieb, dass er schnell war. Schneller als seine unsichtbaren Gegner?

※ ※ ※

Ronja Baderle hatte Biologie studiert, bevor sie zum LKA gekommen war. In ihrer Freizeit hatte sie Games für eine Softwareschmiede in Düsseldorf programmiert, und gemeinsam mit ihrer Schwester betrieb sie einen Fotostock, der Bilder aus der chemischen Industrie, medizinischen Laboren und von Medizintechnikherstellern an Zeitungen und Fernsehanstalten in der ganzen Welt verkaufte. Das Video, das sie auf Maries Monitor anschaute, gab ihr keine besonderen Rätsel auf.

Allerdings half das nicht, das Bild zu vergrößern. Die beiden Personen waren nicht zu erkennen. Zu pixelig das Ergebnis, das beim schnellen Zugriff entstand. Mit einer speziellen Software ließe sich womöglich mehr rausholen.

»Am Haupteingang, seht ihr das? Die Beobachterin. Ich denke, das ist Julia Sosa-Ridel.« Marie notierte in ihrem Schleibook: »Vermutung: Julia S.-R. hat gesehen, dass es einen Streit gab.«

Inzwischen hatte Ronja ein Menü aufgerufen, das für Marie so aussagekräftig war wie der Blick in eine Kristallkugel. Nach weniger als einer Minute präsentierte Ronja das Ergebnis ihrer rätselhaften Bemühung: Eine weitere Kamera hatte die Szene auf dem Hof aus einer anderen Perspektive aufgezeichnet. Wie Ronja dieses Video in so kurzer Zeit in der Ordnerstruktur ausfindig gemacht hatte, verstanden weder Marie noch Sonja. Was sie sahen, verstanden sie allerdings sehr gut.

»Das Ehrentuch der ›Suse‹. Es stammt also von dieser Frau«, stellte Sonja fest, nachdem Ronja die Aufzeichnung angehalten hatte.

»Es liegt nahe, dass es das Tuch ist, das diese Frau Malte von Rönneby vor die Füße geworfen hat. Sicher ist das keineswegs«, relativierte Marie.

»Machst du uns jetzt die Astrid, oder was?«

»Eine muss ja darauf achten, dass uns nicht die Pferde durchgehen. Aber ich bin grundsätzlich bei dir. Schade nur, dass wir das Gesicht der Frau nicht richtig sehen können.«

»Ronja, lass doch mal weiterlaufen, bitte.«

Ronja startete die Wiedergabe des Videos. Die Frau stieß Malte von Rönneby mehrfach gegen die Brust. Der Bewegungsablauf legte nahe, dass sie ihn anbrüllte. Malte von Rönneby blieb vollkommen passiv.

»Die beiden kennen sich. So lässt man sich doch nicht von einem fremden Menschen behandeln.« Ronja schob sich einen Lolli in den Mund.

»Hast du noch einen?«, fragte Marie.

»Oder zwei?«, bettelte Sonja.

Die neue Kollegin griff in die Fronttasche ihres Kapuzenpullis. »Salz-Karamell und Lakritz, dunkle Schokolade.«

Sonja grapschte nach dem Lakritz-Lolli.

»Du hast keine Geschwister, oder?«, fragte Ronja.

»Geht dich gar nix an.« Sonja riss das Papier vom Lolli, stopfte ihn sich in den Mund und machte »Mhmm«.

»Der Ton in eurer Abteilung gefällt mir.«

Die Frauen lutschten und schauten.

»Da, jetzt! Super.« Marie hatte den Lolli als Erste aus dem Mund genommen und tippte mit dem Finger auf den Monitor. »Sie hat vor ihm ausgespuckt. DNA. Es hat nicht geregnet seitdem. Ronja, Elmar muss dahin. Mist, er fährt ja gleich mit Gregor nach Dänemark. Du musst dahin.«

Ronja stand auf und verließ den Raum ohne weitere Nachfragen.

Marie nickte anerkennend. »Schon jetzt sehr selbstständig, die Kollegin. Das gefällt mir.«

»Tja, so sind wir.«

»Wer?«

»Wir Sonjas und Ronjas.«

Marie verließ Sonjas Büro, grüßte auf dem Flur Achim, der bald seinen letzten Tag haben würde, passierte den Besprechungsraum, erinnerte sich daran, dass sie die auf Organisierte Kriminalität spezialisierte Kollegin vom BKA zurückrufen sollte und dass am späten Nachmittag eine Besprechung auf Abteilungsleiterinnenebene angesetzt war. Das würde ein wilder Ritt werden, denn beim Betrachten der Person vor dem Haupteingang des Rönneby-Hofes hatte sie beschlossen, noch einmal mit Julia Sosa-Ridel zu sprechen.

Wie hieß doch gleich diese Frau, die über EncroChat referiert hatte? Marie blieb stehen, schlug das Schleibook auf, stieß auf eine Notiz. »Anette Holtmann, Wiesbaden, Sascha Weber«, hatte sie unten auf eine Seite geschrieben. In ihrem Büro angekommen, nahm sie sich vor, einen neuen Bürostuhl zu besorgen. Ihrer machte besorgniserregende Geräusche beim Zurücklehnen.

Anette Holtmann ging gleich ans Telefon und wusste von

Geschäften zu berichten, in die Sascha Weber, der Spediteur, verstrickt war. Er hatte sich in seine alte Heimat Russland, später nach Südkorea abgesetzt und schmuggelte Waffen über Kontaktpersonen in Rehden. Dort, zwischen Osnabrück und Bremen, lag einer der bedeutendsten europäischen Erdgasspeicher, an dem der weltweit größte Erdgasproduzent beteiligt war. Das BKA hatte Chats abgefangen, in denen Sascha Weber Liefertermine absprach, die ein Kontaktmann aus Rehden bestätigt hatte. Das BKA plante mit Europol einen Zugriff, und Anette Holtmann ging davon aus, dass man Sascha Weber festnehmen würde. Er käme mit falscher Identität auf einem Versorgungsschiff aus Ust-Luga, hundert Kilometer westlich von St. Petersburg, nach Rügen.

Anette Holtmann nannte einen konkreten Termin, und Marie sagte, dass das LKA Schleswig-Holstein dazukommen würde. Sie rief die Staatsanwältin an und bat darum, den Vorgang mit der Behördenleitung zu besprechen. Der Fall, bei dem der Zahnarzt und Rockerboss Sven Mulder im Zentrum der Ermittlungen gestanden hatte, ließ bis heute Fragen offen, und Sascha Weber war einer der wenigen, die diese Fragen beantworten konnten. Mord verjährte nicht.

Marie fertigte eine Notiz für Astrid an, legte die Unterlagen für die Besprechung am Nachmittag auf dem Schreibtisch bereit und entschied sich, die Treppen dem Aufzug vorzuziehen. Bewegung würde dem Ziehen im Rücken sicher guttun.

Im Foyer traf sie auf den Leiter der Abteilung Cybercrime, der die Hände abwehrend hob. »Frag nicht. Wir stecken fest. Aber die Jungs sind dennoch zuversichtlich, dass sie den Kopierschutz knacken können. Auf die Cloud, also die entfernten Server, haben wir keinen Zugriff. Aber es ist wahrscheinlich, dass sie in Deutschland und nicht irgendwo in den USA stehen.«

Flaute auf der Windsbraut

Mit Elmar in einem Auto zu fahren, wenn man der Fahrer war, gehörte nicht zu den Tätigkeiten, die Gregor freiwillig wiederholte. Aber es half nichts. Elmar hatte Antihistaminika genommen, die ihn immer so müde machten wie jungen Gouda – sagte Elmar.

Gregor fuhr auf der A 7 Richtung Flensburg. Da konnte man nicht viel falsch machen, sollte man meinen. Aber der müde Elmar hatte in der vergangenen Viertelstunde bereits auf die Blitzer hingewiesen, die gefühlt seit Menschengedenken auf der Raader Hochbrücke installiert waren. Er hatte im Vorbeifahren Ladungsfehler bei einem litauischen Lkw erkannt und fotografiert, und er hatte Gregor darauf hingewiesen, dass er auch beim Einscheren nach dem Überholvorgang mindestens dreimal blinken sollte. Außerdem gefielen ihm die schwierigen Beiträge auf NDR Info nicht. »Ich habe schon Sorgen genug«, hatte er gesagt und auf NDR 1 Welle Nord umgeschaltet. Dort ging es fröhlich zu. So fröhlich, dass Gregor das Radio ausschaltete und ein Gespräch über gemeinsame Drohnenflüge begann. Ein Hobby, das die beiden Männer verband.

An der Idee, einen Fotokalender mit dem Namen »Connected« zu produzieren, hatte bereits ein Verlag Geschmack gefunden. Um einander nicht ins Gehege zu kommen, hatten Elmar und Gregor Schleswig-Holstein unter sich aufgeteilt. Es war eine lange, komplexe und intensive Diskussion gewesen. Wie sollten sie einen gerechten »Brückenschlüssel« entwickeln? Den geografischen Ansatz hatten sie rasch verworfen. Die Unterscheidung zwischen Bächen, Flüssen und Straßen führte ebenfalls ins Leere. Dass einer längere Brücken als der andere fotografieren würde, kam ebenfalls nicht in Frage. Sie hatten über Holz- und Stahlbrücken diskutiert, über Klapp- und Drehbrücken. Der Männer Weisheit letzter Schluss war es gewesen, dem Zufall die Wahl zu überlassen.

Alle Brückennamen waren in das ehemalige Zuhause von Elmars Goldfisch gewandert, und dann hatte die Ziehung unter Aufsicht des Wirtes stattgefunden, dem sie beide vertrauten. Einmal hatten sie getauscht. Gregor hatte die Eiderbrücke zwischen Friedrichstadt und Sankt Annen gezogen. Er hatte sie Elmar gelassen, weil der auf einem Bauernhof aufgewachsen war, von dessen Küchenfenster aus er als Kind auf die Brücke geschaut hatte.

Das Kalenderprojekt ging weniger zügig voran, als die Männer es geplant hatten. Nachdem Elmar von seinem zeitintensiven Hobby, der Kaninchenzucht, gelassen hatte, war Astrid in Gregors Leben getreten, und so lagen sie momentan bei einem Schnitt von zwei Brücken im Monat.

»Du kennst doch Karsten Keller«, testete Gregor eine neue Strategie.

»Wer kennt den nicht?«

»Gestern habe ich mit Karsten gegrillt. Eine Meerforelle. Ein Gedicht, sage ich dir. Karsten angelt jetzt nämlich.«

»Langweilig. Das passt zu ihm. Seit wann ist der eigentlich Pensionär?«

»Er arbeitet an einem Angelführer. Kennt sich aus mit Grafik, Layout und so.«

Es dauerte einen Moment, bis der Groschen gefallen war. Dann drehte Elmar den Kopf in Gregors Richtung. »Du meinst, er und wir?«

Gregor nickte.

»Vergiss es. Karsten, oder auch Innendienst-Karsten, wie wir ihn genannt haben. Ein Bürokrat ist das. Ein Erbsenzähler.«

»Sehr zuverlässiger Mann.«

Sie schwiegen bis zur Grenze.

»Er kann meinetwegen die Fußgängerbrücken aus Holz machen. Die geben nicht viel her. Aber es sind viele.«

»Einverstanden«, sagte Gregor und grüßte das dänische Wappen auf dem Schild neben der Autobahn. Das machte er immer, wenn er ein anderes Land betrat. Er versuchte dabei, stets in der Landessprache zu grüßen. In Dänemark fiel ihm das nicht schwer. Bei seiner bisher weitesten Reise nach Japan war er am Flughafen kläglich gescheitert.

Zehn Minuten später parkte Gregor vor dem Gemeinsamen Zentrum der dänischen und der deutschen Polizei. Noch waren es Container, in denen es untergebracht war, aber nach allem, was Gregor von einer Kollegin im LKA gehört hatte, die dort gern Dienst getan hatte, beklagte sich niemand. Viele fanden die modulare Bauweise sogar ganz praktisch. Die Wege waren jedenfalls wirklich kurz.

Die Container lagen inmitten von Parkplätzen. Lkws so weit das Auge reichte. Hier grenzte eine Spedition an die andere, und von dänischer Hygge konnte keine Rede sein. Im Dreieck zwischen Autobahn und Bahngleisen konzentrierten sich die Logistikunternehmen der Region auf einer Fläche von ungefähr hundertfünfzig Fußballplätzen. Fahrzeuge aus vieler Herren Länder. Internationaler ging es kaum.

Die Atmosphäre im Innern stand im krassen Gegensatz zur Trostlosigkeit der Parkplätze. Über Menschen anderer Hautfarbe, Religion oder auch nur über Anhänger eines konkurrierenden Fußballvereins kursierten erfahrungsgemäß Vorurteile, die bei näherer Betrachtung nicht haltbar waren. Bei den Dänen war das anders. Sie waren wirklich entspannt. Gregor saß vor einem der weißen Container, die Füße auf einem Mäuerchen abgelegt. In einer Hand die Kaffeetasse, in der anderen ein selbst gebackener dänischer Keks mit einer Extraportion Butter im Teig, wie der Kollege versichert hatte. Gregor hätte ewig so dasitzen können, aber einer der dänischen Kriminaltechniker hatte eine deutsche Mutter, eine Schwäbin gar, und mahnte den Aufbruch an.

»Das Navi sagt: zwei Stunden achtundvierzig Minuten. Los jetzt, du *Dovenkrop*.«

»Ich bin kein Faulpelz. Ich kontrolliere überschüssige Energie.«

»Du verstehst Dänisch?«

»*En smule.*«

Elmar ließ es sich nicht nehmen, zwei seiner heiligen Spurenkoffer in den Transporter der dänischen Polizei zu laden, und dann ging es zu fünft mit hundertzehn über die E 45 nach Norden. In Kolding bogen sie Richtung Fünen ab, und schon überquerten sie auf der Lillebæltsbroen das namensgebende Gewässer.

»Wenn wir Schleswig-Holstein brückenmäßig durchhaben, machen wir hier weiter«, kündigte Elmar an.

Auf der Höhe von Odense erzählte der Fahrer die unvermeidliche Geschichte vom Geschichtenerzähler Hans Christian Andersen, dessen Geburtshaus zu besichtigen war.

»Ob er dort tatsächlich geboren ist, nun ja, es ist zumindest nicht endgültig geklärt. Nur weil seine Tante dort wohnte, kann er das Licht der Welt durchaus an einem anderen Ort erblickt haben.« Gregor gab den deutschen Besserwisser.

Der Fahrer nahm es mit Humor. »Mit Dichtung und Wahrheit kennt ihr Deutschen euch doch aus.« Dann schaltete er das Radio ein. Zu Elmars Freude ein dänischer Sender, der Schlager spielte. Gregor litt.

Schließlich die Storebæltsbroen. Erst vor einer Woche hatte Gregor einen Krimi gelesen, in dem die Brücke eine wichtige Rolle spielte. Er hatte sich vorgenommen, mal eine Lesung des Autors zu besuchen, der in Lübeck wohnte. Alle genossen die Fahrt in bis zu fünfundsechzig Metern Höhe. Mit über sechzehn Kilometern Länge war die Storebæltsbroen eine der längsten Hängebrücken der Welt. Und die Aussicht war phantastisch.

»Hier würde ich ja gern mal zu Fuß rüber«, sagte Elmar.

»Kann sein, dass du dann ins Fernsehen kommst«, schätzte der Fahrer die Folgen vermutlich nicht ganz falsch ein.

Nach einer kurzen Pinkelpause erreichten sie den Hafen von Køge bei prächtigem Sommerwetter.

»Was habe ich gesagt?«, lobte der Däne mit der schwäbischen Mutter sein Navi.

»Du hast zwei Stunden achtundvierzig gesagt«, antwortete Gregor. »Wir haben sieben Minuten Verspätung.«

Die Stimmung ähnelte beinahe der auf Klassenfahrten. Das änderte sich, als die Polizisten an Bord der »Windsbraut« gingen. Dort trafen sie auf zwei Polizistinnen der örtlichen Polizeibehörde, die kurz und knapp die Situation auf dem Großsegler beschrieben.

Es waren fünf Personen an Bord, drei Frauen und zwei Männer. Alle waren deutsche Staatsangehörige. Mit keiner der Personen waren seitens der Betreiberfirma von Kent Holzer reguläre Arbeitsverträge geschlossen worden. Offiziell hatten zwei eine »Kreuzfahrt« gebucht. Die anderen absolvierten eine Art Praktikum. Alle bezogen Leistungen nach dem Sozialgesetzbuch II, und Kent Holzer war es, der davon profitierte, weil er der offizielle Wohnungsgeber der Menschen war, die die Crew der »Windsbraut« bildeten. Alle hatten unterschiedliche Erfahrungen auf dem Wasser gemacht. In der Regel als Hilfsarbeiter. Patente hatte niemand vorzuweisen. Auch hatte niemand eine Berufsausbildung abgeschlossen.

Die dänischen Polizisten überreichten Gregor eine Akte, in der er Kopien der Ausweispapiere und das Ergebnis der Befragungen fand. Die Befragungen hatte eine dänische Polizistin auf Deutsch durchgeführt. Sie einigten sich darauf, dass Gregor und Elmar übernehmen würden.

Während Elmar eine erkennungsdienstliche Behandlung durchführte, las Gregor sorgfältig, was die Besatzungsmitglieder ausgesagt hatten. Er hatte sich an einen Tisch in der Messe unter Deck gesetzt. Die Sonne stand schon hoch am Himmel, und Gregor war bemüht, einen Sonnenbrand zu vermeiden. Allen Aussagen der Befragten war gemein, dass sie Haschisch nie gesehen, nie gerochen, geschweige denn konsumiert hätten. Es war einigermaßen offensichtlich, dass die Beschreibung der Abläufe vor und nach Kent Holzers Abgang abgesprochen war. Daran würde, so war Gregors Erfahrung, auch eine weitere Befragung durch ihn im Rahmen der rechtlichen Möglichkeiten nichts ändern.

Gregor prüfte das Logbuch und fand heraus, dass alle fünf

vor fünf Wochen mit Kent Holzer und der »Windsbraut« im Hafen von Amsterdam festgemacht hatten. Gregor lud das Foto auf sein Handy herunter, das Marie im Netz gefunden hatte. Es zeigte Kent Holzer an Bord in Amsterdam. Das musste reichen. Er suchte nach dem Logo der niederländischen Polizei und von Europol, fügte sie am unteren Rand des Fotos ein und ergänzte die Namen der Crew in weißer Schrift auf dunklem Untergrund. Was die Apps auf einem handelsüblichen Handy heute ermöglichten, konnte bisweilen sehr hilfreich sein.

Er ging raus an die Sonne, hinüber zur kleinen Gruppe der Crew, zeigte auf einen jungen Mann, gab ihm durch kurzes Krümmen des Zeigefingers zu verstehen, dass er ihm folgen sollte, drehte sich wortlos um und verschwand unter Deck. Er wartete, bis der junge Mann erschien. Dann griff er unter seine linke Achsel und legte seine Pistole neben sich auf den Tisch. »Setzen.«

Der junge Mann, der Shorts und ein buntes Hemd trug, setzte sich.

»Schließen Sie bitte die Knöpfe Ihres Hemdes.«

Der Mann tat, worum Gregor ihn gebeten hatte.

»Sonnenbrille runter.«

Der Mann nahm die Sonnenbrille ab. Ein Blick in seine Augen zeigte Gregor, dass er verunsichert war. Gregor zog seinen Dienstausweis aus der Tasche und legte ihn auf den Tisch, sodass der Mann ihn sehen, nicht aber lesen konnte.

»Nicht anfassen. Name?«

»Henri Krause.«

»Henri, soso.« Gregor nahm den Dienstausweis wieder an sich und zückte sein Handy.

»Ich habe Sie als Ersten geholt, weil gegen Sie bisher nichts vorliegt.« Gregor legte eine Wirkungspause ein. »Sie sind jung, und Sie haben die Möglichkeit, Ihren Kopf jetzt aus der Schlinge zu ziehen.« Noch eine Pause.

Unruhige Augenbewegungen des Gegenübers. Gregor schaute wachsam nach rechts und links. »Sie und ich, wir sind hier und jetzt allein. Noch. Wir sind in Dänemark und nicht in Deutschland oder Holland.«

Der Mann veränderte seine Körperhaltung, legte beide Hände auf seine Brust. Ein Zeichen von Angst und Abwehr.

Gregor faltete die Hände auf Höhe des Kinns und atmete geräuschvoll durch die Nase, schüttelte kaum merklich den Kopf. »Ich weiß, dass wir bei Ihnen keinen Vorsatz unterstellen müssen.«

Er hatte langsam, mit verständnisvollem Unterton gesprochen und seine Worte unterstrichen, indem er seine Arme geöffnet und seine Hände langsam, aber rhythmisch auf und ab bewegt hatte. Der Mann schaute ihn schuldbewusst an, atmete ein, als wolle er etwas sagen. Jetzt hatte er Gregor in der Rolle des mächtigen, aber wohlwollenden Freundes akzeptiert.

Gregor machte beschwichtigende Bewegungen mit beiden Händen, schaute am Mann vorbei in Richtung der Tür. Er stand auf, griff nach seiner Pistole, ging dicht an Henri Krause vorbei, schloss die Tür und setzte sich wieder. Die Pistole steckte er weg.

»Ich habe hier Informationen. Material von Europol, Den Haag.«

Er nahm sein Handy in die linke Hand, ließ den Mann kurz erkennen, was das Foto zeigte, zoomte dann mit Daumen und Zeigefinger auf den Namen des Mannes, der gleich neben den Logos von Europol und »Politie« stand. Dann drehte er das Handy wieder weg, wischte und zeigte ein Foto, auf dem in Frischhaltefolie eingewickeltes Haschisch zu sehen war, dass er in der KTU fotografiert hatte.

»Wir haben etwa zwanzig Kilogramm Haschisch sichergestellt.« Erneut drehte er das Handy zur Seite. »Beschreiben Sie mir die Person, die Kent Holzer das Haschisch übergeben hat. Keine Namen zunächst. Nur die Personenbeschreibung. Das ist nicht leicht, ich weiß das, aber ich weiß auch, dass Sie das können. Versetzen Sie sich einfach in diese Situation zurück.«

Henri Krause schloss die Augen. Gregor spürte, wie sich berauschende Botenstoffe in ihm auf den Weg machten.

»Nicht so groß wie ich. Ein bisschen dicker. Er hat es kaum geschafft, die beiden Kisten an Bord zu bringen. Kent ist ihm entgegengegangen und hat ihm eine Kiste abgenommen. Er hat ihn Hardy genannt.«

Henri Krause stockte.

»Die Augen geschlossen halten, atmen, die Bilder kommen und gehen lassen.« Gregor konnte es kaum glauben. Er würde als Hypnotiseur auftreten. Er sah sich schon auf der Bühne des Metro-Kinos in Kiel. Elmar würde er als Kaninchen durch die Reihen hoppeln lassen. Die Phantasie ging mit ihm durch. Ob noch berauschende Moleküle in der Luft lagen?

»Sie sind gleich in Kents Kammer gegangen. Und sie haben eine durchgezogen. Das hat man gerochen.«

»Hat Kent über Malte von Rönneby gesprochen?« Es war riskant, das Thema zu wechseln. Andererseits war der arme Kerl gerade in Stimmung.

»In Amsterdam? Nein. Er hat auf die ›Suse‹ geschimpft, weil die uns die Passagiere wegnähme. Es müsste sich keiner wundern, wenn die ›Suse‹ eines Tages auf dem Grund der Ostsee landen würde, hat er gesagt.« Henri Krause öffnete die Augen. »Was hat die ›Suse‹ denn mit dem Haschisch zu tun? Und außerdem, wo ist Kent eigentlich? Wir kommen doch ohne ihn überhaupt nicht hier weg. Ich habe noch fünfzig Euro. Das geht doch so nicht. Ich muss mich auch bei meinem Sachbearbeiter melden wegen der Umschulung. Der kann doch nicht einfach so abhauen.«

»Henri«, Gregor legte seine Hände über Henris Hände, »du hast vollkommen recht. Andere im Stich zu lassen ist nicht okay. Du erzählst jetzt noch mal die Geschichte mit Hardy und den Kisten. Ich nehme das kurz auf, und dann sehen wir zu, dass wir mal mit Kent über deine Zukunft sprechen.«

Gregor schaltete den Voicerecorder des Handys ein, Henri berichtete von der Übergabe in Amsterdam, schaute in ein kleines Notizbuch und konnte so auch noch das Datum ergänzen.

»Henri, du büst een leeven Jung. Wir biegen das wieder

gerade, und deinen Sachbearbeiter ruf ich an, wenn wir wieder in Deutschland sind. Aber eins musst du mir versprechen: zur Crew kein Wort über unser Gespräch. Das mit Europol muss geheim bleiben.«

Henri nickte.

Gemeinsam verließen sie die Messe. Die anderen Besatzungsmitglieder standen neben dem Steuerhaus und tuschelten. Gregor sah, dass Elmar mit einem der dänischen Kriminaltechniker Spuren im Innern des Ruderhauses sicherte. Das Thema Erkennungsdienst war offensichtlich durch.

Als Gregor sich nach links drehte, um den nächsten Gesprächskandidaten heranzuwinken, sah er, wie Rob von zwei uniformierten Polizisten über die Gangway an Bord geleitet wurde. Gregor ging ihm entgegen. »Rob, du bist ein wirklich treuer Kerl.« Er konnte es kaum fassen, wenngleich er es doch besser wusste.

Dass »treu« und »doof« bisweilen ein unzertrennliches Paar bildeten, war die Grundlage der gesamten Bandenkriminalität. Ohne ebenso loyale wie intellektuell eingeschränkte Mitläufer kam kein Gangsterboss auf einen grünen Zweig. Besonders deutlich war das vor ein paar Jahren geworden, als Buschi, ein Mitglied der Rockerbande White Sharks, Opfer seiner Treue geworden war. Tragisch. Gregor richtete sich innerlich auf und verbat sich die arrogante Haltung gegenüber Rob. Rannehmen musste er ihn dennoch.

»Rob, du gehst am besten gleich runter in die Messe. Nach unserem Rennen auf der Ostsee haben wir uns ja einiges zu erzählen.«

Rob zeigte mit dem Finger auf Gregor. »*You still have my cellphone, bro.*«

Frech war er ja, der Bursche. Aber er tat, was Gregor ihm aufgetragen hatte. Er verschwand unter Deck. Die anderen Crewmitglieder nickten ihm zu. Eine Frau formte mit den Fingern ein Herz.

Gregor sah, dass Elmar und zwei dänische Kriminaltechniker auf der Mole mit einem Ölfass beschäftigt waren. Das Fass hatten sie auf dem schwedischen Fischkutter sichergestellt, wie Gregor wusste. Dass sie die Brandrückstände darin hier und nicht in einem Labor untersuchten, lag daran, dass es eben erst eingetroffen war. Der Kutter des schwedischen Fischers hatte Motorprobleme gehabt und musste in den Hafen geschleppt werden.

Der dänische Kollege schaute Elmar fragend an, der wedelte mit den behandschuhten Händen in der Luft herum. »Nagel mich nicht fest, das ist seriös wirklich nicht zu sagen. Aber das war keine Menge für den privaten Konsum, eher zehn oder zwanzig Kilo.«

Dass sich Kent Holzer abgesetzt hatte, war nachvollziehbar. Auch wenn er mit dem Tod von Malte von Rönneby nichts zu tun haben sollte, würde er mit einer erheblichen Strafe rechnen müssen. Könnte man ihm gewerbsmäßigen oder gar bandenmäßigen Drogenhandel nach Paragraf 30 Absatz 1 Nummer 1 BtMG nachweisen, wanderte er für mindestens fünf Jahre in den Knast.

Als Gregor die Messe betrat, stand Rob neben dem Tisch und trat von einem Bein auf das andere.

»Rob, kein Grund, nervös zu sein. *I'll try to be your friend.* Setz dich.«

Der Mann mit der Figur des Adonis drehte den Stuhl mit der Lehne zum Tisch und setzte sich breitbeinig. An Adonis hatte Gregor schlechte Erinnerungen. Mit seiner alten Liebe hatte er in Berlin die Skulptur »Venus und Adonis« betrachten müssen. Ausgiebig und in allen erniedrigenden anatomischen Details. Die Frau an seiner Seite hatte damals Vergleiche angestellt, die Gregor bis heute zu vergessen versuchte. Robs Körper hatte eine frappierende Ähnlichkeit mit dem jener Bronzefigur.

»*How can I help?*« Rob riss Gregor aus seinen Gedanken.

»Ein Tässchen Kaffee wär schön.«

Rob zögerte keine Sekunde. Er stand auf, ging hinüber zu einer Art Theke, griff über sie hinweg und kam mit einer

Warmhaltekanne und zwei Bechern zurück. Er goss den dampfenden Kaffee ein, führte den Becher zum Mund, blies vorsichtig auf die Flüssigkeit und stellte den Becher wieder ab. »Noch zu heiß.« Er stellte Augenkontakt her. Sein Blick war der eines Kindes und passte nicht zum Körper des Mannes. »Ich bin nur Kents *handyman.*«

»*Handyman?*«

»*Henchman, gofer, äh, runner.*«

»Laufbursche.«

»*That's it.*«

»Okay, Rob, vergessen wir mal die Drogen. Du erzählst mir einfach ein bisschen was über Malte von Rönneby.«

Vor zwei Jahren hatte Gregor mit Marie über Körpersprache gesprochen. Ein ebenso interessantes wie komplexes Thema. Marie hatte sich intensiv damit beschäftigt und achtete sorgfältig darauf, wenn sie Zeugen oder Beschuldigte befragte. Gregor hörte in der Regel auf sein Bauchgefühl. All die Jahre auf Streife hatten Bauch und Auge geschult. Die kleinen Sünder, die Lügengeschichten auftischten, wenn sie vierundsechzig statt der erlaubten fünfzig gefahren waren, unterschieden sich in ihren Reaktionen kaum vom Waffenhändler, den das Leben anderer nicht interessierte.

Was Gregor nach den Gesprächen mit Marie als allgemeinverbindliche Regel behalten hatte, war der Umstand, dass jedwede Änderung der Körperhaltung ein Zeichen war, das es zu interpretieren galt. Es war nicht zwingend der Blick nach links oben, der den Lügner entlarvte. Es war das Aufrichten des Oberkörpers, des *muskulösen* Oberkörpers, wie Gregor still hinzufügte. Kaum hatte er Malte von Rönnebys Namen genannt, nahm Rob Haltung an.

Gregor schaute sich um. »*Just you and me.*«

Rob stand auf, drehte den Stuhl um, setzte sich und rückte nah an den Tisch heran, nah an Gregor. Was er dann berichtete, war tragisch. Rob war vor fünf Jahren als Austauschschüler nach Deutschland gekommen. Nur drei Wochen nach seiner Ankunft hatte eine Mine seinen Vater, der als Soldat in Afghanistan stationiert war, getötet. Rob hatte nicht zur Beisetzung zurück in die USA gewollt. Er war Pazifist. Schwerer wog, dass er schwul war. Sein Vater hatte vergeblich versucht, das »Abartige« aus ihm herauszuprügeln.

Rob wollte in Deutschland bleiben. Er blieb in Deutschland. Mit der Sprache tat er sich schwer. Als Amerikaner war er an seiner Schule ganz in der Nähe der Roten Flora in Hamburg nicht gut gelitten gewesen. Mitschülerinnen und Nachbarn gehörten zur linken Szene, und nicht wenige grenzten ihn aus. Rob hatte erfahren, dass auch weiße Männer diskriminiert werden konnten. Ein Schicksal, das er mit einem muslimischen Jungen teilte, den er beim Boxtraining kennenlernte. Die beiden verliebten sich ineinander. Das Versteckspiel mit der Familie des Jungen begann. Die Familie gewann.

Nach einer Prügelei wurde Rob von der Polizei festgenommen, es wurde Anklage wegen Körperverletzung erhoben. Rob bekam Sozialstunden aufgebrummt und landete auf der ›Suse‹, die regelmäßig zu pädagogischen Segeltörns ins Baltikum auslief. Auf der Rückfahrt kam Malte von Rönneby an Bord. Sie lagen im Hafen von Färjestaden auf Öland. Eine Woche hatten sie in der Landwirtschaft gearbeitet. Rob hatte Malte von Rönneby gesehen und sich zum zweiten Mal in seinem Leben unglücklich verliebt.

Kurz vor Maltes Rückfahrt – er war mit dem Auto über das schwedische Festland angereist – brach sich Rob den rechten Fuß. Er wurde medizinisch versorgt, der Fuß wurde eingegipst, Malte nahm ihn im Auto mit zurück nach Deutschland. Drei Monate verbrachte Rob auf dem Hof von Malte. Drei quälende Monate. Malte stand auf Frauen. Nach einem Besäufnis mit zwei Mitarbeitern des Hofes gestand Rob ihm seine Liebe. Malte verschwand für zwei Tage. Nach seiner Rückkehr gab es ein Gespräch, an dessen Ende Rob einen Arbeitsvertrag bei Kent Holzer unterschrieb.

»Ein- oder zweimal die Woche habe ich Malte gesehen, wenn er auf sein Schiff kam.« Rob kämpfte mit den Tränen.

Er berichtete, dass Kent Holzer unregelmäßig, dann gar nicht mehr bezahlte, dass das Essen immer schlechter wurde. Er, Rob, war von Kent Holzer ausgewählt worden, Kandidatinnen für eine Art Erotik-Kreuzfahrt zu gewinnen. Kent hatte sich erhofft, mit einem schlüpfrigen Angebot höhere Einnahmen erzielen zu können. Aber es hatte nur vier Buchungen gegeben. »*Kent went crazy.*«

Rob hatte ein Telefonat belauscht, das Kent mit seiner Bank geführt hatte, und er hatte verstanden, dass er praktisch pleite war. Kent, so erzählte Rob, hatte getobt und die Schuld auf Malte geschoben, weil der durch die fetten Einnahmen des Biohofes angeblich mit der »Suse« seine Preise unterbieten konnte. Dann hatte Kent versucht, die »Suse« in Brand zu stecken. Die Polizei war gekommen, aber es hatte keine Beweise gegeben. »*Kent is an asshole.* Aber er ist kein Mörder.«

Jetzt heulte der Adonis. Gregor wusste nicht, wie er mit den Gefühlswallungen des Mannes umgehen sollte, der ein verletztes Kind geblieben war.

»Hast du einen Kalender?«

Rob nickte und zog eine DIN-A6-Kladde aus der Gesäßtasche. Dass junge Leute analoge Notizen machten, hatte Gregor bei Astrids Nichte Anne gesehen, die ihr Leben unter Zuhilfenahme eines mit allerlei Zeichnungen individuell gestalteten Notizbuches organisierte. Auch Marie hatte er ohne ihr Schleibook noch nie angetroffen. Vielleicht kippte die digitale Ära. Nicht jetzt, aber irgendwann, wenn der Strom ausging.

Gregor nannte das Datum, an dem Malte von Rönneby umgebracht worden war. »Irgendwelche Notizen zu Malte oder Kent?«

Rob fuhr die Zeilen und Spalten der Seite mit dem Finger entlang. Dann hielt er inne. »*Well*, Kent hat das Schiff nach dem Frühstück verlassen. ›*Some business with Dutch buddies*‹, hat er gesagt.«

»Wann war er zurück?«

»Ich glaube, am Tag danach.«

»Uhrzeit?«

»Mittags.«

Gregor lehnte sich zurück. Ein Alibi war das nicht. Kent Holzer blieb auf der Liste, wenngleich ihn nicht nur Rob für unfähig hielt, einen Mord zu verüben. Zudem musste man berücksichtigen, wie die Leiche abgelegt worden war. So kaltschnäuzig war Kent Holzer mutmaßlich nicht. Gregor war froh, dass niemand, also auch Rob nicht, wusste, dass Malte von Rönneby auf dem Misthaufen gelegen hatte. Das war Täterwissen und durfte keinesfalls an die Öffentlichkeit.

»*What about my cellphone?*«

»Kriegst du, wenn wir wieder in Deutschland sind. *Thank you.*«

Rob blieb sitzen. »Was soll ich tun ohne Kent und Malte?«

Gregor dachte nach. Als er noch in Busdorf auf der Wache gewesen war, hatte er ein paarmal mit einer Sozialarbeiterin vom Jugendamt in Schleswig zusammengearbeitet. Rob war kein Jugendlicher mehr, aber vielleicht hatte sie dennoch einen Rat. Er zog sein Smartphone aus der Jackentasche, stand auf. »Ich komme gleich wieder.«

Er ging hinaus ans Licht, verließ das Schiff und schlenderte hinüber zum Gebäude des Hafenmeisters. Dort angekommen, meldete sich Heidrun Wullenkämper. Sie war überrascht, dachte, er sei noch immer in Busdorf oder in Rente.

»Das mit der Rente nehme ich zurück«, sagte sie lachend. Sie hatte keine Patentlösung für Rob, war aber bereit, ihn zu treffen. »Sprechen«, sagte sie, »ist nicht immer die beste Medizin, aber meist die erste Hilfe.«

Neben dem Büro des Hafenmeisters lehnte ein Däne im mittleren Rentenalter an der Tür des kleinen Kiosks. Gregor kaufte zwei Packungen mit je sechs Sunny Lollis. Er entschied sich für Creamy Kakao und für Solbær. Das Eis verteilte er an Elmar und die beiden dänischen Kriminaltechniker, an die dänische Kollegin, die seit der Ankunft an Deck lag und sich sonnte. Einer musste ja zuständig sein. Er verteilte das Eis an die Crew, die im Schatten des Ruderhauses stand, und als er in der Messe angekommen war, hatte er noch ein Kakao-Eis für Rob. Er hatte sich verzählt.

Rob bedankte sich für das Eis, und Gregor schrieb ihm die Telefonnummer von Heidrun Wullenkämper auf. Er erklärte, dass ihm die Sozialarbeiterin möglicherweise helfen könnte, weil sie gute Kontakte zu Fortbildungseinrichtungen und Arbeitgebern hatte.

Rob runzelte die Stirn. »*I need a place to stay.* Das mit Kent«, er zeigte im Raum umher, »ist vorbei.«

Gregor dachte an seinen Wohnwagen, verdrängte den Gedanken aber rasch wieder. Sein Helfersyndrom hatte ihm schon mehr als einmal Schwierigkeiten eingebracht. Es fiel ihm schwer, aber er sagte: »Ich bin nur der Polizist.«

Rob senkte die Augen und ging.

Es war in Gregors Berufsleben nicht das erste Mal, dass er mit der Hilflosigkeit von Menschen konfrontiert wurde. Es war beinahe die Regel, dass Täter und Opfer ratlos waren. Dass es Psychologinnen und Sozialarbeiter waren, die manchmal helfen konnten, wusste er. Aber oft der erste Mensch zu sein, dem sich das Gegenüber anvertraute, fiel ihm zunehmend schwer. Lange hatte er geglaubt, er könnte sich mit den Jahren daran gewöhnen. Das Gegenteil war der Fall. Manche Polizisten stumpften ab, wurden zynisch, andere zerbrachen an der rauen Wirklichkeit. Eine stabile Psyche war wohl eine der wichtigsten Voraussetzungen, um der Aufgabe gerecht zu werden, ohne unter die Räder zu kommen.

Robs Körper warf für einen kurzen Moment einen Schatten auf den Boden der Messe, dann sah Gregor tanzende Staubkörner im gleißenden Gegenlicht der Sonne. Er wählte sich in die Dienst-Cloud ein und lud Robs Aussage als Audio-Datei hoch. Im Hafen gab es freies WLAN. Die Geschwindigkeit war beeindruckend.

Die nächsten knapp anderthalb Stunden verbrachte Gregor mit weiteren Gesprächen. Die dänische Kollegin war kurz dazugekommen, weil es tatsächlich den dänischen Behörden oblag, die Zeugen zu befragen. Sie betonte noch einmal, dass sie Gregor gern das Feld überließe. Sie habe ja bereits ergebnislos mit den jungen Leuten gesprochen. Nach Kent Holzer werde gesucht, den Schweden habe man am Wickel, und mit der Aufklärung des Mordes an Malte von Rönneby habe sie nichts zu tun. Sie hatte Gregor aufmunternd auf die Schulter geklopft und sich wieder in die Sonne gesetzt. Eine pragmatische Herangehensweise, wie Gregor fand.

Auch er konnte keine erhellenden Informationen beschaffen. Die Restcrew war mit sich, mit Urlaub, Studium, Segeln, Feiern und Überleben beschäftigt. Mit Kent Holzer hatte niemand gesprochen. Es war bei gegenseitigem Grüßen geblieben.

Gregor schlug die Aktenmappe zu und gesellte sich zu Elmar, dessen Kollegen und dem Fass. »Was macht ihr hier eigentlich?«, lautete seine einleitende Frage, die eine synchrone Reaktion des deutschen und des dänischen Kriminaltechnikers zur Folge hatte. Elmars »Wie bitte?« und das dänische »*Unskyld?*« waren sehr ähnlich betont, gleichbedeutend und zeugten von nur mühsam gebändigter Empörung.

»Da kommt so ein dahergelaufener Ermittler angewackelt, der stundenlang mit irgendwelchen Hippies rumpalavert hat, und tut, als würden wir hier dumm rumstehen, oder was?«

Der Däne nickte bestätigend.

Gregor verlagerte das Gewicht, machte einen halben Schritt nach hinten. »Das Eis war okay?«

»Lange her, Gregor. Jetzt käme ein Hotdog ganz gut.«

Erneute Zustimmung des großen blonden Mannes, der unter seinem Overall ein Trikot des Brøndby IF trug.

»Brøndby IF, guter Verein. *Supra Societatem Nemo.*«

Elmar schaute, als habe Gregor den Verstand verloren, der Däne strahlte.

»Das Motto des Vereins«, erklärte Gregor seinem Kollegen. »›Niemand steht über der Gemeinschaft.‹ Und darum hole ich euch Jungs jetzt mal was zu beißen.«

Mit einem dänischen Camper hatte er im letzten Jahr stundenlang Fußball geguckt, gefachsimpelt und über die Moral im bezahlten Fußball gesprochen. Der Däne war dabei um das Motto seines Lieblingsvereins gekreist, und sie hatten lange darüber diskutiert. Sie waren schließlich übereingekommen, dass die Forderung nach gelebter Solidarität der Kern der Aussage war. Und wenn die Jungs Hunger hatten, dann galt es, nun für Abhilfe zu sorgen.

Als sich Gregor dem Kiosk und dessen Besitzer näherte, strahlte dieser übers ganze Gesicht.

Undurchsichtig

Marie schaltete den CD-Player ein. Sie lauschte Franz Schuberts Streichquartett G-Dur op. 161, D 887, und dirigierte mit beiden Händen. Die B 203 zwischen Barkelsby und Loos verlief beinahe schnurgerade durchs fruchtbare Land, und von Verkehr konnte kaum die Rede sein. Viel zu lange hatte sie keine Musik mehr gehört. Streichquartette sorgten bei ihr dafür, dass Gedanken und Emotionen zu einer guten inneren Ordnung zurückfanden, wenn es um sie herum allzu turbulent war.

Auf dem Parkplatz vor den Ferienwohnungen der Schleibrücke angekommen, verblieben noch einige Minuten musikalischer Streicheleinheiten, die Marie sich gönnte. Beim Aussteigen nahm sie zur Kenntnis, dass der Mietwagen mit Münchener Kennzeichen ebenfalls auf dem Parkplatz stand. Auf den Reifen lag eine gut sichtbare Schicht aus Pollen und Staub.

Am Empfang stieß sie auf Corinna, die telefonierte, signalisierte, dass sie beschäftigt sei, dann aber in den Hörer sagte: »Ich rufe gleich zurück.«

Sie wandte sich Marie zu. »Wenn ich ehrlich bin, hat das Zeit. Geschäfte. Mein Unterbewusstsein sagte mir, dass du wichtiger bist. Kaffee?«

»Erstens: Bin ganz deiner Meinung. Zweitens: lieber ein schnelles stilles Wasser. Ich möchte zu Julia Sosa-Ridel, wie du dir denken kannst.«

Corinna war sehr gut verdrahtet und wusste längst, was auf Malte von Rönnebys Hof geschehen war, zumal er einer ihrer Lieferanten gewesen war.

Die beiden Frauen setzten sich raus auf die Terrasse, schauten auf die Schlei, tranken abwechselnd kleine Schlucke.

»Menschen und Natur«, sagte Corinna. »Ich habe erfahren, dass es gut ist, Prioritäten auf ihr Gewicht hin zu prüfen.«

Corinna kannte Ele und fragte nach ihr. Marie verschluckte sich. Ele war die Rechtsmedizinerin, mit der Marie eng zusammengearbeitet hatte, mit der sie mehr verbunden hatte als eine Freundschaft. Dann hatte Ele ihr Kind verloren und war verschwunden. Jetzt lebte sie in Südamerika und ließ Marie seit geraumer Zeit im Unklaren darüber, ob sie sich jemals wiedersehen würden.

»Möchte ich nicht drüber sprechen.«

»Frau Sosa-Ridel verlässt nach meiner Beobachtung kaum ihre Wohnung«, wechselte Corinna rasch das Thema.

»Sie wird sich wohlfühlen.«

»Davon gehe ich aus. Aber mal ein Spaziergang durch Kappeln oder so? Ich glaube, dass sie das Auto noch nicht ein Mal bewegt hat.«

»Aber sie ist schon noch da?«

»Ja, klar. Wir versorgen sie jeden Tag mit Frühstück. Zweimal hat sie Fischbrötchen von Föh kommen lassen, und unser schöner, neuer großer Supermarkt beliefert sie. Sie kocht wohl viel.«

Man sprach über Kochen, Kultur und Kanada. Dann raffte Marie sich auf. »Ich könnte hier sitzen, bis links die Sonne untergeht. Aber es hilft ja nichts. Laken müssen gewaschen, Fische ausgenommen und Mörder gefangen werden.«

»Ist heute Sprüchetag?«

»Für Sprüche ist ein Tag so gut wie der andere.«

»Du versuchst, Zeit zu schinden.«

»Ich passe den richtigen Moment ab. Danke für deine Gastfreundschaft.« Marie stand auf, der Rücken zog.

Es dauerte nur zwei oder drei Atmer, bis Julia Sosa-Ridel über die Sprechanlage fragte: »Bitte?«

»Marie Geisler, LKA.«

Es summte. Marie betrat den Fahrstuhl und wenig später die geschmackvoll im nordischen Stil eingerichtete Wohnung, die sie nicht anders gestaltet hätte. Der Raum öffnete sich. Julia Sosa-Ridel stand in der Küche und kochte. Sie hatte die langen schwarzen Haare hochgesteckt und trug eine weiße Schürze über einem schwarzen T-Shirt. Auf den ersten Blick wirkte sie wie die Mitarbeiterin eines Restaurants.

»Guten Tag, Frau Sosa-Ridel.«

»Moin.«

Eine Kerze brannte auf dem Tisch in der Wohnküche, daneben stand ein silberner Rahmen mit einem Porträt von Malte von Rönneby.

Marie trat an den Tresen heran. Die Frau aus Argentinien putzte grüne Bohnen. Durch den gläsernen Deckel eines Topfes sah Marie Speck, und auf dem Schneidbrett lagen Birnen. »Birnen, Bohnen, Speck?«, fragte sie ungläubig.

»Grüner Hein, Maltes Lieblingsessen. Sie sind voller Vorurteile. Ich wage zu behaupten, dass das Ihren Ermittlungen nicht zuträglich ist. Die Dinge zu sehen, wie sie sind, unvoreingenommen, nach den Prinzipien der Wissenschaft. Wäre das nicht die richtige Herangehensweise?«

Marie beschloss, sich nicht auf einen erneuten Schlagabtausch einzulassen. »Sobald es der Ablauf zulässt, möchte ich Ihnen etwas zeigen. Bis dahin gehe ich raus auf den Balkon, sodass Sie ungestört sind.«

Ohne eine Antwort abzuwarten, verließ Marie das Innere der Wohnung und ärgerte sich. Nun hatte sie sich doch wieder provozieren lassen. Sie machte auf dem Absatz kehrt, ging um den Tresen herum, stellte sich dicht neben Julia Sosa-Ridel und sagte: »Sie haben Malte geliebt, ich habe ihn sehr gemocht. Wir haben doch beide ein Interesse daran, dass sein Mörder gefasst wird. Wollen wir nicht kooperieren?«

Marie fühlte sich nicht gut bei diesem Manöver, aber zu ihrer großen Erleichterung schien es zu funktionieren. Julia Sosa-Ridel drehte sich zu ihr, legte das Messer zur Seite, reichte ihr die Hand und sagte: »Waren wir nicht beim Du? Julia.«

Marie schlug ein.

»Magst du grünen Hein?«

»Mag ich.«

»Du bist eingeladen. Ist noch ein bisschen früh fürs Mittagessen, aber so was kann ich rund um die Uhr essen.«

»Ich auch.«

Julia legte die Bohnen in den Sud und gab Salz, Pfeffer und gehacktes Bohnenkraut dazu. »So, jetzt haben wir eine Viertelstunde. Was willst du mir zeigen?«

Marie ging zum Tisch, auf dem sie ihre Umhängetasche abgelegt hatte, und kam mit dem Tablet zurück. Sie öffnete die Kopie des Mitschnitts, den die Cyberjungs von Guido Schlicks Server geholt hatten.

Julia betrachtete die Szene ohne sichtbare Rührung. Als sich die Tür des Haupthauses öffnete, eine Person auf den oberen Absatz trat und kurz darauf wieder ins Haus ging, fragte Marie: »Bist du das?«

‹‹‹

Ronja Baderle war allein. Wieder allein. Ein ehemaliger Mitarbeiter, der bei ihrer Ankunft auf dem Rönneby-Hof mit schmutziger Arbeitskleidung auf dem Arm aus einem Stallgebäude gekommen war, hatte geweint. Unaufgefordert hatte er seine Geschichte erzählt. Ohne Schulabschluss von zu Hause weg, bewegte zwei Jahre in Frankfurt, dann zurück nach Kappeln, als der Vater verunglückte. Die Rente hatte für die Familie vorn und hinten nicht gereicht. Auf dem Markt dann die zufällige Begegnung mit Malte von Rönneby, der sein Interesse an Obst und Gemüse erkannt hatte. Malte von Rönneby hatte ihn unterstützt. Hauptschulabschluss und eine Ausbildung zum Landwirt. Er war dann auf dem Hof geblieben, hatte sich mit ökologischem Landbau beschäftigt.

»Ich war so glücklich. Wir waren alle glücklich, sogar mein Vater. Und jetzt? Hier ist doch jetzt niemand mehr. Die Tiere haben wir auf drei Höfe verteilt. Die sind versorgt. Es gibt keine Erben. Also, gerüchteweise seine Mutter. Aber die wohnt doch nicht hier. Niemand kümmert sich um die Felder. Alles geht den Bach runter.«

Ronja Baderle hatte ihn getröstet, gesagt, dass die anderen Landwirte ihn bestimmt anstellen würden, dann hatte sie gefragt, wo denn das Labor sei. Konrad, so hieß der junge Mann, hatte irritiert gewirkt.

»Wie jetzt, Labor? So wie im Fernsehen, mit weißen Kitteln und diesen Reagenzgläsern, oder was?«

Ronja hatte aufmunternd genickt.

Konrad hatte nachgedacht, sich um die eigene Achse gedreht. »Nö. Kein Labor. Malte hat neben dem Stall dieses kleine Büro und da steht ein Hammer-Mikroskop drin. Also, richtig fett, mit Stromanschluss. Er hat mir da mal Zellen gezeigt, also Keime, irgendwas mit Schimmel. Das war alles total bunt. Aber sonst? Nö. Bücher stehen da auch.«

»Okay. Und was machst du jetzt so?«

»Ich schmeiße meine Klamotten in die Waschmaschine. Vielleicht brauche ich sie eines Tages noch mal. Hoffentlich. Und dann geh ich schießen. Nächsten Monat ist Schützenfest, und ich will mich nicht blamieren.« Er grinste. »Hab da was am Laufen. Na, ist ja auch egal.« Konrads Augen leuchteten, dann verschwand er mit sehr großen Schritten, die ungelenk wirkten, ein bisschen so, als bewegte jemand anderer die Beine des jungen Mannes.

Ronja Baderele holte die benötigten Utensilien aus dem Auto und näherte sich der Stelle, an der die Frau auf den Boden gespuckt hatte. Sie stellte den kleinen Koffer ab und schaute sich noch mal das Video an. Dann begann sie, den Boden abzusuchen.

Rund um den Misthaufen lagen Betonplatten, den Rest der Fläche hatte man vor langer Zeit mit Kopfsteinpflaster belegt. Blaubasalt im Reihenverband, wie Ronja wusste, deren Vater Garten- und Landschaftsbauer war. Eine kostspielige Angelegenheit, aber der Basalt hielt eine Ewigkeit. Wer sich für dieses Pflaster entschieden hatte, hatte lange Zeiträume im Blick gehabt.

Ronja kam die sehr glatte Oberfläche der Steine gelegen. Flüssigkeiten liefen ab, versickerten aber nicht im sehr dichten Material. So dauerte es nicht lange, bis sie neben Vogelkot und Halmen vom Misthaufen auf Ablagerungen stieß, die in

Art und Form nach einigen Tagen in der Sonne das Ergebnis dessen sein konnten, was die Frau in großer Verachtung vor Malte ausgespuckt hatte.

Ronja legte ein Winkellineal neben die angetrockneten Speichelreste und fotografierte. Dann nahm sie, so gut es ging, eine ausreichende und möglichst wenig verunreinigte Menge unter sorgsamer Verwendung eines DNA-freien Abstrichtupfers auf. Unsachgemäße Probennahme konnte zu Ergebnissen führen, die nicht gerichtsfest waren. Das galt es unbedingt zu vermeiden.

Ronja hatte noch keine Sekunde bereut, sich für die Kriminaltechnik entschieden zu haben. Reich würde sie hier nicht werden. Aber sie mochte die Abwechslung, den handwerklichen Anteil ihres Tuns, das Arbeiten im Team, und schließlich bestand am Sinn des Spuckesicherns kein Zweifel.

Nachdem sie zusammengeräumt hatte, rief sie Elmar an, um zu berichten. Elmar war nicht sonderlich interessiert an den Details und sagte: »Na dann, ab ins Labor. Du weißt ja, was zu tun ist. *Vi ses.*«

Elmar legte auf, Ronja schaute das Smartphone an. Sie fragte sich, woran es lag, dass Elmar so kurz angebunden gewesen war. War er unzufrieden mit ihrer Arbeit, konnte er als Mann nicht anders, oder war es das norddeutsche Lob, von dem sie schon einige Male gehört hatte? Sie entschied sich für die letzte Variante, stieg ins Auto und hinterließ in der Dienst-Cloud eine Notiz über ihr Gespräch mit Konrad.

***

Es war Sommer in Dänemark, und die dänisch-deutsch gemischte Polizeitruppe hatte sich in den Schatten der Hafenmauer gesetzt. Dort hatte Gregor zwei Tabletts mit Hotdogs und diversen Getränken abgestellt. Risted Hotdog mit allem ging am besten. Ihm war ein Hotdog mit im Wasser erhitzter Wurst geblieben. Alle hatten nicht nur geröstete, sondern auch rohe Zwiebeln genommen. Die Kollegen im Gemeinsamen Zentrum würden ihr olfaktorisches Wunder erleben.

Nach dem köstlichen Fast-Food-Gelage führen sie zurück. Die Kriminaltechniker und Gregor hatten ihre Listen abgearbeitet.

Sommer auch in Kappeln. Es war für Marie nicht ersichtlich, ob die Sonne Julia Sosa-Ridel den Schweiß auf die Stirn getrieben hatte oder ob das Video sie unter Druck setzte. Ihr Gesicht blieb unbewegt. Sie schaute das Video bis zum Ende an und fragte dann: »Wer ist diese Frau, die vor Malte ausspuckt? Das ist widerlich.«

»Das weiß ich nicht. Bitte beantworte mir die Frage, ob es sich bei der Frau im Eingang des Haupthauses um dich handelt.«

»Ja, das bin ich. War sonst niemand da. Ich sah den Streit und dachte, es ist besser, wenn ich mich da raushalte. Aber dass diese Person gespuckt hat, habe ich nicht mehr gesehen. Ich wäre wohl rübergelaufen. Was hat sie denn auf den Boden geworfen?«

»Und du weißt nicht, wer das ist auf dem Video?«

»Nein, selbst wenn ich sie gekannt hätte, sie stand ja beinahe mit dem Rücken zu mir, und ich war einfach zu weit weg. Ich frage noch mal: Was hat die Frau auf den Boden geworfen?«

»Das kann ich nicht sagen.«

»In etwa ebenso interessant ist«, sagte Julia, »wer das Video aufgezeichnet hat. Ob des erhöhten Standpunktes wird es sich mutmaßlich um eine fest installierte Kamera handeln. Hätte Malte diese Kamera installiert, wüsste ich davon. Mit der Datenschutzgrundverordnung sind Installation, Betrieb und Aufzeichnung sicher nicht vereinbar, weil es sich hier um einen öffentlich zugänglichen Raum handelt. Was haben denn eure diesbezüglichen Recherchen ergeben?«

Marie nahm das Schleibook zur Hand und machte sich eine Notiz. Dass Julia ohne Umschweife zugegeben hatte, dass sie auf dem Video zu sehen sei, vermochte sie noch nicht zu interpretieren. Dass sie von den Kameras nichts wusste, glaubte ihr Marie. »Wir wissen, wer das Video aufgezeichnet hat. Wer die Kamera installiert hat, wissen wir nicht.«

»Gibt es weitere Kameras?«

»Das herauszufinden sind wir derzeit bemüht.«

»Ich habe keine Polizei auf dem Hof gesehen.«

»Du warst noch einmal dort?«

»Ich hatte meine Kontaktlinsen vergessen.«

»Du besitzt Schlüssel zur Tür, zu – den Türen?«

»Es ist eine Schließanlage installiert. Der in meinem Besitz befindliche Schlüssel öffnet alle Türen.«

Marie überlegte, ob sie Julia den Schlüssel abnehmen sollte, entschied sich aber dagegen. Die Spurensicherung hatte den Hof freigegeben, und Marie hoffte auf ein Mindestmaß an Kooperationsbereitschaft.

Auf der gegenüberliegenden Seite der Schlei legte gerade die »MS Stadt Kappeln« ab. So wie es aussah, lief sie schleiauswärts, also nach Maasholm und Schleimünde. Marie beschloss, dass sie am Abend nach Maasholm führe und einen Schlag mit dem Folkeboot segeln würde. Das hatte sie schon viel zu lange nicht mehr gemacht.

Aus dem Inneren der Wohnung ertönte ein Signal. Julia stand auf. »Unser Essen. Ich serviere drinnen. Nur Tiere essen unter freiem Himmel.«

Der Reiz des Lebens, dachte Marie, liegt auch darin, dass man immer wieder aufs Neue mit Ansichten konfrontiert wird, von denen man noch nicht wusste, dass Menschen sich zu ihnen hindenken können. In der Küche klapperte es. Marie stand auf, schaute noch einmal der »MS Stadt Kappeln« nach und freute sich auf eine kurze Auszeit auf dem Wasser.

»Bitte.« Julia wies Marie den Platz gegenüber dem großen Fenster zu, sodass das Gesicht der Gastgeberin im Gegenlicht schlecht lesbar war. Marie mochte das nicht, wurde doch einer ihrer Sinne in dessen Wahrnehmungsfähigkeit beschnitten. Auf dem Fußballplatz, und nicht nur dort, war optimale Leistung nur zu erzielen, wenn sich die Möglichkeiten von Körper und Geist ideal ergänzten. Eine Annahme, von der Andreas wenig hielt. Er vertrat die Ansicht, dass das stete Streben nach Perfektion Kraft kostete, die dann dem eigentlichen Zweck im Zweifel nicht zur Verfügung stand.

»Lass es dir schmecken. Ich genieße jede Mahlzeit, als sei es die letzte.«

Marie spießte einige Bohnen und ein Stück Speck auf die Gabel. War ihr eben gedroht worden, oder erlebte sie eine paranoide Episode? Erneut hatten sich ihre Gedanken unaufgefordert auf die Reise gemacht. Sie schob die Gabel in den Mund und ermahnte sich zu kauen, ans Kauen zu denken, zu schmecken, zu schlucken. »Birnen, Bohnen und Speck zählt nicht zu meinen Lieblingsessen. Das hier aber ist gut.«

Marie glaubte, die Andeutung eines Lächelns über das Gesicht der Köchin huschen zu sehen. Die Frauen aßen schweigend weiter.

»Wie kommst du damit klar, dass ich dich verdächtigen muss?«

Julia trank einen Schluck Wasser. »Du machst deinen Job, kein Problem.«

»Darauf wollte ich nicht hinaus. Wie fühlt es sich an, dass ich denken könnte, du wärest die Mörderin deines Geliebten?«

»Hypothesen gehören zu deiner Profession wie zu der meinen. Damit meine ich die Chemie, aber auch die Betriebswirtschaft. Eine Hypothese ist weder moralisch noch amoralisch. Es gilt, sie zu beweisen oder zu widerlegen.« Die Kerze neben Maltes Bild flackerte. Ein frischer Wind wehte von der Schlei in den Raum. »Siehst du, Malte ist ganz meiner Meinung. Das war zu seinen Lebzeiten selten genug der Fall. Wir haben so viele Jahre miteinander gerungen. Gäbe es mehr solch leidenschaftlicher Menschen, wie Malte es war, gäbe es weniger Leiden.«

»Du bist eine kluge Frau, die sich unseren Ermittlungen nur entziehen würde, wenn sie eindeutige Beweise zu befürchten hätte. Wir werden so gut nachforschen und kombinieren müssen wie selten. Ich werde auf Flüchtigkeitsfehler hoffen müssen.« Marie legte das Besteck zur Seite. »Bergamotte-Birnen wären perfekt gewesen, aber die hier waren auch nicht schlecht.«

»Wohl wahr. Es ist eben noch nicht die Zeit der Bergamotte-Birne.«

»In ungefähr drei Monaten werde ich die eine oder andere Bergamotte in unserem Garten ernten. Bis dahin sollte auch dieser Fall aufgeklärt sein.«

»So lange möchte ich nicht warten. Aber ich bleibe noch ein paar Tage. Geschäftspartner in Kanada sind erkrankt, und wir sind auf Videokonferenzen umgestiegen. Das funktioniert tadellos, und hier, mit dem schönen Blick auf Kappeln und die Schlei, halte ich es recht gut aus.«

Marie bedankte sich für die Einladung zum Essen und versprach, Julia auf dem Laufenden zu halten. Gegen den Einspruch der Gastgeberin räumte sie Teller und Besteck in die Spülmaschine.

Auf dem Beistellwagen neben dem Kühlschrank sah sie einen Ausdruck mit handschriftlichen Anmerkungen. Der Titel lautete »A new agriculture – our future without pesticides«. Mittig erkannte Marie das Logo des Konzerns, der Julia Sosa-Ridel gehörte. Bei Con Canto hatte man offenbar eine Formel gefunden, künftig auf Pestizide verzichten zu können. Marie konnte das kaum glauben. Es wäre eine Nachricht, die einschlagen würde wie eine Bombe, die die Aktien von Con Canto förmlich explodieren lassen würde.

»Lass nur, ich kann Haushalt und Konzern.« Julia schob ihren Stuhl zurück. Sie hatte nicht bemerkt, dass Marie den Ausdruck gesehen hatte. Was hätte sie dafür gegeben, den Text komplett zu lesen.

Sie verabschiedete sich und sicherte Julia wegen deren Nachfrage erneut zu, dass die Polizei nach der Frau suchte, die vor Malte ausgespuckt und etwas auf den Boden geworfen hatte. Dass Julia gern gewusst hätte, worum es sich dabei handelte, hatte Marie registriert.

Zurück im EMO setzte sie sich auf die Rückbank, holte den Laptop hervor und suchte nach »Con Canto + Aktienkurs«. Sie erhielt Tausende von Ergebnissen, scrollte, suchte nach einer mutmaßlich seriösen Quelle, blieb bei einem Wirtschaftsblatt aus dem Rheinland hängen und staunte nicht schlecht. Con Canto ging es wohl schon eine Weile nicht sehr gut.

Ursächlich für den sinkenden Aktienkurs waren Klagen von Landwirten gewesen, die gesundheitliche Schäden davongetragen hatten. Marie hatte davon gelesen, aber nicht gewusst, dass der Aktienmarkt so sensibel reagiert hatte. Julia Sosa-Ridel hatte also gute Gründe, nach einer Alternative zu den von ihr vertriebenen Produkten zu suchen. Wenn stimmte, was Marie vor einigen Minuten gelesen hatte, stand der Befreiungsschlag kurz bevor.

Für eine Sekunde dachte sie, dass sie so schnell wie möglich so viele Aktien von Con Canto kaufen sollte, wie es ihr Konto hergab. Im nächsten Moment schämte sie sich dafür, das auch nur ganz kurz erwogen zu haben.

In einem der Staufächer fand Marie einen Schokoriegel, dessen Hülle sich im Auto erwärmt hatte, wieder abgekühlt war, sich erneut erwärmt hatte und so fort. Ein weißlicher Belag hatte sich gebildet. Das Ding musste sofort weg.

Marie kaute und fragte sich, wie Julia es hier aushielt, wenn ihren Chemikern im fernen Argentinien Bahnbrechendes gelungen war. Oder hatte vielleicht sie selbst einen Heureka-Moment erlebt, oder ihr Mann in Hamburg, oder …? Marie zögerte. In ihrem Kopf fanden Maltes Studium und der unscheinbare Aufkleber »Labor« im Verteilerkasten auf seinem Hof zueinander. Sie rief Elmar an. Der ging nicht ran. Sie rief Gregor an. Es gab sphärische Geräusche. Es knackte, dann riss die Verbindung ab. Waren wohl in einem Funkloch, die beiden.

Ronja Baderle ging gleich ans Telefon. Marie fragte, wie herauszufinden sei, wohin das fragliche Kabel führe. Ronjas Antwort hätte Marie sich selbst geben können. Man würde einen Elektriker benötigen, gegebenenfalls auch schweres Gerät. Zuvorderst aber musste die Staatsanwältin grünes Licht geben.

Marie leitete ein, was einzuleiten war. Die Vorstellung, dass hier in Kappeln eine ökologisch günstige Lösung gefunden worden war, um den Ertrag landwirtschaftlichen Tuns stabil zu halten – schließlich hatten die Menschen auf diesem Planeten

Hunger –, elektrisierte sie. Doch die Möglichkeit, dass Malte und Julia involviert waren, warf Fragen auf.

Aus dem Seitenfenster sah Marie, dass Julia auf den Balkon getreten war. Sie telefonierte.

Marie beschloss, ins Homeoffice zu fahren. Von Elmar und Gregor hatte sie leider noch nichts gehört. Der Lösung des Falles waren sie wohl nicht näher gekommen. Kent Holzer blieb verschwunden. Vielleicht hatte er sich in die Niederlande abgesetzt. Gut, dass es den europäischen Haftbefehl gab.

Hoffnungen setzte Marie in die Suche nach dem weißen Lieferwagen, der ihr am Todestag auf dem Weg zu Maltes Hof entgegengekommen war. In ihm musste jemand gesessen haben, der, Marie korrigierte sich, *die* zumindest eine Zeugin war. Sie erinnerte sich an den Lieferwagen mit der Frau am Steuer, der ihr am Vortag auf dem Weg nach Kiel begegnet war.

Sie kletterte auf den Fahrersitz, suchte nach einem passenden Musikstück und entschied sich für Beethoven. Es erklang und erfüllte Marie mit Glück, das Streichquartett F-Dur op. 18, 1. Beim Rückwärtsfahren hätte sie um ein Haar Corinna übersehen. Sie entschuldigte sich, Corinna spielte Empörung, Marie tiefe Betroffenheit. Die Frauen lachten. Das Leben war manchmal auch leicht.

Für den Rückweg entschied sich Marie, die Strecke südlich der Schlei unter die Räder zu nehmen. Besonders mochte sie eine Stelle vor Winnemark, an der die Straße dicht ans Wasser heranführte. Außerdem würde sie so in Fleckeby noch einkaufen können, fiele ihr bis dahin etwas ein.

In Kosel klingelte Maries Handy zum dritten Mal, und weil sie gerade eine Idee gehabt hatte, parkte sie vor dem Eingang zum Koseler Hof. Sie sah, dass der Chef der Abteilung Cybercrime versucht hatte, sie zu erreichen, und rief ihn zurück. Noch während das Telefon die vertrauten Ziffern wählte, fiel Marie siedend heiß ein, dass sie Astrid vertreten musste. Sie hätte die Besprechung fast vergessen, die in einer guten Stunde beginnen würde. Das konnte sie locker schaffen.

»Entspann dich«, versuchte sie, sich zu beruhigen.

»Ich bin entspannt«, antwortete Chris, der Chef der digitalen Welten.

»Sorry, ich meinte nicht dich. Du hast angerufen?«

»Yep. Beim Kopierschutz machen wir ganz gute Fortschritte, sind aber noch nicht durch. Ich rief an, um mitzuteilen, dass der entfernte Server gar nicht so weit entfernt ist. Wir können ihn nicht ganz genau orten. Aber was wir sagen können, ist, dass er wohl in oder jedenfalls in der Nähe von Schleswig steht. Vielleicht bist du ja die geheime Datenkrake?«

»Sehr witzig, Chris. Bei Gelegenheit zeige ich dir mal das Telefon, mit dem ich telefoniere.«

»Musst du nicht, ist ein Nokia 6310i.«

Marie war sprachlos. »Du hast das mal gesehen, oder?«

»Ach, Marie, das Universum des Darknet ist so viel größer als das reale. Denk lieber nicht darüber nach.«

Marie lehnte sich im Fahrersitz zurück und schloss die Augen.

»Marie, bist du noch da?«

»Siehst du das nicht in deinem scheiß Darknet?«

»Gehörte es mir, würde ich es abschalten. Also, die gute Nachricht ist: Die Server stehen dort, wo wir rasch zugreifen können, also auch analog. Vielleicht erwischen wir den Typen ja. Wir werden jedenfalls alles vermeiden, was unsere Aktivitäten für ihn sichtbar macht. Was ich sagen will: Wir könnten durchaus schneller an die Daten ran, aber dann ginge uns der Typ womöglich durch die Lappen. Die Priorität lautet jetzt: Finde den Servermann. Es sei denn, du als Leiterin der Ermittlungen entscheidest anders.«

»Chris, das ist von erheblicher Tragweite. Das kann ich nicht mal eben so entscheiden. Wenn wir so agieren, wie du es vorschlägst, verlieren wir unter Umständen Erkenntnisse, die wir aus den Videos und Audiomitschnitten gewinnen könnten, wir verlieren im schlimmsten Fall ein Video, das die Tat oder die Ablage der Leiche zeigt.«

»Letzteres kann ich ausschließen. Die Videos, die den Misthaufen zeigen, haben wir alle gesichtet. Das ging dank Sonjas

Mithilfe ziemlich zügig, weil die Kamera zur möglichen Ablagezeit nichts Verwertbares aufgezeichnet hat. Normalerweise liefert das Ding dank Infrarot auch Bilder, wenn es stockfinster ist. Aber die fragliche Kamera hat einen Defekt. Die Ablage des Leichnams muss vor Eintritt der Dämmerung erfolgt sein.«

»Immerhin. Damit ist aber nicht ausgeschlossen, dass die Tat gefilmt wurde.«

»Noch nicht. Aber so erschütternd die Datenmenge ist, die sich auf den Servern befindet, so rasch können wir doch durch schnellen Vorlauf ausschließen, dass die Tat gefilmt wurde. Wir beschränken uns ja auf einen definierten Zeitraum und auf die Kameras, die auf dem Hof eingerichtet wurden. Was also den aktuellen Fall angeht, kannst du einigermaßen beruhigt sein. Sollte es dem Typen jedoch gelingen, den Rest zu löschen, gehen den Strafverfolgungsbehörden insgesamt eventuelle Einblicke verloren, die im Zusammenhang mit anderen Straftaten relevant sein können. Erwischen wir den Kerl, dürfte der Nutzen deutlich größer sein.«

»Klassisches Dilemma. Ich trage deine Entscheidung mit. Versucht, den Server zu lokalisieren. Danke.«

Marie drückte auf den roten Hörer. Dass Chris wusste, mit welchem Telefon sie telefonierte, erschien ihr noch immer rätselhaft. Vielleicht doch ein Trick, ein blöder Scherz. Sie würde das schon noch herausfinden.

Sie fummelte ihr Portemonnaie aus der Umhängetasche, schloss die Tür des EMOs und öffnete die zum Koseler Hof. Hier war seit zwei Jahren Mario der Chef, und das, was er auf die Teller brachte, lohnte beinahe jede Anfahrt. Mario stand hinter dem Tresen und kontrollierte einen Lieferschein. Behn aus Eckernförde hatte Getränke gebracht. Der Lkw stand noch in der Einfahrt.

Marie hob kurz die Hand, Mario sagte: »Moin Marie.« Dann widmete er sich dem Lieferschein und Marie dem Angebot von Fienkost. Unter diesem Namen stellte Mario allerlei Gaumenfreuden her. Gleich hinter dem Durchgang zum Schankraum wartete in den Regalen, worauf Marie sich gefreut hatte: Honig-Dill-Senf-Soße und Knoblauchöl. Beides gehörte zur Stammbesatzung in der Geisler'schen Speisekammer, und wenn es der Fall zuließ, würden Andreas, Marie und Karl am Wochenende mit dem Fahrrad die Schlei entlangradeln und bei Mario einkehren. Ein Landgasthof mit Speisen auf Sterneniveau: unwiderstehlich.

Zur Besprechung in Kiel fuhr Marie durch Eckernförde. Kaum hatte sie die Gleise Höhe Preußerstraße rumpelnd überquert, nahm der Blick auf die Weite der Eckernförder Bucht sie für sich ein. Das vorausfahrende Fahrzeug war weit genug entfernt für Schauen und ein Lächeln. Vielleicht war es der Horizont, der Marie anzog, das unverhohlene Versprechen der Unendlichkeit. Die Faszination des Universums im Großen und im Kleinen war eine Konstante in Maries emotionalem Kosmos. Sie dachte an den Satz von Novalis: »Die Welt romantisieren heißt, sie als Kontinuum wahrzunehmen, in dem alles mit allem zusammenhängt.«

Über Malte hatte Julia Sosa-Ridel gesagt: »Nichts weniger als die Rettung der Welt, das war seine Sache.« So wahnsinnig Maltes Ansinnen gewesen sein mochte, so zwangsläufig erschien es Marie, wenn sie auf das Meer hinausschaute.

Die kantigen Gebäude der Wehrtechnischen Dienststelle wuchsen in Maries Blickfeld hinein, die roten Backsteinfassaden, die Zäune, die Wachen. Ein alltäglicher Anblick für viele Menschen, die zwischen Kiel und dem Eckernförder Umland zur Arbeit pendelten. »Hier verteidigt die Marine die Freiheit des Westens«, hatte Dr. Holm, ihr alter Chef, einmal gesagt, als sie gemeinsam über die B 76 gefahren waren.

Es hatte eine lebhafte Diskussion darüber gegeben, ob man die Freiheit mit Waffengewalt verteidigen könne. Marie hatte argumentiert, dass die Freiheit des Gegners spätestens dann endete, wenn man ihm sein Leben nahm. Umgekehrt gelte das Gleiche. Dr. Holm hatte gemeint, dass Freiheit erst durch die Bereitschaft zu ihrer Verteidigung ermöglicht würde, und auf die Pistole hingewiesen, die Marie unter der Achsel getragen hatte. Auf dem Parkplatz des Landeskriminalamtes angekommen, hatte Marie gesagt, ihre persönliche Freiheit bestünde darin, über den eigenen Rückzug entscheiden zu können, ein Nein sei immer auch ein Ja zur Alternative. Dass Kriminalrat Dr. Holm nicht mehr an ihrer Seite war, schmerzte noch immer.

In der feuchten Niederung rechts der Straße dösten Wasserbüffel. Äußerlich unbeeindruckt vom Verkehr, vom Lauf der Welt. Links erhob sich der Begräbniswald, die letzte Ruhestätte für Dr. Holm. Auch Malte wollte in einem Ruheforst beerdigt werden, hatte Julia Sosa-Ridel erzählt. Hoffentlich konnte bald sein Leichnam freigegeben werden.

Das lange Nichts der Landstraße, das Maries Geduld strapazierte. In die eine wie in die andere Richtung. Endlich die Hochbrücke, die den Nord-Ostsee-Kanal überspannte. Von Kiel zurück würde sie eine andere Strecke fahren. Man hatte ja sonst nichts. Marie schüttelte sich. Es wurde Zeit, dass Astrid wieder antrat. Nicht, dass sie noch dem Wahnsinn anheimfiele. Nur um den zu erwartenden Zahlenkolonnen der folgenden Besprechung auszuweichen, hatte ihr Gehirn mal wieder Purzelbäume geschlagen. Interessantes Organ.

An der Wache tat ein neuer Kollege Dienst und nahm es sehr genau. Maries Lieblingsparkplatz war besetzt, und der Aufzug kam, nachdem sie sich für die Treppe entschieden hatte. Im Besprechungsraum hatten Menschen aus dem Innenministerium einen Beamer aus der Frühzeit aufgebaut, brachten ihn aber zunächst nicht zum Laufen. Dafür waren die Platzkärtchen mit Namen und Logos der jeweiligen Behörde hübsch gestaltet. Für Marie war ein Platz neben dem Mann aus dem Ministerium reserviert.

Die Männer trugen Anzüge, gar Krawatten, die Damen Business-Blazer. Marie war eindeutig underdressed. Sie ignorierte Blicke, lauschte schließlich einer nicht enden wollenden Power-Point-Präsentation und verbarg geschickt, dass sie nicht auf der Höhe des Themas war. Sie behielt Schlagworte wie »Human Resources« und »Mindset«. Als ihr das Wort erteilt wurde, bedankte sie sich für die bedenkenswerten Anregungen, wünschte einen schönen Feierabend und verließ die Runde mit den Worten: »Ich muss noch rasch einen Mord aufklären. Ahoi.«

Mit höheren Aufgaben würde man sie wohl künftig nicht betrauen. Rasch, bevor noch jemand auf die Idee eines Small Talks auf dem Gang kommen konnte, entfernte sie sich und stieß die Tür zum Pumakäfig der Cyberjungs auf. Hier wurde gearbeitet. Immer noch gearbeitet.

»Seid ihr unterbesetzt oder scharf auf Überstunden?«

»Lustig ist sie ja«, sagte das Mathegenie.

»Muss ich was wissen?«

»Nein. Sobald wir den Standort ermittelt haben, lasse ich dein gutes altes Handy klingeln, bis es qualmt.«

Marie war zufrieden. Die Verbrecher durften sich nicht sicher fühlen. Trotz der vielen Blazer-Mädchen.

***

Guido Schlick ging es schlecht. Er hatte Fieber. Dr. Roland Hartmann hatte er in den Wikingturm bestellt. Das war nicht gut, weil Hartmann nun sein Hauptquartier kannte. Aber ohne dessen pharmakologische Intervention hätte er nicht weitermachen können.

Eines war ihm in den letzten Stunden klar geworden: Auf der anderen Seite der Datenleitung saßen Leute, die sich auskannten. Es war ihnen zwar noch immer nicht gelungen, das Passwort zu knacken, aber sie hatten sich Zugang zu einem weiteren Verzeichnis verschafft, sodass Guido nun an einer weiteren Front kämpfen musste. Erschwerend kam hinzu, dass es sich beim angegriffenen Verzeichnis um eines der für ihn wichtigsten handelte. In ihm hatte er seit sieben Jahren Mitschnitte von Ausschusssitzungen in Kreis- und Landtagen gesammelt. Dabei hatte er sich nicht nur auf Schleswig-Holstein beschränkt. Auch in Brandenburg und Niedersachsen waren ihm einige sehr aufschlussreiche Aufnahmen gelungen. Dabei machte er sich den Umstand zunutze, dass eines zum anderen führte.

Alles hatte mit dem Geschäftsführer eines Schlachtbetriebes begonnen, der eine außereheliche Affäre gehabt hatte. Die betreffende Dame war damals Abgeordnete im Landtag gewesen und hatte nach Sichtung des delikaten Materials Technik von Guido in einer Aktentasche mitgeführt. Trotz der Schmerzen und all der Sorgen schlug sich Guido Schlick in Erinnerung an all die Manipulationen freudig erregt auf den Oberschenkel.

✳✳✳

Auf dem Weg nach Schleswig hatte sich Marie spontan entschieden, dass die Küche kalt bliebe. Sie war kurz rechts rangefahren, hatte Andreas angerufen und damit beauftragt, Karl abzuholen. Im Anschluss führe man gemeinsam nach Maasholm und würde dort an Bord des Folkebootes irgendwas essen. Andreas hatte am Tonfall erkannt, dass die Abendgestaltung beschlossene Sache war, und nicht widersprochen. Allerdings hatte er gefragt, was er sich unter »irgendwas essen« vorzustellen habe.

»Liebster, du kennst den Weg und die Fast-Food-Futterstellen auf demselben. Denk dir was aus.«

»Aber Karl wird kein Fleisch wollen«, gab Andreas zu bedenken.

»Okay, wir gehen ins Tauwerk. Karl stirbt für die veganen Zitronenspaghetti.«

Wenig später hatte sich Marie Guido Schlick bis auf ungefähr zweihundertfünfzig Meter genähert, ohne es zu ahnen. Sie bog auf den Gottorfer Damm ab und freute sich auf Karl, Andreas, leckeres Essen und ein bisschen Hin- und Hergesegel vor Maasholm.

Schlechte Neuigkeiten

Dass die Fahrt nach Maasholm im EMO erfolgen musste, lag an einem der zahlreichen Werkstattaufenthalte des automobilen Kleinods französischer Provenienz. Der von Andreas beinahe ohne Hilfe seines Vaters restaurierte R4 hatte neben technischen Unpässlichkeiten auch kleinere Problemchen mit Korrosion. Das Wort »Rost« durfte Marie in diesem Zusammenhang nicht in den Mund nehmen. In monatelanger, aufwendiger Kleinarbeit hatte Andreas alles Menschenmögliche unternommen, um die Karosserie gegen die Unbilden norddeutschen Wetters zu schützen. Indes gelang es den Elementen immer wieder, einen selbst durch den medizinischen Sachverstand des Eigners nicht vorhersehbaren Weg in die eine oder andere blecherne Falz zu finden.

Mit den Worten »Sie ist eine Göttin unter den Karosseriespenglerinnen, zumal sie auch noch Feinblechnerin gelernt hat« war Andreas im letzten Herbst in die Küche geplatzt, nur um davon abzulenken, dass er nicht mehr weiterwusste. Aber Marie hatte sich kaum etwas anmerken lassen und begeistert genickt, als sie Andreas das erste Mal aus der Werkstatt hatte abholen müssen. Seitdem hatte sie wohl ein halbes dutzendmal auf dem öden Parkplatz vor der Werkstatt gestanden und sich zu Tode gelangweilt, während Andreas mit der Göttin und deren Hund um den R4 herumgestrichen war. Marie vermutete, dass Andreas für die inzwischen aufgelaufene Summe bequem zwei neue französische Rostbeulen hätte kaufen können. Aber solange es ihn glücklich machte …

Die Fahrt in den Kappelner Südhafen führte an der Stichstraße zur Klaus-Harms-Schule vorbei, in der Marie durch den Hausmeister auf Guido Schlick aufmerksam geworden war. Kurz war sie versucht, Andreas davon zu berichten, wurde aber gerade noch rechtzeitig vom tief in ihr wohnenden Verantwortungsbewusstsein einer guten Polizistin davon abgehalten.

Das Restaurant Tauwerk zwischen Yachthafen und dem Haltepunkt der Angelner Dampfeisenbahn konnte nicht schöner liegen. Vorn die Schlei, links die Klappbrücke und im Rücken die Zierde eines jeden Eisenbahnmuseums, die Dampflok S1 1916 aus Schweden, die es mit tausend PS auf eine Höchstgeschwindigkeit von sage und schreibe achtzig Kilometer pro Stunde brachte. Marie aß Sauerfleisch mit sehr guten Bratkartoffeln, Andreas einen Burger mit gegrillten Garnelen und der über seine Eltern die Nase rümpfende Karl Zitronenspaghetti mit frischem Spinat, Cocktailtomaten, Knoblauch und Kokosmilch. Sie und Karl sprachen über die Notwendigkeit, neue Mittelstürmer für die Nationalmannschaft zu finden, und Andreas fachsimpelte mit einem Servicemitarbeiter über Damaszenermesser. So hätte es in Maries Leben immer bleiben können.

Dass jenseits der Schlei Julia Sosa-Ridel vielleicht gerade vor dem Rahmen mit Maltes Foto saß, drängte Marie an den Rand ihres Bewusstseins, indem sie sich auf das sensorische Erlebnis konzentrierte, das die knusprige Hülle der Bratkartoffeln in Kombination mit der weicheren, aber nicht matschigen Konsistenz im heißen Innern der ideal zubereiteten Erdäpfel bot. Karl berichtete vom Schulprojekt, Andreas lobte die Zusammenarbeit mit Frauke für den mobilen Palliativdienst, und Marie unterband die Bestellung von Süßspeisen, weil es sie aufs Wasser zog.

Als Marie das EMO auf dem Dreifachparkplatz vor dem Haus ihrer Schwiegereltern abstellte, bog Rita Bruns gerade um die Ecke des Hauses. Ihr verärgerter Gesichtsausdruck ließ nichts Gutes erwarten.

»Kinder, die Rasengittersteine zur Straße hin hat Uwe gerade wieder neu verlegt. Die sind immerzu locker, weil alle quer über die Straße durch den Gegenverkehr und mit dem linken Vorderrad exakt über die Kante fahren, weil das so bequem ist. Muss man nicht drehen. Aber die Gittersteine haben genau da den größten Höhenunterschied zum Asphalt. Ich stell da bald mal ein Schild auf.«

»Mama, beruhige dich. Bald ist der federleichte R4 wieder einsatzbereit, und Marie kann mit ihrem tonnenschweren Einsatzfahrzeug den Parkplatz beim LKA zu Klump fahren.«

»Andreas, du nimmst mich nicht ernst. Du hast mich schon als Kind nicht ernst genommen.«

»Wo ist Opa?«, fragte Karl.

»Wo soll der schon sein? Auf seinem tonnenschweren Einsatzfahrzeug der Deutschen Gesellschaft zur Rettung Schiffbrüchiger. Wichtige Dinge tun, Leben retten. Rund um die Uhr, bei jedem Wetter.« Rita hatte sich in einen regelrechten Furor gesteigert.

»Mein Sohn rettet Leben, mein Mann rettet Leben, meine Schwiegertochter sorgt für Recht und Ordnung, und ich kann hier zusehen, wie ich alles in Gang halte.«

Marie schloss die Fahrertür des EMOs, ging auf Rita zu, umarmte sie und sagte: »Rita, wir machen das so: Karl geht zu Uwe, Andreas schaut nach dem Rasengitterstein, und du und ich fahren mit dem Folkeboot raus. Was sagst du?«

Nichts. Rita sagte nichts.

»Tschüs, Oma.« Karl ging Richtung Hafen.

»Tschüs, mien Jung.«

Andreas stellte sich neben die beiden Frauen.

»Was?« Marie schaute ihn verschwörerisch an. »Hast du Fragen? Der Schlüssel steckt. Setz das EMO um, und dann sieh zu, dass der Rasengitterstein wieder bombenfest zu liegen kommt.«

Andreas nickte und ging. Rita atmete ganz tief ein und aus, lehnte sich in Maries Umarmung ein wenig zurück, sodass sie ihr in die Augen sehen konnte, und sagte: »Ich ziehe meine Shorts an. Mit Rock ist das nichts in der Nussschale.«

»Ich komme mit rein.«

Marie begleitete ihre Schwiegermutter. Das große Alsterwasser hatte die Blase an die Grenze ihres Fassungsvermögens gebracht. Auf der Kommode im Flur sah Marie, dass Rita eine Zeitschrift dort abgelegt hatte, wo sonst nur gebastelte Schiffsmodelle stehen durften. Sie schaute hin und stellte fest, dass ein Artikel über die Relevanz des PSA-Wertes aufgeschlagen war. Uwe war nicht mehr der Jüngste, ob da was im Busch war? Marie wusste, dass Prostatakrebs die häufigste Krebserkrankung bei Männern in Deutschland war.

»Marie, soll ich uns einen Schluck mitnehmen?« Rita stand vor der Toilettentür und hielt zwei Döschen Prosecco hoch. »Alkoholfrei selbstverständlich. Nicht, dass die Wasserschutzpolizei noch Ärger macht.«

Marie mochte keinen Prosecco und sagte: »Gute Idee, das wird sicher eine spritzige Ausfahrt.« Sie hakte Rita unter. Im Chor riefen sie: »Tschüs, Andreas«, und gingen kichernd die Westerstraße hinunter.

Als sie die Station der DGzRS erreichten, sahen sie Uwe und Karl am Steg, machten ein paar schnelle Schritte und entwischten über den Strandweg zum Sportboothafen. Es war Saison, und es war voll. Wohnmobile aus ganz Deutschland, die Eigner der Segelboote, die direkt an der Hafenkante parkten, Kinder mit Eis, Omas mit Rollatoren, junge Paare mit Schmetterlingen im Bauch. Maasholm mochten sie alle. Marie war froh, als sie nach dem Ablegemanöver den Hafen verließen.

Der Wind war so, wie sie ihn mochte, und rasch verlor sich der Eindruck von Sommertrubel. Rita war eine erfahrene Seglerin, von der Marie noch viel lernen konnte. Sie überließ ihr gern das Kommando. Den grün gebänderten Leuchtturm von Schleimünde anpeilen, einen Seeadler entdecken, die Sonnenbrille richten und ab und zu die Hand ins Wasser halten.

»Uwe hat Krebs«, sagte Rita, und Marie schloss die Augen. »Nichts Andreas sagen. Uwe will das nicht.« Sie schaute ins Segel, beobachtete den Verklicker und sagte: »Klar zur Wende.«

Marie machte die Leeschot klar zum Fieren und die Luvschoot klar zum Dichtholen.

Rita sagte: »Rhe.« Das Boot drehte in den Wind. »Wollen wir den Anker schmeißen? Einen Moment bleiben, wo wir sind?«

Marie nickte. Der Zehn-Kilo-Anker ging auf den Grund.

Eine halbe Stunde später hatte Marie verstanden, warum Rita sich Sorgen machte und ziemlich tüdelig war, wie sie sagte. Marie versprach, nicht mit Andreas zu sprechen. Als sie den Anker eingeholt hatten, nahm sie ihr Versprechen zurück.

»Rita, das kann ich nicht machen. Andreas liebt seinen Vater. Er würde uns das nicht verzeihen, und er wird einen Weg finden, mit Uwe zu sprechen, ohne dass der sich bevormundet fühlt. Vertrau deinem Sohn. Bitte.«

Rita weinte und stimmte zu.

Maries Folkeboot war mit Getränkehaltern unterhalb des Süllrands ausgestattet. Sie griff nach einer Dose Prosecco, zog am Verschlussring und reichte Rita das klebrige Getränk. Rasch angelte Marie die zweite Dose aus der Halterung und stieß mit Rita an. »Auf Neptun.«

»Auf Neptun«, antwortete Rita und trank.

»Das Zeug schmeckt gar nicht so furchtbar«, stellte Marie fest. »Aber ein Bier ist mir ja doch lieber.«

»Das habe ich damals schon zu Uwe gesagt, als Andreas dich angeschleppt hat. ›Eine richtige Frau ist die ja nicht‹, habe ich gesagt.«

»Wie bitte?« Marie war tatsächlich ein bisschen beleidigt.

»Ja, so mit dem Fußball, und geflucht hast du auch. Und das Ruhrgebiet, das hat dich auch geprägt, glaube ich.«

»Rita, ich erinnere unsere erste Begegnung sehr gut. Ich hab eigens ein Kleid angezogen. Das Kleid hatte ich mir geliehen und mir die Fingernägel lackiert. Den Nagellack habe ich eine halbe Stunde nachdem ich bei euch raus war, bei Maler Engels mit Nitroverdünnung wieder runtergeschrubbt, weil ich keinen Nagellackentferner besaß. Ich war wirklich um Weiblichkeit bemüht.«

»Bemüht, ja, das hat man gemerkt.«

Marie war froh, dass Rita abgelenkt wirkte. »Sag mal, das Hausboot, liegt das schon immer da?«

Rita schaute rüber ans südliche Ufer der Schlei. »Weiß ich

nicht. Seitdem die Olpenitz hochgezogen haben, blicke ich sowieso nicht mehr durch.«

Marie versuchte sich vorzustellen, wo das Boot lag. Vom Wasser aus sah das Land immer ganz anders aus. »Das ist ja näher an Olpenitz als an Ellenberg, oder?«, dachte sie laut.

»Ist es«, bestätigte Rita. »Viel näher. Das könnte fast noch zum Rönneby-Hof gehören.«

Spätestens jetzt war Marie wieder im Dienst. »Rita, hast du dein Handy dabei? Meins hat ja keinen Fotoapparat.«

»Ja, ich weiß, du liebst deinen alten Finnenknochen. Eine Marotte, wenn du mich fragst.« Rita fummelte ihr Telefon aus der Shorts. »Die ist aber auch eng.«

»Du hast wohl ein paar Gramm zugenommen.«

»Hüte deine Zunge, Schwiegertochter.«

Marie machte ein paar Fotos, aber sie waren doch ziemlich weit weg, und Ritas Handy spielte in Sachen Fotografie nicht in der ersten Liga. Die Fotos schickte sich Marie an ihre dienstliche E-Mail-Adresse. Dann rief sie eine Navigations-App auf, markierte den Standort und schickte sich einen Screenshot. »Danke, Rita. Das könnte wichtig sein.«

»Habt ihr denn einen Verdacht? Malte war so ein netter Kerl. Ich habe zu Uwe gesagt, wenn der nicht eines Tages in Berlin landet, dann weiß ich nicht. Aber der hatte ja auch viele Neider. Da würde ich an deiner Stelle mal nachforschen. Bestimmt einer von diesen Gift-Bauern. Oder dieser schmierige Eigner der ›Windsbraut‹.«

»Du kennst die ›Windsbraut‹?«

»Klar, dem alten Kahn ist Uwe schon ein paarmal zur Seite gesprungen. Ungepflegt, schlecht gewartet. Einmal sind denen die Lenzpumpen ausgefallen. Gar nicht weit von hier. Uwe hat das vor Ort repariert, netterweise. Und dieser Typ, wie hieß der noch? Ich mochte den Namen nicht. Holzer, jetzt fällt es mir wieder ein, der hat sich benommen, wie er heißt. Wie die Axt im Walde. Ungehobelt. Egal. Im Hafen hat man erzählt, dass der Vogel pleite ist, weil die Gäste lieber zu Malte auf die ›Suse‹ gegangen sind.«

»Verstehe. Ein wichtiger Hinweis, Frau Bruns. Vielleicht solltest du mal einen Krimi schreiben.«

»Kleinigkeit. Ich habe sofort ein paar Ideen. Erstes Opfer wäre dieser Lackaffe aus Hamburg. Eine wunderschöne Schaluppe, dreiunddreißig Meter lang, vier Kabinen, sehr elegant. Er hat wohl siebenstellig bezahlt.« Rita lachte auf. »Nur segeln kann der nicht. Hat nicht mal einen Segelschein. Ich frage mich, ob der überhaupt schwimmen kann, dieser Hamburger. Parkt, wo er will, mit seinen fetten Karren. Den würde ich in meinem Krimi so lange kielholen lassen, bis er blau ist.«

»Rita, sag mal, was redest du denn da? Ich dachte, ich hätte in eine christlich-pazifistische Familie eingeheiratet.«

»Ach, wir sind viel zu nachsichtig mit denen, die sich schlecht benehmen. Meinst du wirklich, ich sollte mal was schreiben?«

»Unbedingt. Es gibt ja auch Leser, die es so richtig grausam mögen.«

»Sollen wir wieder zurück? Uwe hat bestimmt gleich Hunger.«

Rita segelte das Folkeboot souverän und mit leichter Hand. Marie fand, dass Rita segelte, wie andere Fahrrad fuhren. So selbstverständlich, ohne eine Sekunde nachdenken zu müssen.

Uwe ging ihr nicht aus dem Kopf, in dem Spekulationen über das Hausboot mit Gedanken an all die Daten auf dem Server konkurrierten. Das Festmachen des Folkebootes half beim Sortieren, weil Konzentration auf das Wesentliche gefragt war.

»Und wenn er vor mir stirbt?« Rita auf dem Steg. Die Shorts zu eng, der Blick in die Ferne gerichtet. Sie wirkte verloren.

Marie hakte sich wieder unter und deutete über das Hafenbecken hinweg in Richtung der Seenotretter-Station. »Wir gehen jetzt mal rüber zu deinem Mann und meinem Sohn. Ich versuche, das zu sehen, was gerade dran ist. Das ist nicht immer leicht. Aber es gibt dazu keine vernünftige Alternative. *First things first.* Komm.«

Uwe und Karl waren stolz. Sie hatten sich eine Roststelle

am Rettungskreuzer vorgenommen und beseitigt. »Rostumwandler«, sagte Karl, »ein geiles Zeug.«

»Darin hat Papa den R4 förmlich gebadet.«

»Autos interessieren mich nicht. Die sind für Boomer.«

Rita schaute fragend, Marie winkte ab. »Karl, wir wollen dann mal los.«

»*Du* willst los. Ich nicht.«

»Morgen ist wieder Schule. Bis wir zu Hause sind, ist es dunkel.«

»Ich habe erst zur zweiten Stunde. Frau Andresen ist krank.«

»Alle werden krank, was ist denn los? Dann gehst du in die Notbetreuung.«

»Ich muss nicht betreut werden. In ein paar Wochen komme ich in die Fünfte, schon vergessen?«

»Karl, komm jetzt. Uwe, sag auch mal was.«

»Ich bin der Opa. Ich muss nix sagen.« Uwe und Karl klatschten sich ab.

Marie zog Rita weg vom Rettungskreuzer. »Wir fahren in fünfzehn Minuten.«

Vor dem Haus seiner Eltern hatte sich Andreas wirklich ernsthaft mit dem Niveauunterschied zwischen Rasengitterstein und Asphalt beschäftigt. Er wirkte so stolz, als habe er gerade eine Herztransplantation durchgeführt.

Als Marie und Rita sein Werk betrachteten, erläuterte er: »Eine Rampe, eine schiefe Ebene, die den Höhenunterschied überwindet und die Gittersteine abstützt. Ich habe mir Sofortbeton von Nils geliehen und dank meiner handwerklich herausragenden Fähigkeiten ein funktionales Bauwerk von schlichter Schönheit geschaffen.«

»Mit der Betonung auf ›schlicht‹.«

»Mama, du hast rumgemeckert. Ich habe das Problem gelöst. Sag einfach: ›Gut gemacht, mein Sohn. Vielen Dank.‹«

»Gut gemacht, mein Sohn. Vielen Dank. Ich habe noch Quarkbällchen. Will jemand? Morgen sind die nix mehr.«

Marie und Andreas wollten. Als Opa und Enkel eintrafen, war nichts mehr übrig.

Auf der Rückfahrt eröffnete Karl, dass er Nautik studieren werde, um später mit einem Frachtensegler, den er zu konstruieren gedenke, die Ostsee zu besegeln. Opa Uwe käme auch mit.

Marie schluckte. Andreas bestärkte Karl in seinen Plänen und betonte, er führe auch sehr gern mal mit – im Sommer.

Der Riese von Ulsnis, den die Familie mit »Gut Wurf« grüßte, Brodersby, die Loiter Au, dann parkte Marie das EMO im heimischen Carport. Karl verschwand ohne Diskussionen, Andreas hatte sich einige Scheiben Bündnerfleisch geschnitten. Ein Patient war so nett und brachte ihm die Schweizer Köstlichkeit regelmäßig mit.

Kauend saß er vor seinem Notebook und beantwortete E-Mails, die über den Abend hinweg eingetroffen waren. Kollegen, Patienten und Krankenkassen schliefen nie. Marie setzte sich mit ihrem Notebook auf den Balkon und sichtete die schlechten Fotos, die sie vom Hausboot gemacht hatte. Das Boot lag genau am östlichen Rand des Rönneby-Hofes, soweit sie das beurteilen konnte. Sie müsste beim Katasteramt nachfragen. Bei Google Earth glaubte sie, einen Trampelpfad zu erkennen, der an einer Weide entlangführte und den Hof mit jenem Ort verband, an dem das Hausboot lag. Die Satellitenbilder waren zehn Jahre alt, auf ihnen sah man das Boot nicht.

Beim Blick auf die Uhr verzichtete Marie darauf, Sonja Suchaufträge in die Dienst-Cloud zu stellen. Sie wusste, dass die Kollegin sonst noch in der Nacht mit der Arbeit beginnen würde.

Sie schloss das Notebook und ging zu Andreas in die Küche. Ein schwerer Gang. Andreas war mittlerweile von Bündnerfleisch auf fetten Joghurt mit Honig und Walnüssen umgestiegen. Als Marie den Raum betrat, zog er die Schüssel sofort zu sich heran. Allein, es rettete den Nachtisch nicht vor Maries Zugriff. Sie trat an ihn heran, bot ihre Lippen zum Kuss und – zack. Andreas nahm es sportlich und stellte ein Glas Senfgurken auf den Tresen. Die Gurken hatte Marie gezogen, geerntet und eingelegt. Sie waren ein Renner in der Familie, und man hatte beschlossen, die Anbaufläche zu verdoppeln.

»Du hast doch was.« Andreas kaute und reckte das Kinn in Maries Richtung. »Na?«

Marie schob das Schüsselchen zur Seite und griff über die Platte aus Eichenholz nach Andreas' Hand. »Dein Vater hat Prostatakrebs.«

»Fuck!«

»Er will nicht, dass du es weißt.«

Andreas führte Maries Hand zu seinem Mund und küsste sie sanft. »Ich mach das schon. Details?«

»Keine.«

»Danke. Was sagt Mama?«

»Sie hat Angst.«

»Ich habe ihm tausend Mal gesagt, dass er zur Vorsorge gehen soll. Vorbei. Sie müssen wissen, dass es gute Möglichkeiten gibt. Ich fahre morgen nach der Sprechstunde hin.« Er zögerte. »Sofern der R4 fertig ist. Das kläre ich gleich morgen früh. Lass uns schlafen gehen.«

Andreas wird Hilfssheriff

In der Nacht war ein Tiefdruckgebiet nach Schleswig-Holstein hereingezogen. Der Luftdruck war stark gefallen. Wind und Regen weckten Marie und Andreas vor dem Hahnenschrei des Weckers, den Karl ihnen zu Weihnachten geschenkt hatte. Die Morgentoilette hatte Andreas als Erster hinter sich gebracht. Er saß schon am Küchentisch, als Marie dazukam. In der rechten Hand den Kaffeebecher, in der linken das Handy.

»Ach, Andreas. Nicht beim Essen.«

»Ich habe gerade wegen des R4 eine Nachricht geschickt. Vielleicht kann ich ihn ja gleich abholen.«

Marie machte sich ein Müsli, weckte Karl, holte die Tageszeitung aus dem Briefkasten und setzte sich Andreas gegenüber, der schon wieder Bündnerfleisch aß. »Wenn Karl das sieht, gibt's Ärger.«

Andreas kaute schneller und angelte sich eine Birne aus dem Obstkorb. Sein Handy spielte die Titelmelodie von »Star Wars«.

»*Yes*, ich kann den R4 abholen. Ich fahre mit dem Fahrrad. Dann kann ich wie geplant nach Maasholm. Könnte also spät werden heute. Was hast du vor?«

»Ich telefoniere gleich mit der Arbeit, danach fahre ich vielleicht zum Rönneby-Hof. Mir ist da was aufgefallen. Karl hat Training. Ich hole ihn danach ab.«

Erneut erklang die Melodie von »Star Wars«. Andreas lächelte selig und drehte das Handy so, dass Marie den R4 sehen konnte. »Wie neu, oder?«

Sie nahm ihm das Smartphone aus der Hand. »Augenblick mal.«

»Sieht gut aus, oder?«

Marie vergrößerte das Foto. »Mich soll der Klabautermann holen, wenn das nicht die Karre ist.«

»Du redest wirres Zeug. Aber das bin ich ja gewohnt.«

»Hinter deinem Traum aus Rost steht ein weißer Kastenwagen mit blauer Aufschrift. Ich kann leider nur sehen, dass es vier Buchstaben sind. Die Motorhaube des R4 verdeckt den Rest. Aber ich sehe, dass jemand den Außenspiegel abgeklebt hat, so als müsse er lackiert werden.«

Andreas nahm Marie das Smartphone aus der Hand. »Was interessiert dich dieser langweilige Opel Combo?«

»Kann ich dir sagen. Wir suchen nach einem Fahrzeug wie diesem, vielleicht sogar genau nach diesem.«

»Meine Werkstattkönigin wird dir keine Kundendaten nennen. Die ist verschwiegen. Datenschutz und so.«

»Ich bin von der Polizei.«

»Lass mal, ich kläre das, Frau Hauptkommissarin.«

Andreas wählte ohne weitere Nachfragen die Nummer der Werkstatt, flötete, dass Marie ganz anders wurde, notierte etwas, beendete das Gespräch und schob Marie den Zettel über den Tisch. »Darf ich jetzt dein Hilfssheriff sein?«

Marie las: »Opel Combo, Lackschaden Fahrerseite, Spiegel, Tür. Zugelassen auf NASU Nord, gebracht von Bille Asmussen. Holt das Auto heute um achtzehn Uhr dreißig ab«.

»Danke. Ja, Hilfssheriff ist okay. Du fährst jetzt los und bist um neun Uhr dreißig da raus, richtig?«

»Korrekt.«

»Gut.« Marie ging ins Treppenhaus. »Karl, bist du aufgestanden?«

Im selben Moment federte Karl die Treppe hinunter.

»Ich weiß, du hast erst zur zweiten Stunde, aber –«

Karl unterbrach sie. »Schon geregelt. Ich gehe vorher zu Merle. Sie will auch Nautik studieren. Dann könnten wir zusammen durch die Ostsee segeln.«

»Gute Idee.« Marie wuschelte Karl durch die Haare. Karl wehrte sich nicht. Der Tag war jetzt schon voller Überraschungen.

Andreas und Karl frühstückten zu Ende. Familie Geisler verabschiedete sich voneinander. »Ihr müsst euch Regenjacken anziehen«, ermahnte Marie. Beide verdrehten die Augen. »Ich denk an dich«, raunte sie Andreas zu.

»Und an mich nicht, oder was?«

Marie griff nach Karl. Er war schneller.

Die Haustür. Andreas, der sein Fahrrad aus dem Ständer zog, Karls schnelle Schritte, die sich entfernten, dann hörte Marie ihren eigenen Atem. »Heute Abend denke ich wieder an Uwe«, beschwor sie sich und setzte sich mit Kaffee, Schleibook, Notebook und ihrem Lieblingsstift an den Schreibtisch. Hier saß sie selten. Auch an ihrem Schreibtisch im LKA saß sie nicht besonders häufig. Irgendwie hatte sie es geschafft, die meiste Büroarbeit Astrid zuzuschanzen. Ein Arrangement, das für beide okay war. Kaum hatte sie an Astrid gedacht, rief die Kollegin an.

»Ich bin bis Ende nächster Woche krankgeschrieben und werde auch nicht eher zurückkommen. Fühle mich richtig mies.«

»Was ist das nur für eine Seuche? In Karls Schule ist jetzt auch eine Lehrerin erkrankt. Soll ich dir trotzdem was zum Fall erzählen?«

»Wenn ich ganz ehrlich sein darf, Marie, eher nein. Ich fühle mich nicht in der Lage. Bitte sei nicht böse. Bis bald.« Sie legte auf.

Marie war mindestens überrascht. Astrid kam normalerweise mit dem Kopf unterm Arm. Es musste sie wirklich erwischt haben. Sie rief Gregor an.

»Moin Marie, ich hätte mich jetzt auch gemeldet. Wegen Kent Holzer und wegen Astrid und wegen Karsten.«

Die beiden einigten sich darauf, in Sachen Kent Holzer abzuwarten. Man wusste, wie es um sein Unternehmen stand, man wusste, dass er mit Drogen handelte, alles Weitere waren Mutmaßungen. Er wurde gesucht. Sobald man ihn hatte, würden sie mit ihm sprechen.

Gregor berichtete noch von Rob, und Marie fand gut, dass Gregor ihn an Heidrun Wullenkämper weitervermittelt hatte. Sie kannte die Sozialarbeiterin, und nach allem, was Gregor in Erfahrung gebracht hatte, hatte Rob eine Chance verdient. Astrids Zustand machte Gregor Sorgen. Sie hatte ihm erzählt, dass sie schlecht Luft bekäme.

Marie erzählte vom Hausboot, und Gregor grätschte sofort dazwischen.

»Beinahe hätte ich das vergessen. Gestern am späten Abend rief mich unser alter Kollege Karsten an. Er hat vom Mord an Malte von Rönneby Wind gekriegt und wollte mir in diesem Zusammenhang von einer Beobachtung berichten, die er gemacht hat, als er von einem Boot aus auf der Schlei zwischen Maasholm und Olpenitz geangelt hat. Dann riss aber die Verbindung ab, und ich konnte ihn nicht mehr erreichen. Unter der Festnetznummer gehen weder er noch seine Frau ran. Ich würde da gern mal vorbeifahren.«

»Mach das. Ich versuche herauszufinden, wem das Hausboot gehört. Ich werde wohl auch hinfahren, und ich habe weitere Neuigkeiten.« Marie berichtete vom Auftauchen des Opel Combo. »Kannst du Sonja auf den aktuellen Stand bringen? Wenn du zu Karsten fährst, bist du ja sowieso fast im Büro.«

Sie verabschiedeten sich, und Marie war froh, dass sich Gregor für die Stelle beim LKA entschieden hatte. Sie arbeitete gern mit ihm.

Kaum dass sie aufgelegt hatte, rief ihr Vater an. »Papa, ich kann jetzt nicht.«

»Nur kurz wegen des Helfertreffens. Wie soll ich sagen? Ich hatte dich ja als Begleitung eingetragen. Nun habe ich gestern Abend mit Uwe telefoniert und ihm von der Arbeit im Museum erzählt. Er war ziemlich interessiert. Ewig würde er ja auch nicht mit dem Rettungskreuzer rausfahren, und das mit dem Räuchern und dem Museum wäre ja vielleicht ein Hobby fürs Alter. Wärest du sehr böse, wenn wir zwei alten Männer da hingingen?«

Maries Herz machte einen Satz. Vielleicht würde sich Uwe ja einem Mann in seinem Alter offenbaren. »Nein, Papa, wenn du mich zeitnah zu einer Wundertüte am Strand einlädst, würde ich dir vergeben.«

»Marie, mein Goldstück. Ich danke dir. Schönen Tag. Tschüs.«

Marie ging in die Küche und strich den Termin aus dem Familienkalender. Mit gemischten Gefühlen, wie sie sich eingestehen musste.

Die Werkstatt der Karosseriegöttin in Friedrichsberg wirkte wie ein Gesamtkunstwerk auf Marie. Sie hatte einige Male auf dem Parkplatz gestanden, aber nicht Notiz genommen von dem, was Henriette Ratz sich ausgedacht hatte. Die Werkstatt war ein Museum jener Kunst, die erst in jüngster Zeit eine Renaissance erlebte, der Kunst des Reparierens. Henriette Ratz hatte, über ihr Handwerk hinausreichend, grundlegende Techniken anschaulich gemacht, mit denen man trennen, verbinden, messen, schneiden, sägen und lackieren konnte. Berufsschullehrer müssten sich die Finger nach dieser Demonstration bewährter Instandsetzungsmaßnahmen lecken. Dass Andreas von der Chefin hier schwärmte, konnte Marie nun nachvollziehen.

»Moin, was kann ich verhindern?« Mit dieser Fragestellung trat Marie eine Frau gegenüber, die viel jünger war, als Marie sie sich vorgestellt hatte.

»Schlimmeres«, antwortete Marie und stellte sich vor.

»Ah, Andreas hat dich ja bereits angekündigt. Ist nicht meine Art, aber in diesem Fall … Der Combo steht hinten in der Halle.« Sie ging vor.

Die Lackschäden waren noch nicht ausgebessert.

»Kannst du ihn auf den Hof fahren? Dann stellen wir ihn neben meinen Dienstwagen, mit dem der Combo vielleicht Kontakt hatte.«

»Klar.«

Henriette rangierte den Combo aus der Halle ans Licht und stellte ihn so dicht neben das EMO, dass sie über die Beifahrerseite aussteigen musste.

Das sichtbare Ergebnis der Gegenüberstellung war eindeutig. »Wie Arsch auf Eimer.«

Marie hatte dem nichts hinzuzufügen. Trotzdem würde die KTU kommen müssen. Marie rief Elmar an. »Jo, ich schicke Ronja.«

»Danke fürs Rausfahren, Henriette. Hast du den Fahrzeugschein da?«

»Yep.«

Das Büro hinter der Werkstatt wirkte aufgeräumt, wie Marie noch kein Büro gesehen hatte. Nicht mal das Büro des Vorzimmermannes in der Klaus-Harms-Schule kam an diese Dimension von Ordnung heran.

Henriette hatte Maries Blick erhascht. »Ich weiß, hier sieht es verstörend sortiert aus. Eine Freundin ist Psychotherapeutin. Sie hat mir ernsthaft Hilfe angeboten. Ich hasse Unordnung.«

Sie schob den Fahrzeugschein über den Tisch. Das Auto war auf NASU Nord e. V. in Rendsburg zugelassen.

»Wer hat das Auto wann hierhergebracht?«

»Bille Asmussen. Sie kümmert sich bei der NASU um Presse- und Öffentlichkeitsarbeit.«

»Warum keine Werkstatt in Rendsburg oder Husum. Die Geschäftsstelle ist doch in Husum, oder?«

»Ach, das ist kompliziert. Die haben in Rendsburg begonnen und sind wohl auch dort ins Vereinsregister eingetragen. Darum das Rendsburger Kennzeichen. Ist mir auch egal. Ich bin auch in der NASU. Bille und ich kennen uns ganz gut.«

»Weiß sie, dass ich hier bin?«

»Nein. Ich hätte sie informiert, aber ich kann sie nicht erreichen.«

»Hast du die Privatadresse?«

Bille Asmussen wohnte in Treia, auf halbem Weg zwischen Schleswig und Husum.

»Wann hat sie das Auto gebracht?«

Henriette sah nach. Der Combo stand hier seit dem Tag der blechernen Begegnung mit dem EMO.

»Braucht sie das Auto denn nicht?«

»Ich sagte ja, dass ich sie nicht erreiche. Sie wollte heute um achtzehn Uhr dreißig kommen. Aber das schaffe ich nicht. Habe ihr eine SMS geschickt.«

Marie schaute ins Handschuhfach und in die anderen Ablagen des Combos, fand aber nichts, das mit dem Fall in Verbindung stehen könnte. Außer einem Päckchen Papiertaschentücher aus einer Apotheke in Silberstedt und einer angebrochenen Tüte Lutschbonbons war der Combo quasi leer. Marie bedankte sich und bat Henriette darum, das Auto so abzustellen, dass niemand rankönne. »Da kommt eine Kollegin von der Kriminaltechnik.«

Sie stieg ins EMO, öffnete aber noch mal die Tür und rief Henriette nach, die das Tor einer Garage gleich neben der Halle aufschob. »Sag mal, der R4 von Andreas. Ganz ehrlich. Lohnt sich dieser Aufwand eigentlich?«

Henriette drehte sich um und kam lächelnd auf Marie zu. »Andreas hat erzählt, dass du Fußball spielst. Lohnt es sich, allwöchentlich zu trainieren, sich die Knochen kaputt zu machen, in den Matsch zu grätschen, wenn man weiß, dass es nicht einmal für die dritte Liga reicht?«

Marie lachte. »So habe ich das noch nie gesehen. Du meinst, das ist eine Art Leidenschaft mit diesem alten Auto?«

Henriette legte beide Hände aufs Herz. Die Hände eines Menschen, der viele Stunden bis zu den Schultern zwischen Lichtmaschinen und Zylinderkopfdeckeln verbracht hatte. Kein Nagellack, keine zarte Haut, aber reichlich Risse und in den Rissen schwarze Reste von Öl und Fett. Marie fragte sich, welche Pläne Henriette angesichts der Elektromotoren hatte, die alles, was Benzin verbrannte, sukzessive verdrängen würden.

An der einzigen Ampel der Welt, an der man während der Rotphase die schöne Silhouette von Schloss Gottorf betrachten konnte, klingelte Maries Telefon. Ob sie hier und jetzt zum ersten Mal die Freisprecheinrichtung verwenden sollte, die auf Drängen des Werkstattmeisters beim LKA frisch eingebaut worden war? Die nächste Haltemöglichkeit böte der Pendlerparkplatz an der Bundesstraße Richtung Husum.

Marie drückte den Knopf, der die Verbindung zwischen eingehendem Anruf, dem Mikrofon des Telefons und dem Lautsprecher von EMOs Musikanlage herstellte. Es funktionierte. Es hupte.

»Moment, ich muss mal eben abbiegen.« Marie fühlte Stress. Wie machten all die anderen Menschen das nur? Autofahren und gleichzeitig telefonieren. Niemand sollte ihr erzählen, dass man nicht abgelenkt wäre.

»Hallo? Haaalloo, hier ist Ronja.«

Marie fädelte sich in den Verkehr ein und antwortete: »Moin Ronja, war gerade schlecht. Was gibt's?«

»Du musst bitte entscheiden, ob ich jetzt Spuren am weißen Transporter anschauen soll oder ob ich die Analyse der DNA abwarte. Ich habe die Spucke in Arbeit.«

»Erst die Spucke, dann das Blech. Wobei, wie lange dauert das noch mit der Spucke?«

»Ach, das weiß man ja vorher nie so ganz genau.«

»Danke, das hilft.« Marie lachte. Der Transporter von Frauke überholte sie, es war wohl auch Frauke, die gehupt hatte. Fraukes Porträt lachte Marie von der Seite des rollenden Kunstwerkes an. Ein Leben mit und für gutes Essen. Das wäre auch was für mich, dachte Marie. Das war auch was für Malte gewesen. Es hing ja alles mit allem zusammen. Insbesondere die sich wiederholenden Einsichten hingen zusammen mit sich wiederholenden Reizen. Wie viel Zeit das Gehirn damit verschwendete, bis es Entscheidungen traf!

»Marie, was denn nun?«

»Spucke. Sobald du was hast, ruf an.«

»Das überlege ich mir noch mal. Ich kann dich kaum verstehen.«

»Damit bis du nicht allein.«

Marie stellte sich vor, wie die weißbekittelte Ronja ratlos in den Telefonhörer starrte und sich wieder den Röhrchen und Pipetten zuwandte.

Es vergingen etwa zwanzig Minuten, bis Marie in Treia die Treene überquerte. Kurz vor dem Ortsausgang bog sie links ab und sah, dass an Bille Asmussens Haus die Rollläden heruntergelassen waren. Kaum dass sie ausgestiegen war, näherte sich sehr schnell ein sehr großer schwarzer Hund und verbellte sie.

Marie hatte sich erschrocken, atmete tief durch und achtete darauf, nicht mit den Armen zu fuchteln, dem Tier nicht in die Augen zu schauen, als eine Stimme erklang, die ihr vertraut erschien. Ein Bass wie der des Ivan Rebroff, den Maries Mutter verehrt hatte, rief: »Klarissa, sitz!«

Klarissa setzte sich.

»Klarissa. Ernsthaft?«, fragte Marie den Mann, der nicht nur sprach wie Ivan Rebroff, er sah auch so aus.

»Als sie klein war, sah sie aus wie eine Klarissa. Dass es so enden würde, hat niemand geahnt.«

»Die ist ja so groß wie ein Baby-Wisent.«

»Aber freundlicher. Kannst sie ruhig streicheln.«

»Och, lass mal.«

»Was führt dich nach Treia, Kleinod an der Treene?«

Marie zeigte auf das Haus mit den heruntergelassenen Rollläden.

»Bille, die ist nicht da. Kann ich was ausrichten? Wer schickt dich überhaupt?«

»Ich muss mit Frau Asmussen über ihr Auto sprechen.«

»Die hat kein Auto.«

»Der weiße Opel Combo.«

»Ach so, der Dienstwagen. Der ist in der Werkstatt.«

»Schlimm?«

»Irgend so ein Idiot ist ihr reingefahren. Die ganze Seite, alles voller Schrammen.«

»Mist, wie kommt sie denn jetzt zur Arbeit? Is ja 'n Stück bis Husum.«

»Neunzehn Komma vier Kilometer von Tür zu Tür. Ich habe ihr mein E-Bike geliehen. Jetzt im Sommer ist das überhaupt kein Problem.«

»Solche Nachbarn braucht man. Findest du in der Stadt ja nicht.«

»Wir halten zusammen in Treia. Was ist denn jetzt mit dem Combo?«

»Ach, ich wollte mir den mal angucken. Der Bus ist mir zu groß und schwer.«

»Jo, ruf sie doch an. Ich schreib dir mal die Nummer auf.« Der Bass zog einen Block aus der Tasche und notierte eine Handynummer. »Bist du auch von der NASU?«

»Umwelt ist so wichtig heute.«

»Jo, man darf das aber nicht übertreiben.«

»Nee, das ist nie gut. Wo ist Bille denn jetzt?«

»Ich tippe mal, bei ihrer Mutter. Steht nicht gut um die alte Asmussen. Steht gar nicht gut um sie.«

»Krankenhaus?«

»Ach, da kriegt die keiner rein. Zu Hause auf dem Hof.«

Marie zeigte scheinbar wissend in eine beliebige Richtung.

»Kennst du doch sicher, der letzte Hof vor Silberstedt, der Asmussen-Hof, die alte Rummelbude.«

Marie nickte, winkte ab. »Klar, hatte ich vergessen. War Malte eigentlich mal wieder hier?«

»Wer?«

»Malte von Rönneby.«

»Ach, der Adlige. Der Öko von der Schlei. Ich kenn den ausm Fernsehen. Bille sagt, der ist nett. Die haben so Projekte, die NASU und der Adlige. Aber hier habe ich den noch nicht gesehen. Das wüsste ich.«

Dass der Bass das wüsste, glaubte Marie sofort. »Ja, denn will ich mal wieder los.« Sie machte einen Schritt zurück, Klarissa erhob sich und knurrte. »Klarissa, sitz«, sagte Marie, und Klarissa tat, was sie tun sollte. »Ist aber 'ne ganz Brave, ne?«

Der Bass streichelte Klarissa stolz den Kopf, der so groß war wie eine kleine Waschmaschine.

Marie stieg ein und war froh, nicht zum Opfer dieser Hundemutantin geworden zu sein. Sie nahm das Holster ab, es drückte, und sie saß immer schief deswegen. Vielleicht war das die Ursache für das Ziehen im Rücken.

Jetzt stellte sich die Frage nach der Reihenfolge der Besuche, wenn die dem Verhältnismäßigkeitsprinzip gerecht werden sollten. Aus gutem Grunde ein hohes Gut der Rechtsstaatlichkeit. Die Besuche und ihre Reihenfolge sollten geeignet, erforderlich und angemessen sein. Hierzu müsste Marie zunächst die Zweckmäßigkeit prüfen, sie musste also wissen, was sie eigentlich wann, wo und von wem in Erfahrung zu bringen hoffte. Hinzu kämen die sorgfältige Betrachtung und Festlegung ihrer kurz-, mittel- und langfristigen Ziele. Von den ihr zur Verfügung stehenden Möglichkeiten mal ganz abgesehen.

Als Marie an der Einmündung der Anwohnerstraße auf die Hauptstraße hielt, fuhr von links kommend ein Trecker an ihr vorbei. Sehr langsam. Ein älteres Fahrzeug mit Anhänger. Die Entscheidung über die Reihenfolge war gefallen. Marie bog nach links in Richtung Husum ab.

Die NASU Nord hatte ihre Zelte im wahrsten Sinne des Wortes im Innenhof eines Hauses aufgeschlagen, das an den Husumer Schlosspark grenzte. Marie mochte Husum. Nicht nur wegen seiner Häfen, der zahlreichen Möglichkeiten, gut zu essen, nicht nur wegen der Krokusse, der Krämerstraße und des Marktes oder Theodor Storm. Sie mochte Husum auch wegen Nordstrand und der Fähre nach Pellworm.

In den Zelten herrschte reges Treiben. Ein Projekt, wie Marie schnell erkannte. Projekte hatte sie früh meiden gelernt. Ihr fehlte die Geduld. Die bunten Leiber teilten sich, als Marie aufrechten Ganges zwischen den Zelten, Transparenten, Pinnwänden und Hängematten hindurchschritt. Sie schnappte Satzfetzen wie »Ohne Aktion keine Reaktion«, »Alle Macht den Ohnmächtigen«, »Mutter, aber bitte auch Vater Erde« auf und fragte sich, was die Aktivist/-innen wohl mit ihr anstellten, erführen sie, dass sie für Sauerfleisch …

Sie verbat sich weitere Spekulationen, die sich insbesondere wegen des unterschwelligen und zudem unangemessenen Dünkels schlecht anfühlten. Sie wollte nicht in die Haltung verfallen, die sie bei ihrem Vater, manchen Vorgesetzten und auch Teilnehmern von Gesprächsrunden im Fernsehen gehasst hatte und noch immer hasste, die »Komm-du-erst-mal-in-mein-Alter-Besserwisserhaltung«.

»Moin, ich bin André, du hast dich schon in eine der Listen eingetragen?«, sprach ein junger Mann mit langen Haaren, die er zum Dutt hochgesteckt hatte, sie an. Der Mann trug Pluderhosen. Sachen gab's.

»Moin, ich bin Marie Geisler und komme vom LKA. Keine Listen.«

»Aber sicher findest du auch ein Thema, dem du zuneigst. Wollen wir mal gemeinsam schauen?«

»LKA.«

»Nie gehört. Ein süddeutscher Landesverband der Naturschutzunion?«

»Polizei.«

»*Never.*« André musterte Marie.

Marie holte ihren Dienstausweis hervor.

»Krass, so wie du aussiehst. Okay.« André zog das »ay« von »okay« sehr lang und ließ es wie eine Frage voller Erwartungen klingen.

»Gibt es hier einen Chef oder eine Chefin?«

»Ja, Marieke, aber die ist zum Yoga. Also nicht sie allein, sondern sie mit der Neigungsgruppe. Kann ich dir helfen? Vielleicht gehen wir rein, damit wir die anderen nicht stören.«

André drehte sich um, machte eine einladende Geste, und gemeinsam betraten sie den Flur des Hauses, das man mit Fug und Recht als Villa bezeichnen konnte. »Wir gehen in Mariekes Büro, da haben wir Ruhe.«

Mariekes Büro befand sich im ersten Obergeschoss. Geräumig, hohe Decken, geschmackvolle Büromöbel aus Vollholz und ein Besprechungstisch, an dem André Marie einen Platz anbot.

»Magst du etwas trinken?«

Marie verneinte. »Ich komme wegen Bille Asmussen.«

»Unsere Pressesprecherin, die extrem gut verdrahtet ist im Land. Ist aber krank.«

»Krank?«

»Ja, krankgemeldet, seit vier oder fünf Tagen. Weiß ich nicht so genau. Ich bin ja auch nur der FÖJler.«

»Freiwilliges ökologisches Jahr.«

»Genau. Ich werde Jura studieren und möchte vorher auch mal die andere Seite kennenlernen.«

»Die andere Seite?«

»Ich beabsichtige, nach dem Studium in die Industrie zu gehen. Da muss man wissen, mit wem man es zu tun hat.« Er lachte, ohne dass es zynisch wirkte. Er war einer jener Pragmatiker, vor denen Astrid oft warnte. Dass ein angehender Jurastudent noch nie vom LKA gehört hatte, mochte Marie kaum glauben, war aber froh, dass André offenbar kooperativ war.

»Worum geht es denn eigentlich?«

Marie schenkte André ihr konspiratives Lächeln. »Das verrate ich dir, sobald du das erste Staatsexamen hast. Man sieht sich ja immer zweimal. Ich wüsste gern, ob ihr für eure Dienstfahrzeuge Fahrtenbücher führt.«

Jetzt war André in seinem Element. »Wir sind auf dem aktuellsten Stand. Alles elektronisch, alles online.«

Er fischte ein Notebook vom Schreibtisch der Chefin und schaltete es ein. Der Rechner fuhr hoch, nach einem Passwort wurde nicht verlangt. Er setzte sich neben Marie, sodass beide auf das Display schauen konnten.

»Wir haben ja überhaupt nur vier Autos. Das hier ist der Combo, den Bille immer hat. Gucken wir mal.« Ein Kalender erschien. »Ach, mach doch selbst. Du weißt ja am besten, wonach du suchst.«

Marie klickte auf den Tag, an dem sie Malte auf dem Misthaufen gefunden hatte. An diesem Tag war eine Fahrt von Treia nach Schlüttsiel, Vogelschutzgebiet Hauke-Haien-Koog, eingetragen. Dreiundfünfzig Komma acht Kilometer hin und sechsundfünfzig Komma vier Kilometer zurück. Das dürfte etwa der Entfernung von Treia nach Kappeln entsprechen, dachte Marie. Zweck der Fahrt: Kontrolle der Beschilderung.

»Die Pressesprecherin kontrolliert Schilder?«

André lehnte sich zu Marie hinüber. Sein Blick sagte: unter uns Kollegen. Sein Mund sagte: »Das muss aber unter uns bleiben. Die Chefin rastet aus. Bille trägt das nicht immer ganz so korrekt ein. Ihre Mutter ist krank, und da muss sie schon mal hin oder die alte Dame zum Doc fahren, Apotheke, so was eben. Bille macht einen Spitzenjob. Ohne sie käme die NASU sicher nicht so regelmäßig ins Fernsehen. Aber sie kann halt auch nicht aus ihrer Haut. Voll hilfsbereit.«

»André, du bist eine Hilfe. Das zahlt sich immer aus. Glaub mir. Unser Gespräch – *entre nous*, wenn du weißt, was ich meine.«

André nickte und schaute Marie verschwörerisch an.

Sie rückte noch ein kleines Stück näher an ihn heran. »Malte von Rönneby«, flüsterte sie. Andrés Blick verdunkelte sich.

»Unser wichtigster Kooperationspartner auf politischer Ebene. Ohne dessen Bekanntheitsgrad könnte die NASU einpacken. Also, einpacken jetzt nicht. Aber wir hätten weniger Aufmerksamkeit. Bille hat versprochen, dass sie mich mal mitnimmt. Sie hat regelmäßig Besprechungen mit ihm.«

»Erinnerst du dich, wann sie das letzte Mal dort war?«

André erweckte den Eindruck äußerster Konzentration, seine Finger tasteten die umgebende Luft nach möglicher Inspiration ab. »Muss 'ne Weile her sein. Bille ist ja krankgeschrieben, seit dem Tag, an dem sie im Hauke-Haien-Koog war.« Er kniff ein Auge zu.

Er wusste nicht, dass Malte tot war. Seltsamer Typ. »Okay, weiß ich Bescheid. Ich würde gern einen Blick in Billes Büro werfen.«

André erhob sich. »Darf ich? Nicht, dass die Chefin komisch draufkommt.« Er zeigte auf das Notebook.

»Nur zu, ich will deiner Karriere nicht im Weg stehen.«

André legte das Notebook auf den Schreibtisch und ging zur Bürotür. »Bille sitzt unterm Dach.«

Als sie das Büro betraten, simulierte Marie einen Anruf. »Geisler? ... Oh, Herr Staatsanwalt ... Selbstverständlich ... Ja, da kann ich mich drum kümmern. Ich hole rasch mein

Notizbuch raus.« Sie hielt den Hörer zu und schaute André mit weit geöffneten Augen an. »Der Staatsanwalt. Lässt du mich kurz allein?«

André verschwand und schloss die Tür. Marie steckte das Handy weg und holte ihren Laptop hervor. »Ja, Herr Staatsanwalt, ich höre.« Sie schaltete die Videofunktion ein, fuhr mit dem Laptop Schreibtisch und Regale ab, öffnete eine Schranktür, schloss sie wieder, dann entdeckte sie im Papierkorb mehrere Taschentücher. »Die Observation planen wir an allen Juliwochenenden im Dreischichtbetrieb. Wegen der Rocker. Selbstverständlich, Herr Staatsanwalt.«

Aus der Hosentasche förderte Marie einen Spurenbeutel zutage. Es war der letzte. Sie musste daran denken, den Bestand im EMO zu prüfen. In Ermangelung von Handschuhen stülpte sie den Beutel um und erwischte zwei augenscheinlich benutzte Taschentücher mit einem Griff. Sie schloss den Beutel, verstaute ihn in der Umhängetasche und beendete gut vernehmlich das Gespräch mit dem imaginierten Staatsanwalt, den sie sich als strengen Herrn Mitte sechzig mit maßgeschneidertem Anzug und hagerem Gesicht vorgestellt hatte. Gewissermaßen ein Gegenentwurf zu jener Staatsanwältin, mit der Marie in regelmäßigem Kontakt stand.

Sie öffnete die Tür. André machte eine Bewegung, aus der Marie schloss, dass er gelauscht hatte. »Eines Tages bist du der, der die kleinen Polizisten auf Trab bringt.«

Sie sah, dass André diese Vorstellung gefiel. Vielleicht hatte die Gesellschaft den jungen Mann noch nicht an den Großkapitalismus verloren. Marie lachte. Sie hatte sich schon als Kind kleine Witze ausgedacht, die sie nur sich selbst erzählt hatte.

»Ach, bevor ich wieder Verbrecher jage«, sie zog mit großer Geste das Schleibook aus der Tasche, »ich brauche noch deinen vollen Namen und eine Telefonnummer, unter der wir dich erreichen können. Man weiß ja nie.«

Sie notierte, bot André die Faust zum Gruß und verließ das Haus durch den Haupteingang. Das Zeltlager im Innenhof musste sie sich nicht ein weiteres Mal antun.

Bille Asmussen hatte den Unfall also nicht gemeldet. Dafür konnte es eine ganze Reihe von Gründen geben. Einer davon wäre die Verschleierung ihrer Anwesenheit auf Maltes Hof. Aber warum sollte sie das tun, waren die Verbindungen zwischen Malte, der die NASU als Erbin eingesetzt hatte, und Bille doch bekannt und erwünscht. Es hatte Streit gegeben, heftigen Streit. Vielleicht war Bille Asmussen die Person, die vor Malte ausgespuckt hatte. Eine Geste besonderer Verachtung.

Marie rief Ronja an.

»Moin Marie, ich bin in der Werkstatt, der zauberhaften Werkstatt, wie ich sagen möchte, und ohne dem großen Elmar vorgreifen zu wollen und nur dann, wenn dich meine Meinung interessiert: Der weiße Combo und das EMO hatten innigen Kontakt. Vom EMO habe ich Lackproben dabei, und mit den bescheidenen Möglichkeiten meines mobilen Equipments biete ich eine dreiundachtzigprozentige Wahrscheinlichkeit.«

»Danke, habe ich registriert. Wie weit ist die DNA-Auswertung der Spucke?«

»Wir waren sehr schnell. Keine Matches in den Datenbanken.«

»Ich habe weitere Spuren, die passen könnten. Ich bin gerade in Husum und fahre jetzt nach Silberstedt. Könntest du mir entgegenkommen? Dann hätten wir den Kram schneller im Labor.«

»Kein Problem. Ist gut, wenn ich mal meine neue Heimat besser kennenlerne. Es gibt ja so viele Dörfer. Irre.«

»Über tausend Gemeinden, die keine Städte sind.«

»Wow.«

»Ich empfehle die ›Dorfgeschichte‹, ein sehr unterhaltsames Reportageformat im ›Magazin‹.«

»Magazin?«

»Schleswig-Holstein-Magazin, NDR-Fernsehen.«

»Nie gehört. Guck ich mal rein. Vielleicht kommt Silberstedt ja auch vor. Ich fahre in fünf Minuten los. Soll ich dir einen Standort schicken?«

»Nee, ich habe kein Smartphone. Wir treffen uns an der

Polizeistation Silberstedt. Von Schleswig aus kommend auf der linken Seite. Bis gleich.«

Marie startete das EMO und sah aus dem Augenwinkel, dass André sie aus Bille Asmussens Büro beobachtete. Irgendwie passte der nicht zur NASU, aber vielleicht war er ja noch auf der Suche nach sich selbst.

Das Land war flach, die Straße hinter Wester- und Oster-Ohrstedt schnurgerade. Marie erlaubte es sich, Vermutungen anzustellen. Würde die DNA-Analyse ergeben, dass die Spuren im Taschentuch mit denen auf Maltes Hof übereinstimmten, und würde zweifelsfrei bewiesen sein, dass der Combo Maries EMO gestreift hatte, wäre man ein Stück weiter. Den Mord an Malte von Rönneby würde das aber keineswegs beweisen.

Denkbar war, dass Bille Asmussen das Auto nicht gefahren hatte. Eine tatsächliche Möglichkeit und etwas, das Bille Asmussen einfach behaupten könnte. Dass der Tatort noch immer nicht gefunden war, beschäftigte Marie seit Tagen. Vielleicht war Malte von Rönneby nicht im Haus, nicht auf dem Hof getötet worden, sondern zum Beispiel – ein Trecker samt Hänger kam Marie entgegen – auf einem Anhänger, in einem Fahrzeug.

Marie bog auf den kleinen Parkplatz der Polizeistation ab, Ronja war bereits da und diskutierte mit einem Beamten in Uniform. »Da kommt der Boss«, sagte sie und zeigte auf Marie, die ausstieg und auf die beiden zuging.

»Moin, Kollege. Probleme?«

Der Mann lachte. »Nö, aber so ein Transporter aus Kiel auf unserem Parkplatz, da guckt man halt mal.«

»Man gut, dass du kein Hamburger Kennzeichen hast, Ronja«, sagte Marie.

»Die werden hier sofort abgeschleppt. Manchmal kommen welche auf dem Weg nach Sylt. Aber die grüßen wir nicht.«

Ronja schaute erst den Kollegen, dann Marie skeptisch an.

»Ja, so ist das hier bei uns auf dem Land. Einfache Wahrheiten. Wir saufen Köm und Tote Tante, wir sind alle im Schützenverein, sind meist direkt neben dem Schweinestall

aufgewachsen, und zum Frühstück gibt's Matjes im Ganzen.«
Marie grinste.

Der Kollege nickte.

»Veralbern kann ich mich selbst. Wo sind die Taschentücher?«, fragte Ronja.

Marie händigte den Spurenbeutel aus. »Danke, Ronja. Wäre super, ginge das schnell. Übrigens, kannst du mir mal einen Stapel Spurenbeutel geben? Ich habe keine mehr.«

Ronja ging, kam mit Spurenbeuteln zurück und sagte: »Bitte, aber das geht alles von der Laborzeit ab.«

»Ist die jetzt beleidigt?«, wollte der Kollege in Uniform wissen.

»Nein, KTU, die haben es ja nicht so mit Lebenden. Danke für den Parkplatz. Ich muss.«

»Wohin denn? Vielleicht kann ich helfen.«

»Asmussen.«

»Oha, der geht es nicht gut, gar nicht gut. Bille kümmert sich, aber eigentlich braucht sie Betreuung rund um die Uhr. Meine Meinung. Worum geht's denn?«

»Kann ich nicht sagen. Ungelegte Eier. Wirklich.«

Zufrieden wirkte der Silberstedter Oberkommissar nicht, nahm es dann aber achselzuckend zur Kenntnis, dass Marie schwieg.

»Sollte sich im Rahmen der Ermittlungen was ergeben, melde ich mich. Tschüs.«

Ronja fuhr mit quietschenden Reifen vom Parkplatz.

»Die Kupplung ist schlecht eingestellt«, erklärte Marie und sah, dass der männliche Kollege grinste. So sah sie aus, die Geschlechterdiskriminierung bei der Polizei.

So verwahrlost, wie das Herrchen von Klarissa den Asmussen-Hof beschrieben hatte, war er keineswegs. Dass hier keine Landwirtschaft mehr betrieben wurde, erkannte Marie daran, dass rund um den Güllebehälter Hochbeete gebaut worden waren. Eine Idee, auf die man auch erst mal kommen musste. Nicht, dass jemand das Innere in einen Pool verwandelt hatte.

Nachdem Marie das EMO verlassen hatte, vernahm sie, was sie ähnlich überraschte wie der Aufstellort der Hochbeete: Menschen sangen den Klaus-Lage-Hit »Tausendmal berührt«.

Marie umrundete den Güllebehälter. Der Gesang wurde lauter. Unter dem Dach der offenen Remise standen Sängerinnen und Sänger. Sie waren gerade bei »und es hat zoom gemacht« angekommen, als der Dirigent abbrach. Er hatte Marie gesehen. »Aus, aus. Was wollen Sie denn hier? Jetzt waren wir gerade so schön drin.«

»Verzeihung, dass ich hier so reinplatze. Ich möchte zu Frau Asmussen und ahnte nicht, dass ausgerechnet hier der Kirchenchor probt.«

»Kirchenchor? Wir sind die Silberstedter Goldkehlchen!«

»Ja, jetzt wo Sie es sagen. Entschuldigung noch mal. Können Sie mir sagen, wo ich Frau Asmussen finde?«

»Im Bett wahrscheinlich. Der geht es nicht gut. Der geht es gar nicht gut.«

Die Goldkehlchen nickten bedauernd.

»Wer sind Sie eigentlich?«

»Marie Geisler. Ich bin von der Polizei und komme wegen des weißen Combos.«

»Da ist Bille jemand reingerauscht. Der ist in der Werkstatt.«

Der Dirigent war bestens informiert. Die Goldkehlchen jetzt auch.

»Sie müssen nicht klingeln. Das hört sie sowieso nicht. Einfach reingehen. In der Stube steht das Pflegebett. Darum lässt sie uns auch hier proben. Also, weil sie nix hört. Das Dörpshus wird renoviert. So lange singen wir eben hier.«

Damit erhob der Dirigent beide Arme, atmete, senkte die Arme wieder, und Marie hörte, was Klaus Lage vor beinahe vierzig Jahren seinen wohl größten Hit eingebracht hatte. Auf dem Weg zum Wohnhaus sang sie: »Tausendmal is nix passiert.« Dann klopfte sie und trat ein.

Im Flur sah es aus, als sei hier auch lange nix passiert. Die friesenblaue Ölfarbe hielt sich nur mit Mühe an den Wänden. Die Erde an den Gartenschuhen war trocken wie die Sahara, und der Schokoriegel auf der Kommode wurde schon sehr lange nicht mehr verkauft.

»Hallo, Frau Asmussen, nicht erschrecken.«

Keine Antwort. Der Dirigent hatte recht gehabt. Marie luscherte nach links in die große Wirtschaftsküche, in der ein Ofen dominierte, der offenbar dem Räuchern diente. Den Gang entlang, dessen Boden mit glatt gescheuerten Fliesen belegt war, drang aus dem Zimmer vor Kopf das Tröten eines Elefanten an Maries Ohren. Marie betrat die Stube, an deren Längsseite ein basketballfeldgroßer Flachbildschirm hing. Erst Klarissa, der Riesenhund, jetzt das.

Marie näherte sich dem Pflegebett. Sie näherte sich rufend, erhört wurde sie nicht. Als sie dann seitlich vom Bett ins Gesichtsfeld der Altbäuerin geriet, griff diese zu einer doppelläufigen Schrotflinte, die zwischen dem Gitter des Bettes und der Bettdecke lag.

»Kein Schritt weiter, oder du bist tot.«

Marie hob beide Arme.

»Kannst du denn nicht klingeln, Mädchen?«

Marie fiel keine Antwort ein. Im Angesicht von Frau Asmussen, ihrer Flinte und all den Elefanten, die jetzt erneut das Trompeten anfingen, setzte sie sich einfach in einen Sessel, der seitlich leicht versetzt zwischen dem Fernseher und der Bettstatt der Frau Asmussen stand.

»Ich kenn dich nicht. Was willst du?«

»Wegen Bille.«

»Ich versteh dich nicht.«

»Wegen Bille!«, brüllte Marie.

»Bille ist zelten.«

»Zelten?«, rief Marie.

»Ja, zelten. Hörst du schlecht?«

»Wo denn?«

»Was geht dich das an?«

Marie griff in ihre Jacke. Die Schrotflinte bewegte sich. »Ich

bin von der Polizei.« Sie hielt Frau Asmussen ihren Dienstausweis hin.

»Na und?«

»Es ist nur wegen des Transporters. Wir müssen da was
klären.«

»Bille ist jemand reingefahren. Das Auto ist in der Werkstatt.«

»Und Bille?«

»Bille ist zelten.«

»Wo denn?«

»Pellworm.«

Marie holte das Schleibook hervor.

»Oder Föhr. Manchmal fährt sie auch nach Fehmarn. Man
weiß das nicht.«

Marie knurrte. Aber das hörte ja niemand. »Sie hat doch
gar kein Auto.«

»Bille fährt doch so gern Rad, und manchmal nimmt sie
auch den Zug. Da, wo es einen gibt.«

»Ich habe schon versucht, sie anzurufen.«

»Wenn sie zeltet, geht sie nie ran. Das Mädchen hat nämlich
sehr viel Stress auf der Arbeit. Da braucht sie auch mal Ruhe.«

»Und wenn Ihnen hier was passiert?«

»Mir passiert hier nichts. Außerdem habe ich ja den Knopf.«
Sie zeigte den roten Notknopf, den sie um das linke Handgelenk trug. »Die sind ruckzuck hier.«

»Gut. Hat Bille denn einen Lieblingsplatz?«

»Die fährt gern rum. Hauptsache, unterwegs. So war die
schon immer. Nur einmal, da wäre sie beinahe nach Kappeln
gezogen.«

»Nach Kappeln?«

»Auf einen anderen Bauernhof. Wegen dem Ökokram. Wir
hatten Schweine, als mein Mann noch lebte. Immer schon.
Aber Bille meinte, nur weil das Schweine sind, müsste man
die nicht auch wie Schweine behandeln. Dumm Tüch. Bille
wollte den Hof auf Bio umstellen. Aber wer soll das denn
bezahlen? Und dann hat sie Malte kennengelernt und wollte

da hinziehen und was mit alten Haustierrassen machen. Ich habe immer gesagt, Bille, Kind, habe ich gesagt, wenn du was mit alten Haustierrassen machen willst, dann mach das. Aber hier ist kein Zoo. Hier ist Schweinemast. So, und jetzt gucke ich wieder meine Sendung. Ich hab alles gesagt, was ich weiß.«

Frau Asmussen drückte auf die Fernbedienung, und ein Tierpfleger von Hagenbeck brüllte: »Jetzt sieht man, wie viel Spaß Blizzard mit der Eisbombe hat. Und das ist ja die Hauptsache.«

»Tschüs, Frau Asmussen, und danke.« Marie verließ die Stube, schloss die Tür und war froh, als sie den Kommandos des Tierpflegers entronnen war.

Bille war also mit einem Zelt unterwegs. Sonja würde Campingplätze abtelefonieren müssen. Und Bille hatte erwogen, zu Malte auf den Hof zu ziehen. Die Beziehung war enger gewesen, als Marie angenommen hatte.

Die Silberstedter Goldkehlchen hatten ein breites Repertoire. Inzwischen waren sie bei einem Urgestein der Metal-Szene angekommen. Die Goldkehlchen sangen: »*All we are, all we are, we are, we are all, all we need ...*« von Doro Pesch. Silberstedt goes Wacken, dachte Marie und fuhr vom Hof.

Kurz vor der Polizeistation fiel ihr ein, dass sie Sonja anrufen wollte. Sie blinkte, schaute in den rechten Rückspiegel und sah nichts, jedenfalls nicht den rückwärtigen Verkehr. Verunsichert schaute sie über die Schulter. Der Blick durch den verbauten Innenraum des EMO ermöglichte allerlei Beobachtungen, für Aussagen über Radfahrer im toten Winkel taugte er nicht. In Schrittgeschwindigkeit bog Marie auf den Parkplatz ab.

Dass sie im rechten Außenspiegel nichts sah, hatte einen einfachen Grund. Jemand, sie tippte auf den Dirigenten, hatte ihr einen Flyer der Silberstedter Goldkehlchen so in den Rahmen des Seitenfensters geklemmt, dass sie vom Fahrersitz aus den Spiegel nicht mehr sehen konnte. Sie blätterte den Flyer auf und staunte. Die Goldkehlchen waren keineswegs eine lokale Truppe gelangweilter Rentner. Die Damen und Herren waren ambitioniert, sangen Klassik wie Metal, eine Kostprobe hatte Marie bereits gehört, und sie traten im ganzen Norden auf.

»Na, was vergessen, oder willst du zu uns wechseln?« Der Kollege, mit dem sie bereits gesprochen hatte, war hinter ihr auf den Hof gefahren. Die Ärmel seines Uniformhemdes hatte er hochgekrempelt. Die Arme sahen rot verschmiert aus. »Ein Kalb, das nicht so wollte«, erklärte er.

»Das gehört zu euren Aufgaben?«

»Nö, ist der Hof von Vaddern. Ich geh mich dann mal waschen.«

Marie rief Sonja an. Begeistert war die Kollegin nicht. Campingplätze abtelefonieren war kein Job, um den man sich riss. Allerdings änderte sich Sonjas Laune schlagartig.

Im Hintergrund hörte Marie Stimmen, jemand begrüßte Sonja, die »Moment, bin gleich bei euch« sagte. Dann Schritte. »Bin auf den Gang raus. Glück im Unglück. Polizeischüler, Marie. Ich kann das delegieren. So ein Glück. Ich hätte jetzt auch angerufen, aber nun kann ich dich ja direkt zu Ronja durchstellen und wieder rein zu meinen neuen Schutzbefohlenen. Tschüs.«

Es knackte und tutete, dann war Ronja dran. »Die DNA, die wir im Speichel auf dem Hof gesichert haben, stimmt mit der DNA überein, die ich beim Schnelltest aus den Taschentüchern quetschen konnte, und – Achtung – sie stimmt auch mit einem Teil der genetischen Spuren überein, die ich im Ehrentuch gefunden habe.«

Marie beendete das Gespräch und fühlte sich auf dem kleinen, beinahe kuscheligen Parkplatz ziemlich allein. Keine Astrid, kein Bernd. Bille Asmussen war in kurzer Zeit in den Vordergrund der Ermittlungen gerückt. Nun stand zu hoffen, dass sie bald gefunden wurde. Marie holte das Tablet raus und schrieb Sonja, sie möge alle verfügbaren Polizeischülerinnen mit der Recherche betrauen.

Angler (4)

»Sitzt du hier immer noch oder schon wieder?«

Gregor war von hinten an Karsten Keller herangetreten, der versonnen auf das glitzernde Wasser der Eckernförder Bucht schaute. Es gefiel ihm, nicht direkt in die Sonne blinzeln zu müssen.

»Ich habe versucht, dich ans Telefon zu kriegen, ich war bei dir zu Hause. Man kann dich ja überhaupt nicht erreichen.«

»Kommst du zum Rumstänkern? Dann kannst du gleich wieder gehen. Ich bin Ruheständler, mein Lieber. Und ich genieße den Ruhestand besonders gern im Sitzen.« Karsten lachte über seinen Scherz.

»Ein Brüller. Du hast mich angerufen, um von einer Beobachtung zu erzählen, dann riss die Verbindung ab. Was hast du zu berichten?«

Karsten bot Gregor den Angelstuhl an, auf dem er seine Beine abgelegt hatte. Die beiden saßen einander gegenüber. Aber Gregor hielt es kaum auf dem Sitz. Was Karsten gesehen hatte, konnte der Schlüssel zur Lösung des Falls sein. Gregor spürte, wie sich kleine Härchen im Nacken aufstellten. Er notierte, was Karsten mitzuteilen hatte, und fragte abschließend noch einmal nach.

»Ja, Gregor, ich bin doch kein Laie. Ich hab die gesehen. Zweifelsfrei. Aber dann hatte ich einen Biss. Als ich wieder hingeguckt habe, waren beide weg. Ich habe das nicht weiter verfolgt. Warum auch?«

Gregor stand auf und wählte Maries Nummer. Die beiden verabredeten sich auf Maltes Hof.

»Tschüs, Karsten. Hast einen gut bei mir.«

Karsten zog seine Kladde hervor. Er hatte einen Spruch erinnert, der gut in seinen Angelführer passen würde.

»Die Bitte ist immer heiß, der Dank kalt. (Volksmund)«, notierte er.

Karsten hoffte, dass der Volksmund irrte. Er würde Gregor ein Essen bei Michael im Strandrestaurant aus den Hüften leiern.

Eine brisante Entdeckung

Besondere Umstände erfordern besondere Maßnahmen. Diese Erkenntnis hatte Marie zum Mantra des Moments erkoren. Mutig wählte sie unter Verwendung der neumodischen Freisprechanlage die zentrale Rufnummer der Stadt Kappeln an und ließ sich mit Heino Runge verbinden. Heino war Spross einer Segelmacher-Dynastie, wie er gern betonte. Die Dynastie bestand aus Heino und seinem Vater, die in einem Schuppen auf dem elterlichen Grundstück derselben Leidenschaft frönten. Sie machten Segel. Auch für Marie.

»Marie, warst du wieder zu hart am Wind?«, erkundigte sich der Herr über die Kappelner Liegenschaften.

»Heino, du musst jetzt mal kurz über deinen Amtsschimmel springen. Ich benötige eine Liegenschaftskarte, die Auskunft über den Hof von Malte von Rönneby und die angrenzenden Grundstücke gibt. Wo verlaufen die Grenzen, wem gehört welches Häuschen und, vor allem, wem gehört welcher Steg? Insbesondere interessiert mich ein Hausboot, das an einem der beiden Stege liegt. Ich brauche das rasch. Bitte per Mail.«

Marie nannte ihre Mailadresse und Heino sagte: »Viertelstunde.«

Ein Segen, dass man sich auf ein paar Leute verlassen konnte.

Gregor hatte seine Harley vor der Gastronomie abgestellt und saß an einer der Picknickbänke. Vornübergebeugt tippte er auf dem Display seines Smartphones. Als er Marie bemerkte, die um die Ecke vor der Giebelseite geparkt hatte, schaute er hoch und lächelte, als sei ihm das Glück begegnet. »Astrid geht es besser. Kein Fieber mehr.«

Marie lächelte, strahlte mit Gregor um die Wette und sagte: »Schade, wäre die Gastro geöffnet, hätten wir das kulinarisch angemessen feiern können.«

Gregor hob den Finger, stand auf, ging zu seinem Motorrad,

öffnete die Packtasche und kam mit einem Bund Radieschen zurück.

»Fast frisch. Habe ich gestern im verwahrlosesten Kleingarten am Windebyer Noor geerntet.«

Marie entfernte das Grün und rieb eines der ungewöhnlich großen Radieschen an ihrer Hose, ein bisschen Erde klebte noch an der roten Schale. Sie biss hinein und entließ ein Geräusch der Überraschung. »Holla, die sind aber scharf. Aber nicht nur. Sehr lecker!«

»Felco, eine Sorte für den heißen Sommer. Toll, oder? Meine Lieblingsradieschen.«

»Werde ich mir merken. Nun zu Karsten und seinen Beobachtungen.«

»Karsten ist zum Angeln raus auf die Schlei. Vom gegenüberliegenden Ufer aus. Details zu Strömung, Schwarmverhalten von Heringen und bösen Möwen erspare ich dir. Er sah, nein, er hörte, dass zwei Personen in Streit gerieten. Übers Wasser hört man ja sehr weit. Was gesagt oder gebrüllt wurde, hörte er nicht. Wegen der Stimmen glaubte er, zwei Männer seien aneinandergeraten. Er schaute hin und sah zwei ziemlich unterschiedlich große Menschen, die sich gegenüberstanden. Ihm fiel auf, dass die größere Person rote und die kleinere lange schwarze Haare hatte. So kam er zu dem Schluss, dass es sich um eine Frau und einen Mann handeln könnte. Dann hatte er endlich den ersten Biss. Als er wieder hinschaute, waren beide Personen aus seinem Blickfeld verschwunden. Als er dann erfuhr, dass Malte von Rönneby tot ist, kam ihm der Streit nicht mehr ganz so nebensächlich vor.«

»Mit anderen Worten, wir haben vielleicht unseren Tatort.«

»Genau. Ich habe ein bisschen eigenmächtig Elmar in Gang gesetzt. Er sollte eigentlich in einer halben Stunde hier eintreffen. Er war nicht in Kiel, weil ihn die Kollegen aus Lübeck um Unterstützung gebeten hatten. Da ist wohl Land unter. Die halbe Kriminaltechnik liegt flach.«

Marie schob sich ein zweites Radieschen in den Mund. Dann rief Sonja an. »Post vom Liegenschaftsamt.«

Marie schaltete den Laptop ein und öffnete den Ordner, den Heino geschickt hatte. Gregor wechselte die Seite und hockte sich auf die Bank. Die Bohlen bogen sich. Nicht bedenklich, aber spürbar.

»›Du lässt dich geh'n, du lässt dich geh'n‹«, kalauerte Marie und formte mit beiden Armen einen Bauch.

»›Du bist so komisch anzuseh'n.‹ Denkst du vielleicht, das find ich schön?«, griff Gregor Charles Aznavours Liedzitat auf.

Maries Kopf flog zur Seite. »Du kennst das?«

»Nur weil ich Dorfpolizist war, bin ich nicht auf den deutschen Schlager der Neunziger beschränkt.«

Gregor klang tatsächlich ein bisschen angefasst, und Marie wusste nicht, wie sie reagieren sollte. Es kam selten vor, aber sie war sprachlos. Gregor half ihr aus der Patsche.

»Ich sehe es dir nach, du bist ja auch nur ein Produkt deiner pseudointellektuellen Feministinnenblase.«

Marie spürte eine warme Welle der Dankbarkeit und schlug Gregor klatschend auf den linken Oberschenkel.

»Also bitte, ich bin ein Abhängiger.«

Gemeinsames, befreiendes Lachen. »Darf ich Dickerchen zu dir sagen?«

»Immer noch besser als schlagen.«

Marie streckte den Rücken durch, atmete tief ein und fragte mit Blick auf die Karte, die Heino geschickt hatte: »Verstehst du das alles? Warum gibt es denn keine Legende für die ganzen Linienarten.«

»Das Wesentliche ist doch, dass wir die Stege sehen, und guck mal hier, handschriftliche Notizen.«

Heinos Schrift war die eines Schreibautomaten. Unpersönlich, aber sehr gut leserlich.

»Dieser Steg hier gehört also zu Maltes Anwesen.«

»Ja, das ist doch der Steg, an dem ich das Hausboot gesehen hab. Das muss ungefähr da sein.« Marie zeigte quer durch die Gastronomie in Richtung Schlei. »Aber ich habe keinen Weg gesehen. Der andere Steg, das wissen wir ja, der ist weiter links. Da, wo Elmar den USB-Stick gefunden hat. Und guck mal, Heino schreibt, dass es neben Malte andere Nutzer des Steges gibt. Ornithologischer Verein Schwansen.«

Gregor zog die Stirn kraus.

Marie nickte. »Genau. Das macht es nicht leichter, aber es erweitert die Optionen. Neue Nutzer, neue Zeugen.«

»Oder Verdächtige.«

Marie nahm den Laptop vom Tisch und schob ihn in die Umhängetasche. »Komm, solange Elmar noch nicht vor Ort ist, schauen wir uns das Hausboot mal von Land aus an. Irgendwie müssen wir doch da hinkommen, auch wenn es keinen Weg zu geben scheint. Wege entstehen ja beim Gehen.«

»Heute hast du es aber mit Zitaten. Von wem ist das?«

»Franz Kafka, allerdings nicht wortwörtlich, und ursprünglich hat es sich wohl ein spanischer Schriftsteller ausgedacht. Ich erinnere mich nicht.«

»Kafka hat mir meine verflossene holländische Freundin vorgelesen. ›Die Verwandlung‹. Das hat mich richtig umgehauen. Ich glaube, sie hat es mir damals nur wegen der Namensgleichheit mit Gregor Samsa vorgelesen. So als eine Art Anreiz.«

»Eine meiner Lieblingserzählungen.«

Marie und Gregor umrundeten das Haupthaus, gingen an Kräuterbeeten entlang, die dringend gewässert werden mussten. Wenn ein Mensch starb, hinterließ er nicht nur seinen Körper unbeaufsichtigt.

Die Grenze des Kräutergartens markierte ein Staketenzaun. Ein Tor war nicht zu sehen. Aber Marie entdeckte eine Flucht, wo das Gras kürzer war, so als sei dort jemand ab und an entlanggegangen. Als sie sich dem Zaun näherte, erkannte sie, dass ein Zaunelement nur angelehnt war. Nahm man es zur Seite, entstand eine Lücke, durch die sie nun schlüpften.

»Viel gewonnen ist nicht«, stellte Marie beim Anblick der ungemähten Fläche fest, die sich vor ihnen bis zum Saum einer Baumgruppe, vielleicht eher mehrerer Baumreihen, erstreckte.

»Hier.« Gregor machte ein paar Schritte ins wogende Grün aus Halmen. Marie folgte. Eine Holzbohle hatte sich über die Zeit und unter den Lasten in den Boden hineingearbeitet und überbrückte doch recht tauglich das, was man ein Bächlein nennen konnte. Jenseits des Wassers ohne sichtbare Fließrichtung öffnete sich ein schmaler Pfad, der in gerader Linie auf die Bäume zulief. Dort, im Schatten derselben, eine Fläche, die, weitgehend vom Bewuchs befreit, das Lager zweier Kanadier, einiger Paddel und einer Rettungsweste war. Übereinander auf schmalen Leisten ruhend, warteten die Boote in einem roh zusammengeschraubten Ständerwerk aus Dachlatten auf den Transport in ihr natürliches Element. Ihnen gegenüber vier Beuten, um deren Einfluglöcher herum reges Bienentreiben herrschte. Ein ausrangierter Spind ohne Tür beherbergte Imkerutensilien, so auch eine Schutzhaube. Marie verspürte den Drang, die Haube aufzusetzen. Wäre sie allein gewesen, hätte sie dem Bedürfnis nachgegeben.

Gregor blieb stehen. »Ob sich hier jemand kümmert? Ich kenne mich nicht aus. Aber man kann die Bienen doch nicht sich selbst überlassen. Oder doch?«

Marie blieb die Antwort schuldig, hatte aber eine Idee. Sie fischte nach dem Laptop, gab »Imker + Kappeln« in das Feld der Suchmaschine ein, telefonierte kurz mit einer Frau, deren Namen sie nicht verstanden hatte, und sagte: »Jetzt kümmert sich jemand.«

»Da sieht man es mal wieder. Man muss sich nur kümmern, dann kümmert sich auch jemand.« Gregor ging weiter. Es waren Reihen von Bäumen, von Laubbäumen, wie Gregor sah. »Buchen«, sagte er dann. Marie zählte sieben Reihen. Mindestens.

Der Steg tauchte unvermittelt auf. Auch hier waren Boden und Holz über die Jahre eine innige Beziehung eingegangen.

»Das sind keine Buchen«, erkannte Marie. »Das hier sind eher Weiden, würde ich sagen. Sehr feuchter Boden, und dort mündet das Bächlein in die Schlei.«

Sie ging voraus und kontrollierte die Bohlen, die unter manchem Schritt nachgaben, zwei Bretter fehlten. Dann standen sie und Gregor vor dem Hausboot, das hier, von Land aus, wie ein Fremdkörper wirkte, so modern, wie es gestaltet war. Rechte Winkel inmitten einer Natur, die sich wand und wellte. Als Marie sich nach Gregor umdrehte, sah sie, dass auch er Handschuhe angezogen hatte.

Sie machte einen Schritt auf das Hausboot, das mit der Steuerbordseite am Steg lag. Der Bug zeigte hinaus auf die Schlei. Am Heck befand sich eine Tür, die einer gewöhnlichen Haustür nicht unähnlich war. Marie drückte die Klinke herunter und zog. Die Tür war verschlossen. Wohl zugunsten des umbauten Raumes war auf einen Umlauf verzichtet worden. Die Außenhaut des Aufbaus schloss bündig mit dem Rumpf ab. Auf die vordere Terrasse konnte Marie auch nicht klettern, weil das Hausboot etwa drei Meter weit über den Steg hinausragte. Der Zugang wäre nur über die Haustür möglich. Die Fenster zur Steuerbordseite waren mit Folie abgeklebt, sodass Marie und Gregor nicht sehen konnten, wie es im Hausboot aussah.

»Du könntest Räuberleiter machen, und ich versuche mein Glück über das Oberdeck. Am Bug gibt es eine Treppe. Das konnte ich vom Wasser aus sehen.«

Gregor grinste. »Ich glaube, das geht auch einfacher.« Er zeigte auf ein Schlauchboot, das auf der anderen Seite des Steges im Wasser dümpelte.

Marie löste den Knoten der Leine, stieg ins Schlauchboot und paddelte um den Steg herum. Am Bug angekommen, freute sie sich über eine heruntergeklappte Badeleiter. Sie kletterte an Deck und machte das Schlauchboot fest. Dann ging sie am Fahrstand vorbei auf die große Fensterfront zu. Das Oberdeck ragte über die Terrasse hinaus und bot so Schutz gegen Sonne, Wind und Regen.

Marie presste die Nase an eine der Scheiben, konnte aber nichts erkennen. Dann griff sie nach der Klinke der Bugtür. Sie hörte ein kurzes, doppeltes Piepen, und ein rotes Licht leuchtete, für Marie nur schwach und unscharf zu erkennen, im Innern des Hausbootes auf. Ein gutes Zeichen war das vermutlich nicht.

* * *

Gleichzeitig blinkte auf dem Laptop von Julia Sosa-Ridel ein Alarm auf. Der Button war mit »Labor 1« beschriftet.

Julia sah allerdings nicht, dass der von ihr installierte Bewegungssensor ordnungsgemäß funktionierte. Sie lag nackt auf einer Holzbank, genoss den Duft von Lavendel, Zeder und Mandarine. Es war der von ihr favorisierte Aufguss aus dem Allgäu. Er machte, dass sie sich an die guten Dinge erinnerte. Olfaktorische Reize triggerten sie im Guten wie im Bösen. Dieser Duft sorgte dafür, dass ihr Körper Hormone ausschüttete, die sie durchhalten ließen.

Im Kleinmaßstab war die Herstellung des Öko-Düngers kein Problem. Aber in der Nacht hatte sie von ihrem Laborleiter in Buenos Aires erfahren, dass die Skalierung der Produktion teure und zeitaufwendige Umbauten erfordern würde. Zeit, die sie nicht hatte. Ihre Hoffnungen ruhten nun auf einem Team in Deutschland, das viel Erfahrung mit der Herstellung neuer Formulierungen im industriellen Maßstab hatte.

Die Sauna war ihr Kraftort. Sobald Malte beerdigt war, würde sie den Reset-Knopf drücken, neu durchstarten. Sie würde die Scheidung einreichen, warten, bis der Aktienkurs von Con Canto sich so entwickelte, wie sie es erwartete, und dann wäre sie weg, dann ließe sie alles hinter sich. Die Liebe zu Malte hatte sie beflügelt. Alles andere war in Wahrheit unwichtig. Diesen einen Coup würde sie noch landen.

Die Ermittlungen der Polizei, jedenfalls hoffte sie das, würden langsam einschlafen. Warten zu können, bis der Gegner ermüdet, zermürbt war, hatte sich als Strategie stets bewährt. Zur Not konnte sie immer noch die Reißleine ziehen. Sie dachte an Maltes Labor und den Versuchsaufbau, den sie zerstören musste. Alles war so schnell gegangen nach dem Streit. Der

Sprengsatz war die einzige Möglichkeit gewesen, alle Spuren zu vernichten.

Während des Studiums hatte sie gelernt, wie man Sprengstoff herstellte und aus der Ferne zur Explosion brachte. Ihn hätte sie gezündet, sobald sie außer Landes gewesen wäre. Aber dann war Marie, dann war diese Polizistin aufgetaucht. Julia schlug mit der Faust gegen die Wand. Warum war Malte nur so stur gewesen?

»Ein zweites Mal knicke ich nicht ein«, hatte er gesagt, und sie hatte nicht verstanden, was er meinte.

»Wovon redest du?«, hatte sie ihn angebrüllt.

»Von Unfreiheit, von selbst verschuldeter Unfreiheit.«

Sie war so wütend gewesen. Philosophisches Gelaber. Dazu hatte er schon immer geneigt. Seine Formel und ihre Firma. Sie wären in die Geschichte eingegangen, es hätte Geld geregnet, und er hätte Landwirtschaftsminister werden können. Die politischen Ambitionen hatte sie nie aus ihm rausgekriegt.

»Naiver kleiner Junge«, hatte sie ihn beschimpft. Und was hatte er gesagt? »Ich bin hier, um alles wiedergutzumachen.« Dieser Spinner. »Glaubst du, du bist Gott, oder was?« Dann hatte sie ihn geschubst.

Julia Sosa-Ridel liefen Tränen über die Wangen und mischten sich mit Schweiß.

✳✳✳

»Gibt's hier was umsonst?«, fragte Elmar sich selbst. Ohne die etatmäßige Unterstützung durch Kolleginnen der Kriminaltechnik steuerte er den Transporter auf den Rönneby-Hof. Vor dem Giebel Maries EMO, daneben zwei Fahrzeuge von Elektriker Strom-Lorenzen. Elmar fragte sich, ob der Doppelname echt war, und ließ die auffällig violettfarbenen Strom-Lorenzen-Busse hinter sich.

Vor der Gastronomie hatte Gregor seine Harley abgestellt. »Ist ja wie in der Hauptstadt.« Elmar versuchte, sich zu erinnern, wo es zum Steg ging. Nach dem Einsatz im Kreisverkehr vor dem Holstentor war ihm die Freude am Tragen von Kisten und Koffern vergangen.

Kaum hatte er den Transporter gewendet und rückwärts an das angrenzende Grünland gefahren, stand auch schon ein Jüngling in Violett vor ihm.

»Moin, Strom-Lorenzen, wir sollen Kabel verfolgen.«

»Und?«

»Wie, und? Wo, welche Kabel, wie kommen wir ins Haus?«

Nassforsch war das richtige Wort für das Bürschchen, dachte Elmar. »Setz dich mal wieder ins Auto. Ich kontaktiere die Einsatzleitung. Bis dahin, Füße stillhalten.«

Der Jüngling verzog kurz das Gesicht. »Und der Steuerzahler löhnt. Kein Wunder …«

»Was, ›kein Wunder‹?« Elmar spürte, wie sich Magensäure die Speiseröhre hinaufarbeitete, und drehte sich weg. Er zog den weißen Overall an, griff sich zwei Koffer und ging in die Richtung, in der das Boot lag, das Karsten gesehen hatte. Der Weg war ausgelatscht, er war schmal, und die Koffer berührten entweder das widerspenstige Grün oder schlugen gegen einen der Zaunpfähle. Nicht alle Pfähle standen in Reih und Glied, manche ragten windschief in den Weg hinein. Es war mühsam, es war eine Plackerei, und wieso war hier niemand? Keine Marie, kein Gregor. Auch am Steg war Elmar allein. Er stellte ächzend und nach Luft schnappend die schweren Koffer ab. Sein Handy klingelte.

»Moin Elmar, wo bist du?« Es war Marie.

»Das. Frage. Ich. Mich. Auch. Ich bin an diesem Scheißsteg, und zwar allein. Keine Kriminaltechniker, keine Ermittler. Niemand. Ihr bestellt mich hierher, ich schleppe den ganzen Mist, und jetzt fragst du, wo ich bin. Mann, Mann, Mann!«

»Elmar, du hast sicher guten Grund, schlecht drauf zu sein, und ich lade dich nachher gern auf ein Fischbrötchen und ein Bier ein. Aber jetzt atme bitte durch. Gregor und ich sind am anderen Steg, dort, wo das Hausboot liegt, und im Hausboot blinkt eine Leuchtdiode. Als ich an der Klinke einer Tür zog, piepte etwas, und diese Leuchtdiode begann zu blinken. Sei so gut und schau dir das an.«

»Wie komme ich dahin?«

»Durch den Kräutergarten hinter dem Haupthaus. Dann siehst du einen Staketenzaun am Ende des Gartens. Dort findest du eine Lücke. Kannst du nicht verfehlen.«

»Ja klar.« Elmar legte auf und wählte eine ihm bekannte Durchwahl im Dezernat 33 des Landeskriminalamtes. »Klaus, hier ist Elmar. Ich sende dir gleich meinen Standort. Wir brauchen deine Sprengstoffexperten. Es handelt sich um den Uferbereich des Rönneby-Hofes. Ich schließe nicht aus, dass sich an Bord eines Hausbootes ein Sprengsatz befindet.«

Elmar schleppte seine Ausrüstung quer durchs Unterholz, immer am Ufer entlang. Zurück auf den Hof, durch den Kräutergarten. Für wie blöd hielt Marie ihn eigentlich? Ziemlich zerschunden erreichte er eine kleine Lichtung, auf der Boote gelagert waren. Bei Marie und Gregor angekommen, stellte er seine Koffer neben dem Steg ab und entdeckte eine Installation, die hier nicht hingehörte.

»Was ist das denn hier?« Elmar zeigte auf ein Rohr, das etwa einen Meter aus dem Boden ragte. Es hatte einen Durchmesser von sieben oder acht Zentimetern und war an dem um neunzig Grad gebogenen Ende mit einem Messingdeckel verschlossen, wie Elmar ihn von Stutzen kannte, über die Öltanks befüllt wurden. Er teilte das hohe Gras mit den Händen. »Hier, Beton. Das ist ein Tank. Ich tippe auf Diesel. Der ist groß. Locker fünf Meter Kantenlänge.«

Marie kam dazu. »Das ist erlaubt? So dicht an der Schlei?« Sie zückte ihr Handy und rief erneut im Liegenschaftsamt an.

Heino suchte und wurde binnen fünf Minuten fündig. »Das darf nicht sein«, sagte er. »Das ist uns durchgegangen. Ein Tank. Genehmigt 1937. Da hat sich Rönnebys Opa wohl auf dem Wasserweg Öl liefern lassen. Ich habe hier einen Antrag auf einem A5-Bogen, eine Unterschrift und einen Stempel mit Hakenkreuz. Da müssen wir bei.«

»Nicht jetzt, Heino. Wir sind vor Ort. Ich melde mich dazu

später. – Öl«, sagte Marie. »Wenn hier was in die Schlei läuft. Nicht auszudenken.«

Elmar hatte sich zwischenzeitlich an der Bordwand des Hausbootes zu schaffen gemacht.

»Was hast du vor?«, wollte Marie wissen.

»Ich bohre ein Loch und schiebe eine bewegliche Endoskop-Kamera rein. Hier ungefähr dürfte der Wohnraum liegen.«

»Und da kann nix passieren?«

»Nein.«

»Du lügst.«

»Jo. Aber ohne Diagnose keine Therapie.« Elmar legte den Akkubohrer zur Seite. »Wäre innen ein Detektor montiert, hätten wir jetzt schon ein Problem. Locker bleiben.«

»Kalt wie 'ne Hundeschnauze«, bemerkte Gregor.

»Klar, jetzt ist ja auch Druck«, kommentierte Marie. »Wart mal ab, wenn wir das hinter uns haben, geht er steil.«

»Ich seh nix«, gab Elmar bekannt. »Dunkel wie unter meiner Bettdecke.«

Gregor rückte näher an Elmar und dessen Ausrüstung heran. Neben ihm auf dem Steg lag ein Kästchen mit allerlei Knöpfen. Gregor drückte einen davon, und Elmar sagte: »Nicht übel für 'nen Dorfbullen.«

Er hielt das kleine Display, das Bilder aus dem Inneren des Hausbootes zeigte, so, dass Marie und Gregor nun auch sehen konnten, was die Knopfkamera übertrug. Neben deren Objektiv war eine Lichtquelle angebracht, die stark gerichtetes Licht ausstrahlte. Infolge der Bündelung sahen die drei auf dem Display nun glasklar – eine Steckdose. Das Umfeld der Steckdose blieb finster.

Gregor schaute sich noch einmal die Bedieneinheit an, drückte nun länger auf den Knopf mit dem Lampensymbol, und plötzlich streute die Lichtquelle. Sie sahen einen Teil der Küchenfront, auf deren Arbeitsplatte allerlei Gerätschaften aufgebaut waren, die an das Labor im LKA erinnerten. Sie erkannten Erlenmeyerkolben, zwei Mikroskope, Reagenzgläser,

Dreibeine, einen Bunsenbrenner und mehrere Maschinen, in denen vom Joghurt-Zubereiter bis zur Atombombe so ziemlich alles stecken konnte. Zwischen diesen Maschinen lag, mit dem Display nach oben, ein Smartphone und verdeckte Gegenstände dahinter. Diese waren in schwarzes Panzerband gewickelt worden.

»Müsste ich wetten, würde ich sagen, da hat jemand eine Bombe gebastelt, die er mit dem Handy zünden kann.« Elmar schaute Marie und Gregor an. Beide nickten.

»Wenn das Ding hochgeht, geht vielleicht auch der Öltank hoch«, äußerte Marie ihre Befürchtung.

»Gleich kommen die Fachleute.« Elmar schaute über die Schulter.

»Fachleute hin, Fachleute her. Wenn da einer reingeht, und der Bombenbauer wählt die fragliche Nummer, sieht es aber sehr finster aus«, bemerkte Gregor. »Ich schlage vor, dass wir uns hier ganz zügig vom Acker machen.«

»Und das Öl?« Marie rieb sich die Nase. »Ich habe eine Idee.« Sie lief über den Steg zu einem Baum, an dem sie auf dem Hinweg eine aufgerollte Leine gesehen hatte. Sie griff nach der Leine, stieg in das kleine Schlauchboot und paddelte am Steg entlang.

»Gregor, ruf meinen Schwiegervater an. Der soll mit dem Rettungsboot kommen und das scheiß Hausboot wegziehen, weg vom Öltank. Elmar, mach das Hausboot los.«

Am Bug des Hausbootes angekommen, knotete Marie die Leine an einen Bootspoller und paddelte mit dem Rest hinaus auf die Schlei. Nach knapp zwanzig Metern rief Gregor: »Stopp!« Marie befestigte die Leine an einer Markierungsboje, wie Fischer sie verwendeten. Ein Bambusstab, von einem Styroporblock über Wasser gehalten, trug eine rote Fahne. Marie knotete eine weitere Leine des kleinen Fallankers an die Boje und entließ die provisorische Konstruktion in die Schlei.

Gregor hatte endlich Uwe am Telefon.

»Schon wieder einen Platten?«

»Moin Uwe, leider ernster. Wo bist du?«

»Maasholm, Fischereihafen, Schumacherbrücke, an Bord der ›Hellmut Manthey‹, sonst noch Fragen, Herr Kommissar?«

»Du kennst den Steg am gegenüberliegenden Schleiufer, an dem das Hausboot liegt? Fast genau südlich von deiner Position.«

»Sicher.«

»An Bord ist vermutlich ein Sprengsatz angebracht. Direkt am Steg gibt es einen alten Öltank. Wir wollen, dass das Hausboot vom Ufer weggeschleppt wird, können es aber nicht bewegen, weil wir den Motor nicht starten wollen. Einen Schlüssel haben wir auch nicht. Marie hat eine Leine am Boot und an einer Markierungsboje mit roter Flagge befestigt, die sie ungefähr zwanzig Meter weit aufs Wasser hinausgezogen hat. Kannst du kommen und das Hausboot rausschleppen?«

»Ich komme.« Uwe war heute nicht allein. »Ich instruiere meine beiden Kameraden und sorge mit einem Telefonat dafür, dass die Schlei für den Schiffsverkehr zwischen Schleimünde und Flintholm gesperrt wird.«

Die Markierungsboje hielt sichtbar die Position. Marie fragte sich, warum sie gepaddelt und nicht gerudert war. Das Boot verfügte über zwei Ruder und über Dollen, in die die Ruder eingelegt wurden. Hatte sie übersehen und sich unnötig angestrengt.

Auf dem Rückweg zum Steg hatte sie nun Maasholm im Blick und sah, dass sich ein Fahrzeug näherte. Uwe war unterwegs. Ein Lichtblick. Ohne Uwe wäre die Station in Maasholm nicht mehr das, was sie jetzt war. Marie spürte einen Stich. Menschen, auch geliebte Menschen, erkrankten, wurden Opfer eines Unfalls, starben. Uwe würde einer sinnvollen Therapie zustimmen. Er war letztlich ein vernunftbegabter Mensch und vertraute seinem Sohn.

Marie dachte an Julia Sosa-Ridel. Sie hatte den Menschen verloren, der womöglich der wichtigste in ihrem Leben gewesen war. Dennoch blieb sie verdächtig. Insbesondere vor dem Hintergrund der Beobachtung, die Karsten gemacht hatte.

Marie ruderte und überlegte, wie Julia reagieren würde, sagte sie ihr den Verdacht ins Gesicht, und verwarf den Gedanken. Julia würde gleich erkennen, dass der Vorwurf kaum haltbar, dass die Beobachtung nicht beweiskräftig war. Was aber, wenn Marie von der Beobachtung berichten und eine Gegenüberstellung mit Karsten, einem ehemaligen Polizisten, in Aussicht stellen würde?

»Vorsicht!« Gregors warnender Hinweis kam etwa gleichzeitig mit dem ruckartigen Ende der Bootspartie. Marie hatte den Steg gerammt. Sie zog sich parallel zum Steg in die ursprüngliche Position und vertäute das Boot. Dann ergriff sie Gregors helfende Hand.

Aus dem Punkt vor Maasholm schälte sich nun die Silhouette der »Hellmut Manthey« aus dem Graublau des Wassers heraus. Eine mächtige Bugwelle vor sich herschiebend, näherte sich das vierhundert PS starke Rettungsboot schnell der Markierungsboje. Kaum hatte Uwe das Boot an die Boje heranmanövriert, tauchte von rechts kommend der weiße Rumpf des Rettungskreuzers »Fritz Knack« auf, der in Olpenitz stationiert war. Uwe hatte den Vormann wohl verständigt, weil der Rettungskreuzer technisch so ausgestattet war, dass er Brände an Bord eines anderen Schiffes bekämpfen konnte.

»Wo sollen wir hin?« Auf der kleinen Lichtung war Klaus mit seiner Truppe eingetroffen. Die Experten des Kampfmittelräumdienstes brachten eine umfangreiche Ausrüstung inklusive der Schutzkleidung für den Kollegen mit, der gegebenenfalls sehr nah an den Sprengsatz heranginge.

»Es ist das Hausboot«, meldete sich Elmar, der die bewegten Bilder aus dem Innern gespeichert hatte.

Klaus schaute sich das Video an und sagte: »Räumen. Ihr geht zurück zum Hof. Warum wird das Boot vom Steg weggezogen?«

Elmar erklärte die mögliche Brisanz durch den Öltank.

»Gute Entscheidung«, lobte Klaus. »Gut wäre, könnte uns das Rettungsboot der Seenotretter hier abholen.«

Marie rief Uwe an.

»Wir machen das Hausboot noch hier fest, dann kommen wir an den Steg.« Uwe klang so ruhig, als ginge es gleich zum Rasenmähen.

Marie, Gregor und Elmar zogen ab. »Da fühlt man sich überflüssig«, klagte Elmar, der vorwegging.

»Du beschwerst dich doch die ganze Zeit, dass du zu viel Arbeit hast«, antwortete Marie. Von hinten legte Gregor seine Hand mäßigend auf ihre Schulter.

Elmar war stehen geblieben und drehte sich um. »Marie, ich bin fast zwanzig Jahre älter als du. Uns fehlen seit Ewigkeiten Leute. Ronja ist die Erste, die sie uns zugestanden haben, und ich kann nur hoffen, dass sie bleibt. Ich mag meine Arbeit, ich finde sinnvoll, was wir tun, aber ich bin schlicht und ergreifend erschöpft.«

Bevor er sich wieder umdrehen konnte, erwischte Marie seinen Arm und nahm ihm einen seiner Koffer ab. »Scheiße, ist der schwer. Elmar, tut mir leid. Vielleicht bin ich gerade auch nicht Herrin der Lage. Ich bräuchte Astrid und Bernd.«

Gregor mischte sich ein: »Ich weiß gar nicht, was ihr habt. Wir haben die Lage doch ruckzuck richtig eingeschätzt und die nötigen Schritte eingeleitet. Wir haben das gut gemacht. Vielleicht brauchen wir so eine Art Abteilungslied, wie die Amis in ihrem Heer.«

»Gregor, du bist mir unheimlich. Wenn ich meinen Namen tanzen soll, kündige ich.«

»Ach komm, ein Lied, zwo, drei.« Gregor begann zu singen: »Dat du min Leevsten büst, dat du woll weeßt.

Kumm bi de Nacht, kumm bi de Nacht, segg wo du heeßt; kumm bi de Nacht, kumm bi de Nacht, segg wo du heeßt.«

Marie stimmte ein, Elmar schüttelte den Kopf und konnte doch nicht widerstehen:

»Vader slöpt, Moder slöpt, ick slap aleen;

Vader slöpt, Moder slöpt, ick slap aleen.«

Singend erreichten die drei den Kräutergarten und schließlich den Hof. Die Blicke der Elektriker waren unbezahlbar.

»Euch habe ich ja ganz vergessen. Ihr könnt abrücken.« Elmar machte eine bedauernde Geste.

»Und wer zahlt das jetzt?«

Marie ging zum Elektriker und klärte rasch die Formalitäten.

Hier vor der Gastronomie hatte sie vor ein paar Tagen mit Julia Sosa-Ridel gesessen. Sie erinnerte sich, wie Julia mit Sack und Pack das Haupthaus verlassen hatte. Sie erinnerte sich an den Moment des kurzen Zögerns. Julia war eine Frau, für die Selbstbeherrschung zum Handwerkszeug gehörte. Hatte sie für einen Moment die Fassung verloren, als sie Marie gesehen hatte?

»Gregor, ich fahre zu Julia Sosa-Ridel. Ich möchte, dass du mich begleitest.«

»EMO oder Harley?«

»Nimm du die Harley. Zwei Optionen sind immer gut.«

Marie ging zum Transporter der KTU, in dessen Laderaum Elmar Utensilien hin und her räumte.

»Ronja hat sich eben gemeldet und gesagt, was ich dir auch hätte sagen können. Der Übereifer der Jugend«, sagte Elmar. »Die Übereinstimmung bei der DNA: eine informelle Einschätzung unter uns. Nichts für die Staatsanwaltschaft. Das dauert noch. Selbst unsere moderne Technik kann die Natur nicht überlisten.«

»Danke. Ich komme, um zu prüfen, ob zwischen uns alles im Lot ist.«

»Alles im Lot, Marie. Ich bin nur müde. Ich gehe jetzt raus zum anderen Steg. Genau da hat unser alter Kollege Karsten ja den Streit beobachtet, und wir haben dort bisher überhaupt nicht nach Spuren geschaut. Ein ziemlicher Mist ist das. Immerhin hat es zwischenzeitlich nicht geregnet.«

»Okay. Gregor und ich statten Julia Sosa-Ridel einen Besuch ab. Sie wohnt vorübergehend in einer der Ferienwohnungen diesseits der Klappbrücke.«

Elmar nickte mit geschlossenen Augen. Er konzentrierte sich. Marie störte ihn nicht länger.

Als sie das EMO erreichte, startete Gregor den Zweizylinder seiner Harley. Marie mochte den Klang, nein, hatte den Klang mal gemocht. Sie war lärmempfindlicher geworden in letzter Zeit und freute sich über jeden Elektromotor, der ihre Sinne schonte. Einsteigen, anschnallen und mit schmerzverzerrtem Gesicht in den Rückspiegel schauen. Das Holster samt Waffe zwang sie wirklich in eine unnatürliche Haltung. Sie würde bei Gelegenheit ein anderes ausprobieren.

Gregor fuhr vor. Von hinten sah er in seiner Kutte wie einer dieser Rocker der White Sharks aus, die Marie vor einiger Zeit beschäftigt hatten. Dass man dank der EncroChat-Protokolle Sascha Weber vielleicht festnehmen würde, fühlte sich gut an.

Die Ampel vor der Klappbrücke sprang gerade auf Grün, als Gregor und Marie auf die Kreuzung zufuhren. Der Rückstau löste sich nur langsam auf. So war das in der Saison. Gregor musste immer wieder den Fuß auf die Fahrbahn stellen. Marie dachte, dass automatisch ausklappende Stützräder das Leben der Biker erleichtern würden. Aber das würden sie sicher uncool finden.

Auf und davon

Julia Sosa-Ridel trocknete sich ab, setzte sich auf den Balkon und schaute auf ihren Laptop. Sofort sah sie, dass der Alarm auf dem Hausboot ausgelöst worden war. Zwei Klicks. Sie aktivierte die Webcam, die sie an die Decke im Innern des Hausbootes geklebt hatte. Sie vergrößerte das Fenster und klickte auf die Schaltfläche, die die Kamera in der Ferne bewegte. Das Objektiv drehte sich um sich selbst, zeigte das schwarz-weiße Bild der Infrarotansicht. Ein gutes Zeichen. Niemand war in Maltes schwimmendes Labor eingedrungen. Die Sprengung konnte warten, bis sie verschwunden war.

Die Flucht war vorbereitet. Sie rief den Inhaber der Autovermietung in Flensburg an. Mit ihm hatte sie vereinbart, dass er ihr ein Auto nach Maasholm bringen würde, sobald sie anriefe. Er war kurz misstrauisch geworden, aber eine Akontozahlung in nennenswerter Höhe hatte ihn verstummen lassen. Julia führe nach Maasholm. Dort ließe sie den Mietwagen zurück, der jetzt hier in Kappeln auf dem Parkplatz stand. Sie stiege um, ihre Spur verlöre sich. Selbstverständlich hatte sie dem Vermieter nicht ihren echten Führerschein gemailt, und selbstverständlich hatte sie über das Konto eines Zahlungsdienstleisters gezahlt, das sie bereits wieder aufgelöst hatte.

So oder so: Sie musste weg. Jetzt. Kleines Gepäck, so viel stand fest. Sie zog sich an, schlüpfte in die Sneaker, schob den Laptop in den Rucksack, setzte die Sonnenbrille auf, zog die Jeansjacke an, vergewisserte sich, dass sie den Autoschlüssel nicht vergessen hatte, und verließ die Wohnung, in die sie gern noch mal zurückgekommen wäre. Das ging nun leider nicht mehr.

Sie ging nach vorn zum privaten Aufzug und schaute aus dem Fenster. Marie Geisler stieg aus ihrem Bulli. Sie wechselte ein paar Worte mit einem Mann, der neben einer Harley stand. Sie zeigte auf den Haupteingang, dann nach hinten zur Wasserseite, wo die Balkone der Wohnungen diesen wunderbaren Blick auf Kappeln ermöglichten. Diese beiden Fluchtwege waren abgeschnitten.

Julia Sosa-Ridel schaute nach links. Ein sanftes Geräusch, die Tür des Fahrstuhls öffnete sich. Ein Schritt zur Seite, ein Druck auf einen der Bedienknöpfe, und Julia fuhr nach unten, Marie entgegen.

Auf dem Treppenabsatz klingelte Maries Handy. Sie zog es aus der Jacke, drehte sich in Richtung Schlei und meldete sich. Es war Sonja, die sagte: »Ich will ab sofort immer Polizeischülerinnen in meiner Nähe haben. So ein Elan. Ich bin begeistert.«

»Sonja, komm auf den Punkt. Ist gerade schlecht.«

»›Ist gerade schlecht‹ reicht mir als Info nicht.«

Marie berichtete in Kurzform über die Entwicklung auf dem Rönneby-Hof und endete: »Gregor und ich sind zur Ferienwohnung gefahren, in der sich Julia Sosa-Ridel noch immer aufhält. Ich werde die Beobachtung von Karsten für einen kommunikativen Vorstoß nutzen. Jetzt du.«

»Bille Asmussen hat die letzten beiden Nächte auf dem Campingplatz Wees in Missunde verbracht. Sie ist beziehungsweise war also auch an der Schlei. Ich habe die Polizeistationen im Umfeld informiert. Auffällig ist, dass sie mit einem Lastenrad unterwegs ist.«

»Haben doch inzwischen viele.«

»Das Lastenrad ist über und über mit Blumen bemalt. Der Rahmen, aber auch der Transportbehälter am Vorbau. Die Chefin des Campingplatzes hat ein Foto gemacht und uns geschickt. Findest du in der Cloud.«

»Danke. Bis später.« Marie drehte sich wieder zum Gebäude um und ging auf den Haupteingang zu. Sie öffnete die Glastür und ging weiter durch zum Aufzug. Sie meinte, ein Geräusch gehört zu haben, so als sei er in Bewegung, aber sie konnte sich auch täuschen. Sie drückte den Anforderungsknopf, der sogleich aufleuchtete. Sie hörte, dass ein Elektromotor arbeitete, sich ein Seil auf einer Trommel drehte. Nur einen Moment später öffnete sich die Tür der kleinen Kabine.

Oben angekommen, trat Marie vom Aufzug in den Flur. Die Tür zur Wohnung war weit geöffnet. Marie klopfte an die Zarge. Keine Antwort.

»Julia?«, rief sie in den hellen Raum. Ein paar Schritte. Rechts die Küche, im Vordergrund die Sitzgruppe mit Sofa und Sesseln und dahinter die Fensterfront zur Schlei. »Hallo, Frau Sosa-Ridel?«

Auf einem der Küchenhocker lag ein Handtuch. Marie fasste es an. Es war noch feucht. Ein Kaffeebecher auf dem Tresen. Sie rief erneut, sah sich um und hörte ein Motorengeräusch. Ein Geräusch, das einen Hauch zu dynamisch, beinahe aggressiv klang, sodass es aus dem Klangteppich des Verkehrs hervorstach. Sie ging zum Fenster im Giebel und sah, dass der Mietwagen mit Münchener Nummer vom Parkplatz fuhr. Von rechts rannte Gregor auf die Vorfahrt. Zu spät. Die Limousine hatte bereits die Bundesstraße erreicht und fuhr auf die Klappbrücke zu.

Marie öffnete das Fenster. »Gregor, hinterher!«, brüllte sie. »Ich komme runter, fahr du los. Ich verständige die Kollegen.«

Wenn das keine Flucht war.

Marie erreichte den Aufzug, der sich gleich öffnete. Sie rief Sonja an, die alles Weitere einleiten würde. Als Marie ins EMO stieg, hörte und sah sie, wie Gregor über die Brücke fuhr. Hoffentlich hatte er den Wagen im Blick. Sekunden später drehten EMOs Reifen auf dem losen Untergrund des Parkplatzes durch. Die Jagd war eröffnet.

Julia Sosa-Ridel warf einen kontrollierenden Blick in den Rückspiegel. Die Harley musste an der Einmündung auf die B 203 kurz warten, während sie selbst den höchsten Punkt der Brücke überquerte. Jenseits der Brücke führte die Straße schnurgerade bergan. Ihre Verfolger würden sie gut sehen können. Keine Option, die Flucht auf diesem Weg fortzusetzen.

Hier aber fiel die Fahrbahn gerade in flachem Winkel auf

das Niveau der Hafenkante ab. Für einen Augenblick war das Auto für jene nicht sichtbar, die sich auf der anderen, höher gelegenen Seite der Brücke befanden. Nicht sichtbar für ihre Verfolger. Julia bremste stark ab und bog im rechten Winkel in den Hafen ab. Zwischen der Bronzestatue des Fischers und der »MS Stadt Kappeln«, die am Kai lag, hatten Händler kleine Verkaufsstände aufgebaut, die die Sicht von der Brücke versperrten. Julia war hier oft mit Malte entlanggeschlendert. Sie hatten sich mit einem Eis ans Wasser gesetzt, Freunde von Malte getroffen. Und einmal waren sie mit der »MS Stadt Kappeln« nach Schleimünde gefahren. Der Ausflugsdampfer hatte einen Zwischenstopp in Maasholm eingelegt, wie sie sich erinnerte.

Julia beschleunigte trotz all der Passanten, die durch den Hafen bummelten. Nach gut zweihundert Metern hielt sie vor dem roten Klinkerbau des Hafenamtes im Sichtschutz eines der Verkaufsstände. Sie beobachtete den rückwärtigen Verkehr und sah, dass die Harley vorbeifuhr. Rasch steuerte sie das Auto nach links und verschwand im Parkhaus.

Ihren Plan hatte sie geändert, als sie die »MS Stadt Kappeln« erspäht hatte. Marie Geisler und ihre Kollegen würden nicht ahnen, dass sie sich über die Schlei davonmachte. Die Polizei wäre auf der Suche nach einem weißen Mietwagen mit Münchener Kennzeichen.

Sie griff in ihren Rucksack und holte das Handy hervor, mit dem sie den Sprengsatz zünden konnte. Neben ihr stürzte ein kleiner Junge und begann sofort zu schreien, als habe er sich schlimm verletzt. Julia steckte das Handy zurück und stieg aus. Sie half dem Jungen auf die Beine, streichelte ihm über die rotblonden Locken, die sie sofort an Malte denken ließen.

»Wir spielen Verstecken. Mama soll mich nicht finden.« Er schluchzte.

Draußen rief eine Frauenstimme: »Wo bist du? Gib mal einen Ton ab.«

»Das ist Mama«, sagte der Junge und legte einen Finger auf seine Lippen. Der Schmerz schien vergessen.

Julia Sosa-Ridel holte ein Pflaster aus ihrem Rucksack und klebte es auf das linke Knie des Jungen, der sich hinter der geöffneten Autotür versteckte. Julia sah die Mutter, winkte sie heran und legte ihrerseits den Finger auf die Lippen. Die Frau verstand sofort.

Marie sah, wie Gregor auf der rechten Spur, den Blick auf den großen Parkplatz gerichtet, die B 203 hinauffuhr. Sie hielt den Abstand und beobachtete den Gegenverkehr. Nicht auszuschließen, dass sich Julia Sosa-Ridel durch einen U-Turn aus der Affäre zu ziehen versuchte. Sie war sicher nicht die Kleinkriminelle, die kopflos über rote Ampeln fliehen würde.

An der Einmündung Prinzenstraße stoppte Gregor. Marie bugsierte das Blaulicht auf das Dach des EMOs und schloss auf. Gregor war abgestiegen und öffnete EMOs Beifahrertür.

»Du Richtung Maasholm, ich Richtung Süderbrarup, im Nahbereich die Kollegen der Station Kappeln?«

Marie nickte, Gregor schloss die Tür. Zügig fädelte sie sich in den Verkehr ein und bog auf die Nordstraße ab, die ihren Namen zu Recht trug. Mühsam zügelte Marie den Impuls, möglichst schnell zu fahren. Sie achtete auf Fahrzeuge, die am Rand abgestellt waren, bremste ab, um an der nächsten Kreuzung Blicke nach links und rechts in die Flensburger Straße zu werfen, fühlte sich durch folgende Autos gestresst.

Julia Sosa-Ridel war in einer Mittelklasselimousine unterwegs, von der Marie bisher schon drei gesehen hatte. Keine mit Münchener Kennzeichen. Das Lastenrad zu finden, auf dem Bille Asmussen durch Schwansen fuhr, sollte weniger knifflig sein. Dass ihnen Julia Sosa-Ridel so knapp entwischt war! An die Tiefgarage hatte Marie einfach nicht gedacht. Ihr Vorgehen war taktisch unklug gewesen. Gregor hätte eine Position einnehmen müssen, von der aus er die Vorder- und Rückfront des Gebäudes hätte sehen können. Marie kniff die Lippen zusammen.

»Vergossene Milch«, zitierte sie halblaut ihre verstorbene Mutter, die gewesen war, was man »handfest« nannte. Marie beschleunigte, nachdem sie einen Streifenwagen von links aus dem Gewerbegebiet kommen sah. Sie passierte das Ortsausgangsschild und folgte der B 199.

Was würde Julia tun, um dem Zugriff der Polizei zu entweichen? Grundsätzlich boten sich zwei Möglichkeiten: die schnelle Flucht, bei der Verfolger nicht mithalten konnten. Das setzte voraus, dass der Flüchtige das überlegene Fluchtmittel besaß. Der Dieb auf einem Kamel in der Wüste wäre für eine Fußstreife kaum erreichbar. Bei Waffengleichheit jedoch war die Flucht zum Scheitern verurteilt. Alternativ konnte man versuchen, unsichtbar zu werden, unterzutauchen. Aber Kappeln war nicht Berlin. Der Vorsprung war gering. Was könnte das Ziel sein? Eine Großstadt, eine Grenze, ein Flughafen eher nicht. Aber Julia Sosa-Ridel war definitiv nicht Richtung Hamburg gefahren.

Marie dachte an Kopenhagen und rief erneut unter Verwendung der Freisprecheinrichtung Sonja an, die die Kollegen im Gemeinsamen Zentrum in Dänemark verständigte. Die dänische Grenze unbemerkt zu passieren würde nun einigermaßen schwierig werden. Anders sähe es aus, könnte Julia Skandinavien mit einem Schiff oder einem Boot erreichen.

Marie ging die Häfen durch, die in Fluchtrichtung lagen. Maasholm, Gelting, Langballigau. Sie telefonierte erneut. Die Hafenmeister und die Wasserschutzpolizei wurden verständigt. Nächstgelegener Hafen war Maasholm. Marie gab wieder Gas.

✳✳✳

Der kleine Junge hatte sich beruhigt. Julia Sosa-Ridel lotste ihn nach draußen. Sie ging gebückt. Wie Komplizen schlichen sie auf den Windschutz des Fischlokals zu, als plötzlich die Mutter des Jungen hinter einer Werbetafel hervorsprang. Der Junge quietschte vor Freude und Aufregung. Die Mutter reckte den Daumen in Julias Richtung, und Julia steuerte jenes Ziel an, das ihr beim Überqueren der Brücke ins Auge gefallen war, die »MS Stadt Kappeln«. Dort angelangt, überraschte sie der große Andrang. Als sie schließlich der Frau gegenüberstand, die die Karten verkaufte, fragte diese, ob sie reserviert habe. Julia verneinte.

»Hm, heute machen wir die Sonderfahrt. Wegen des Aalaussetzens mit einem entsprechenden Menü an Bord und einem Vortrag. Wir sind eigentlich so gut wie ausgebucht. Sie müssten hier warten, und wir sehen dann in etwa zehn Minuten, ob es noch einen freien Platz gibt.«

Julia rang sich ein Lächeln ab und sagte: »Kein Problem.«

In diesem Moment erschien die junge Mutter mit Julias Versteckspieler. »Oh, welch schöne Überraschung, Sie gehen auch an Bord.«

»Für die Dame haben wir leider noch keinen Platz«, erklärte die Kartenverkäuferin. »Wir sind ausgebucht.«

»Sie *waren* ausgebucht. Der Zug, mit dem mein Mann hätte ankommen sollen, hat Verspätung. Die Dame kann seinen Platz haben. Ist ja auch schon bezahlt.«

Eine einladende Bewegung, und Julia ging samt unerwarteter Begleitung an Bord. Für Familie Schulze waren Plätze auf dem Oberdeck direkt hinter dem Steuerhaus reserviert. Mutter Berit und Sohn Axel kuschelten sich in den Strandkorb, Julia setzte sich ihnen gegenüber.

»Ist Axel gerade ein beliebter Jungenname?«, kurbelte sie die Konversation an.

Berit lachte. »Eher nicht. Mein Mann und ich, wir sind Guns-n'-Roses-Fans.«

»Dann schreibt sich Ihr Sohn also ›Axl‹ ohne ›e‹.«

»So sieht's aus. ›*It's just another day like today*‹«, zitierte Berit eine Textzeile.

»Catcher in the Rye.«

»Oh, auch ein Fan?«

»Nein, ich stehe eher auf Salsa. Ich kenne das Lied wegen des Titels. ›Der Fänger im Roggen‹ habe ich auf Englisch gelesen, und dann stieß ich auf den Song. Wie es manchmal so kommt.«

Berit lachte, Axl hatte sie gekitzelt.

Kinder, dachte Julia, sie hätte so gern Kinder mit Malte gehabt. Dann hupte der Kapitän, die »MS Stadt Kappeln« legte ab. Das Schiff drehte über Backbord. Julia sah den Balkon, auf dem sie in den letzten Tagen viel Zeit verbracht hatte.

Ole Sebode, der Schiffsführer, referierte fachkundig über die Schlei und deren eiszeitliche Vergangenheit, dann kam er auf das Motto dieser Sonderfahrt zu sprechen, das Aalaussetzen. Zum Thema, sagte er, könnten Interessierte auf der Rückfahrt unter Deck einen gemeinsamen Vortrag der Fischer und einer Biologin von der NASU hören, in dessen Verlauf die verschiedenen Positionen zum Eingriff in die natürlichen Abläufe dargestellt würden. Zuvor, und da dürften sich alle Gäste besonders darauf freuen, gebe es Dreierlei vom Aal, vorgestellt und serviert von niemand Geringerer als unserer »Frischen Frauke!«.

Applaus brandete auf, und Frauke trat durch die rückwärtige Tür des Steuerhauses auf das Oberdeck. Sie hatte ein Headset mit Mikrofon angelegt, sodass man sie im ganzen Schiff hören konnte, und präsentierte gebratenen Aal, geräucherten Aal und Aal blau. Ein Raunen ging durch die Reihen. Offenbar hatten nur ausgesprochene Liebhaber des Aals die Sonderfahrt gebucht. Julia Sosa-Ridel drehte sich jetzt schon der Magen um. Sie stand auf, Frauke kam ihr zwischen zwei Tischen in den Gang tretend in die Quere, Julia rempelte sie an, entschuldigte sich und ging zur Toilette.

✲✲✲

Marie sah links den Rasenplatz des FC Rabel 06. Auf diesem Platz hatte sie die erste und letzte Rote Karte ihrer Fußballkarriere kassiert. Sie war letzte Frau gewesen, die Angreiferin war mit einer Körperdrehung an ihr vorbeigedribbelt, eine Frau, die Marie über achtzig Minuten genervt hatte. Ständig blöde Sprüche. Leider war sie schnell, deutlich schneller als Marie. Es war ein Reflex, eine Entscheidung in sehr kurzer

Zeit, und doch fühlte es sich damals nach einer bewussten Entscheidung an. Marie war klar gewesen, dass es ihre Mannschaft den Sieg und zwei wichtige Punkte gekostet hätte, wäre es der blöden Pute möglich gewesen, frei aufs Tor schießen zu können. Dass der Platzverweis als logische Konsequenz auf ihr durchaus planvolles Tun folgen könnte, hatte sie nicht davon abgehalten, nach dem Trikot der Gegnerin zu greifen, die sofort theatralisch stürzte, aufschrie und sich wand. Marie hatte es nicht über sich gebracht, der Trulla die Hand zu reichen. Das ärgerte sie heute noch. Sie hatte sich provozieren lassen und war als doppelte Verliererin vom Platz gegangen. Heute durfte sie keinesfalls das Nachsehen haben.

Noch war ungeklärt, ob Julia Sosa-Ridel Malte umgebracht hatte. Würde sie ihnen durch die Lappen gehen, wäre es ungleich schwerer, die Flüchtige zu be- oder entlasten. Vor einer halben Stunde war Marie zum Trikotzupfer bereit gewesen, sie hätte unfair gespielt, um Julia aus der Reserve zu locken.

Marie bog rechts Richtung Maasholm ab und wünschte sich in diesem Moment nichts mehr, als dass ihr Zögern nicht bestraft werden würde. Vielleicht hatte sie Julia zu viel Leine gelassen, weil ihr deren Kraft imponiert, weil das Selbstbewusstsein der Frau von Welt sie eingeschüchtert hatte.

Als Marie den Hafen von Maasholm erreichte, rief Elmar an, der keine zwei Kilometer jenseits der Schlei auf dem Steg hockte. »Marie, wir haben geschlampt. Wir waren nicht sorgfältig genug.«

»Elmar, Selbstkasteiung ist, was ich jetzt am wenigsten gebrauchen kann.«

Marie parkte das EMO an der Kreuzung von Strand- und Uleweg auf dem Bürgersteig in Fahrtrichtung Ortsausgang. Sollte Julia Sosa-Ridel erneut mit einem Auto abhauen, wollte Marie nicht in Rückstand geraten, nur weil sie rangieren musste.

»Der Tag, an dem du Malte gefunden hast, war der Tag des Aalaussetzens. Das Boot, mit dem Malte rausgefahren wäre, könnte sich unbemerkt vom Steg gelöst haben, es war vielleicht nachlässig festgemacht worden, und durch Wind und Wellen hat es sich ungefähr fünfzehn Meter Luftlinie weiter Richtung Westen an einem umgestürzten Baum verfangen. Ich habe es erst jetzt gesehen, weil die Sonne anders stand und mich eine Lichtreflexion aufmerksam gemacht hat. Ich habe das Boot rangeholt und die Plastikkiste gefunden, in der die Aale waren. Sie stand achtern. Auf dem Boden der Kiste ist ein Aufkleber des Lieferanten angebracht.«

»Und wo sind die Aale geblieben?«, wollte Marie wissen.

»Ich habe mit Mathias telefoniert. Ein Schleifischer, den ich kenne. Er hat gelacht und gesagt, dass sich die Möwen an einen so reich gedeckten Tisch nicht zweimal bitten lassen. Der Ort, an dem ich die Kiste gefunden habe, die genaue Position der Kiste, deckt sich mit der Beobachtung, die Karsten gemacht hat. Hier hat der Streit zwischen den beiden Personen stattgefunden. Am Vorabend des Leichenfundes. Und jetzt kommt's. An der oberen Kante der Kiste habe ich rote Haare gefunden, Hautpartikel und Blut. Die Spuren passen exakt zu dem, was die Obduktion ergeben hat. Malte, oder ein anderer Mensch mit roten Haaren, ist rücklings auf die Kante gestürzt und hat sich das Genick gebrochen. Dass die Verletzung mit dem Bolzenschussgerät nicht todesursächlich war, wissen wir ja bereits –«

Marie unterbrach: »Und damit wäre auch geklärt, wie der Glasaal in Maltes Ohr gelangt ist. Der Täter hat sein Opfer am Tatort zurückgelassen, um ein Vehikel für den Leichnam zu besorgen. In der Zwischenzeit hat sich der Aal eine Höhle gesucht. Wir brauchen die DNA. Logisch. Und es wäre gut, könntest du nach Spuren eines Vehikels suchen. Das kann ja nur eine Schubkarre oder etwas in der Art gewesen sein.« Marie hielt kurz inne. »Oder ein Quad. Glaubst du, dass man mit einem Quad bis an den Steg rankommen kann? Ich weiß, dass Malte ein Quad in der Garage hat, und einen kleinen Anhänger hat er auch.«

»Moment. Ich halte mal einen Zollstock zwischen Weidezaun und Graben.«

Marie hörte, wie Elmar stöhnte, als er aus der Hocke nach oben kam. »Ungefähr ein Meter zwanzig. Das passt, würde ich sagen. Diese Quads, wie breit mögen die sein, einen Meter vielleicht. Aber Spuren sehe ich auf den ersten Blick nicht. Der Boden ist zu trocken. Ich schaue auf dem Rückweg nach dem Quad in der Garage.«

Sie beendeten das Telefonat. Marie schloss die Augen und versuchte, sich in den Täter hineinzuversetzen. Vielleicht war das Boot gar nicht nachlässig festgemacht worden. Denkbar war, dass der Täter es in der Hektik der Schlei überlassen hatte. Womöglich in der Hoffnung, dass der Tatort spurlos verschwinden würde.

✳✳✳

Julia Sosa-Ridel schloss hinter sich ab, setzte sich auf den geschlossenen Toilettendeckel und holte ihre Kopfhörer heraus. Was sollte sie sich mit Small Talk quälen, warum sollte sie Aal probieren? Sie hatte eine Abneigung gegen diesen Wanderfisch, die sie nicht erklären konnte. Vielleicht assoziierte sie mit dem Körperbau den von Schlangen, mit denen sie unangenehme Kindheitserinnerungen verband. Eine ihrer Freundinnen war von einer Patagonien-Lanzenotter gebissen worden und beinahe gestorben.

Die Musik, die Julia jetzt hörte, brachte sie unmittelbar in einen Zustand, der sie von der Umgebung abkoppelte. Celia Cruz, ihre Lieblingssängerin, sang »Yo Viviré«, und Julia sang innerlich mit. Ja, sie würde überleben. Die Krise, Maltes Tod und auch diese Flucht. Sie drehte die Musik lauter, so laut es ging.

Hinter dem Steuer der »MS Stadt Kappeln« haderte Kapitän Ole mit der Sperrung der Schlei, von der er gerade erst erfahren hatte. Es sei nicht vorhersehbar, wie lange die Sperrung andauern würde, hatte man gesagt. Vielleicht würde sein Heimatgewässer ja rasch wieder freigegeben. Er drosselte die Fahrt so weit wie möglich und hoffte, dass Fraukes Aal-Party die Enttäuschung über eine mögliche Routenänderung vergessen machen würde. Noch aber hielt er Kurs, wenden konnte er immer noch.

Auf dem Oberdeck wählte Frauke Maries Handynummer. Besetzt. Sie kontrollierte die Temperatur in den beiden Pfannen der mobilen Küche, die sie aufgebaut hatte. Sie hatte den gefährdeten Speisefisch in geradezu homöopathischen Dosen vorbereitet. Keinesfalls wollte sie der Ausrottung Vorschub leisten, indem sie die Nachfrage anheizte. Vielmehr hoffte sie, durch die Betonung des Besonderen ein Bewusstsein für Konsum zu schaffen, das über den Aal und den Tag hinausreichte.

Frauke war wichtig, Restriktionen durch Maßhalten zu verhindern. Das war gewissermaßen ihre Mission, die sie als kulinarische Botschafterin des Nordens durch Schleswig-Holstein führte. Dabei traf sie auf einen Querschnitt der Gesellschaft. Das Thema »Essen und Genuss« öffnete die Herzen ihrer Kunden und Gäste, und oft kam ihre Botschaft an. Es würde für jeden Gast einen Mundvoll gebratenen und geräucherten Aal und Aal im Sud geben. Und sie würde dafür sorgen, dass sich ihre Gäste aufs Kauen und Schmecken konzentrieren konnten. Allerdings hatte sie die Stimme der Frau abgelenkt, mit der sie eben zusammengestoßen war. Es war die von Marie beschriebene Stimme der Münsteraner Staatsanwältin aus dem »Tatort«.

Endlich ging Marie ans Telefon. »Wie sieht die Frau aus?«, fragte sie.

»Gut. Eine attraktive Frau mit langen dunklen Haaren und einem fein geschnittenen Gesicht, das südamerikanisch wirkt.«

»Kleidung?«

»Jeans, weißes T-Shirt. Nichts Auffälliges. Sie hat einen Rucksack bei sich. Hellblau. Fjällräven.«

»Brille?«

»Ja, eine überdimensionierte Sonnenbrille mit hellblau und weiß gestreiften Bügeln.«

»Die argentinischen Nationalfarben. Das ist Julia Sosa-Ridel. Ich kenne die Brille. Wir suchen nach ihr. Wo ist sie jetzt?«

»Das weiß ich nicht. Sie ist an mir vorbeigegangen. Vermutlich unter Deck. Soll ich nachsehen?«

»Ja, aber …«

»Unauffällig. Marie, ich habe so viele Krimis gelesen, und ich weiß nicht, ob du es wusstest, aber der Typ, den manche für meinen Mann halten, ist auch Polizist.«

»Das wusste ich nicht. Kenne ich ihn vielleicht?«

»Fröbe.«

»Nein! *Der* Fröbe? Der ›Fröbe-wie-Gert‹-Fröbe?«

»Genau der. Ich bin jetzt runtergegangen und sehe sie nicht. Was soll ich tun?«

»Unser wichtigstes Ziel ist nicht, sie festzunehmen. Vordringlich ist, dass sie keine Geräte bedient, mit denen sie einen Sprengsatz zünden könnte. Es gibt einen solchen Sprengsatz auf einem Hausboot auf eurer Route. Aber die Schlei ist gesperrt. Insofern werdet ihr Maasholm oder Schleimünde sowieso nicht erreichen. Sobald du sie siehst, beobachtest du bitte, ob sie zum Beispiel ein Handy zückt. In diesem Fall rufst du mich sofort an, damit ich die Bombenentschärfer warnen kann.«

»Yep. Sonst noch was?«

»Sprich dich mit dem Kapitän ab. Ich rufe ihn jetzt an und setze ihn in Kenntnis.«

✳✳✳

Nach dem Telefonat mit Ole kontaktierte Marie Sonja, die alle Kollegen über die neue Situation informierte.

Marie lief zur Schumacherbrücke. Uwe war mit dem Rettungsboot noch auf dem Wasser, aber einer seiner Kameraden, den Marie kannte, saß vor der Station der Seenotretter. Sie erklärte kurz die Lage. »Hast du ein Boot, mit dem ich rausfahren könnte?«

Er hatte ein Boot, und fünfzig PS reichten, um Marie zügig aus dem Hafen hinaus auf die Schlei zu bringen. Ole ging gleich ans Telefon und versicherte, die Fahrt so zu gestalten, dass Julia Sosa-Ridel keinen Verdacht schöpfen würde.

Tatsächlich sah Marie die »MS Stadt Kappeln« bereits am Horizont. Die Segelschiffe hatten größtenteils beigedreht, und aus der Ostsee näherte sich kein Schiff mehr. Backbord sah Marie das Hausboot und in gut zwei Längen Entfernung das Rettungsboot, mit dem Uwe es auf Position hielt. Die Bombenentschärfer hatten vermutlich den Anker des Hausbootes geworfen, sodass das Fahrzeug mit der brisanten Fracht nicht abtreiben konnte.

Julia Sosa-Ridel hörte nicht, dass von außen an die Toilettentür geklopft wurde. Zaghaft zunächst, dann mit wachsendem Nachdruck. »Andere Leute müssen auch mal. Mach hinne.« Der Mann draußen nahm die Faust zu Hilfe.

Julia zuckte zusammen, stand auf, regelte die Lautstärke herunter und öffnete die Tür. »Überfressen, so wie du aussiehst?«, raunte sie dem Mann zu, dessen über dem Bauch besorgniserregend spannendes Trikot ihn als HSV-Fan kenntlich machte.

Sie ging wieder hinaus aufs Oberdeck, blieb in der Nähe der Treppe stehen, wollte ein Gespräch mit Berit und deren Sohn Axl vermeiden, aber Axl hatte sie schon erspäht und rannte in ihre Richtung. An Steuerbord war die Frau mit den blonden Locken hinter einer Arbeitsfläche samt Herd damit beschäftigt, Aal zu braten. Sie trug ein Headset und referierte über den Fisch und dessen Zubereitung.

»Ich habe dich schon gesucht!«, rief Axl. »Wollen wir Vogelquartett spielen?«

Vogelquartett, ihr blieb auch nichts erspart. Julia nickte und folgte Axl. Auf Höhe der Köchin blieb sie stehen und fragte: »Haben Sie ein Glas Weißwein für mich?«

Frauke unterbrach das Wenden der Aalstücke, nickte, schaute freundlich und sagte: »Mögen Sie einen trockenen

Chardonnay mit mineralischen Noten und sehr feiner Säure? Ganz wunderbar zu Fisch.«

Julia nickte, Frauke schenkte ein und reichte das Glas über den schmalen Tresen hinweg. »Darf ich Ihnen dazu nachher eine Fischsuppe bringen? Mit oder ohne Aal, ganz nach Ihrem Geschmack.«

»Ohne Aal.« Julia drehte sich um und ging langsam auf Berit und Axl zu. In einer halben Stunde verließe sie das Schiff, und am frühen Abend verließe sie das Land. Vorausgesetzt, sie verhielte sich bis dahin freundlich und unauffällig.

Das Vogelquartett war weniger langweilig, als sie gedacht hatte, und Axl war besser informiert als die beiden Frauen. Zwischenzeitlich wurden sie von Durchsagen des Kapitäns, der auf einen Fischadler hinwies, und Erläuterungen der Köchin abgelenkt. Das Schiff fuhr nach ihrem Dafürhalten in Schlangenlinien, aber der Kapitän hatte die Passagiere über ein Problem mit der Ruderanlage informiert und gesagt, er erwarte gleich ein kleines, aber bedeutendes Ersatzteil, das ein Boot von Land brächte. Die Ankunft in Maasholm, so schätzte er, würde sich um eine gute halbe Stunde verzögern, aber es müsse ja niemand verdursten oder verhungern.

Der Wein war ausgezeichnet. Eine Qualität wie diese hatte Julia hier in der Provinz nicht erwartet. Die Köchin kannte sich aus oder hatte Glück mit ihren Lieferanten. Julia stand auf, um sich ein zweites Glas Wein zu holen.

Marie hatte eine verspiegelte Sonnenbrille aufgesetzt, ein Basecap der Seenotretter und einen weiten, leuchtend gelben Ostfriesennerz, der ihre Dienstwaffe verbarg, angezogen. Sie näherte sich rasch der »MS Stadt Kappeln«, fuhr eine Hundertachtzig-Grad-Kurve, ging an Steuerbord längsseits, freute sich über die Hilfe des Matrosen beim Übersteigen und ging an der Bar vorbei zur Treppe, die hinauf ins Steuerhaus führte. Kurz hob der Bordhund den Blick, als sie hinter Kapitän Ole auftauchte. Sie streichelte sanft über den Hundekopf und stellte sich neben Ole, der tat, als sei ihr Kommen erwartet gewesen.

»Moin, hier ist Marie Geisler vom LKA. Hat Frauke dich ins Boot geholt?«

»Hat sie. Wie ist der Plan?«

»Um sicherzugehen, dass der Sprengsatz nicht gezündet wird, müsste ich die betreffende Person überwältigen und ihr Handfesseln anlegen. Weil ich aber nicht weiß, auf welche Art sie den Sprengsatz zünden könnte, werde ich vorerst nur beobachten. Wo sitzt sie?«

Ole zeigte mit dem Daumen über die Schulter. »Direkt hinter dem Steuerhaus. Im Strandkorb sitzt eine Frau mit ihrem Sohn, daneben die Sprengmeisterin. Die Tür, die du siehst, öffnet nach außen. Sobald du sie geöffnet hast, stehst du quasi direkt neben eurer Zielperson.«

Marie sah Julia Sosa-Ridel, die Karten spielte, so wie es aussah. Von achtern näherte sich Frauke. Sie trug eine Suppenterrine.

Julia las etwas von einer Spielkarte ab, Frauke stolperte. Die Terrine, deren Deckel und der dampfende Inhalt gerieten anscheinend außer Kontrolle. Tatsächlich flog der Deckel in Julia Sosa-Ridels Richtung, traf ihren Kopf, die Fischsuppe ergoss sich über ihren Oberkörper. Julia schrie. Vor Überraschung, Schmerz und auch Wut, wie es Marie erschien, die ihre Waffe zog und zur Tür stürzte, die sich aber nicht öffnen ließ, weil Julia vom Stuhl gestürzt war und auf dem Deck lag. Über ihr Frauke, die sich auf Julias Brustkorb geworfen hatte und Daumen und Zeigefinger der rechten Hand in die Augen der schreienden Frau presste.

Marie stemmte sich gegen die Tür, Ole kam dazu. Gemeinsam gelang es ihnen, die beiden Frauen zur Seite zu schieben. Die Tür öffnete sich gerade so weit, dass Marie hindurchschlüpfen konnte. Berit rannte mit Axl zur Treppe. Andere Passagiere schauten verwirrt, manche ängstlich. Marie griff nach dem linken Handgelenk von Julia Sosa-Ridel, Frauke wich zurück, entlastete den Oberkörper. Marie ließ eine Handschelle zuschnappen, fasste nach der Schulter der auf dem Rücken liegenden Frau, drehte sie mit Fraukes Hilfe, die Julias

Hüfte gepackt hatte, auf den Bauch, fixierte mit festem Griff das andere Handgelenk und ließ den zweiten Metallring einrasten.

»Wir wären ein gutes Team«, stellte Frauke fest und stand auf.

»Das mit den Augen …«, sagte Marie und verzog das Gesicht.

»Ich rühre ja nicht nur in Töpfen, ich bin auch immer noch Ärztin. Ich weiß, was wehtut.« Frauke stand auf, ging zum Tresen, setzte ihr Headset wieder auf und sagte: »Nach dieser kleinen Show-Einlage, ja, Sie dürfen auch klatschen, können Sie sich nun den gebratenen Aal holen. Er ist jetzt genau richtig.«

Wir waren Freunde

Nur zehn Minuten waren vergangen, bis Klaus vom Kampfmittelräumdienst an Bord der »MS Stadt Kappeln« kam, ein Smartphone von Julia Sosa-Ridel sicherstellte und durch die Zerstörung der SIM-Karte auch eine versehentliche Fernzündung unterband. Weitere zehn Minuten später hatten die Kollegen die Tür zum Hausboot aufgebrochen und den Sprengsatz sichergestellt.

Uwe hatte das Hausboot zurück an den Steg geschleppt, Elmar unmittelbar damit begonnen, Spuren zu sichern, und nun wartete er auf das Eintreffen von Ronja, die durch ihr Studium befähigt schien, die Versuchsaufbauten zu verstehen und entsprechende Schlussfolgerungen zu ziehen.

Marie spürte das Adrenalin im ganzen Körper. Julia Sosa-Ridel hatte kein Wort gesprochen, seitdem Marie sie in das Steuerhaus gebracht und dort an einem Geländer fixiert hatte. Nach Rücksprache mit der Staatsanwältin würde die Verdächtige mit der »MS Stadt Kappeln« zurück nach Kappeln gebracht. Ein Streifenwagen brächte sie von dort aus nach Kiel.

Frauke klopfte an das Fenster der Tür zum Steuerhaus.

»Ole, ich lass dich mit Frau Sosa-Ridel allein, ist das in Ordnung?«, fragte Marie.

»Kein Ding, unser Bordhund hat ein wachsames Auge.« Ole drehte sich nicht einmal um.

Marie trat hinaus aufs Deck, und Frauke reichte ihr eine Flasche Wasser. »Wir Ärzte sagen das ja immer wieder – Trinken ist so wichtig. Alles in Ordnung bei dir? Kann ich etwas tun?«

Marie lächelte. »Du hast eine mütterliche Ader. Hätte ich nicht gedacht. Ich habe dich für eine coole Naturwissenschaftlerin und Geschäftsfrau gehalten. Aber du kannst ja sogar kämpfen.«

»Zur Not habe ich auch Beißen und Kratzen im Repertoire.« Die beiden Frauen lachten und klatschten sich ab.

Die Passagiere hatte die Crew vom Oberdeck, wo Frauke Julia Sosa-Ridel niedergerungen hatte, nach unten gebeten. Es gab Aal für alle, und vor allem gab es selbst gebackene Waffeln mit Matjes, die sich großer Beliebtheit erfreuten. Nur wenige Passagiere hatten den kurzen Kampf beobachten können und waren nun als Augenzeugen sehr beliebte Gesprächspartner. Diese Fahrt würde wohl niemand vergessen.

Marie führte Julia Sosa-Ridel über die Gangway. »Das mit dem Bolzenschussgerät. Warum?«

»Die Frau vom Naturschutz. Sie hat sich mit Malte gestritten. Die Familie hat Schweine, und diese Frau kann gewiss mit einem Bolzenschussgerät umgehen. Sag nicht, dass du diese Spur übersehen hast.« Julia lachte kühl.

Marie nahm ihr die Abgebrühtheit nicht ab. Die Frau, die Malte geliebt hatte, litt. »Du hast geschossen und Malte so drapiert, dass es wie ein Exempel aussieht. Um den Verdacht auf Bille Asmussen zu lenken. Und wir übersehen die sorgfältig gelegte Spur ...«

Im Hafen warteten bereits zwei Streifenwagen und eine Harley. Gregor war zurück. »Du bist eine Heldin, Marie.«

»Wir sind Heldinnen«, korrigierte Marie. »Frauke hat unsere Flüchtige schachmatt gesetzt.«

»Frauke, kenne ich nicht.«

»Stelle ich dir bei Gelegenheit vor.«

»Bin gespannt. Mich hat die dänische Polizei angerufen. Ein Ferienhausvermieter auf Rømø glaubt, Kent Holzer erkannt zu haben. Soll ich dahin? Zusammen mit den dänischen Kollegen?«

»Ja, unbedingt.«

Gregor setzte sich auf sein Motorrad und knatterte davon.

Einer der beiden Streifenwagen brachte Marie nach Maasholm, wo das EMO parkte. Sie fuhr am Haus ihrer Schwiegereltern vorbei und sah Andreas' R4. Ob Uwe bereits zurück war, wusste sie nicht, vermutete aber, dass Andreas gekommen war, um mit seinem Vater zu sprechen.

Auf der Fahrt Richtung Kiel erfuhr Marie, dass es heute keine Vernehmung geben würde. Ein namhafter Strafverteidiger aus Hamburg hatte mitgeteilt, dass sich Julia Sosa-Ridel zunächst nicht einlassen würde. Zum ersten Mal seitdem Marie Polizistin war, fühlte sie keinen Impuls, die Sache jetzt zu Ende bringen zu wollen. Für sie war geklärt, wer für Maltes Tod verantwortlich war. Die Vernehmung der Beschuldigten interessierte sie nicht. Mehr noch, sie wollte keine Details erfahren. Es hatte Streit gegeben, der aus dem Ruder gelaufen war. Malte war tot. Marie bedauerte das persönlich. Sie hatte ihn wirklich gemocht. Ein guter Typ als Mensch und einer, den sie gern in politischer Verantwortung gesehen hätte. Aber nun war es vorbei.

Kent Holzer würde man finden oder auch nicht. Was ging sie das an? Bille Asmussen hatte Fahrerflucht begangen, na und? Dass sie eine Auseinandersetzung mit Malte gehabt hatte, war wohl Privatsache. Marie wollte eine Pause. Sie dachte an das Bouleturnier in Sehestedt. Das stand Sonntag auf dem Programm. Aber ohne Astrid und Bernd hätten sie sowieso keine Chance.

Marie rief den Bürgermeister an und sagte ab. Einfach so. Sie spielte gern, insbesondere in Sehestedt. Nette Leute, toller Platz, aber die Absage fühlte sich auch ein bisschen befreiend an.

An der erstbesten Einfahrt fuhr Marie rechts ran und sprach auf Andreas' Mailbox. »Liebster, ich möchte nachher eine Wundertüte mit dir essen. Ich warte auf dich, du weißt schon, wo. Ich muss heute nicht mehr arbeiten. Karl ist zum Training, und danach feiert die Klasse Abschied. Merles Vater und zwei Lehrerinnen betreuen das Partyvolk. Viertklässler haben noch nie gefeiert, hat Karls Klassenlehrerin gesagt. Aber die Zeiten ändern sich. Um einundzwanzig Uhr müssen wir Karl abholen. Bis gleich.«

***

Ganz so einfach war es mit dem Feierabend dann aber doch nicht. Sonja teilte mit, dass sich Bille Asmussen in der Polizeistation Eckernförde eingefunden habe, um eine Aussage zu machen. Marie fuhr an Andreas' Praxis vorbei, den Mühlenberg runter und freute sich, als sie links das Hafenbecken und den Spieker sah. Wenig später stellte sie das EMO auf dem rückwärtigen Parkplatz der Polizeistation Eckernförde ab.

Das Gebäude gehörte zu den Häusern, die sie immer gern anschaute, wenn sie in Eckernförde war. Keiner dieser modernen Zweckbauten, bei denen geldgierige Investoren den letzten Kubikmeter umbauten Raumes aus den langweiligen Schuhkartons auf kleinen Grundstücken rausgequetscht hatten. Schon der Treppenaufgang lohnte mehr als einen Blick.

Bille Asmussen wartete auf einem Flur und kam dann rasch auf den Punkt, als sie Marie im Büro gegenübersaß.

»Ich habe gehört, dass Sie mich gesucht haben, und ich verstehe das auch. Die Geschichte geht so: Ich hatte eine handfeste Auseinandersetzung mit Malte, die darin gipfelte, dass ich vor ihm ausspuckte. Das geht nicht. Aber ich war unglaublich enttäuscht und wütend. Am nächsten Tag bin ich wieder hin, um mich für mein Verhalten zu entschuldigen, aber noch bevor ich den Hof erreichte, rief meine Mutter an. Sie sagte, es gehe ihr sehr schlecht und nun gehe es wohl zu Ende mit ihr. Ich habe gewendet und bin losgerast. Dann passierte der Unfall. Ich bin in Panik nach Silberstedt gefahren. Ich hatte Sorge um meine Mutter und Angst, dass ich Ärger auf der Arbeit kriege. Das Fahrtenbuch habe ich immer mal wieder frisiert, wenn ich Botendienste für meine Mutter gemacht habe, und jetzt der Unfall. Ich habe mich also krankgemeldet und das Auto in die Werkstatt gebracht. Das sollte nicht rauskommen.«

Marie nahm einen Schluck vom guten Kaffee und fragte: »Warum haben Sie sich mit Malte gestritten?«

Bille Asmussen atmete tief ein, schüttelte den Kopf und rieb sich mit beiden Händen über die Augen. »Ich weiß nicht, wie ich das sagen soll. Es ist so unglaublich, und ich verstehe es noch immer nicht. Malte hat uns verraten. Er hat unsere Sache verraten.«

Sie machte eine Pause.

»Malte hat uns alle betrogen. Jahrelang.«

»Ich verstehe nicht.«

»Malte war der Ökobauer schlechthin. Alle haben ihn bewundert, alle haben ihm geglaubt. Er war unser Held. Aber dann kam Folgendes raus: Er hat konventionell produziertes Obst, Gemüse und Fleisch als Bioware verkauft.«

»Wie das?«

»Die Kontrolle über die Einhaltung der Vorschriften obliegt in Deutschland privatwirtschaftlich organisierten Kontrollstellen.«

Marie erinnerte sich, dass sie das auf der Zugfahrt zu Maltes Mutter nach Köln recherchiert hatte.

»Malte hat die Kontrolleure geschmiert.«

Erneute Pause.

»Ich bin fassungslos. Wir waren Freunde.«

Ein Gefühl, das Marie teilte.

»Malte, unser Malte. Und ich weiß nicht, warum er das getan hat. Nicht wegen Geld. Da bin ich sicher. Aber ich war auch sicher, dass er niemals betrügen würde. Mehr weiß ich nicht.«

»Wie gelangte die Information zu Ihnen?«

»Kann ich nicht sagen. Da hängt eine Existenz dran.«

Marie akzeptierte das vorerst. Es gab Wege, Informanten zu schützen. Aber darüber konnten sie auch später reden, wenn Bille Asmussen zur Ruhe gekommen war. Vielleicht, so ging es in Maries Kopf herum, hatten all die Überwachungskameras etwas mit dieser Sache zu tun.

»Frau Asmussen, ich bin froh, dass Sie sich ein Herz gefasst haben. Leider bleibt es bei dem Vorwurf der Fahrerflucht. Da fragt der Gesetzgeber nicht nach der emotionalen Verfasstheit der Beschuldigten. Am besten, Sie suchen sich einen guten Anwalt für Verkehrsrecht.«

»Kann ich gehen?«

»Ja, sicher.«

Marie trank den Rest Kaffee, trat ans Fenster und sah, wie Bille Asmussen auf das bunt bemalte Lastenrad stieg. Wehendes Haar, das Kleid mit Blumenmuster, die Jesuslatschen. Rein äußerlich eine prototypische Vertreterin der Flower-Power-Generation, aber Bille Asmussen war erst siebenundvierzig. Vielleicht kam ja alles irgendwann zurück, so wie alles mit allem zusammenhing. »Die Welt romantisieren heißt, sie als Kontinuum wahrzunehmen ...«, kam Marie erneut Novalis in den Sinn. Das hatte sich aber auch festgefressen. Eine Art literarischer Ohrwurm.

Dass Malte nur vorgegeben hatte, die Mitwelt schützen zu wollen, konnte Marie nicht glauben. Er musste einen sehr triftigen Grund dafür gehabt haben.

Ein Beamter betrat das Büro. »Telefon für dich. Dein Handy ist wohl ausgeschaltet.«

»Marie, hier ist Ronja. Ich bin schon wieder voreilig. Aber ich glaube nicht, dass dein Malte die Weltformel gefunden hatte.«

»Das ist nicht ›mein Malte‹. Das *war* nicht ›mein Malte‹.«

»Sorry, schon gut.« Ronja erklärte, was Marie nicht verstand. Unterm Strich nahm Ronja an, dass Berechnungen und Versuche auf einer falschen Grundannahme beruhten. »So schön es wäre, aber der Traum, den er geträumt hat, wird wohl ein Traum bleiben. Industriell ist dieser Dünger jedenfalls nicht herzustellen, soweit ich das jetzt beurteilen kann.«

Nachdem Marie die Polizeistation verlassen hatte, stand sie auf dem Parkplatz und dachte zum ersten Mal ein Jugendwort. Sie dachte: lost. Und dann dachte sie: Wer verloren ist, sollte nach Halt suchen. Und Marie wusste verdammt genau, wo sie den finden würde.

Sie lenkte das EMO raus aus der Stadt, überquerte den Lornsenplatz, fuhr hinauf in den Hörst und setzte sich wenig später auf eine Picknickbank vor ihrer Stammpommesbude. Mit

Dr. Holm hatte sie hier gesessen, kurz vor dessen Tod. Daran würde sie wohl immer denken, wenn sie hierherkäme.

Sie drehte die ideal frittierten Pommes in einer sehr ordentlichen Portion Mayonnaise und spülte mit Cola nach. Sah sie ja niemand. Was ihr Körper wirklich brauchte, wusste sie genau. Fett, Salz und Zucker. Satt und zufrieden verabschiedete sie sich, um gleich gegenüber in der Waschstation ihrer Wahl zu tun, was sie jüngst versäumt hatte. Sie sprühte, rieb und polierte, dass es EMO eine Freude gewesen wäre, hätte er nicht ein Herz aus Blech. Kaum war sie fertig, rief Andreas an.

»Mein Wickilein, du hast mich versetzt. Ich bin hier, schaue mich um, aber weit und breit keine Marie.«

»Ich komme, zehn Minuten.«

Marie schaffte es in acht Minuten. Sie näherte sich Andreas am geheimen Ort von hinten und hielt ihm die Augen zu.

Er machte das Geräusch einer schnurrenden Katze und sagte: »Oh, deine Hände riechen aber lecker nach Lackreiniger.«

Sie knuffte ihn und setzte sich an seine linke Seite. Sie saß immer an seiner linken Seite, sie lag auch im Bett an Andreas linker Seite. »Sollen wir mal tauschen?«

»Was?«

»Die Seiten.«

»Ich soll auf die gute Seite? Ich weiß nicht, ob ich das kann«, scherzte Andreas.

»Mir ist nach Veränderung«, erklärte Marie.

»Büschen früh für Midlife-Crisis.«

»Ich bin frühentwickelt. Früher schon.«

Sie kalauerten sich den Strand entlang, aßen eine Wundertüte mit Erdbeersoße und Sahne, zogen die Schuhe aus und liefen durchs Wasser, bis die Hosen oberhalb der Waden nass waren. Sie setzten sich mit dem Rücken an einen Strandkorb, ließen Hosen und Füße trocken, und dann waren sie wieder mit der Welt im Reinen.

»Lass uns am Museum vorbeigehen«, schlug Marie vor.

Sie hatte Andreas gefragt, ob er mit seinem Vater über dessen Erkrankung gesprochen hatte. Andreas hatte das bestätigt und gesagt: »Wir haben Stillschweigen vereinbart.«

Marie hatte das akzeptiert, Andreas hatte sich gewundert.

Nun bogen sie in den Schnittgersgang ein und näherten sich dem Museum Alte Fischräucherei von der Seite. Es war nicht lange her, dass Stine hier in einem der Öfen einen grausigen Fund gemacht hatte. Stimmengewirr, leise Musik. Das Tor zum Hof stand einen Spaltbreit offen.

»Ich sehe sie«, sagte Marie. Ihr Vater und Uwe saßen an einem der Tische und unterhielten sich angeregt. Ihr Vater nickte, langte über den Tisch und klopfte Uwe auf die Schulter.

»Gut, dass die alten Männer einander haben.« Andreas sagte, was Marie dachte. »Wo parkst du?«

»Direkt hinter deinem französischen Groschengrab.«

»Dann fahren wir Konvoi.«

»Konvoi.«

Marie stieg ins EMO und legte das Holster mit der Pistole ab. Die Rückenschmerzen nervten.

In Fahrdorf klingelte Maries Telefon. Der Chef der Cyberjungs.

»Wir haben ihn.«

»Wen?«

»Den Standort, an dem die Server stehen, und wir wissen verbindlich, wer sie betreibt. Guido Schlick lenkt sein Überwachungsimperium aus dem Wikingturm heraus. Er hat die komplette Etage unter dem Restaurant gekauft.«

»Danke, ich bin quasi vor der Haustür. Schickt mir bitte auch eine Streife dahin.«

Marie bog auf den Gottorfer Damm ab und parkte zwei Minuten später unmittelbar vor der Brücke, die zum Eingang des Wikingturms führte. Andreas kam hinter ihr zu stehen. Sie hatte ihn für einen Moment vergessen.

»Das hier ist dienstlich, Liebster. Bist du so gut und holst Karl ab? Es ist ja schon Viertel vor neun.«

Andreas fügte sich zähneknirschend, stieg ein, wendete und

fuhr davon. Kaum war er aus Maries Blickfeld verschwunden, tauchte ein Streifenwagen auf. Man sah ihn, und man hörte ihn. Leider. Marie ärgerte sich. Eine stille Anfahrt wäre sicher besser gewesen. Nicht, dass Guido Schlick nun aufmerksam geworden war.

Dass der Gegner seinen Standort entdeckt hatte, war Guido Schlick nicht entgangen. Er startete eine zuvor programmierte Routine, die große Geldsummen so transferierte, dass man Absender und Empfänger nur mit größter Mühe würde identifizieren können. Sein Leibarzt hatte einen guten Job gemacht. Er fühlte sich besser, sein Kreislauf war einigermaßen stabil, und wenn ihm nichts anderes blieb, als abzuhauen, dann war das eben so. Er hatte sowieso ausgesorgt.

Zwei Laptops, zwei Smartphones und eine Festplatte wanderten in den Rucksack. Traubenzucker, ein Stück Schinken und eine Flasche Wasser. Er hatte unter falschem Namen einen Flug gebucht, der in drei Stunden ab Hamburg ging. Sein Hauptquartier verließ er ohne Groll. Wer Risiken einging, musste bereit sein, die Konsequenzen zu tragen.

Als er den Fahrstuhl verließ und die Eingangshalle betrat, öffnete eine Frau die Tür, die ihm bekannt vorkam. Er hatte sie auf einigen Videos gesehen. Sie war eine Kundin, vielleicht eine Freundin von Malte.

»Polizei«, sagte die Frau. »Stehen bleiben und die Hände an die Wand!«

Guido Schlick griff unter seine linke Achsel, zog die Beretta und feuerte sieben Mal in Richtung der Frau, die hinter eine Bank aus Beton gehechtet war. Als er den achten Schuss abgeben wollte, spürte er einen heißen Stich in der rechten Schulter, einen zweiten im rechten Bein, dann ging er in die Knie. Ein uniformierter Polizist brüllte »Waffe weg!«, kam aus der Deckung des anderen Fahrstuhlschachtes auf ihn zugelaufen und trat ihn aus vollem Lauf um. Guido Schlick ließ die Beretta fallen.

Der Polizist schrie: »Sicherheit!«

Marie schrie: »Ein Notarzt!« Sie beugte sich über den blutenden Kollegen, den Guido Schlick getroffen hatte.

***

Es war nach Mitternacht, als sich Marie an das Bett von Guido Schlick setzte. Er war operiert worden.

Im Nebenzimmer lag der Polizist. Er käme durch, hatte aber komplizierte Operationen vor sich. Guido Schlick hatte ihm durch die Wange geschossen. Die Patrone war links in den Kiefer eingetreten, hatte Knochen und Zähne zerstört und war rechts wieder durch die Wange ausgetreten.

»Ich heiße Marie Geisler, Landeskriminalamt. Ich weiß, wer Sie sind. Ich habe mit dem Hausmeister Ihrer Schule in Kappeln gesprochen, und nachdem ich auf einem Ihrer Handys dieses Foto hier gefunden habe«, sie drehte das Handy so, dass Guido Schlick das Foto sehen konnte, »weiß ich auch, wer für Maltes Tod wirklich verantwortlich ist. Ich bin hier, um Ihnen zu sagen, dass Sie das abscheulichste Stück Scheiße sind, das mir in meiner gesamten Polizeilaufbahn begegnet ist.«

Marie stand auf und verließ das Zimmer.

Das Foto zeigte einen Brief, den Guido Schlick Malte von Rönneby vor sieben Jahren geschickt hatte. In ihm hatte Marie gelesen, dass Malte, Guido und Maltes damalige Freundin Suse 1997 nach Madeira gereist waren. Am Abend vor der geplanten Rückreise hatten sie getrunken und gefeiert. Suse und Malte waren echte Punk-Fans gewesen und hatten Pogo getanzt. Sie hatten einander wild angesprungen und geschubst. Suse war nach einem Schubser von Malte ins Stolpern gekommen und die höchste Klippe Europas hinabgestürzt. Über fünfhundert Meter tief in den Atlantik.

Malte und Guido hatten es mit der Angst zu tun bekommen. Niemand wusste, dass Suse den beiden Jungs nachgereist war. Sie meldeten Suse nicht als vermisst. Ihre Eltern wussten bis heute nicht, wo ihre Tochter abgeblieben war. Guido

Schlick war der einzige Zeuge und nutzte sein Wissen, um Malte achtzehn Jahre später zu erpressen. Guido beschaffte konventionelle Lebensmittel aus Überproduktionen, und Malte verkaufte sie als Bioware. Ein einträgliches Geschäft, das Guido mit Kameras überwachte.

Marie fuhr nach Kiel ins Landeskriminalamt. Es gab eine große nächtliche Runde. Die Cyberjungs hatten alle Daten sichern können. So wie es aussah, reichten die Erkenntnisse für jahrelange Ermittlungen und Dutzende von Anklagen.

»Das hier«, sagte der Cyberchef in die Runde müder Gesichter, »ist meines Erachtens der Grund für die Auseinandersetzung zwischen Julia Sosa-Ridel und Malte von Rönneby. Eine Tonaufnahme. Ich starte das mal.«

»Mit deiner Formel können wir die Welt verbessern!«, brüllte Julia.

»Con Canto ist eine Aktiengesellschaft, Julia. Niemals gebe ich meine Formel in die Hände einer Organisation, auf deren Entscheidungen ich keinen Einfluss habe. Vergiss es.«

Türenschlagen. Dann sagte Julia: »Ohne die Formel ist alles vorbei.«

Die Aufnahme brach ab.

Die Besprechung endete, sobald es langsam wieder hell wurde. Marie schlurfte zum Fahrstuhl, als Sonja nach ihr rief. »Marie, der Kollege hat es nicht geschafft. Komplikationen. Er ist soeben verstorben.«

Marie blieb stehen, fühlte, wie ihr Herz stolperte, dachte an den Kollegen, dessen Gesicht der Schuss furchtbar zugerichtet hatte, der es nicht mehr lange bis zur Pension gehabt hätte. Sie hatte ihn nicht schützen können.

Marie ging in Sonjas Büro, legte ihren Dienstausweis auf den Tisch und sagte: »Ich quittiere den Dienst. Hätte ich meine Waffe dabeigehabt, wäre das nicht passiert. Mach's gut.«

Marie verließ das Gebäude, und sie verließ das Gelände. Ohne das EMO, in dem noch immer der Staubsauger lag, den Uwe reparieren sollte. Sie ging zu Fuß. Dann bestellte sie ein

Taxi, das sie durch die Nacht nach Schleswig brachte, und sie saß am Küchentisch, als Andreas die Treppe herunterkam und Frühstück machte. Sie küssten einander. Auf seinen ebenso besorgten wie fragenden Blick reagierte sie mit einem bestimmten »Jetzt nicht«. Sie würde ihm am Abend erzählen, dass sie keine Polizistin mehr war.

Karl sagte: »Du siehst aber müde aus. Die Party war voll der Bringer. Das machen wir jetzt öfter.« Dann ging er zur Schule. Die Umwelt-AG traf sich auch am Wochenende.

Marie konnte nicht schlafen. Sie trank Kaffee, viel Kaffee. Der Briefkasten klapperte. Zwei Rechnungen, ein Brief aus Uruguay. Marie lieh sich das Auto ihrer Nachbarin und fuhr nach Eckernförde. Sie parkte hinter der Praxis von Andreas und ging langsam durch den Bürgerpark zum Hafen hinunter.

Auf der Holzbrücke stellte sie sich in eine der Ausbuchtungen und öffnete den Briefumschlag. Darin eine Postkarte mit einem Herz aus Stein. Marie drehte die Karte um und las: »Ich bin wieder schwanger, Ele«.

Ein langes Starren auf die Wörter. Nur eine Zeile und so viel Gewicht. Marie hob den Kopf, ihr Blick streifte die Boote. Sie dachte an Ele und das Abenteuer in der dänischen Südsee, sie dachte an Bauer Böse und an Dr. Holm. Ein wenig drehte sie den Kopf nach rechts. Dort, am Steilufer der Eckernförder Bucht, weit hinter der Kirchturmspitze von Sankt-Nicolai, hatte er seine Ruhe gefunden.

Menschen gingen hinter Marie vorbei. Das Geräusch der Schritte auf dem Holz war ihr vertraut. Hier war sie zu Hause. Neben ihr blieb jemand stehen. Nur eine Armlänge entfernt umfasste eine Frau das Geländer der Klappbrücke. »Wir haben es schon gut«, sagte sie, und wie immer hatte sie recht, die Brix.

Danke

Julia Bock, Carola Jeschke, Uwe Keller (Petri Heil) vom LKA Schleswig-Holstein

Arne Schulze (wg. Con Canto); Corinna Graunke (wg. Schleibrücke); Juliane und Ole Sebode (MS Stadt Kappeln); Stephan Immen (Kraftfahrtbundesamt); Rainer Christiansen (wg. D-EABC)

Arnd Rüskamp, Dagmar Maria Toschka
TOD AUF DER KOHLENINSEL
Broschur, 224 Seiten
ISBN 978-3-7408-0075-8

Kann man so tun, als wäre nichts geschehen, wenn eine Freundin ermordet wird? Der Duisburger Ex-Polizist Theo Bosman und die kellnernde Anwältin Betty Harmes können es nicht. Sie ermitteln auf eigene Faust, um dem Mörder auf die Spur zu kommen: zwischen A40 und Schimmi-Gasse, zwischen Rhein und Ruhr – und am Ende wird in Amsterdam alles anders als gedacht …

www.emons-verlag.de

Arnd Rüskamp
KIELHOLEN
Broschur, 272 Seiten
ISBN 978-3-7408-0207-3

Marie hört Streichquartette, und Marie malt. Die Hauptkommissarin des LKA hat einen Sinn für das Schöne. Einerseits. Andererseits schreckt sie auch vor einer Blutgrätsche nicht zurück. Nicht auf dem Fußballplatz und nicht im Job. Aus dem Ruhrgebiet in ihre Heimat zwischen Schlei und Ostsee zurückgekehrt, bekommt sie es mit einem pikanten Fall zu tun: Bauer und Bordellbetreiber Helge Meermann wird tot auf seinem Acker gefunden. Und Marie stößt auf ein Motiv so alt wie die Menschheit …

www.emons-verlag.de

Arnd Rüskamp
AM HAKEN
Broschur, 256 Seiten
ISBN 978-3-7408-0388-9

Schwere Zeiten für LKA-Ermittlerin Marie Geisler: Eine Einbruch-
serie in leer stehende Villen am Ufer der Kieler Förde hält sie und
ihr Team auf Trab. Die Einbrecher sind unkenntlich als Wikinger
kostümiert und kommen per Boot. Marie steckt in ihren Ermittlungen fest, zumal sie noch an einem alten Fall knabbert. Doch
dann wird bei einem weiteren Einbruch ein Wachmann getötet,
und ein Amulett in Form von Thors Hammer liefert ihr endlich
eine heiße Spur …

www.emons-verlag.de

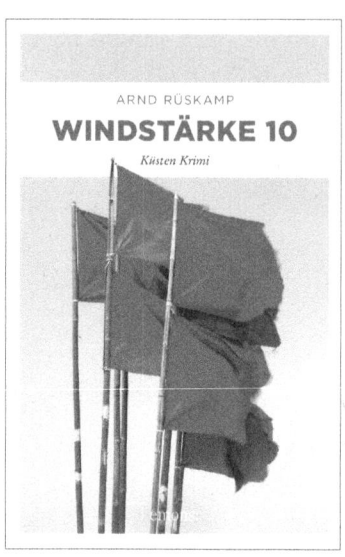

Arnd Rüskamp
WINDSTÄRKE 10
Broschur, 304 Seiten
ISBN 978-3-7408-0540-1

Der Bundeswirtschaftsminister wird ermordet aufgefunden – auf einhundert Metern Höhe, in der Gondel eines Windrades. So spektakulär der Tatort, so brisant ist der Fall, schließlich zieht der Tod des Politikers die Aufmerksamkeit des ganzen Landes auf sich. War der Mord ein Rachefeldzug im politischen Umfeld, liegt das Motiv im Privatleben des Ministers, oder geht hier jemand aus purer Liebe zur Heimat über Leichen? Hauptkommissarin Marie Geisler und ihr Team wagen sich in gefährliche Gewässer.

www.emons-verlag.de

Arnd Rüskamp
DER LETZTE KÄPT'N
Broschur, 336 Seiten
ISBN 978-3-7408-0816-7

Marie Geisler vom LKA Kiel freut sich auf den Sommerurlaub, da
wird bei einer Routinekontrolle am Hafen ein toter Biker entdeckt.
Der Schwede wurde regelrecht hingerichtet. Ist eine Auseinander-
setzung zwischen rivalisierenden Banden eskaliert? Maries neuer
Kollege Gregor Sachse, der alte Kontakte in die Rockerszene
Norddeutschlands hat, soll als V-Mann eingeschleust werden.
Doch als es einen weiteren Toten gibt, droht die Sache aus dem
Ruder zu laufen …

www.emons-verlag.de

Arnd Rüskamp
DIE SPROTTENKÖNIGIN
Broschur, 320 Seiten
ISBN 978-3-7408-1147-1

Bei einem Brandanschlag in einem Eckernförder Fitnessstudio kommt ein Mensch ums Leben, eine Frau wird vermisst. Kurze Zeit später wird in einem Ofen der Alten Fischräucherei eine Tote gefunden – geräuchert wie eine Sprotte. Hängen die beiden Verbrechen zusammen? Auf der Suche nach Antworten stößt Kommissarin Marie Geisler auf bedrückende Details und erfährt, wie ein Plan, der eine Reise ins Glück werden sollte, in Eckernförde tödlich endete.

www.emons-verlag.de